L'ÉMEUTE

SHASHI THAROOR

L'ÉMEUTE

roman

TRADUIT DE L'ANGLAIS
PAR CLAUDE DEMANUELLI

ÉDITIONS DU SEUIL
27, rue Jacob, Paris VIe

Ce livre est édité par Anne Freyer-Mauthner

Titre original : *Riot*
Éditeur original : Arcade Publishing, New York
ISBN original : 1-55970-605-8
© original : Shashi Tharoor, 2001

ISBN 2-02-051047-2

www.seuil.com

À ma mère
Lily Tharoor,
exploratrice infatigable
qui a su m'enseigner la valeur
de sa divine insatisfaction

L'histoire est un genre d'écriture sacré, parce que la vérité lui est essentielle, et là où est la vérité, est Dieu lui-même, s'il faut dire la vérité.

Cervantes, *Don Quichotte*

L'histoire n'est rien d'autre que l'activité de l'homme à la recherche de ses fins.

Marx, *La Sainte Famille*

Il n'y a de vérité en art que celle dont l'inverse est également vrai.

Oscar Wilde

Remerciements

Ma gratitude va d'abord à mon très cher ami Harsh Mander, du SHAI (Service de la Haute Administration indienne) : je me suis inspiré, pour les événements de Zalilgarh, du récit, non publié à ce jour, qu'il a consacré à l'émeute de Khargone, dans le Madhya Pradesh. J'apprends, au moment où mon ouvrage est sous presse, que l'histoire de l'émeute de Khargone doit être publiée en 2001 par les éditions Penguin India au sein du premier ouvrage de Harsh Mander, *Of Winter Passing : Stories of Forgotten People* [De l'hiver qui passe : chronique des oubliés], recueil d'écrits que je recommande chaleureusement au lecteur. Avec sa permission, j'ai emprunté à l'auteur de nombreux éléments relatifs à la répression de l'émeute par les autorités, et j'ai parfois même cité ses propres mots. Je lui suis profondément reconnaissant de cette permission. Je me dois toutefois de préciser qu'aucun étranger n'a été tué au cours de l'émeute de Khargone, et que tout ce qui concerne les personnages de mon roman – notamment les relations qu'ils entretiennent, leurs traits de caractère, leurs croyances et opinions, les mobiles qui les animent – est, bien entendu, purement fictif.

Les recherches du « professeur Mohammed Sarwar » sur Ghazi Miyan sont fondées en fait sur le travail de Shahid Amin, professeur à l'université de Delhi, autre ami fidèle que je tiens également à remercier. Ici encore, en dehors de ses recherches, tous les détails concernant le personnage, y compris les opinions qu'il exprime, sont de ma seule invention. L'activité déployée

11

par « Rudyard Hart » pour le compte de Coca-Cola en Inde est
à mettre dans la réalité au compte de Kisan Mehta, dont je salue
ici la gentillesse, la perspicacité et l'empressement à collaborer.

Les suggestions précieuses de mon ami et éditeur en Inde,
David Davidar, ainsi que celles de mon agente littéraire à New
York, Mary Evans, m'ont permis d'apporter des améliorations
appréciables au texte de cet ouvrage. Merci à Jeannette et Dick
Seaver, des éditions Arcade, et à la diligente Ann Marlowe, pour
le soutien sans faille qu'ils ont apporté tant à *L'Émeute* qu'à son
auteur. Merci aussi à mes sœurs, Shobha Srinivasan et Smita
Menon, pour le dévouement et l'intelligence dont elles ont
témoigné à la lecture du manuscrit ; chacune d'elles a laissé, à
sa manière, son empreinte sur les personnages et les événements
de ce roman. Que tous trouvent ici l'expression de ma gratitude
et de mon affection.

Que soient aussi remerciés Rosemary Colaco, Sujata Mehta et
Vikas Sharma, pour leur aide lors des dernières mises au point.
Ainsi que Sreenath Sreenivasan, pour avoir créé un site en ligne
à mon nom, et l'ambassadeur A.K. Damodaran pour une citation
sur John Knox.

Ce roman a été écrit à un moment de ma vie particulièrement
difficile, et il n'aurait pas vu le jour sans la maturité, la générosité et la force de caractère de mes fils, Ishaan et Kanishk. Pour
avoir été eux-mêmes, ils ont droit à ma reconnaissance éternelle.

The New York Journal

Édition du soir

LUNDI 2 OCTOBRE 1989

UNE AMÉRICAINE TUÉE EN INDE

' NEW DELHI, 1ᵉʳ oct. (Associated Press) – Selon un communiqué de l'ambassade des États-Unis, une foule d'émeutiers aurait pris à partie une Américaine dans une ville à l'est de New Delhi ; la jeune femme a trouvé la mort quelques jours à peine avant son retour au pays.

Priscilla Hart, âgée de 24 ans, originaire de Manhattan, employée bénévole de l'ONG Help-us, a été battue et poignardée à mort à Zalilgarh, ville de l'Uttar Pradesh, où elle s'était mise au service des populations dans le domaine de la santé publique, déclare-t-on de source officielle. D'après un membre de l'ambassade, ce n'est pas sa nationalité américaine qui serait en cause.

Les circonstances de sa mort, intervenue au cours d'affrontements entre hindous et musulmans, restent obscures. En sus de son travail, Ms. Hart faisait des recherches depuis une dizaine de mois en vue de l'obtention d'un doctorat de l'université de New York.

Elle était attendue chez elle jeudi prochain.

D'après un porte-parole de l'association Help-us, Ms. Hart se consacrait au développement de programmes visant à sensibiliser les femmes au problème du contrôle des naissances, au sein d'un projet de santé publique plus vaste mis sur pied par son organisation.

Aucun autre ressortissant étranger n'a trouvé la mort au cours des violences d'ordre confessionnel qui ont tué plusieurs centaines d'Indiens ces trois dernières semaines, et, comme l'a souligné un représentant de l'ambassade : « Il se pourrait tout simplement que Ms. Hart se soit trouvée au mauvais endroit au mauvais moment. »

The New York Journal

Édition du soir

MARDI 3 OCTOBRE 1989

MORT D'UNE IDÉALISTE

NEW YORK, 2 oct. – Pour la famille, les parents, les amis et les professeurs de Priscilla Hart, la mort de cette jeune idéaliste de 24 ans, blonde, mince, aux yeux bleus, à la fois travailleur social et chercheur, lors d'une émeute dans une ville du nord de l'Inde est un événement aussi tragique que douloureux.

Priscilla Hart s'apprêtait à rentrer au pays et devait soutenir prochainement sa thèse à l'université de New York. Pendant ses dix mois de recherches sur le terrain dans la ville de Zalilgarh, elle avait consacré beaucoup de son temps et de son énergie à un programme de sensibilisation au contrôle des naissances géré par l'organisation américaine Help-us.

« Elle aimait vraiment ces gens, a déclaré Beverley Nichols, professeur associée de sociologie à l'université de New York et directrice de recherches de Ms. Hart. Elle connaissait l'Inde. Pas l'Inde des restaurants à la mode de Delhi ou des cercles diplomatiques de l'ambassade. Elle habitait une petite ville et vivait au milieu des hindous et des musulmans, en contact direct avec la population. Qui aurait bien pu vouloir la tuer ? »

Après dix mois passés en Inde, Ms. Hart devait rentrer chez sa mère, à Manhattan, la semaine prochaine. « Elle avait l'intention de rédiger sa thèse tout en travaillant chez nous comme monitrice au cours du prochain semestre », a précisé le professeur Nichols.

Ses parents, divorcés, et ses deux frères se sont retrouvés dans l'appartement de sa mère et n'ont pas caché aux journalistes leur désarroi devant le deuil cruel qui les frappe aujourd'hui.

« Priscilla était adorable, a dit son père, Rudyard Hart, 50 ans, directeur de marketing chez Coca-Cola. C'était un ange, quelqu'un qui ne pensait qu'à faire le bien autour d'elle. Elle était tombée amoureuse de l'Inde à l'époque où j'étais en poste dans ce pays dans les années soixante-dix. Elle ne rêvait que d'y retourner pour aider les gens de là-bas. »

Sa mère, Katharine Hart, 52 ans, professeur d'anglais dans le secondaire, renchérit : « Priscilla aimait à voir les gens travailler ensemble. Elle était décidée à changer le sort des femmes indiennes. La dernière fois que je lui ai parlé, elle avait l'air tellement comblée, tellement sûre de sa vocation. Je n'arrive pas à croire qu'elle ne reviendra jamais. »

Assistaient également à l'interview les frères de Priscilla, Kim, 27 ans, et Lance, 23 ans.

« Elle était prête à apporter son aide à tout le monde, sans considération de race ni de religion », a dit Kim, agent de change.

L'intérêt que portait Ms. Hart à l'Inde datait des trois ans qu'elle y avait passés, alors que son père tentait de réimplanter Coca-Cola dans le pays, après l'expulsion de la compagnie en 1977. Elle avait par la suite rédigé un mémoire de maîtrise à l'université de New York sur les femmes indiennes. « Un travail de premier ordre », a dit le professeur Nichols, à qui l'on demande encore aujourd'hui des exemplaires du mémoire.

« Elle s'était beaucoup investie dans les problèmes indiens, son engagement était total, a ajouté son professeur. Elle s'intéressait énormément à la question du contrôle des naissances et aux droits des femmes. Elle aurait donné n'importe quoi pour passer le restant de ses jours dans ce pays. »

Ms. Hart avait travaillé comme stagiaire pour Help-us, une organisation non gouvernementale dont les initiales figurent Health [Santé], Education, Literacy [Alphabétisation], Population – United States, dans les locaux new-yorkais de l'organisation au cours des étés 1986 et 1987. Elle était restée en contact avec le groupe tout au long de ses études supérieures. Au cours de son travail sur le terrain effectué en Inde en vue de sa thèse, elle s'était portée volontaire pour aider à concrétiser un projet Help-us à l'élaboration duquel elle avait participé. « Sa sincérité et son humanité évidentes ont beaucoup touché les gens ici, a déclaré Lyndon Galbraith, président de Help-us. Elle laissera un grand vide. »

Victor Goodman

The New York Journal

Édition du soir

MERCREDI 4 OCTOBRE 1989

LES PARENTS DE LA JEUNE FILLE TUÉE EN INDE SE RENDENT SUR LES LIEUX

NEW YORK, 3 oct. – Les parents de la jeune étudiante américaine qui a trouvé la mort en Inde ont annoncé aujourd'hui leur intention de se rendre la semaine prochaine dans la ville où leur fille a été tuée voici deux jours. Ils ont déclaré que la seule manière de surmonter leur douleur était d'affronter résolument leur deuil. Ils s'apprêtent donc à partir pour Zalilgarh, petite ville de l'Uttar Pradesh, dans le nord du pays, pour revivre les dernières heures de leur fille.

« Nous voulons parler à ses amis et à ses collègues, les gens avec lesquels elle travaillait, voir par nous-mêmes où elle vivait », a déclaré son père, Rudyard Hart, au téléphone, depuis Stamford, dans le Connecticut.

Priscilla Hart, étudiante à l'université de New York et volontaire au sein de l'organisation Help-us, a été tuée au cours d'une émeute. Mr. Hart a fait savoir qu'elle serait incinérée en Inde et que ses cendres seraient expédiées par avion à New York, où un service funèbre se tiendra la semaine prochaine.

Mr. Hart a déclaré que lui et son ex-femme, Katharine, s'envoleraient pour l'Inde aussitôt après la cérémonie. Il espère que, dans l'intervalle, le grand public aura pris connaissance des circonstances de la mort de sa fille et commencera à s'intéresser aux problèmes qui lui tenaient à cœur.

« Je veux être sûr que Priscilla ne sera pas oubliée. Je veux que le monde connaisse l'œuvre qu'elle accomplissait en Inde et la cause pour laquelle elle est morte. »

La mère de Ms. Hart, Katharine, n'a pas fait de déclaration.

Victor Goodman

The New York Journal

Édition du soir

LUNDI 16 OCTOBRE 1989

MORT D'UNE AMÉRICAINE EN INDE

ZALILGARH, Inde, 15 oct. – C'était le crépuscule, l'heure à laquelle, dans les campagnes indiennes, s'allument les lampes à pétrole et apparaissent les moustiques, prêts à fondre sur leurs proies. Ce samedi 30 septembre, Priscilla Hart, 24 ans, avait fait ses adieux à ses amis. Dans quelques jours, elle ferait ses valises pour rentrer au pays, où elle préparait une thèse à l'université de New York.

Cette jeune Américaine, qui participait à un programme de l'organisation caritative Help-us visant à sensibiliser la population au problème du contrôle des naissances, avait terminé ses recherches sur le terrain dans la petite ville de Zalilgarh, au nord de l'Inde. Ce soir-là, elle avait enfourché sa bicyclette pour se rendre jusqu'à un fort abandonné dominant la Yamuna, la rivière qui arrose l'agglomération. Elle espérait peut-être ainsi échapper au bruit et à la fureur de la ville, où des militants hindous avaient organisé une grande procession religieuse. Peut-être voulait-elle tout simplement admirer une dernière fois le coucher du soleil, spectacle qu'il ne lui serait plus donné de contempler une fois rentrée au pays.

Ce pays, elle ne devait jamais le revoir. Le lendemain, on retrouvait son corps, lardé de seize coups de couteau.

Dans la ville qu'elle avait laissée derrière elle, les passions faisaient rage. Les hindous avaient organisé une gigantesque procession de quelque 30 000 personnes, chiffre énorme pour une ville qui n'en compte guère plus de 100 000, qui devaient traverser le centre de Zalilgarh pour porter des briques consacrées jusqu'à un point de ralliement. De là, celles-ci seraient ensuite acheminées jusqu'à Ayodhya, où les hindous espéraient pouvoir les utiliser dans la construction d'un temple, le Ram Janmabhoomi, sur un site très controversé et encore occupé par une mosquée désaffectée, datant du XVIᵉ siècle, la Babri Masjid.

La procession devait traverser le quartier musulman, où l'opposition au projet de construction du Ram Janmabhoomi était vive. Le soir précédent, deux jeunes hindous qui installaient des drapeaux en vue de la manifestation du lendemain s'étaient fait poignarder, vraisemblablement par des musulmans, ce qui n'avait pas manqué d'enflammer...

(Lire la suite page 327)

Extrait du journal de Katharine Hart

9 octobre 1989

Je n'arrive pas à croire que je suis à nouveau assise à côté de lui, dans un avion. Combien de fois n'avons-nous pas connu cette situation, lors de combien de vols, de transits, de vacances. C'était toujours lui qui avait mon passeport, mon billet, et même ma carte d'embarquement : l'homme, c'était lui ; lui, le chef de famille. C'était donc lui qui détenait les documents de voyage. Mais quand tout a été fini, parmi les droits que j'ai retrouvés, il y avait celui-là : le droit à une identité distincte. Pas un simple appendice, ni une épouse, ni Mrs. Rudyard Hart, cédant devant son insistance pour occuper le siège côté couloir, attendant patiemment qu'il veuille bien me passer le journal quand il aurait fini de le lire, contrainte de voir cet air exaspéré de martyre s'inscrire sur son visage quand je le dérangeais pour me rendre aux toilettes ou que je lui demandais d'appeler l'hôtesse parce que les enfants avaient besoin de quelque chose.

Les enfants... Il y a des années que nous n'avons pas voyagé tous ensemble, comme une vraie famille. Il aimait voyager, il me l'a souvent dit, mais seul. Il se suffisait à lui-même, il n'avait pas tout le temps besoin de quelque chose comme nous autres – jus de fruit, distractions, allers-retours répétés aux toilettes. Se retrouver en notre compagnie n'était manifestement pas sa façon préférée de voyager. Et pourtant nous l'avons fait bien des fois, au point qu'à la fin nos enfants s'étaient mis à attribuer des notes aux compagnies d'aviation, aux hôtels ou aux aires de transit comme d'autres classent les équipes de base-ball. Et en raison des affectations de Rudyard, ils disposaient de termes de comparaison incroyablement exotiques. « Les Émirats, c'est cool », disait Kim, parce que cette compagnie avait des moniteurs vidéo à l'arrière des sièges et un nombre incalculable de chaînes de télévision. « Mais ils t'obligent à faire escale à Dubaï, rétorquait Lance, qui prononçait "Do-buy", et y a rien que des boutiques, partout. Schiphol, c'est vachement mieux ! » À Schiphol, l'aéroport d'Amsterdam, son préféré, Lance espérait toujours que nos correspondances auraient du retard, de façon à pouvoir passer plus de temps dans la galerie de jeux à anéantir monstres et dragons, sans se soucier du décalage horaire.

Comme c'est merveilleux d'avoir ses monstres et ses dragons devant soi sur un écran, de pouvoir les réduire à néant d'une pression sur un bouton, au lieu de les avoir dans son cœur, comme moi, en train de vous détruire. Des monstres et des dragons, non pas dans une galerie de jeux entre deux vols épuisants, mais dans l'avion, dans votre siège, dans le siège à côté du vôtre.

Dans le siège à côté du mien est assis mon monstre à moi, mon ex-mari. Nous voici à nouveau ensemble dans un avion, Rudyard et moi, non pas comme mari et femme, mais simplement comme père et mère. Un père et une mère sans enfants dans les parages. Kim n'a pas pu prendre de congé pour l'occasion (même le week-end de Thanksgiving, a-t-il dit, les jeunes agents de change peuvent s'estimer heureux s'ils réussissent à l'avoir). Quant à Lance... il n'a jamais compris pourquoi j'ai dû quitter son père, Lance est dans son monde à lui et n'a besoin de rien d'autre. Mais je n'ai pas l'intention de me faire de souci à propos de Lance aujourd'hui. J'ai bien d'autres choses à penser.

Priscilla.

Priscilla et ses yeux bleus de bébé, ses longs cheveux blonds et cet air d'innocence confiante avec lequel elle regardait le monde. Priscilla... sa peau dorée, son sourire doré qui éclairait les yeux de tous ceux qu'elle rencontrait. Priscilla... son idéalisme, son sérieux, son désir de faire un peu de bien en ce bas monde. Priscilla qui haïssait son père à cause de ce qu'il m'avait fait.

Je le regarde en ce moment, cet homme, en train d'essayer de lire un magazine, sans succès, ses yeux embués de larmes tou·

jours fixés sur la même page depuis que j'ai commencé à écrire ces lignes. Je le regarde, et je crois voir Priscilla : elle avait ses yeux, son nez, sa bouche, ses cheveux, sauf que ces traits étaient comme sublimés chez elle. Là où son visage à lui est bouffi à force de laisser-aller, celui de Priscilla était lissé, adouci par la gentillesse. Et cette mâchoire dure et serrée, cet air de quelqu'un qui n'en fait qu'à sa tête depuis trop longtemps le distinguent radicalement de sa fille. Aucune arrogance, aucune mauvaise humeur chez Priscilla, pas même quand elle était révoltée par une injustice flagrante. Elle était bonne, tout simplement, qualificatif que personne ne songerait à appliquer à Rudyard.

Je le regarde essayer de fixer son attention sur la page, pleurant la fille dont il est incapable de surmonter la perte. Incapable, parce qu'il l'avait déjà perdue quand il m'a perdue, moi. L'avait perdue quand elle vivait encore. Je ne peux m'empêcher d'éprouver une pointe de chagrin pour lui.

Comme cela fait mal d'avoir à parler de Priscilla au passé. Mon petit enfant à moi, ma contribution personnelle à l'avenir de ce monde. J'aurais donné n'importe quoi pour pouvoir mourir à sa place. Tout. N'importe quoi.

Télégramme à Randy Diggs

9 octobre 1989

DE WASSERMAN RUBRIQUE INTERNATIONALE NEW YORK JOURNAL À DIGGS CORRESPONDANT À NEW DELHI. RIEN PU UTILISER EN DEHORS DE DÉPÊCHES D'AGENCES POUR ASSASSINAT HART. DÉTAILS SUR CETTE AFFAIRE GRANDEMENT APPRÉCIÉS EN VUE ARTICLE DE FOND. QUI ÉTAIT LA FILLE CE QU'ELLE FAISAIT, COMMENT ELLE A ÉTÉ TUÉE, POURQUOI. ACCUEIL DES PARENTS RUDYARD ET KATHARINE HART QUI ARRIVENT DEMAIN SUR VOL AIR INDIA 101 ET VOYAGE AVEC EUX À ZALILGARH VIVEMENT CONSEILLÉS. DISONS 1 200 MOTS DANS UNE SEMAINE ? ET FAIS RÉPARER CE FAX. CES TÉLÉGRAMMES NOUS COÛTENT UNE FORTUNE.

Extrait du carnet de notes de Randy Diggs

10 octobre 1989

Aéroport de Delhi. Bourré comme d'habitude, même à quatre heures du matin. L'horreur de ce boulot à New Delhi, c'est que tout le monde atterrit ou décolle au beau milieu de la nuit. Moteurs qui tournent, gyrophares aveuglants, voitures qui grondent, et tout ça à 2, 3, 4 heures du matin. Y a bien que dans le tiers monde que les riverains d'un aéroport sont prêts à accepter un bordel pareil. Mais ils ont pas le choix, pas vrai ?

Les Hart sortent de la douane, escortés par le type bien propre bien net du service consulaire de l'ambassade. Bon boulot de relations publiques, ça. Ce qu'il faut à tout voyageur qui arrive en Inde c'est quelqu'un pour l'aider à passer la douane et l'immigration. C'est déjà pas rien de perdre sa fille, s'il faut encore perdre patience dans ces queues interminables...

Hart a un physique assez frappant. Grand, bien de sa personne, encore que l'âge commence à faire des ravages. Le genre Robert Redford, avec une bonne douzaine de kilos en plus, dont certains empâtent le visage. Yeux bleus, regard direct, poignée de main ferme. Mais on sent chez l'homme une lassitude que la fatigue du voyage ne suffit pas à expliquer.

Mrs. Hart : le type maternel/intellectuel. Petite, plutôt trapue, des cheveux châtains raides comme des baguettes de tambour, une peau qui paraît trop sèche et trop ridée pour son âge. Lunettes au bout d'une chaîne autour du cou. Vêtements pratiques, ternes, qui vont se révéler beaucoup trop chauds. (Et pourtant elle a déjà vécu en Inde : comment a-t-elle pu oublier le climat ?)

23

Son attitude est nettement inamicale. Hart, lui, semble content de me voir, se met à débiter des paroles parfaitement convenues (besoin de voir où c'est arrivé, de rencontrer les gens qui l'ont connue et qui ont travaillé avec elle, d'essayer de comprendre...) et accueille avec plaisir l'idée que je fasse avec eux le voyage jusqu'à Zalilgarh. Mrs. Hart, elle, proteste : « Il s'agit là d'une visite privée, Mr. Diggs. Je ne pense pas... » Mais il balaie ses objections d'un geste machinal, fruit d'une longue pratique. Ils sont divorcés, c'est évident.

« Priscilla vivait pour une cause, dit-il à sa femme. Si nous ne parlons pas à la presse, comment veux-tu que les gens sachent ce qu'ont été sa vie et son travail ? »

Deux ou trois photographes de presse prennent quelques clichés sans grand enthousiasme. Un journaliste à deux sous la ligne pose toutes les questions auxquelles on pouvait s'attendre. Qui ne feront pas la une. Avec beaucoup de chance, deux paragraphes dans un des quotidiens de Delhi. Zalilgarh est trop loin, les événements sont déjà de l'histoire ancienne.

Hart a l'air déçu, comme s'il s'était attendu à un tout autre accueil. Une équipe de la télévision, peut-être, reculant au fur et à mesure que lui s'avance vers la voiture du consulat. Il ne va pas tarder à découvrir qu'une mort de plus ou de moins dans ce pays où l'on meurt tant ne compte guère. Pauvre bougre, va.

*Transcription des remarques de Shankar Das,
directeur de projet, pour le compte de Help-us à
Zalilgarh, lors d'une entrevue avec Mr. et Mrs. Hart.*

12 octobre 1989

*(En raison du mauvais fonctionnement du magnétophone, les
voix des autres participants à l'entrevue n'ont pu être enregis-
trées correctement et ne sont donc pas retranscrites ici.)*

Mr. Hart, Mrs. Hart, entrez, je vous prie, entrez. C'est mon
honneur d'accueillir vous à Zalilgarh. Dans des circonstances
bien pénibles, pourtant. Pénibles, vraiment.

Vous avez là graphique montrant notre projet. C'est projet de
sensibilisation au contrôle des naissances, comme sûrement vous
savez. Objectif : informer les femmes des zones rurales pauvres
des techniques de planning familial. Oui, planning familial. Vous
savez, ça ? Plus important que tout, montrer à elles réalité de
leur situation. Oui, réalité. Pourquoi avoir autant d'enfants
qu'elles pas pouvoir nourrir ? Si moins d'enfants, elles peuvent
mieux s'occuper d'eux.

Miss Priscilla, elle, si savante. Si dure pour le travail. Se donnait du mal, tellement, pour entrer en contact avec populations
locales. Partout, elle aller partout, sur sa bicyclette. Oui, vélo.
Vélo aussi détruit dans terribles événements. Terribles, vraiment.

Je vous prie, prenez un peu de thé. Sans sucre ? *Bhaiyya,
bagair chini ka cha lé aana !*[1] Désolé, chez nous, c'est habitude
de servir thé avec lait, sucre, tout mélangé d'avance. Désolé,
vraiment. Confusionné. Autre thé arrive dans une minute.
Bhaiyya, jaldi kar do ![2]

1. Apportez-nous du thé sans sucre !
2. Allons, dépêchez-vous !

25

Pendant ce temps, vous, jeter un coup d'œil à ce mur. Voilà, voyez étendue du projet. Deux mille trois cent quarante-trois familles visitées. Programme auxiliaire étendu à mille cent soixante-quinze foyers. Fourniture gratuite de lait en poudre, voyez chiffres là. Fourniture de moyens contraceptifs. Consultations médicales sur place. Nous, meilleur projet de tout le pays. Meilleur, vraiment.

Normalement, pas d'Américains acceptés à travailler pour Help à Zalilgarh. Notre politique : aider les gens à s'aider eux-mêmes, comprenez ? Mais puisque la mademoiselle Hart, elle prendre grande part dans élaboration de projet en Amérique, c'est normal. Normal, vraiment. Elle venir ici pour son travail sur terrain. Projet est ici aussi. Alors, c'est bien. Vraiment bien.

Vous avez dit ? Oh non, pas du tout. Elle, très populaire. Très modeste, très simple. Pas comme certains qu'ils viennent de l'étranger, et qu'ils se croient tout permis. Avec elle, c'est toujours, Mr. Das par ci, et Mr. Das par là. Elle savoir beaucoup sur projet, mais toujours elle demande, jamais elle commande. Jamais, non. Mr. Das, et si nous essayer de faire ceci de cette façon-là ? Ou cela de cette façon-ci ? Et moi, des fois, je dis, cette idée, elle est bonne, elle est très bonne, Miss Priscilla, mais Zalilgarh, c'est pas l'Amérique. Non, vraiment pas. En Amérique, vous faites comme ci et comme ça, mais ici, c'est pas la même. Et elle, elle écoute toujours. Toujours.

Votre thé, ça va maintenant ? Bien, bien. Tellement bonne, votre fille. Tellement gentille. Gentille, vraiment. Tous ces amis qu'elle a. Parfois, moi je dis à elle, faut pas faire amis avec tous ces gens. Y en a là qui sont pas votre genre. Pas du tout votre genre. Et alors, elle rit et elle dit : C'est quoi, mon genre, Mr. Das ? Mon genre, c'est tout le monde. Et moi, je dis : non, non, il faut choisir bien, et éviter la racaille du peuple. Et elle, elle rit encore et elle dit : Ah, Mr. Das, parce que nous sommes tous ici de la racaille de la haute ? Elle, toujours à rire et à parler. À parler et à rire, toujours.

Excusez-moi. Vous voyez comme bouleversés nous sommes par cette affaire de Miss Priscilla. Très bouleversés, vraiment.

La veille, nous avoir organisé une grande soirée d'au revoir pour son départ. Tout ce monde qui est venu. Qui aurait pu imaginer des adieux pareils ? Des adieux pour toujours, oui. Triste, très triste.

Je vous présente Miss Kadambari. Une auxiliaire de chez nous. Elle beaucoup travailler avec Miss Priscilla. Miss Kadambari, elle vous emmener voir où votre fille, elle habite. Ça, vous voulez voir, non ? Pas grand confort. Non, très simple. Mais, vous savez, Zalilgarh, c'est pas Delhi. Pas Dehli, non.

On prend pour vous rendez-vous avec le chef de district, Mr. Lakshman. C'est lui, voyez, qui dirige les opérations au moment de l'émeute. Lui, il donne à vous plus de détails sur événements tragiques de la semaine dernière. Homme très important, Mr. Lakshman. Très bon ami de Miss Priscilla, aussi. Bon ami, vraiment.

Encore un peu de thé ? Non ? Merci beaucoup d'avoir honoré nous de votre visite. Je souhaite à vos honorables personnes très confortable séjour ici, à Zalilgarh. Je vous prie, n'hésitez pas à appeler moi si vous avoir besoin de quelque chose. Moi, toujours ici. Ici, toujours.

Extrait de l'album de Priscilla Hart

25 décembre 1988

Noël à Zalilgarh

Bordures de route effondrées, noyées dans la poussière,
Trottoirs de bouse, toitures de tôle rouillée.
Enseignes aux couleurs vives au-dessus des boutiques
    sombres.
Tintement des sonnettes de vélo, cris stridents
Des marchands de légumes, de cacahuètes et de ferraille.
Les taches écarlates du bétel le disputent sur les murs
Aux noirs slogans vengeurs
Barbouillés par des êtres qu'une même foi anime.
Les dhotis blancs et sales des hommes à la peau sombre
Vont et viennent au milieu de la circulation,
Quittant puis retrouvant leurs femmes aux yeux tristes,
Vêtues de leurs saris aux couleurs vives, portant
Bébés, paniers et fardeaux trop lourds
Pour leurs corps amaigris et sous-alimentés.
C'est parmi elles que je suis venue, pour faire un peu de
    bien :
Tâche tellement facile dans un pays si compliqué.
Je pousse mon vélo au milieu de leurs habitudes,
Leur dit ce qui est bon pour elles, ce que l'on peut faire,
Et comment le faire. Et elles m'écoutent, ces femmes
Si ignorantes, si savantes, et quand j'ai terminé,
Elles retournent dans leurs petites baraques,

28

Préparent les chapatis pour le dîner,
Donnent à boire à leurs enfants l'eau du caniveau,
Servent d'abord leur mari, mangent les restes s'il y en a,
Puis se soumettent sans protection
Aux assauts brutaux de leurs protecteurs,
Seigneurs et exploiteurs. Avant qu'arrive un autre bébé,
Promis, comme les autres, à la fange et à la misère.

C'est la volonté de Dieu ? Pas de mon Dieu à moi.
À cette volonté, j'oppose mon refus.
Donne-moi la force, Seigneur, de faire bouger les choses.
Donne-moi le temps de laisser l'empreinte de mon
   passage.

Extrait du carnet de notes de Randy Diggs

11 octobre 1989

Bon Dieu, quel bled !
La chaleur. La poussière. Les mouches. La merde. La foule. Zalilgarh peut se vanter d'avoir absolument tout. Pas un des plus épouvantables clichés occidentaux sur l'Inde qui ne se vérifie ici.

Lettre de Priscilla Hart à Cindy Valeriani

2 février 1989

...

La première fois que je l'ai vu, il ne m'a pas tellement plu. Il descendait d'une voiture officielle, une de ces affreuses Ambassador qui ont l'air de boîtes en ferraille montées sur roues, et il portait cette espèce d'horrible tenue dont les fonctionnaires de l'administration indienne semblent raffoler, le costume safari. La chemise était trop courte, et les pans, qui sortaient, lui pendaient sur le derrière de façon grotesque, les jambes du pantalon étaient trop larges dans le bas – apparemment, les tailleurs indiens n'ont pas évolué depuis les années soixante-dix, si tu vois ce que je veux dire ? Et j'ai pensé, doux Jésus, encore un de ces bureaucrates insupportable et imbu de lui-même, qui n'a pas la moindre idée de l'impression qu'il produit et qui vient nous mettre des bâtons dans les roues du haut de sa grandeur. Je voyais comme si j'y étais Mr. Das multipliant les courbettes et les salamalecs, histoire de se concilier les bonnes grâces du gouvernement, et je ne voulais rien avoir à faire avec ça. Mais je n'avais plus le temps de m'esquiver, et quand on est la seule blonde au visage pâle du coin, il est difficile de passer inaperçue. Il est donc entré dans le bureau, et je me suis retrouvée coincée.

Dix minutes plus tard, je ne regrettais plus rien. Pendant que Mr. Das débitait sa litanie habituelle (« deux mille trois cent quarante-trois familles visitées. Programme auxiliaire étendu à mille cent soixante-quinze foyers »), avec cette étrange manie qu'il a de répéter ses mots en fin de phrase, je me retrouvai en train d'examiner notre visiteur, le nouveau chef de district. Il est

31

foncé, mon Mr. Lakshman, façon Jesse Jackson. Des traits fins, un nez parfait, une moustache soyeuse. Il m'a rappelé Omar Sharif dans la vidéo de *Lawrence d'Arabie*. Sauf que Lakshman a une bouche plus pleine, une bouche vraiment sensuelle. Bon sang, comment est-ce que j'ai pu écrire ça ? (Déchire-moi cette feuille dès que tu l'auras lue, Cindy, veux-tu ?)

Bref, pure curiosité de ma part, du moins au début, jusqu'à ce que le monsieur ouvre la bouche. Simplement pour poser une question – en fait, une question inhabituellement pertinente, qui prouvait qu'il avait effectivement écouté et bel et bien compris l'essentiel de ce qui concerne les programmes de contrôle des naissances –, mais les mots m'ont prise aux tripes. Pas les mots eux-mêmes, non, mais leur tonalité. Lakshman possède une voix douce et riche, pas lisse comme celle d'un présentateur de radio, mais légèrement rauque, comme un velours un peu rêche qui te fait frissonner quand tu le caresses. Il y avait quelque chose d'extrêmement attirant dans cette voix, au côté engageant et rassurant à la fois. Comme la tiédeur d'une étreinte. Une voix séduisante, sans rien pourtant d'une voix de séducteur. Est-ce que je me fais comprendre ? Si ce n'est pas le cas, tant pis, Cindy, je ne peux pas faire mieux. Cette voix, je l'ai entendue, et je n'ai plus eu qu'une seule idée en tête après ça : l'entendre à nouveau.

Et j'ai été comblée. Pour la bonne raison que Mr. Das a continué à pérorer et que Lakshman a continué à poser des tas de questions aussi bienveillantes que pertinentes. Quant à moi, je suis restée assise à l'écouter et, en voyant ses yeux doux et tristes, j'ai su que j'avais trouvé l'âme sœur.

Je sais ce que tu vas dire, te voilà repartie, Priscilla, quelle romantique tu fais, tu ne changeras jamais, et c'est probablement vrai, mais je n'en ai pas honte. Parce que tu sais quoi, Cindy, chaque fois que j'ai cru avoir rencontré l'âme sœur, je me suis rarement trompée, que ce soit avec toi ou le professeur Nichols, ou avec Winston, même si, avec lui, l'histoire s'est mal terminée. Dans le cas présent, il ne risque pas d'y avoir ce genre de complication. Nous avons passé des heures et des heures ensemble depuis cette première rencontre au bureau, et il s'est toujours montré correct, gentil, et courtois. Ah, j'oubliais, il est marié. Vu ? Alors, Ms. Cindy Valeriani, toute pensée déplacée serait mal venue de votre part. Pour tout te dire, son mariage a été arrangé, sans qu'on lui fasse grâce d'aucune fioriture, et il a une petite fille de six ans dont il est très fier, avec des joues si pleines de fossettes qu'on a envie de les pincer. Si je le sais, c'est parce que j'ai vu une photo dans son bureau et parce qu'elle m'a été présentée quand il m'a invitée un soir à dîner. La petite Rekha, aux grands yeux noirs et aux fossettes. Voilà, tu es contente ?

Sa femme, elle, est un peu bizarre, très différente de lui, plutôt sur la défensive et pas très communicative. Elle ne s'est pas beaucoup mise en frais pour soutenir la conversation. Pour tout dire, les domestiques n'ont pas eu sitôt fini de nous servir qu'elle a disparu pour aller s'occuper de Rekha et m'a laissée seule avec Lakshman. Ce qui n'était pas fait pour me déranger, tant s'en faut, mais n'en était pas moins un peu curieux, d'autant qu'elle n'a réapparu que quand j'ai exprimé le désir de la saluer avant de prendre congé.

Mais dans l'intervalle, on n'a pas arrêté de parler une seconde. Je sais bien qu'il ne m'a invitée que parce qu'il voulait se montrer courtois à l'égard de la seule étrangère de Zalilgarh, et peut-être aussi – j'ai bien dit peut-être – parce que je lui ai plu quand nous nous sommes rencontrés pour le projet, et ensuite quand nous avons longuement discuté dans son bureau, mais nous n'avons pas tardé à nouer des liens à un niveau, comment dirais-je, bien plus *essentiel*. Au fur et à mesure de la soirée, je me suis rendu compte que j'étais la seule personne dans ce trou perdu de l'Inde profonde avec qui il pouvait effectivement *parler*, la seule qui ait des références comparables aux siennes, qui ait lu le même genre de bouquins, vu les mêmes films, écouté la même musique (comme quoi ça sert d'avoir des frères aînés). Ces fonctionnaires de l'administration indienne mènent une vie terriblement solitaire dans leurs districts. Il a trente-trois ans, et c'est un véritable dieu aux yeux de la bureaucratie locale. Ce qui veut dire que, du même coup, il n'y a personne à Zalilgarh qui soit du même milieu que lui ; il est entouré de gens qui n'ont pas eu son éducation, qui ne pensent pas de la même manière et qui ne peuvent exprimer les mêmes idées dans le même anglais. Quand ces fonctionnaires sont en poste à Delhi, ou même dans la capitale de l'État, Lucknow, c'est autre chose, mais lui, à Zalilgarh, il est au sommet de la hiérarchie, et il est vraiment très isolé. Bien sûr, il est sans arrêt invité chez les gros bonnets du coin, les propriétaires terriens, les représentants des différentes castes, les entrepreneurs et les chefs des différentes communautés, avec lesquels il lui faut être en bons termes, mais, intellectuellement, il n'a rien en commun avec ces gens. Il a bien fait allusion à un ami, le chef de la police du district, qui a fréquenté le même *college* que lui, mais ils ont deux ou trois années d'écart et ils n'ont jamais été très proches au cours de leurs études, et puis, de toute façon, je ne suis pas sûre que leur travail respectif les amène à se voir beaucoup. Du moins, c'est l'impression que j'ai eue. Alors, forcément, quand Priscilla Hart débarque, elle qui est capable de parler de la Grosse Pomme pendant des heures et qui, en plus, est incollable sur la situation des femmes indiennes et leurs droits en matière de reproduction, il se carre dans sa chaise et l'écoute. Normal, non ?

Pour tout dire, c'est quand je lui ai dit bonsoir ce soir-là avant de le quitter que j'ai compris pour la première fois à quel point, moi aussi, j'étais seule. Je m'étais préparée avant de venir ici au genre de vie que j'ai connu avant de le rencontrer : du travail difficile en abondance, des conversations à n'en plus finir avec des femmes par le truchement d'interprètes (encore que mon hindi s'améliore vraiment de jour en jour), l'attention bienveillante du gentil, quoique inefficace, Mr. Das et de la coopérative, mais sournoise, auxiliaire Kadambari (ceux dont je t'ai parlé dans ma dernière lettre), et tout mon temps libre à passer en solitaire, à lire, écrire, mettre mes notes au propre. Et dans la mesure où c'est tout ce à quoi je m'attendais, je m'y suis faite très vite. Jusqu'à ce que je rencontre Lakshman.

Jusqu'à ce que je rencontre Lakshman, et que nous parlions, que je découvre en lui l'âme sœur, que je lui dise bonsoir, pour me sentir brusquement envahie du sentiment que j'étais en train de rater quelque chose, un sentiment si fort qu'il m'a laissé un goût amer dans la bouche. Des occasions de ce genre, je me suis toujours fait un point d'honneur de ne pas les rater.

Non, Cindy, ne t'inquiète pas, je ne suis pas amoureuse, ni rien. Du moins, je ne crois pas, et puis de toute façon, c'est totalement impensable. Il est marié, je ne suis ici que pour dix mois, et nous habitons des planètes différentes. Mais quand je suis rentrée chez moi, dans ma petite chambre, sans téléphone ni télé, avec uniquement quelques bouquins et une lumière intermittente à laquelle les lire, j'ai compris à quel point je m'étais coupée de quelque chose que je possédais bel et bien avant de venir ici. L'amitié, le partage. Je crois que je pourrais les retrouver avec lui.

En attendant, je vais apprendre une foule de choses. Il a dû commencer par m'éclairer sur la question hindo-musulmane. Non content de me brosser le contexte historique – la stratégie des Anglais consistant à fomenter des divisions entre les deux communautés, selon la politique du « diviser pour régner », les tentatives du mouvement nationaliste pour impliquer tous les Indiens dans une cause commune jusqu'à ce que la Ligue musulmane fasse sécession et réclame la création d'un État du Pakistan, la Partition de 1947, destinée à donner aux musulmans un État séparé, etc., etc. –, il me parle aussi des problèmes actuels et des troubles récents. Je suppose, Cin, que tu sais que sur les huit cents millions d'habitants que compte l'Inde, 12 % sont musulmans, alors que 82 % sont hindous (si j'ai bien retenu les chiffres). Depuis des décennies, depuis la Partition, il y a toujours eu des problèmes mineurs un peu partout dans le pays, des affrontements dressant un groupe contre l'autre, le plus souvent à l'occasion d'une procession ou d'une fête religieuses qui donnent au groupe adverse l'impression qu'il se fait envahir. Apparemment, le gouvernement indien a appris avec le temps à gérer ces troubles avec habileté, et les gens comme Mr. Lakshman reçoivent une formation spéciale pour apprendre à maîtriser une émeute, tout comme on apprend à un étudiant à présenter la bibliographie d'un mémoire. Ils s'efforcent d'établir des liens entre les deux communautés, d'après ce qu'il m'a raconté, grâce à la création de « comités de la paix » destinés à jeter des passe-relles entre les chefs religieux des deux groupes. C'est plutôt rassurant de l'écouter parler de tout ça, parce que, personnelle-ment, je trouve que l'ambiance ici n'est pas bonne. Il y a beau-coup de tension dans le coin à propos d'un truc qui s'appelle le Ram Janmabhoomi, un temple qui, d'après certains hindous, a été détruit par l'empereur moghol Babar en 1526. Apparemment, Babar (oui, oui, comme l'éléphant de la bande dessinée) l'a rem-placé par une mosquée, et il y aurait des hindous pour vouloir maintenant renverser le cours de l'histoire et reconstruire un temple là où se tient pour l'instant la mosquée. Encore que, d'après Lakshman, il n'y ait aucune preuve certaine de l'exis-tence d'un temple à cet endroit à aucun moment de l'histoire. Détail dont les leaders hindous se contrefichent, semble-t-il, puisqu'ils s'occupent d'organiser rassemblements et manifesta-tions dans tout le pays, en demandant à leurs fidèles de transpor-ter des briques jusqu'à l'endroit en question, afin de reconstruire le temple...

Mais assez sur ce sujet. Et les amours, Cindy, comment va ? Mat se comporte-t-il toujours comme si ce qui s'est passé entre vous n'avait jamais existé ?...

Extraits de l'album de Priscilla Hart

14 février 1989

...

« Non, je ne suis pas particulièrement jeune pour faire ce métier. Au même âge, le Christ avait déjà été crucifié. »

J'ai ri un peu bêtement, sans trop savoir comment je devais prendre la remarque. « Parce que vous estimez que votre rôle ici est comparable à celui d'un Messie ?

– Non, a-t-il dit sans ambages. Et vous ?

– Moi ? Oh non ! Quelle idée ! me suis-je exclamée, un peu décontenancée.

– Mais, parce que vous êtes venue dans ce pays plongé dans les ténèbres de l'ignorance, que vous avez renoncé à votre petit confort, votre four à micro-ondes, vos magasins de vidéo et vos trente et un parfums de glace, pour vivre dans l'Inde profonde et travailler au planning familial. Pourquoi un tel choix ?

– Seulement à une sensibilisation au planning familial, l'ai-je corrigé. Je me contente d'apprendre leurs droits aux gens, que dis-je, de les en informer, de leur dire de quoi il retourne, de leur montrer ce qui peut les aider. C'est tout, ai-je ajouté, tout en me disant que je restais trop sur la défensive.

– Mais pourquoi ? Vous vous sentez une vocation de missionnaire ?

– Ne soyez pas stupide. C'est vrai, j'appartiens à l'Église méthodiste, mais ce n'est pas elle qui m'a envoyée ici. En fait, si je suis ici, c'est d'abord pour étudier, ai-je répondu avec un peu plus d'assurance. Je fais de la recherche sur le terrain. Mes deux activités se complètent, et je suis heureuse de pouvoir être utile.

37

– Utile... a-t-il murmuré, les mains jointes sous le menton, une lueur amusée dans l'œil. Je crois que c'est Oscar Wilde qui a dit un jour que vouloir se rendre utile était le dernier refuge des sans grâce. Mais même un homme ayant les penchants qui étaient les siens serait obligé de reconnaître qu'un tel terme ne saurait vous être appliqué. »

Il m'a fallu une seconde pour comprendre ce qu'il voulait dire, et j'ai rougi. Je le jure, j'ai rougi.

« J'ignorais qu'on attendait des fonctionnaires indiens qu'ils aient lu Oscar Wilde, ai-je rétorqué, plus pour masquer ma gêne que pour autre chose.

– Mon Dieu, nous lisons tout et n'importe quoi. Qu'y a-t-il d'autre à faire dans ces trous perdus où nous sommes nommés par l'administration ? Mais pour ce qui est de Wilde, j'ai joué un rôle dans une de ses pièces à l'université St Stephen's College. *L'Importance d'être constant*. Mes amis et moi, nous adorions la manière dont il manipulait la langue. "Quittez, monsieur, cette posture à demi couchée !" La vérité est rarement pure, et jamais simple. "Franchement, si les classes laborieuses ne sont pas là pour nous donner l'exemple, à quoi peuvent-elles bien servir ?" Pendant des mois après la représentation, nous avons truffé notre conversation d'aphorismes empruntés à Wilde, produisant à l'occasion certains "wildicismes" de notre cru. Au point que j'étais moi-même incapable de faire la différence entre les épigrammes authentiques et les apocryphes, formules improvisées au hasard des situations. Je crains bien que celle que j'ai citée en dernier appartienne à la deuxième catégorie. Simple lakshmanisme, donc. » Il a ri, d'un rire léger et doux, et, à ce moment précis, j'ai pris conscience de l'envie que j'avais de me retrouver dans ses bras, de sentir ses lèvres sur les miennes.

« Voilà une Inde que je n'ai jamais connue, ai-je dit.

– L'Inde qui joue *L'Importance d'être constant* ? Celle qui fabrique des épigrammes à la Oscar Wilde ? Qui trouve le jeu de mots plus efficace que l'épée ? Il faut croire alors que vous n'avez pas rencontré beaucoup d'anciens de St Stephen's, ces produits du plus ancien *college* de l'université de Delhi, qui est aussi, à les en croire, le meilleur établissement d'enseignement supérieur de l'Inde. Le seul endroit où l'on peut avoir l'occasion d'entendre un camarade vous dire "Je trouve de plus en plus difficile de mener une vie digne de mes *kurtas*[1] en soie." Remarquez, nous produisons toutes sortes de stéphaniens. Il faudrait que je vous fasse rencontrer notre chef de la police, Gurinder. Il n'a rien d'un fan de Wilde, lui − ce serait plutôt tout le contraire −, mais, à sa manière, il est bien pire que moi. » Sur quoi, il m'a adressé un sourire éblouissant, éclair de blancheur dans la peau foncée de son visage. « Priscilla, ma chère, nous sommes aussi indiens que les femmes enceintes de votre programme de sensibilisation au problème du contrôle des naissances. À moins que vous ne pensiez être vous-même moins authentiquement américaine que la grosse mère de famille de Harlem qui vit des allocations familiales. »

J'ai tiqué à l'énoncé de ce dernier stéréotype, tout en comprenant parfaitement où il voulait en venir, et je me suis donc contentée d'opiner du chef.

Un gamin au large sourire a apporté du thé. « Ah, Mitha Mohammed, lui a dit Lakshman en guise d'accueil. Son thé est toujours trop sucré. Il a la main lourde avec le sucre, d'où le surnom que nous lui avons donné, Mohammed le sucré. Vous n'êtes pas obligée de le boire, si vous n'en avez pas envie. » Lui-même en a pris une grande gorgée, tandis que le gamin, souriant toujours de toutes ses dents, quittait la pièce après nous avoir salués. « Mais comment se fait-il que vous n'ayez jamais rencontré de stéphaniens ? Vous m'avez bien dit avoir passé trois ans à Delhi, non ?

− Oui, mais à l'époque, je n'étais qu'une gamine. Je n'avais que quinze ans quand je suis... quand nous sommes partis. Pendant tout ce temps, je n'ai guère connu que le lycée international américain de Delhi. Les seuls Indiens que je voyais étaient des

1. Un glossaire en fin d'ouvrage explique les termes d'origine indienne qui apparaissent en italiques dans le texte. Certains n'y figurent pas, soit parce qu'ils sont explicités par le contexte, soit parce qu'on les trouve notamment dans le Grand Usuel Larousse (N.d.T.).

enfants dont les parents travaillaient pour le compte de compagnies américaines, ou qui, pour une raison ou pour une autre, étaient allés faire des études à l'étranger et ne pouvaient pas, en rentrant, retourner dans une école indienne. Mes parents ne fréquentaient pas beaucoup de familles indiennes, et les gens qui venaient chez nous de temps à autre n'amenaient pas leurs enfants. Si bien que les seuls Indiens que j'aie vraiment eu l'occasion de connaître étaient nos domestiques.

– Quelle horreur ! » s'est-il exclamé d'un air sévère, si bien que j'ai cru sur le moment avoir commis un terrible impair. Mais très vite, il a ri à nouveau. « Quelle enfance malheureuse vous avez eue, Priscilla. Ma pauvre petite fille riche made in USA. »

Ce disant, il s'est penché pour me tapoter la main, laquelle reposait sur mes genoux, et je me suis sentie rougir à nouveau, comme une pivoine, cette fois-ci, j'en suis sûre. « Je ne dirais pas que nous étions riches, ai-je répondu. Plutôt moyenne bourgeoisie. Ma mère était enseignante.

– Voyons, Priscilla, jugé à l'aune indienne, même un concierge américain est riche. Est-ce que vous avez une idée de l'échelle des salaires dans ce pays ? Vous croyez peut-être que je vis comme un prince, et pourtant, d'une certaine manière, c'est effectivement le cas, mais, aux États-Unis, mes émoluments me placeraient en dessous du seuil de pauvreté. J'aurais droit à des bons de nourriture ! » Cette allusion à un fait de civilisation que bien peu en Inde auraient été en mesure de comprendre a semblé le remplir d'aise. Il est drôlement renseigné, me suis-je surprise à penser, avant de me dire que c'était précisément là l'impression qu'il voulait me donner.

« À propos de nourriture, vous n'avez pas faim ? m'a-t-il demandé. Vous avez des projets pour le dîner ? Parce que, sinon, je suis sûr que Geetha et Rekha seraient ravies de vous revoir. »

J'ai bien essayé de protester, en disant que je ne voulais pas m'imposer, mais il a balayé mes objections d'un revers de la main. « Écoutez, les domestiques en préparent toujours plus que nous ne pouvons en ingurgiter, alors ça ne pose vraiment pas de problème. Il y a une chose qu'il faut que je fasse, en revanche, c'est prévenir Geetha de votre venue, de manière à ne pas la prendre par surprise. »

Il s'est emparé du téléphone, a dit quelques mots en hindi à un assistant, m'a souri en attendant, avant de parler à nouveau en hindi, cette fois-ci, j'imagine, à un de ses domestiques. Me sentant un peu mal à l'aise, j'ai regardé le bureau, autour de moi : murs à la peinture écaillée, mobilier fourni par l'administration, dossiers couverts de poussière débordant des rayons, calendrier accroché de guingois et orné de l'image criarde de quelque dieu hindou. Voilà un homme parfaitement détaché des contingences et peu soucieux des apparences. Puis il a eu sa femme au bout du fil, et je me suis vu épargner la gêne d'avoir à faire semblant de ne pas entendre, dans la mesure où il s'est adressé à elle, en parlant à toute vitesse, dans une langue du sud dont je ne comprenais pas un traître mot. Ils ont eu quelques mots, m'a-t-il semblé ; il a paru insistant et a raccroché au bout de quelques minutes, un sourire forcé aux lèvres.

« Écoutez, je ne voudrais surtout pas déranger. Pourquoi ne pas reporter l'invitation à un autre jour ?

– Mais vous ne dérangez absolument pas, m'a-t-il assuré. Il se trouve simplement que Geetha était sur le point de partir au temple. J'avais oublié que le mardi est un des jours où elle se rend d'ordinaire au temple pour la prière du soir. Mais pour le dîner, pas de problème... ce sera un peu plus tard, c'est tout. Est-ce que ça vous gêne beaucoup si nous mangeons, disons, d'ici deux heures ? »

J'hésitais encore, non pas parce que j'en avais assez de sa compagnie, mais à cause de la bizarrerie de la situation, et aussi parce que je ne savais pas trop que faire des deux heures à venir, quand il m'a à nouveau adressé la parole pour me dire tout à trac : « Vous avez déjà vu le Kotli ? »

J'ai secoué la tête.

« Ah, mais il faut absolument y aller, a-t-il repris, le visage fendu d'un grand sourire. C'est le seul site authentiquement historique de Zalilgarh. Vous êtes ici depuis deux mois, et vous ne connaissez toujours pas l'endroit ? a-t-il ajouté d'un ton mi-plaisant, mi-désapprobateur, tout en se levant. Il faut que je vous y emmène. Et le crépuscule est le moment idéal. Vous verrez le coucher du soleil sur le fleuve. » Il m'a saisi l'avant-bras, l'espace d'une seconde, comme pour me soulever de ma chaise. Une poigne ferme, décidée, et pourtant si légère ; j'aurais voulu qu'il ne retire pas sa main. « Allez, venez. Cela va nous occuper très agréablement jusqu'à l'heure du dîner. »

Il a appuyé sur une sonnette. Un *chaprassi* est apparu pour s'emparer de sa serviette et la porter jusqu'à la voiture qui attendait.

« Et mon vélo ? ai-je demandé d'une voix dubitative.

– Vous pouvez le laisser ici. Mon chauffeur vous déposera chez vous après le dîner, et vous le récupérerez demain matin. »

Eh bien, me suis-je dit en montant dans son Ambassador de fonction, voilà un homme qui a réponse à tout.

Extrait du carnet de Randy Diggs

11 octobre 1989

Bien entendu, il n'y a pas d'hôtel digne de ce nom à Zalilgarh. À quoi bon d'ailleurs ? Juste quelques chambres minables pour représentants de commerce et prostituées, au-dessus de restaurants infestés de mouches. Mais l'ambassade s'est débrouillée pour faire loger les Hart dans le bungalow officiel du département des Travaux publics. C'est là que résident les fonctionnaires de l'administration quand ils entreprennent une tournée du district. Petite panique quand on découvre que l'on n'a préparé qu'une seule chambre pour Mr. et Mrs. Hart. La nouvelle de leur divorce n'est apparemment pas parvenue jusqu'au personnel du département. On ne leur a pas non plus parlé de moi. Mais il n'y a personne d'autre que nous à loger dans le bungalow. Si bien qu'après quelques palabres, et beaucoup de bras levés au ciel de la part du responsable des lieux, sans parler des deux billets de vingt roupies que je lui glisse discrètement dans la main, on finit par nous ouvrir deux pièces supplémentaires. Elles sentent le renfermé, et on n'y a pas fait la poussière depuis des lustres ; quant aux draps, rêches et tachés, leur blancheur originale n'est plus qu'un lointain souvenir, mais c'est mieux, ô combien, que ce que nous aurions pu trouver en ville. Je le dis à Hart, ce qui le rassérène un peu.

Après un dîner aux normes administratives (atmosphère compassée, soupe pas passée), Mrs. Hart se retire dans sa chambre. Hart doit être épuisé, lui aussi – entre le décalage horaire, la réception à l'ambassade et le trajet cahotant depuis Delhi. Son visage, ses yeux en particulier, en disent long : il n'a pas dormi depuis un bon bout de temps. Mais il a envie de parler. Nous nous asseyons sur la véranda dans des fauteuils en bois, dont l'assise en rotin commence à s'affaisser, et les moustiques se mettent à bourdonner autour de nous. Hart, exaspéré, agite les mains pour les éloigner, jusqu'à ce que je sorte une bombe antimoustique. « Merci. Guère eu le temps de penser à ce genre de choses », dit-il d'un air contrit.

Moi, j'y pense toujours, à ce genre de truc. Et aussi à l'alcool. Hart a un air de gratitude quasi pathétique quand je sors de mon sac une bouteille de Johnnie Walker Black Label et que je réclame deux verres à whisky. Pas de glace. Ce qui n'a pas l'air de déranger Hart. Il serre son verre si fort que je me réjouis à l'idée qu'il ne s'agit que de verre blanc bien épais, le cristal lui aurait sans doute laissé des éclats dans la paume de la main. Nous restons donc assis là, dans une pénombre à peine dissipée par la maigre lumière d'une unique ampoule (qui passe par des hauts et des bas suivant les inévitables fluctuations de la tension) sous un abat-jour en métal, au milieu des moustiques qui tourbillonnent autour de nous, agacés par notre présence et tenus à distance par notre produit. Et nous parlons. Ou plutôt, Hart parle, et moi j'écoute, tout en laissant le magnéto marcher discrètement et en griffonnant une note de temps à autre.

Rudyard Hart à Randy Diggs

11 octobre 1989

C'est moi qui ai demandé à être envoyé en Inde. Au siège, à Atlanta, ils n'en croyaient pas leurs oreilles. « Qu'est-ce que vous voulez aller foutre là-bas ? » m'ont-ils demandé. Coca-Cola était déjà bien implanté en Inde, mais la filiale était dirigée par un Indien, un certain Kisan Mehta. Depuis qu'il avait repris Coca-Cola Inde, en 1964, les seuls Américains à aller là-bas étaient des sous-fifres qui faisaient une tournée d'inspection de temps à autre, mais qui venaient surtout pour rappeler aux fabricants et aux distributeurs qu'ils avaient une puissante multinationale derrière eux. Aucun cadre américain n'avait été affecté à temps plein dans le pays par Coca-Cola depuis le début des années soixante.

Mais j'ai tellement insisté qu'ils ont fini par céder et qu'ils m'ont laissé partir. Juste avant Noël 1976, j'ai été nommé directeur marketing pour l'Inde. J'avais réussi à les convaincre qu'il suffisait d'une bonne dose d'énergie à l'américaine et de marketing de pointe pour faire enfin décoller les ventes. Coke avait ouvert sa première usine en Inde en 1950, et à l'époque où j'ai demandé à être affecté là-bas, fin 76, nous avions vingt-deux usines, et environ 200 000 distributeurs. Vous allez me dire, pas si mal côté croissance, mais j'étais persuadé que nous pouvions faire beaucoup mieux. Il se vendait annuellement dans les 35 millions de caisses de Coca à l'époque, une caisse contenant vingt-quatre bouteilles, de sept onces chacune, soit deux cents millilitres pour les Indiens. Personnellement, je trouvais ce chiffre ridiculement bas. Avec un pays fort d'une classe moyenne de cent millions d'individus, on n'arrivait pas à convaincre chacun d'entre eux de boire au moins un petit Coca par semaine ? Je soutenais, moi, qu'en changeant nos méthodes, on devait pouvoir vendre 200 millions de caisses en Inde, et pas 35. Et c'était un minimum, parce qu'un Coca par semaine et par Indien des classes moyennes, ça n'allait pas chercher très loin. Ce score-là, nous devions pouvoir l'améliorer.

Et puis, j'avais envie d'aller en Inde. J'en avais tellement entendu parler : mes parents avaient été missionnaires ici. Ils avaient adoré, le Taj Mahal, *Le Livre de la jungle*, tout le cirque, quoi. Ils m'avaient même baptisé Rudyard en l'honneur de Kipling, vous vous rendez compte ? Quand je suis né, ils étaient déjà partis pour la Chine, mais ils avaient tellement la nostalgie de l'Inde qu'ils rêvaient encore des Lanciers du Bengale au pays de Pearl Buck. Leur carrière de missionnaires a tourné court du jour où la Chine est devenue communiste, et j'ai grandi essen-tiellement aux États-Unis, mais mes parents m'avaient insufflé une passion pour l'Inde qui ne m'a jamais quitté.

Le plus gros de ma carrière, je l'ai fait dans des compagnies qui avaient des filiales un peu partout dans le monde, sauf en Inde. Mais quand je suis entré chez Coca-Cola, je me suis dit que c'était peut-être la chance de ma vie. Katharine, elle, n'était guère enthousiaste, je dois le reconnaître. J'avais voulu l'emme-ner en Inde pour notre lune de miel, mais elle n'en avait pas envie, et nous nous étions retrouvés aux chutes du Niagara. Elle n'a jamais supporté nos voyages à l'étranger. Elle a toujours préféré la vie aux US, ses livres, son enseignement, à toute aven-ture plus ou moins exotique. Elle n'était pas sûre de pouvoir trouver du travail. Elle avait peur que la scolarité des enfants ait à en souffrir. Elle a mis beaucoup d'énergie à essayer de me dissuader, mais j'ai tenu bon. Elle a fini par céder, et je me suis imaginé qu'elle avait enfin compris combien je voulais ce départ pour nous. Je dis bien, pour nous.

Nous sommes arrivés à Delhi début 1977, la première semaine de janvier, si je me souviens bien. Dieu que c'était bon de se retrouver là. Le temps était superbe, frais et ensoleillé pour la saison. On laissait entendre dans les sphères gouvernementales que l'économie allait s'ouvrir aux capitaux étrangers. Mme Gandhi s'était montrée très hostile envers l'Amérique jusque-là, et vous vous souvenez sans doute qu'elle avait proclamé l'état d'urgence, au milieu de l'année 1975, prétendant que la CIA cherchait à déstabiliser son gouvernement. Mais une fois ses adversaires sous les verrous et la presse muselée, elle s'était considérablement radoucie, et j'avais lu, quand j'étais encore à Atlanta, que, contre toute attente, elle avait accepté de se rendre à un dîner donné par notre ambassadeur, Saxbe. Ce que tout le monde avait interprété comme une volonté de sa part de s'ouvrir à l'Amérique. Et du même coup, aux compagnies américaines. Son fils cadet, Sanjay, était déjà en pourparlers avec McDonald's au sujet d'une possible implantation de la firme dans le pays. Nous, Coca-Cola, nous y étions déjà, en Inde, mais, pour le coup, les possibilités de croissance paraissaient illimitées.

C'est peu de temps après mon arrivée que Mehta a commencé à me dire que les choses n'étaient pas aussi roses qu'elles en avaient l'air. L'Inde avait voté en 1973 une loi sur la réglementation des échanges avec l'étranger, qui régissait les activités de toutes les compagnies impliquées dans le commerce international. L'article 29, si je me souviens bien, faisait obligation aux compagnies étrangères opérant en Inde d'obtenir à nouveau l'agrément du gouvernement, en d'autres termes, de demander une nouvelle autorisation pour mener leurs opérations en territoire indien. Nous n'avons voulu voir là qu'une nouvelle manifestation de la bureaucratie endémique d'un pays obsédé par les formalités et les procédures – vous les connaissez, ces Indiens, ils ont la bureaucratie dans le sang. Nous avons donc considéré notre dépôt de demande comme une simple formalité, que le gouvernement a, bien entendu, laissé dormir dans un tiroir, et nous avons poursuivi nos affaires, comme si de rien n'était, comme si la fameuse loi ne devait rien changer. Sauf que, et Kisan Mehta ne s'est pas privé de me le faire remarquer, notre cas était toujours pendant auprès de la commission de contrôle, et que, dans l'intervalle, nous avions réussi à mobiliser contre nous une grande partie des milieux politiques.

Que la compagnie puisse devenir un sujet de controverse politique nous paraissait à nous autres, à Atlanta ou ailleurs dans le monde, passablement absurde. C'est vrai qu'il y avait toujours quelqu'un, du côté de la gauche hystérique, que ce soit en Amérique latine ou en Inde, pour aller dire que Coca-Cola était une opération de la CIA, mais, en Inde, les attaques prenaient un tour particulièrement brutal. Avec notamment des interventions à la Chambre où on nous accusait de « piller le pays » et de « ruiner la santé des Indiens ». Un socialiste particulièrement virulent, un certain George Fernandes, tonna : « Comment peut-on imaginer un pays où on trouve du Coca dans les villes, et pas d'eau potable dans les campagnes ? » Un de ses amis se leva en pleine assemblée pour demander : « Avons-nous vraiment besoin de Coca-Cola ? » Je me souviens d'avoir rencontré, juste avant mon départ pour l'Inde, le président de la compagnie, Paul Austin, et de l'avoir entendu s'étonner de ce que, dans un pays confronté à tant de problèmes urgents, des membres du Parlement aient encore du temps à consacrer à des attaques contre Coca-Cola. Mais tout cela nous laissait assez froids. Nous avions connu pire en France dans les années 1949-1950, à l'époque où une tentative pour interdire l'implantation de la compagnie avait failli déclencher une guerre commerciale. Le gauchisme anti-américain, nationaliste et volontiers hystérique, nous savions en prendre la mesure.

Là-dessus, voilà que Mme Gandhi met fin à l'état d'urgence et organise des élections. Je suppose que vous avez révisé votre leçon d'histoire sur le sujet, mais c'est vrai que nous avons connu une période absolument incroyable, Randy. Elle n'avait été ni plus ni moins qu'un dictateur pendant les vingt-deux mois où elle avait gouverné à coup de décrets d'exception, et la voilà qui accordait aux victimes de sa dictature le droit de décider s'ils voulaient la voir continuer l'exercice de son régime tyrannique ! L'Inde est en soi un endroit surprenant, mais là, ça dépassait la mesure. Nous avions à peine fini de nous installer quand la campagne électorale s'est ouverte, et nous avons vraiment eu l'impression de planter nos tentes au milieu d'un ouragan. Avant même que j'aie eu le temps de définir les grandes lignes de la stratégie que je voulais adopter et d'aborder la première étape de mon objectif deux-cent-millions-de-caisses, Mme Gandhi perdait les élections et un nouveau gouvernement de coalition, le gouvernement Janata, se mettait en place. Et je vous donne en mille qui s'est retrouvé ministre de l'Industrie dans le nouveau cabinet ? L'homme politique indien préféré de Coca-Cola, le socialiste George Fernandes en personne. C'est le titre de ministre de l'Anti-industrie qu'on aurait dû lui donner, oui !

Kisan Mehta m'avait vivement conseillé de freiner mes ambitions. Nos courbes de ventes en Inde, me répétait-il, montraient une croissance comparable à celle que connaissait Coca-Cola au Japon. Inutile de risquer de faire chavirer le navire en cherchant à aller deux fois plus vite à un moment où nous pouvions nous estimer heureux d'être encore à flot. Mais je n'ai pas voulu l'écouter. Tellement j'étais sûr de moi.

Ce qu'il faut que vous compreniez à ce stade, c'est que Coca-Cola Inde était détenu à cent pour cent par Coca-Cola États-Unis. Ce que nous faisions, c'est que nous fabriquions et fournissions les concentrés de Coca, et que nous apportions à nos franchisés nos techniques de vente et le soutien logistique nécessaire. Les sociétés d'embouteillage qui nous achetaient les concentrés étaient, elles, aux mains des Indiens. De cette manière, nous gardions le contrôle du produit et le secret de notre formule, la 7X, tout en n'ayant besoin d'employer nous-mêmes qu'une centaine de personnes dans le pays. L'inconvénient, c'est que nous apparaissions, sans conteste possible, comme un pur produit étranger.

Or, Mr. Fernandes n'a pas perdu de temps pour s'en prendre aux compagnies étrangères, à commencer par IBM et Coca-Cola. Il leur a demandé d'employer davantage d'autochtones et, pour ce qui concerne Coca-Cola en particulier, a stipulé que si la compagnie voulait continuer à opérer en Inde, elle devait livrer sa formule secrète aux autorités. Nous avons refusé. À l'époque, Paul Austin a déclaré : « Si l'Inde veut Coca-Cola, elle ne l'aura qu'à nos conditions. » Il est vite apparu que l'Inde, ou du moins le gouvernement qui la représentait, ne voulait pas de Coca-Cola à de telles conditions. En août 1977, huit mois après mon arrivée, notre demande d'agrément, depuis longtemps en instance, était rejetée par le gouvernement aux termes de l'article 29 de la loi sur la réglementation des échanges avec l'étranger. Coca-Cola se trouvait mis en demeure de plier bagage.

Je peux vous dire que ça a été un coup terrible, Randy. Pas seulement sur le plan professionnel, où c'était déjà passablement catastrophique. Nous avons dépensé deux millions de dollars pour récupérer jusqu'à la dernière bouteille de Coca sur le territoire indien, et tout ce que nous avons obtenu en échange, c'est de la publicité pour l'inviolabilité de notre formule secrète. Tu parles ! Mais j'avais, moi, déraciné ma famille, je l'avais entraînée à l'autre bout du monde, pour des raisons qui se trouvaient maintenant réduites à néant. Ça n'avait vraiment aucun sens, alors qu'ils commençaient tout juste à s'acclimater à la vie et à l'école dans leur nouveau pays, de les en arracher à nouveau pour les ramener en Amérique. Et pour être tout à fait franc, la compagnie n'avait rien d'enthousiasmant à m'offrir à Atlanta. À quoi s'ajoutait la question de l'orgueil professionnel. Coca-Cola maintenait sur place un personnel embryonnaire chargé de régler les détails de la liquidation, au nombre desquels figurait une interminable affaire de taxes sur le commerce des boissons, vieille de plusieurs décennies, et j'ai demandé à rester avec eux. Je me disais que s'il existait ne serait-ce qu'une chance de réimplanter Coca-Cola en Inde, j'étais l'homme de la situation. Ce que je voulais, en fait, c'était arriver à prouver que j'avais eu raison de venir en Inde.

Nous sommes donc restés. Mon aîné, Kim, était dans ses dernières années de lycée, et la compagnie a accepté que je reste jusqu'à la fin de ses études secondaires, avec pour mission d'essayer de faire repartir les activités de Coca-Cola dans le pays. Katharine avait trouvé du travail comme professeur au lycée international américain. Le salaire était minable mais, au moins, ça l'occupait et l'empêchait de passer tout son temps en récriminations contre l'Inde et contre son mari. Lance, le plus jeune, n'était encore qu'un gamin, un peu lent (on dirait aujourd'hui qu'il était en difficulté), et il était heureux partout. C'est Priscilla qui a été la plus marquée par l'Inde. Elle avait douze ans quand nous sommes arrivés, elle s'éveillait tout juste, je suppose, à l'adolescence et à la maturité affective, et tout est arrivé ici. Je n'ai jamais pensé à elle au moment où je prenais mes décisions. Aujourd'hui, je sais que c'est à elle que j'aurais dû songer d'abord.

Oui, merci, j'en prendrais bien un autre. Guère eu le temps de penser à apporter ce genre de truc. Content que quelqu'un l'ait fait à ma place. Non, non, pas besoin de soda, je le préfère sec. Rassurez-vous, ça n'a pas d'autre effet sur moi que de me rendre bavard.

Le défi professionnel que je m'étais imposé s'est révélé très rapidement illusoire. Autant l'admettre, même si à l'époque j'ai essayé de me persuader et de persuader les pontes d'Atlanta que j'étais sur le point d'aboutir. Sur les conseils avisés de ce vieux routard de Kisan Mehta, je sortais projet sur projet, tous plus ingénieux les uns que les autres, mais sans résultat. J'ai essayé de travailler en collaboration avec les sociétés d'embouteillage, premières victimes de la décision gouvernementale, pour provoquer un changement d'attitude, leur faisant remarquer que c'étaient des Indiens, et pas seulement une compagnie américaine, qui avaient été atteints par l'expulsion de Coca-Cola. Je t'en fiche. Les sociétés en question n'ont pas tardé à se rendre compte qu'elles pouvaient s'en sortir tout aussi bien en fabriquant des substituts indiens, et ce à l'abri de toute concurrence internationale. Mes arguments perdaient de plus en plus de leur poids au fur et à mesure que Thums Up et Campa-Cola naissaient et se développaient dans l'espace que nous avions libéré. En fait, George Fernandes a même réussi à persuader le gouvernement de se lancer dans le commerce des boissons non alcoolisées, en consacrant une dizaine d'usines d'embouteillages de Coca-Cola reconverties à l'exploitation d'un produit appelé 77. Ou Esprit de 77, je ne me souviens plus très bien. Peu importe, ledit esprit était faiblard et n'a pas tardé à disparaître du marché. Mais avec tous ces produits qui n'arrêtaient pas de sortir, il me fallait une approche radicalement différente pour tenter de faire redémarrer Coca-Cola.

C'est alors que l'idée m'est venue de prendre exemple sur la stratégie adoptée par Pepsi en Union soviétique. Vous vous souvenez peut-être de la manière dont Pepsi avait réussi à se glisser derrière le rideau de fer à un moment où nous-mêmes étions encore sur la liste noire. Le truc était simple : lancer un produit soviétique, en l'occurrence la vodka, sur le marché américain, en échange de quoi Pepsi obtenait la permission de s'introduire sur le marché russe. La manœuvre avait réussi pour Pepsi à Moscou, mais pour Coca-Cola à Delhi l'entreprise s'est soldée par un échec. J'avais suggéré que l'on mette à profit l'expérience commerciale de la compagnie pour ouvrir aux États-Unis une chaîne de magasins qui distribueraient les produits de l'artisanat indien, avec à la clé pour l'Inde des revenus à l'exportation conséquents. En retour, nous serions autorisés à reprendre nos ventes de Coca en Inde. La bureaucratie indienne nous a fait attendre trois mois avant de finir par rejeter notre proposition.

Je n'ai pas abandonné la lutte pour autant, Randy. C'est d'ailleurs là l'histoire des trois années que j'ai passées en Inde, trois années d'efforts pour tenter, contre vents et marées, de réimplanter solidement la compagnie sur le marché indien. Et quand je pense que, pendant tout ce temps, je me suis fait accuser d'œuvrer pour l'impérialisme occidental ! Quelle ironie ! Les anciens impérialistes, eux, n'avaient qu'à se montrer pour prendre le contrôle de l'économie ou pour s'emparer de ce qui les intéressait. Alors que nous, nous devions solliciter les faveurs des autorités indiennes, en inventant de nouvelles manières de leur plaire, en quémandant la permission d'apporter au pays le plaisir que pouvait procurer notre produit. Vous appelez ça de l'impérialisme, vous ?

Je vous donne un exemple. Le gouvernement avait pris diverses mesures au sujet des entreprises en participation, et j'ai cherché une parade pour faire en sorte que nous puissions en bénéficier. Coca-Cola devait rester aux mains des Américains, cela va sans dire, et j'ai donc essayé d'imaginer une forme d'association entre Coca-Cola et les sociétés d'embouteillage, qui serait susceptible d'entrer dans la catégorie des *joint-ventures*. Mais les commissaires indiens n'ont rien voulu savoir. J'ai passé ensuite un temps fou avec toute une clique d'avocats à trouver un biais qui nous permettrait de créer une autre compagnie indienne dans laquelle Coca-Cola n'aurait que quarante-cinq pour cent des parts ; nous continuerions bien entendu à fabriquer le concentré nous-mêmes, comme par le passé, mais pour le céder ensuite, à prix coûtant, à cette nouvelle compagnie, laquelle serait ainsi la seule habilitée à vendre le produit aux sociétés d'embouteillage.

Juste au moment où les autorités indiennes commençaient à s'intéresser au projet, Atlanta m'a lâché. Manifestement, la maison ne voulait pas s'engager dans cette aventure, au vu des bénéfices qu'elle semblait devoir en retirer. Un des gros bonnets d'Atlanta m'a fait parvenir la note de service suivante : « Le Coca est convoité dans tous les pays du monde. Nous n'avons pas à décrédibiliser notre image en acceptant de nous prêter aux exigences les plus fantaisistes des gouvernements locaux. » Les exigences les plus fantaisistes des gouvernements locaux, je me souviens encore de la formule. Ces mots sont restés gravés au fer rouge dans mon esprit. Je crois que c'est à partir de là que j'ai commencé à baisser les bras.

J'étais toujours prêt à rester en Inde jusqu'à ce que Kim ait terminé le lycée, évidemment, mais le cœur n'y était plus. Et puis, je suis bien obligé de reconnaître que j'avais trouvé d'autres moyens d'occuper mon temps. Qu'est-ce ça peut foutre, après tout ? Ce n'est plus un secret pour personne depuis la procédure de divorce, alors je peux aussi bien vous le dire.

J'ai eu une liaison, Randy. D'un convenu, d'un prévisible achevé. Avec ma secrétaire.

Avec le recul, j'ai honte, et je suppose que j'avais honte même à l'époque, sauf que mes propres désirs m'aveuglaient trop pour que je puisse être encore conscient de ce sentiment. C'est probablement le fils de missionnaire qui parle. Ma vie de couple était tombée dans la routine. La routine peut parfois s'avérer confortable, mais la nôtre ne l'était plus tant elle était faite d'incompatibilités et de ressentiment. C'était moi qui avais toujours décidé de tout dans notre couple : ce que nous allions faire, où, quand et comment. Katharine n'était jamais d'accord, mais finissait toujours par céder. Le résultat, j'imagine, c'est qu'elle était devenue de plus en plus rancunière, mais j'étais trop accaparé par mon travail pour seulement le remarquer. Du même coup, je la trouvais de moins en moins attirante. Elle a quelques années de plus que moi, je suppose que vous le savez, mais ce n'était pas la seule raison. Il y avait surtout ces incontournables valeurs de la classe moyenne américaine, ses vêtements pratiques, son sens des responsabilités, sa modération en toute chose – très franchement, tout cela m'ennuyait à périr. Nous faisions l'amour de moins en moins souvent, et ça n'avait pas l'air de lui manquer. À moi, si.

Ce n'était pas l'amour avec elle qui me manquait. Non, c'était tout bonnement et tout crûment le sexe. L'excitation que procure la découverte d'un corps de femme, le faire s'ouvrir sous mes doigts, le posséder comme personne avant moi. Voilà ce que je cherchais, et voilà ce que j'ai trouvé avec Nandini.

Elle était exotique, Randy. Il n'y a pas d'autre mot – exotique. Elle entrait dans mon bureau, resplendissante, dans des saris superbes, couverte de bijoux, apportant avec elle un parfum d'essence de rose, les ongles parfaitement vernis, le moindre cheveu en place. Elle avait un sourire éblouissant, qui laissait entrevoir des dents légèrement inégales, et elle répondait au téléphone dans cet anglais appris au couvent et doté de cet accent chantant qui est l'apanage des Indiennes. Elle me rendait fou. Je la faisais venir pour lui dicter des lettres de routine sans importance et lui demandais de me les relire simplement pour entendre sa voix donner de la magie à mes mots. Et aussi, est-il besoin de le dire, pour pouvoir la regarder.

Êtes-vous sensible aux charmes de l'exotisme, Randy ? Oh, vous n'êtes pas obligé de répondre. Donnez-moi plutôt encore un peu de ce whisky. Vous êtes sûr de ne plus en vouloir vous-même ? Bon, où en étais-je ? Ah oui, Nandini. Nandini était tellement différente de Katharine que j'avais l'impression d'avoir affaire à une autre espèce humaine. Elle portait des petits corsages sans manche qui révélaient une poitrine généreuse chaque fois que le pli de devant de son sari s'ouvrait, ce qui arrivait assez souvent, chaque fois qu'elle se retournait ou qu'elle se penchait pour ramasser quelque chose ou qu'elle faisait un geste un peu brusque. Et puis, bien sûr, il y avait le sari lui-même. Quel vêtement, Randy, mais quel vêtement ! Il n'a pas son pareil au monde pour concilier le besoin chez la femme tout à la fois de cacher et de montrer. Il dessine les contours de la silhouette tout en camouflant les défauts qu'une jupe ne saurait cacher – sous un sari, un derrière trop lourd, de vilaines jambes restent invisibles. Mais en même temps il révèle la taille, cette partie de l'anatomie que les Occidentales ne montrent jamais. J'étais hypnotisé, Randy, par le simple fait de voir son nombril quand elle marchait, ainsi que le pli que faisait la chair au-dessus du sari noué et la courbe de sa taille au niveau des hanches. Ce renflement de chair juste au-dessus de la hanche, Randy, est pour moi la partie la plus sexy de l'anatomie féminine. Et je n'avais même pas à la déshabiller pour le voir. J'étais littéralement ensorcelé.

Et elle aussi, de son côté, était attirée, je le voyais bien. À son sourire, à sa façon de me parler, à ses yeux quand elle me regardait. Et ce n'était pas parce qu'elle cherchait à se concilier les bonnes grâces de son patron. Les signaux qu'elle m'envoyait étaient parfaitement clairs.

J'ai pris mon temps pour les déchiffrer. Mais un jour, tard le soir, dans mon bureau, alors que tout le monde était déjà parti, c'est arrivé, comme ça, comme ces choses-là arrivent toujours.

Elle était passée de mon côté du bureau et se tenait penchée au-dessus de mon épaule pour regarder un document que je souhaitais lui faire retaper. Tandis que je lui expliquais ce que j'attendais d'elle, elle prenait des notes en sténo sur son bloc. À un moment, elle a lâché son crayon accidentellement sur mes cuisses. Instinctivement, elle a tendu la main pour le ramasser.

Ma main s'est refermée sur la sienne, la maintenant là où elle était.

« J'aime sentir votre main là », lui ai-je dit.

Ne vous inquiétez pas, je ne suis pas ivre. Je tiens bien l'alcool, vous savez. À une époque, j'ai quasiment vécu de scotch indien, si toutefois l'expression n'est pas une contradiction dans les termes. « Alcool étranger fabriqué en Inde », ils appelaient ça. Incroyable, non ? « Alcool étranger fabriqué en Inde ! » Mais, à tout prendre, c'était encore meilleur que le scotch frelaté que les *bootleggers* vous revendaient à quatre fois son prix. Je peux vous assurer qu'il s'est vendu plus de Johnnie Walker Black Label en Inde qu'on n'en a jamais fabriqué en Écosse. Allez-y, versez sans crainte.

C'est aussi bien que je ne puisse pas voir votre visage dans cette pénombre, Randy. Je n'ai aucune excuse, et à l'époque, je n'en cherchais pas de toute façon. Je la voulais, c'était aussi bête que ça. Et à un moment où j'étais incapable de me procurer grand-chose de ce que j'aurais voulu, Nandini s'est révélée être une source de satisfaction intense et sans mélange.

Quand elle a remué la main, ça n'a pas été pour la retirer, mais, au contraire, pour l'enfoncer plus profondément entre mes cuisses. « Moi aussi », a-t-elle dit.

L'instant d'après, elle était agenouillée à mon côté, et je sentais l'essence de rose qui montait de son corps en même temps que la pression de ses dents inégales, celle de ses doigts fins et élégants sur ma cuisse, et j'étais transporté dans un autre monde, loin de ce bureau, la tête envahie de plaisirs bien réels et de fantasmes...

C'est comme ça que tout a commencé, Randy. Et ça a continué, comme une folie, une obsession, partout où la possibilité se présentait : dans les chambres d'hôtel retenues par la compagnie pour des visiteurs qui n'étaient pas encore arrivés, au cours de tournées officielles où on n'avait encore jamais vu une secrétaire accompagner son patron, et, bien sûr, au bureau, sur le canapé où je recevais les visiteurs.

Et même une fois, carrément sur le bureau. J'étais rentré d'une réunion particulièrement frustrante avec un petit fonctionnaire borné, qui avait le titre de commissaire aux capitaux et investissements étrangers, après m'être entendu dire sur un ton d'arrogance satisfaite que le produit que j'essayais de promouvoir, son gouvernement le considérait comme « inessentiel ». Furieux et humilié, je suis entré comme un fou dans mon bureau, où Nandini, inquiète, m'a suivi. Elle a refermé la porte. « Mauvaise réunion ? » m'a-t-elle demandé, tout en massant doucement ma nuque douloureuse.

En réponse, je me suis retourné et je l'ai embrassée à pleines lèvres, la serrant à lui couper le souffle, lui fouillant la bouche d'une langue insistante. Sans un mot, je l'ai poussée vers le bureau, baissant ma fermeture Éclair d'une main sans pour autant relâcher mon étreinte, puis soulevant son sari de l'autre, avant de la pénétrer. À ce moment-là, elle s'est totalement abandonnée, et c'était ce que je désirais le plus au monde. Elle avait les yeux fermés, ses bras nus dans son corsage sans manche étaient rejetés en arrière, ses jambes écartées pendaient sur le devant du bureau, et moi, j'étais sur elle, au plus profond d'elle, son conquérant. Ça n'a pas duré très longtemps, mais dans ces quelques minutes où je n'étais plus moi-même, j'ai retrouvé paradoxalement le sentiment de ce que j'étais, de la raison qui m'avait amené ici, de ce que j'étais venu y faire.

Je suis désolé, Randy. J'ai tout d'un pourceau, pas vrai ? Parfois, quand je revis ces moments-là, je me fais vraiment l'effet du parfait salaud que Katharine a décrit devant le juge des divorces.

Avec le recul, c'est facile de voir que ça ne pouvait pas durer. À l'époque, tout ce à quoi j'étais capable de penser, c'était comment faciliter notre relation. Nandini a commencé à se plaindre : elle en avait assez d'être toujours en train de guetter les bruits à la porte du bureau, d'avoir à quitter les chambres d'hôtel en toute hâte, de devoir constamment veiller à ne pas se faire prendre. Elle voulait être seule avec moi, disait-elle, sans avoir à être sans arrêt sur ses gardes. Nous retrouver chez elle était impossible, non seulement parce qu'elle était mariée, mais aussi parce qu'elle vivait avec une mère âgée qui ne quittait jamais la maison. C'était donc chez moi qu'il fallait qu'on se voie.

J'ai mis quelque méthode dans ma folie. Je m'intéressais soudain, comme jamais, à l'emploi du temps de ma femme et de mes enfants, m'appliquant à mémoriser les heures où Katharine était retenue à la bibliothèque, celles où Kim prenait ses leçons de cornemuse, celles où les domestiques faisaient la sieste. En m'accordant jusqu'à une demi-heure de battement supplémentaire, j'étais sûr que la maison était complètement vide de treize heures à quinze heures trente le lundi, le mercredi et le vendredi.

Ces après-midi-là, je renvoyais le chauffeur et emmenais moi-même Nandini à la maison, certain qu'il n'y avait aucun danger. Elle adorait la chambre : s'enfoncer dans le lit *king-size* que Katharine et moi avions trimbalé avec nous autour du monde, nous voir nus dans la glace en pied, s'abandonner avec délices au ronronnement de la climatisation. Et moi, qu'est-ce que j'éprouvais à faire des galipettes avec ma secrétaire dans le lit où la femme qui était la mienne depuis vingt ans dormirait, d'ici quelques heures, engoncée dans sa chemise de nuit en flanelle et me tournant le dos ? Un soupçon de remords, j'aimerais pouvoir le penser et le dire, mais, pour être honnête, c'était surtout un sentiment de plaisir, celui d'avoir rendu à ce lit conjugal sa fonction première.

Il reste qu'au moment où nous avons commencé à nous retrouver à la maison, le dénouement était déjà en vue. Kim avait presque terminé le lycée, et j'étais prêt à reconnaître mon échec auprès de mes supérieurs et à accepter une mutation. Nandini commençait à parler de notre avenir, alors que l'idée même que nous pourrions en avoir un ne m'était jamais venue. Je m'étais embarqué dans cette relation sans penser au lendemain. Manifestement, elle était allée beaucoup plus loin que moi. Elle se voyait déjà installée dans mon lit, pratiquement persuadée que la place lui revenait de droit. Je commençais à me sentir pris au piège.

Un soir, Katharine a flairé une odeur suspecte sur le drap et s'est demandé si un des domestiques ne faisait pas la sieste dans son lit. On interrogea le personnel, et ses protestations d'innocence outragée montrèrent assez que pareille chose était parfaitement impensable. Il n'a pas fallu longtemps à Katharine pour envisager une autre possibilité qu'elle avait cru jusqu'ici tout aussi impensable.

Je vous mets dans l'embarras, Randy ? Oh, ça m'étonnerait, vous autres journalistes, vous avez le cuir épais. Je suis sûr que vous en avez entendu d'autres. Tout ceci est entre nous, bien entendu. Je n'ai pas besoin de vous le dire. Le fait est que quand j'ai quelques verres dans le nez, je parle trop. Surtout depuis quelque temps. C'est tout ce qui me reste, Randy. Les mots.

Ouais, allez-y, le dernier. Il n'en reste pas beaucoup. Autant finir la bouteille.

Katharine commençait donc à avoir des soupçons. Mais, contrairement à toute attente, ce n'est pas ma femme qui a découvert le pot aux roses. C'est Priscilla. Et de la pire manière qui soit.

De nous tous, c'est Priscilla qui menait la vie la plus « indienne ». Kim avait ses camarades de lycée et ses examens ; Lance avait un petit groupe de copains américains avec qui il partageait la même passion pour les bandes dessinées, objets d'échanges incessants ; Katharine, elle, avait l'école et la maison ; quant à moi, j'avais mon travail et Nandini. Priscilla était la seule à éprouver une curiosité authentique pour les Indiens – pas pour la poignée de gosses de riches américanisés qu'elle voyait à l'école, mais pour ceux qu'elle appelait les « vrais Indiens ». Très tôt, elle avait décidé d'alphabétiser nos domestiques, et elle n'avait pas tardé à leur apprendre à lire, le soir après le dîner. Un jour, elle a accompagné le jardinier chez lui et en est revenue avec des histoires épouvantables sur la pauvreté dans laquelle il vivait avec sa famille. Je n'avais pas le choix, il a fallu que je lui double son salaire. Après ça, tous ceux qui travaillaient pour nous n'ont plus eu qu'une idée en tête : qu'elle vienne les voir eux aussi.

C'est Priscilla qui était le membre le plus actif de l'association d'entraide sociale de son école, Priscilla qui s'était portée volontaire pour faire la lecture aux enfants aveugles, qui donnait un coup de main le dimanche à l'orphelinat catholique. Elle ne connaissait pas un seul Indien titulaire d'un diplôme ou d'un poste un tant soit peu reluisant. Ce qui l'intéressait vraiment, c'étaient les déshérités, l'envers de cette société.

Ce n'est donc pas un hasard si, le mercredi où le jeune fils du *dhobi*, qui transportait les ballots de linge pour son père, est arrivé à la maison l'air fiévreux et malade, c'est Priscilla qui a insisté pour qu'il se repose au lieu de continuer sa tournée. J'étais déjà au bureau, je n'ai appris la chose que plus tard. Quand le père a fait valoir qu'il lui était impossible de ramener son fils chez lui, avec toutes les maisons qu'il lui restait à visiter, Priscilla lui a opposé que l'enfant pouvait fort bien rester chez nous, où il serait soigné à l'aspirine et gardé au chaud, avant d'être récupéré par son père quand celui-ci aurait fini sa journée. Et c'était typique de Priscilla, bien sûr, de décider de ne pas tenir ce jour-là ses engagements extra-scolaires habituels pour rentrer à la maison de bonne heure et s'assurer que son patient avait été correctement nourri par les domestiques et allait mieux.

Si je m'étais davantage intéressé à ma fille, j'aurais compris tout cela. Et je n'aurais pas moi-même été à la maison, nu comme un ver, en train de prendre Nandini par-derrière à grands renforts de claques sur l'arrière-train et de cris d'encouragement, comme un cowboy occupé à dompter une jument, quand Priscilla, attirée par le bruit, a ouvert la porte de la chambre.

Elle n'a pas crié. Elle n'a pas claqué la porte. Ne s'est pas enfuie en courant. Elle s'est contentée de rester là, ses yeux bleus innocents agrandis par la stupeur et la souffrance, incapable de comprendre ce qui se passait, refusant de comprendre. En la voyant, je me suis littéralement figé, tétanisé par la honte et l'humiliation.

« Ruddy, continue, bon sang ! » a crié Nandini, à quatre pattes sur le lit, les seins tremblant encore de l'élan de notre coït, les yeux fermés, le visage extatique, totalement inconsciente de l'intrusion.

C'est ce qui a rompu le charme qui jusqu'alors maintenait Priscilla sous son empire. Une larme, une seule, a roulé sur sa joue. Puis elle s'est mise à sangloter.

« Priscilla », ai-je balbutié, ne sachant trop que dire ni que faire. Je me suis retiré de Nandini et j'ai essayé de descendre du lit tout en cachant mes parties intimes. Je voulais aller vers elle, mais il fallait que je trouve quelque chose pour me couvrir, conscient du fait qu'elle ne m'avait jamais vu nu, sans parler de m'avoir jamais vu dans cette posture.

« Ne m'approche pas ! a-t-elle alors hurlé. Ne me touche surtout pas ! Je te hais, papa, je te hais ! »

Après, tout se brouille. Le petit cri de Nandini, moi qui enfile un pantalon à la hâte, Priscilla qui court dans le couloir en pleurant, moi qui lui cours après, Priscilla qui sort de la maison à l'aveuglette et se précipite dans la rue, moi qui la rattrape, torse nu et pieds nus, essayant de la prendre dans mes bras, elle qui se débat sur le trottoir, faisant pleuvoir sur mes épaules une grêle de coups de poing, tout en continuant à sangloter. Et puis la voiture de Katharine qui s'arrête pile à côté de nous dans un crissement de pneus, et ma femme qui en bondit, car elle a choisi, elle aussi, de rentrer de bonne heure, histoire de voir si ses soupçons sont fondés. Et mon mariage qui s'effondre autour de moi comme une tente qui s'écroule.

Lakshman à Priscilla Hart

27 février 1989

Je suis un administrateur, pas un diplômé de sciences politiques, mais je dirais qu'il y a en Inde cinq sources majeures de division : la langue, la région, la caste, la classe et la religion.

Pour aller au plus simple : il y a trente-cinq langues en Inde, chacune d'entre elles parlée par plus d'un million d'individus, quinze d'entre elles par plus de dix millions. La Constitution en reconnaît dix-sept. Jetez donc un coup d'œil à ce billet : « dix roupies » est écrit en dix-sept langues, avec des mots différents, des écritures différentes. Les locuteurs de chacune des grandes langues ont des affinités naturelles entre eux mais éprouvent un sentiment de différence vis-à-vis de ceux qui parlent les autres langues. L'hindi est censé être l'idiome national, mais une bonne moitié du pays ne le parle pas et se méfie de toute tentative pour le lui imposer. Dans mon État d'origine, le Tamil Nadu, vous avez tout intérêt à demander votre chemin en anglais plutôt qu'en hindi.

La langue est donc un facteur de division. Encore aggravé par le fait que, dans la décennie qui a suivi la proclamation de l'indépendance, le gouvernement a réorganisé les États selon des données linguistiques, si bien que la plupart des communautés de langue disposent d'une entité politique susceptible de soutenir leur identité linguistique. Les gens qui vivent au Punjab parlent le punjabi, ceux du Bengale, le bengali, ceux du Tamil Nadu, le tamoul, et ainsi de suite. En conséquence, les vingt-cinq États de l'Union indienne sont devenus des entités ethnolinguistiques à part entière, ce qui ne peut que contribuer à développer un sentiment régionaliste très fort, qui déborde des frontières des États eux-mêmes. La « ceinture hindi » dans le nord du pays – qui souffre de surpopulation, d'analphabétisme, de pauvreté et ne cesse de donner de la voix – est mal vue de beaucoup de gens dans le sud, souvent mieux instruit et plus prospère. Tandis que le nord-est, convaincu qu'on le néglige, considère que ces deux régions, qui, pour lui, sont très lointaines, ne se préoccupent que d'elles-mêmes. Il y a un risque bien réel ici de désaffection, surtout si le pouvoir reste concentré, comme il l'est à l'heure actuelle, à Delhi et si les États excentrés se retrouvent exclus, contraints de payer tribut au nord.

Deuxième facteur de division : la caste. Il s'agit là essentiellement d'un phénomène hindou, c'est vrai, mais qui touche également les adeptes d'autres religions, y compris celles qui sont dites égalitaires, comme le sikhisme, l'islam ou le christianisme. Il y a des centaines de castes et de sous-castes à travers le pays, mais grosso modo elles sont regroupées au sein de quatre castes essentielles : les brahmanes, qui sont les prêtres et les hommes de savoir (à l'origine, les deux étaient confondus) ; les *Kshatriya*, qui étaient les guerriers et les rois ; les *Vaishya*, les fermiers et les marchands ; et les *Sudra*, les artisans ou travailleurs manuels. En dehors du système des castes, il y a les intouchables, condamnés aux tâches les plus avilissantes et les plus impures : ramassage des ordures, balayage des rues, nettoyage des excréments humains et des WC, collecte des cendres des bûchers funéraires. Le Mahatma Gandhi a bien essayé de leur rendre un peu de leur dignité en les appelant *Harijan*, ou enfants de Dieu ; mais ils n'ont pas tardé à trouver ce nom offensant, parce que trop condescendant, et ils préfèrent aujourd'hui celui de *Dalit*, qui signifie « opprimé ». Un détail intéressant que l'on a tendance à négliger : les trois premières castes représentent moins de vingt pour cent de la population. Voilà une autre cause de division qu'il convient de prendre en compte.

Ensuite vient la notion de classe. À ne pas confondre avec celle de caste, parce qu'on peut être brahmane et pauvre, et *Vaishya* et riche. Mais, comme pour la caste, l'immense majorité des Indiens se situent dans les basses classes. L'élite privilégiée représente, au mieux, cinq pour cent de la population, les classes moyennes, environ vingt pour cent. Tout le reste de l'Inde gravite au bas de l'échelle. On peut comprendre que les partis communistes successifs aient pu croire que le pays était mûr pour la révolution. Bien entendu, ils se trompaient, parce qu'ils sous-estimaient très largement – c'est là l'une des raisons essentielles (je viendrai à l'autre dans un instant) – le fatalisme des Indiens pauvres, leur aptitude à accepter un conditionnement social vieux de plusieurs millénaires.

C'est ici qu'intervient le cinquième grand facteur de division dans notre pays, la religion. Il n'y a pas meilleur garant de la paix sociale que l'hindouisme, et ce pour la bonne raison que chacun croit, pour l'essentiel, que les souffrances qu'il endure en ce monde sont le résultat d'une vie antérieure vouée au péché, et que ces mêmes souffrances seront prises en considération dans l'autre monde, à condition qu'il la boucle, soit bien sage et accepte les choses comme elles sont, injustices comprises. C'est ce qui fait de l'hindouisme l'antidote rêvé du marxisme. Il est intéressant de constater que nombre des dirigeants communistes, avant la Partition, étaient des musulmans, en raison précisément d'une prédisposition naturelle pour l'égalitarisme. Et c'étaient aussi des brahmanes, en raison de leurs affinités tout aussi naturelles pour les dictatures, en l'occurrence celle du prolétariat. D'un autre côté, la religion favorise ce que nous appelons dans ce pays le « communautarisme », autrement dit, cette espèce de sectarisme religieux qui tombe facilement dans le fanatisme et, parfois, dans la violence, dirigée contre les adeptes d'autres religions. Pratiquement toutes les religions de la terre sont présentes sur le sol indien, à l'exception peut-être du shintoïsme. Ce qui explique que l'histoire de notre pays a été marquée par toute une série d'affrontements : hindous contre musulmans, musulmans contre sikhs, sikhs contre hindous, hindous contre chrétiens.

Je crois qu'on vous pardonnerait de penser qu'avec autant de facteurs de division, l'Inde était condamnée à s'effondrer lors d'un de ces affrontements. Et pourtant, elle ne l'a pas fait, apportant ainsi un démenti à tous les prophètes de malheur qui prédisaient sa désintégration prochaine. La raison essentielle en est celle à laquelle j'ai fait allusion tout à l'heure, sans la nommer, quand j'ai dit que les communistes s'étaient trompés. Autant que le fatalisme des Indiens, ils ont sous-estimé la capacité de résistance de la démocratie indienne, qui a donné à chacun, si déshérité, si abandonné qu'il soit, une chance de réaliser ses espoirs et ses ambitions au sein du système commun. Dans le Tamil Nadu, au sud, dans le Mizoram, au nord-est, les sécessionnistes d'hier sont les gouvernants d'aujourd'hui. On s'agite pour défendre une langue spécifique ou une tribu particulière ? Pas de problème : un fédéralisme créatif trouve aussitôt une réponse en donnant aux agitateurs leurs propres instances pour légiférer à l'intérieur de l'État. Les Naxalites coupent la tête des propriétaires terriens au Bengale ? Qu'à cela ne tienne, on encourage les communistes à se rendre massivement aux urnes, et aujourd'hui le parti communiste prochinois célèbre ses douze ans de pouvoir au Bengale. Les intouchables veulent tenter de mettre un terme à trois mille ans de discrimination ? Très bien, on crée en leur faveur un grand programme d'actions antidiscriminatoires, le premier au monde et le plus ambitieux, qui leur garantit non seulement des possibilités mais leur donne des avantages concrets – places réservées dans les universités, quotas dans l'administration, sans compter quatre-vingt-cinq sièges au Parlement. Les musulmans ont l'impression d'être une minorité menacée ? Accordons-leur donc le privilège de leur Loi privée, laissons-les pratiquer leurs coutumes en paix, si rétrogrades qu'elles soient. Et, dans la foulée, pourquoi ne pas leur organiser – aux frais de l'État – un pèlerinage annuel à La Mecque ?

N'allez pas croire pour autant que tout cela est finalement fort simple. Ce serait plutôt l'inverse. Chacun de ces problèmes a été la cause d'affrontements sanglants. Ce qui, malgré tout, reste simple, c'est le principe de base. Faire en sorte que chacun se sente aussi indien que n'importe quel autre habitant du territoire : voilà le secret. S'assurer que la démocratie protège les multiples identités des Indiens, de manière à ce que les gens aient l'impression qu'on peut être tout à la fois un bon musulman, un bon *bihari* et un bon Indien.

Et ça a marché, Priscilla. Nous avons distribué des passeports pour le rêve, le rêve d'un pays extraordinaire, polyglotte, polychrome et pluriconfessionnel. C'est la démocratie qui va résoudre les difficultés que nous créent les rebelles sikhs au Punjab, et c'est elle, encore, qui sera l'unique réponse aux frustrations des musulmans de ce pays.

Mais qui donc, dans toute cette affaire, a permis à l'hindouisme militant de prendre naissance et de venir menacer les fondements mêmes de cette indianité que je viens de vous décrire ?

Extraits de l'album de Priscilla Hart

14 février 1989

La voiture s'est arrêtée là où se terminait la route, devant une grille rouillée où était accroché un panneau interdisant l'entrée aux visiteurs non autorisés. Le chauffeur a pris une longue torche en inox dans la boîte à gants avant de sortir du véhicule pour aller ouvrir la grille. Qui a grincé plaintivement. Un sentier envahi par les herbes folles partait en direction du fleuve.

« Ça ira, a dit Lakshman au chauffeur. Attends-nous à la voiture. Nous n'en avons pas pour longtemps. Donne-moi la torche. » Le chauffeur a paru soulagé, même quand Lakshman lui a pris la lampe électrique, le laissant seul au milieu des ombres qui s'allongeaient.

« Il va probablement dormir jusqu'à notre retour, m'a assuré Lakshman d'un ton enjoué.

– Racontez-moi l'histoire de cet endroit, lui ai-je demandé. Comment l'avez-vous appelé, Koti ?

– Kotli. Personne ne semble savoir exactement d'où vient ce nom. Un "kot" est une forteresse, un château ; un "khoti", une grande demeure. Les nobles ruines que nous allons visiter se situent entre les deux. Les gens l'appellent le Kotli depuis des générations. L'endroit était déjà en ruine avant que se construise tout ce que pouvez voir aujourd'hui dans la région de Zalilgarh.

– Ça date de quand ?

– Qui sait ? a-t-il répliqué de manière désarmante. D'après certains, ça remonterait au xvᵉ ou au xviᵉ siècle, et il existe probablement un relevé des Services archéologiques indiens qui le confirme, mais je ne l'ai jamais vu. Toujours est-il que c'est incontestablement très vieux. Et abandonné.

– Pourquoi est-ce que tout est fermé ? Vous n'auriez pas intérêt à ouvrir le site pour les touristes ?

– Les touristes ? a répété Lakshman en riant. Des touristes à
Zalilgarh ? Ma chère enfant, je ne pense pas que nous ayons eu
de touristes depuis 1543, date à laquelle Sher Shah Suri a installé
son campement ici, le temps de construire un tronçon de la
grande route de la Plaine. Pourquoi les touristes viendraient-ils
à Zalilgarh ? Même vous, on ne peut pas dire que vous soyez
ici en touriste. » Soudain, il m'a à nouveau saisi l'avant-bras.
« Attention où vous mettez les pieds : il y a pas mal de gravats
sur ce sentier. Je ne voudrais pas que vous vous fouliez la
cheville. »

Mais il a relâché mon bras presque aussitôt et nous avons
repris notre marche.

« Ce qui s'est passé, c'est que le Kotli est resté dans le même
état pendant des générations, comme tant d'autres ruines en Inde,
a-t-il poursuivi. Les terrains, d'ici jusqu'au fleuve, ont appartenu
d'abord au vieux *nawab*, puis au gouvernement, si bien que personne n'a jamais rien pu construire dessus, si tant est que quiconque ait pu en avoir envie. C'est très isolé, loin de la ville,
loin de tout. Et puis le bruit court que l'endroit serait hanté.

– Hanté ?

– L'histoire veut que le propriétaire du Kotli ait été assassiné
dans son lit par sa femme et l'amant de celle-ci. Mais il ne les
a jamais laissé jouir en paix des fruits de leur forfait. Il s'est mis
à hanter la maison, hurlant, gémissant et grinçant des dents jusqu'à ce qu'ils s'enfuient, terrifiés. Personne après ça n'a voulu
vivre dans ces murs, et la demeure a été abandonnée.

– Les gens continuent à croire qu'elle est hantée ?

– En Inde, Priscilla, les mythes et les légendes ont la vie très
dure.

– Contrairement aux humains », me suis-je surprise à dire.
J'essayais simplement de faire de l'esprit, pour rester dans la
note, mais je n'avais pas sitôt ouvert la bouche que je l'ai
regretté.

« Contrairement aux humains, a-t-il répété lentement. Pourquoi dire une chose pareille, Priscilla ? Vous avez donc vu tant

68

de morts et de mourants ici ? Je dirais, moi, que Zalilgarh a été un endroit plutôt tranquille ces dernières années. Pas la moindre émeute digne de ce nom depuis que je suis ici. Et notre taux de mortalité infantile est en baisse.

– Je sais. Je suis désolée. C'était idiot de ma part.

– Non, pas idiot, a-t-il dit gentiment. Nous avons vu plus de morts et de souffrances inutiles dans ce pays que je ne le voudrais. C'est simplement que les choses commencent vraiment à aller mieux, voyez-vous. Et notamment sous ce rapport. »

Nous avons marché en silence pendant quelques instants. Et puis, soudain, contre le ciel tourmenté du crépuscule – grande toile bleu noir éclaboussée de l'or safrané du soleil couchant – j'ai vu se détacher le Kotli.

C'était effectivement une ruine, mais ce grand rectangle de pierre, massif et rectiligne, offrait un contraste saisissant avec les lignes plus souples des arbres couverts de feuillage, des herbes folles et du fleuve qui coulait au-delà. Dans la lumière du soir, il semblait surgir de la terre comme un poing.

« Venez, entrons », a dit Lakshman, en allumant sa torche.

J'avais du mal à marcher sur l'allée encombrée de gravats et j'ai fini par trébucher avant de chercher à me raccrocher à lui. Il s'est brusquement retourné vers moi pour me retenir, mais juste le temps que je retrouve mon équilibre. Et puis, au moment où il s'est tourné à nouveau en direction du Kotli, il a glissé sa main libre dans la mienne.

« Venez avec moi », a-t-il dit, un peu inutilement, de cette voix inimitable, simplement un peu plus rauque qu'à l'ordinaire, qui fait penser à du vin chaud.

J'ai senti la pression de sa main dans la mienne. Une main douce, une main qui n'avait jamais manié d'instrument plus dur qu'un stylo ; contrairement aux mains d'homme que j'avais pu tenir jusqu'ici, celle-ci n'avait jamais tondu une pelouse, ni récuré un plat, ni porté un ballon de football derrière la ligne d'essai. C'était la main d'un enfant privilégié, dans un pays où être privilégié signifie qu'il se trouve toujours d'autres bras pour soulever les lourds fardeaux et accomplir les travaux les plus rudes à votre place. Et pourtant, cette douceur n'excluait pas une certaine force, qui avait quelque chose de rassurant, et je me suis agrippée à cette main, reconnaissante à l'obscurité grandissante qui nous enveloppait d'interdire à celui qui me serrait ainsi de voir le rouge me monter au visage.

Nous avons pénétré à l'intérieur du Kotli. Le sol avait disparu : l'herbe et les cailloux avaient remplacé les épais tapis qui un jour, peut-être, avaient recouvert le dallage de pierre. Mais la torche dansante de Lakshman allumait les murs et les plafonds. « Regardez », a-t-il soufflé, et j'ai suivi le rayon lumineux jusqu'à une plaque de marbre qui tenait encore à la pierre et s'ornait sur toute sa surface des arabesques, floues mais encore visibles, de quelque artiste du passé. La torche a suivi la voûte d'une nef pour aller débusquer un dessin délicat dans la pierre au-dessus d'une fenêtre sans carreaux avant de s'attarder sur une niche où un occupant avait sans doute, il y a bien longtemps, posé sa lampe à huile.

« C'est superbe, ai-je dit.

— Montons, a dit Lakshman d'un ton soudain pressant. Avant que le soleil disparaisse complètement à l'horizon. »

Il m'a entraînée dans l'escalier, sa main se faisant insistante dans la mienne. Une partie du toit avait disparu depuis longtemps, et le premier étage n'était qu'une longue plate-forme à ciel ouvert, fermée au fond par un mur ne montant qu'à mi-corps, comme sur un rempart. J'ai voulu me diriger vers le mur, avec l'intention de me tenir au bord de la plate-forme, le vent dans les cheveux, et de regarder le soleil se coucher sur le fleuve. Mais Lakshman m'a retenue.

« Non, non, a-t-il dit. Je connais un meilleur endroit. »

Il s'est dirigé sur la droite, le rayon de sa torche dansant sur les murs jusqu'à ce qu'il fasse surgir de l'obscurité l'éclat métallique d'un cadenas, verrouillant une porte en bois qui était de toute évidence une addition tardive à l'édifice.

« L'administrateur de district est le seul à avoir la clé », a-t-il dit en riant et en sortant un trousseau de sa poche. Il a tourné la clé, enlevé le cadenas, et repoussé le loquet grinçant. « Suivez-moi. » Il a poussé la porte.

Nous sommes entrés dans une petite pièce, pas plus grande qu'une sacristie. Sur la gauche, il y avait une ouverture rectangulaire dans le mur, une sorte de fenêtre, dans laquelle le fleuve et le ciel s'encadraient comme un tableau.

« Venez vous asseoir ici », a-t-il dit.

Je me suis assise avec précaution à l'endroit qu'il me désignait, sur une dalle de pierre surélevée, dans un recoin où avait dû se trouver, un jour peut-être, un lit. Lakshman s'est assis à côté de moi et a croisé les jambes d'un air satisfait. Son visage arborait une expression d'excitation difficilement contenue que je ne lui avais jamais vue auparavant. Sa respiration trahissait son impatience. « Regardez », a-t-il dit en braquant sa torche sur un endroit précis, avant de l'éteindre aussitôt.

Je me suis exécutée, et j'ai senti comme un picotement dans tout le corps. Juste en face de nous, une glace avait été accrochée au mur, piquetée par endroits, tant elle était ancienne, mais elle remplissait encore sa fonction, luisant d'un éclat argenté contre la pierre. Quand la torche s'est éteinte, la scène que filtrait l'ouverture rectangulaire s'est trouvée réfléchie dans la glace.

« Maintenant, vous pouvez assister à votre premier coucher de soleil en stéréo. »

J'étais incapable de dire un mot ; le moindre son serait resté coincé dans ma gorge. J'ai regardé par la fenêtre et vu le safran dégoutter comme une tache sur le ciel qui s'obscurcissait, puis j'ai tourné la tête vers la glace pour y voir s'enflammer les couleurs. L'air lourd, chargé de l'odeur des flamboyants et des bougainvilliers, pénétrait par l'ouverture et venait se mêler à la chaleur de Lakshman à mes côtés, sa respiration maintenant calme et égale, ses dents lançant des éclairs blancs sous un large sourire.

« Ça vous plaît ? » m'a-t-il demandé en pressant ma main.

J'aurais voulu le remercier, mais les mots ne me venaient pas. Mes yeux passaient du spectacle qui se déroulait dehors à celui se reflétant dans la glace. C'était le plus beau coucher de soleil qu'il m'ait jamais été donné de voir. Je me suis dit tout à coup, et de façon assez incongrue, que c'était la saint Valentin et que je n'avais jamais passé cette fête dans un cadre aussi romantique. Alors, sans réfléchir, à peine consciente de ce que j'étais en train de faire, je me suis rapprochée de lui et l'ai embrassé sur la joue.

Enfin, essentiellement sur la joue. Car le bord de mes lèvres a effleuré les siennes, si bien que les poils soyeux de sa moustache ont glissé sur ma lèvre supérieure. L'instant d'après, ça n'avait plus rien à voir avec un baiser sur la joue. Ses mains sont venues encercler mon corps et l'étreindre, et nos deux bouches, comme animées d'un mouvement propre, sont allées à la rencontre l'une de l'autre, et, avidement, je l'ai dévoré, goûtant la saveur légèrement épicée de sa bouche, explorant de ma langue sa douceur humide et mystérieuse, jusqu'à ce que la voix, encore emprisonnée dans ma gorge, me revienne sous la forme d'un long gémissement.

Ses lèvres se sont détachées des miennes, mais ses mains m'étreignaient toujours.

« Priscilla, a-t-il dit d'une voix rauque, comme s'il ne trouvait rien d'autre à dire.

– Lakshman, ai-je répondu, savourant l'insolite de ces deux syllabes, aussi insolites et intimes que le goût que je gardais sur la pointe de la langue.

– Je... nous... je ne devrais pas », a-t-il dit, et j'ai soudain eu l'impression que je revenais en arrière dans un livre dont j'aurais voulu poursuivre la lecture.

Je me suis penchée, avec l'intention d'enfouir mon visage dans sa poitrine, mais je n'ai pu aller au bout de mon geste. Une lueur a traversé ses yeux, une lueur de désir mêlée de désespoir, et j'ai senti ses mains me prendre le visage et l'approcher de ses lèvres. Alors, j'ai fermé les yeux et je me suis laissé aimer.

Extrait du carnet de Randy Diggs

12 octobre 1989

Rencontré le leader hindou du coin, histoire d'y voir plus clair dans les causes politiques de l'émeute. Homme sectaire du nom de Ram Charan Gupta.

Sans âge – je dirais la soixantaine, mais tout aussi bien dix ans de plus ou de moins. Teint olivâtre, luisant, pas beaucoup de chair sur les os. Tête large, couronnée de cheveux blancs coupés très court autour d'un crâne chauve à l'aspect cireux. *Kurta-pyjamas* blancs. Sandales qui révèlent des orteils noueux, mais des plantes de pied très lisses : l'homme n'a pas dû beaucoup marcher dans sa vie.

N'a parlé qu'en hindi, mais comprend sans doute beaucoup mieux l'anglais qu'il veut bien le laisser croire.

Hautement respecté, dit-on, pour ses vues « modérées » et « raisonnables » et pour la patience qu'il met à les exposer.

S'est présenté aux dernières législatives, mais sans succès ; on s'attend à ce qu'il fasse mieux la prochaine fois.

Ram Charan Gupta à Randy Diggs

(traduit de l'hindi)

12 octobre 1989

Oui, c'était vraiment une journée magnifique. Je m'en souviens bien. Je peux même vous donner la date exacte : le quinze septembre. Le jour où nos chefs ont lancé le projet baptisé Ram Sila Poojan.

Vous avez entendu parler de notre dieu Ram, le héros de notre grand poème épique, le *Ramayana* ? Un grand homme. Un roi. Les menées d'une belle-mère perfide le condamnent à quatorze ans d'exil dans la forêt. Quelle injustice ! Mais Ram supporte son sort avec dignité. Pendant qu'il est dans la forêt, son épouse Sita est enlevée par le démon Ravana et emmenée dans l'île de Lanka[1]. Mais Ram, aidé de son frère Lakshman et d'une armée de singes conduite par le dieu Hanuman, envahit Lanka, défait le démon et ses hordes et ramène son épouse. Un grand héros. Je lui adresse des prières tous les jours.

Or le seigneur Ram est né à Ayodhya il y a des milliers d'années de cela, au cours de la période *treta-yuga* de notre calendrier hindou. La ville d'Ayodhya se trouve dans cet État, mais un peu loin d'ici, à plus de quatre heures de train. Beaucoup de temples de cette ville sont dédiés à Ram. Mais le plus célèbre d'entre eux n'en est plus vraiment un. Je veux parler du Ram Janmabhoomi, élevé jadis sur le lieu de naissance de Ram. Si vous allez à Ayodhya aujourd'hui, vous n'y verrez pas de Ram Janmabhoomi, cet immense temple dont maintes histoires racontent la grandeur et la magnificence et où les pèlerins affluaient

---

1. Ile identifiée à Ceylan, redevenue aujourd'hui Sri Lanka. (N.d.T.)

74

de l'Inde tout entière pour adorer Ram. C'est un roi musulman, l'empereur moghol Babour, qui n'était pas un Indien mais un étranger venu d'Asie centrale, qui l'a démoli. Pour construire à la place une grande mosquée, qui a reçu son nom, la Babri Masjid. Vous vous rendez compte ? Une mosquée sur notre lieu de culte le plus sacré ! Des musulmans priant en direction de La Mecque à l'endroit même où est né notre divin seigneur Ram !

Il va de soi que cela a été un coup très dur pour la communauté hindoue. Ce n'est guère surprenant, n'est-ce pas ? Comment les musulmans auraient-ils pris la chose si un roi hindou s'était mis en tête d'aller construire à La Mecque un temple dédié à Ram ? Mais que pouvions-nous faire ? Pendant des siècles, nous avons vécu sous le joug musulman. Et puis les Britanniques sont arrivés, mais les choses ne se sont guère arrangées. Au moment de l'indépendance, on a pu croire que tout allait changer. La plupart des musulmans d'Ayodhya sont partis pour le Pakistan. La mosquée n'avait plus grande utilité en tant que lieu de culte. C'est alors qu'un miracle s'est produit. Des fidèles ont trouvé une idole de Ram qui était sortie toute seule de terre dans le jardin de la mosquée. C'était un signe du dieu. Il nous fallait reconstruire son temple en ce lieu saint.

Mais croyez-vous que les tribunaux ont écouté notre plaidoyer ? Le pays est aux mains des athées et des communistes, des gens qui ont perdu leurs racines. Ils ont simplement oublié que les Anglais ne sont plus là. Or c'est la loi anglaise qu'ils ont mise en avant, au mépris de toute justice. Et ils ont interdit à tous, hindous ou musulmans, d'utiliser l'endroit comme lieu de culte. Ils ont refusé de croire que l'idole était sortie de terre toute seule, prétendant que quelqu'un l'avait placée là délibérément. Ils ont cadenassé les grilles de la mosquée. Honnêtement, vous trouvez ça juste ? Est-ce que nous autres, hindous, nous n'avons pas de droits dans notre propre pays ?

Pendant des années, nous avons tout essayé pour tenter de redresser cette injustice. Les tribunaux n'ont pas voulu nous écouter. Le gouvernement n'a jamais rien fait. Et un jour, les chefs de mon parti ont fini par dire qu'ils en avaient assez. C'est le peuple qui souhaite voir le lieu de naissance de Ram convenablement honoré. Si le gouvernement refuse de faire le nécessaire, c'est le peuple qui le fera. Nous reconstruirons le temple nous-mêmes.

Avec quoi, allez-vous me dire ? Avec des briques – *sila*. Des briques venant de partout, de tous les villages, même les plus reculés, de notre terre sacrée. Des briques portant le nom de Ram, chacune d'entre elles consacrée lors d'un *puja* spécial, vénérée dans son sanctuaire local, puis transportée jusqu'à Ayodhya. Tel était le projet Ram Sila Poojan, la vénération des briques de Ram. Des briques qui serviraient à construire un nouveau temple digne de commémorer la naissance de notre grand et divin roi.

Quel n'a pas été notre enthousiasme, ce jour-là ! L'annonce du Ram Sila Poojan a été accueillie avec orgueil et allégresse dans tout le pays. L'Inde tout entière a été prise d'une activité fébrile. Dans chaque village, les jeunes se sont mis à cuire les briques, à écrire ou peindre le nom de Ram sur chacune d'elles et à les vénérer dans leurs temples. Il y avait beaucoup d'excitation dans l'air. De celle qui naît de l'espoir de voir se réaliser bientôt un rêve longtemps chéri. Quand les briques étaient prêtes, elles étaient transportées en procession à travers le village, avant d'être emportées jusqu'à Ayodhya, pour servir à la reconstruction du Ram Janmabhoomi.

À Zalilgarh aussi, nous avons œuvré avec zèle au service du projet. Vous savez, nous ne sommes pas la petite ville de province que vous autres, à Delhi, vous plaisez à imaginer. Après tout, Zalilgarh est la capitale du district. Donc, après des jours et des jours consacrés au Ram Sila Poojan dans chaque village du district, nous avions prévu une grande procession dans la ville de Zalilgarh pour le samedi trente septembre. Ce devait être le couronnement en quelque sorte de tout le travail accompli dans la région. Les volontaires de chaque village apporteraient leurs briques, ceux de chacun des quartiers de la ville en feraient autant, et nous marcherions tous ensemble en une glorieuse procession, scandant des slogans pour célébrer l'événement. Puis nous continuerions notre route jusqu'à Ayodhya, pour porter les briques dans un endroit situé près de la mosquée de l'usurpateur, où elles seraient stockées avant de servir à leur sainte fonction. Enfin, après des siècles d'impuissance, nous étions sur le point de redresser une grande injustice.

Nous allions reconstruire le temple.

Quels préparatifs n'avons-nous pas faits pour ce grand jour ! Les jeunes gens travaillaient dur, fabriquant des drapeaux, imprimant des affiches, préparant les fanions safran que nous accrocherions tout le long du parcours. Nos femmes cousaient des banderoles et peignaient des panneaux que les hommes devaient transporter. Les tailleurs de Zalilgarh faisaient des heures supplémentaires pour nous confectionner des chemises et des *kurtas* safran. Et les briques, donc ! Elles étaient parfaites : rouges comme le sang que nous aurions volontiers versé pour notre Seigneur, avec le nom de Ram peint en blanc en grandes lettres *devanagari*. L'événement allait être considérable. Comment dites-vous, dans votre langue ? Un jour à marquer d'une pierre blanche.

Mais ces musulmans sont des êtres malfaisants, Mr. Diggs. Il faut que vous compreniez leur mentalité. Ils témoignent de plus de loyauté envers une religion étrangère, l'Islam, qu'envers l'Inde. Ils ont tous abandonné la foi hindoue de leurs ancêtres pour se convertir, mais ils refusent de le reconnaître et prétendent descendre de guerriers conquérants originaires de l'Arabie, de la Perse ou de Samarkand. Très bien, mais si c'est vraiment le cas, pourquoi ne retournent-ils pas dans ces pays ? Pourquoi restent-ils ici, s'ils refusent l'assimilation ? Toujours entre eux, pour travailler, pour prier, jamais ils ne s'intégreront. C'est ce que vous autres Américains appelez, je crois, une mentalité de ghetto.

Ces musulmans ont déjà divisé notre pays par le passé quand ils ont créé leur damné Pakistan sur le sol sacré de notre civilisation. Certains des plus grands sites de la civilisation hindoue – les villes antiques d'Harappa et de Mohenjo Daro, la plus vieille université du monde à Takshashila, même l'Indus, le fleuve dont l'Inde tire son nom dans votre langue – se trouvent tous désormais en terre étrangère. Je suis ulcéré d'avoir à le dire, mais nous avons mis notre orgueil dans notre poche en acceptant cette infâme partition. Et croyez-vous que les musulmans soient prêts à s'en contenter ? Pas du tout. Ils en veulent toujours plus ! Et il s'est trouvé des gouvernants promusulmans, comme ce Jawaharlal Nehru, cet Anglais à la peau brune qui a été notre Premier ministre, pour leur donner ce qu'ils veulent. Ils veulent quatre épouses, dont ils pourront divorcer en se contentant de répéter une petite formule trois fois : qu'à cela ne tienne, Nehru leur accorde le droit de se conformer à leur Loi privée, au lieu d'être assujettis au Code civil comme le reste du pays. Les musulmans veulent partir à l'étranger, pour leur pèlerinage à La Mecque : pas de problème, le gouvernement affrète une fois par an les bateaux et les avions pour les y emmener, et paye en plus les hôtels et autres lieux de résidence où il leur faut séjourner pendant le voyage. Je vous le demande : pourquoi mes impôts devraient-ils servir à aider les musulmans à se rapprocher de leur dieu étranger ?

Je vois bien que tout ceci est nouveau pour vous. Mais il y a pire, Mr. Diggs, bien pire ! Les musulmans ont leurs propres écoles, subventionnées par l'État, ils bénéficient d'emplois de haut niveau dans l'administration, ils se sont même débrouillés pour obtenir un statut spécial pour le seul État à majorité musulmane du pays, le Cachemire. Savez-vous qu'un Indien originaire d'un autre État n'a pas le droit d'acheter un terrain au Cachemire ? Et savez-vous, pire encore, que ces musulmans font plus d'enfants que les hindous ? Non seulement les hommes peuvent avoir quatre femmes, mais elles sont perpétuellement enceintes. C'est comme je vous le dis. Alors qu'Indira Gandhi a obligé nos jeunes gens à subir une vasectomie lors de l'état d'urgence qu'elle avait décrété, il y a une douzaine d'années, ces musulmans résistent même au planning familial volontaire, sous prétexte que c'est contre leur religion. Ils ont tous des dizaines d'enfants, Mr. Diggs ! Vous n'avez qu'à regarder les statistiques

78

pour savoir de quoi je parle. Quand ils ont déchiré notre pays avec leur ignoble Partition, beaucoup sont partis s'installer dans leur maudit Pakistan. Dans ce qu'il restait de l'Inde, il y avait alors à peine dix pour cent de musulmans. Au dernier recensement, même le gouvernement reconnaissait qu'ils représentaient douze pour cent de la population, et croyez-moi, aujourd'hui c'est au moins quinze. Il ne leur faudra pas longtemps pour être plus nombreux que nous, les hindous, dans notre propre pays, Mr. Diggs. Vous savez quel était leur slogan à l'époque de la Partition ? Ils scandaient « *Ladke liye Pakistan, haske lenge Hindustan* » : « Nous avons combattu pour prendre le Pakistan, nous rirons quand nous prendrons l'Hindoustan. » Voilà le grave danger auquel nous sommes confrontés, Mr. Diggs. Et quelle a été la réponse du parti du Congrès, gouvernement après gouvernement ? L'apaisement, Mr. Diggs. Rien d'autre que l'apaisement.

Les choses se sont encore dégradées sous les successeurs de Nehru. Le dernier en date, son petit-fils, Rajiv Gandhi, est le pire, croyez-moi. Vous avez entendu parler de l'affaire Shah Banu, Mr. Diggs ? Un musulman veut se débarrasser de sa femme de soixante-quinze ans, et dans la mesure où, chez eux, il n'y a rien de plus facile, c'est ce qu'il fait. Mais il refuse de payer plus de quarante roupies de pension alimentaire, prétextant que, selon la loi islamique, il n'est tenu que de rembourser la dot apportée par l'épouse au moment où ils se sont mariés, c'est-à-dire soixante ans plus tôt. Là-dessus, la femme va devant les tribunaux, arguant de ce qu'elle ne peut pas vivre avec quarante roupies au jour d'aujourd'hui, et que c'est tout à fait injuste d'être traitée de cette manière après soixante ans de mariage. Le tribunal tranche en sa faveur, lui alloue une pension alimentaire mensuelle correcte et rappelle au gouvernement que les principes directeurs de la Constitution vont dans le sens de la mise en place d'un Code civil commun à tous les Indiens. Vous n'imaginez pas la levée de boucliers chez les musulmans à l'annonce de cette décision ! Un Code civil commun (exactement ce que vous avez vous-mêmes aux États-Unis, Mr. Diggs), et voilà que leurs chefs réagissent comme si l'on préparait les chambres à gaz pour toute leur communauté. Alors que fait ce poltron de Rajiv Gandhi ? Il s'empresse de faire voter une nouvelle loi, qu'il baptise avec cynisme la Loi des femmes musulmanes (Protection de leurs droits en cas de divorce) et qui casse le jugement rendu par le tribunal. Aux termes de cette loi, les femmes musulmanes devront se soumettre aux règles féodales de leur religion, et si elles se retrouvent sans ressources, elles ne disposeront d'aucune protection, d'aucune assistance auprès de nos tribunaux civils. Elles n'auront d'aide à attendre que des œuvres de bienfaisance de leur confession, les *waqfs*. Vous vous rendez compte ? Au XXe siècle ? Et tout cela pour faire plaisir aux chefs musulmans les plus obscurantistes ! Mais quand cessera donc cette complaisance ?

Je vais vous dire quand, moi, Mr. Diggs. Quand nous aurons mis dehors ces soi-disant laïcs qui nous gouvernent, ces profiteurs qui ont mis le pays à genoux. Quand nous aurons porté au pouvoir les défenseurs de l'identité hindoue. Ce n'est qu'alors que nous pourrons donner à ces musulmans une bonne leçon. Votre Lakshman et ses comparses nous accusent de fomenter la violence. C'est faux ! Ce sont toujours les autres qui sont responsables des troubles et qui ensuite viennent nous accuser. Je soupçonne même parfois ces soi-disant laïcs de recourir à la violence délibérément, dans le seul but de jeter le discrédit sur notre communauté. Partout où gouverne le parti de l'identité hindoue – et c'est le cas dans quatre ou cinq de nos États, Mr. Diggs –, il n'y a eu aucune violence intercommunautaire, aucune émeute. Qu'est-ce que les laïcs ont à répondre à ça, hein ?

Vous savez ce que me dit ma collègue Sadhvi Rithambhara ? La Sadhvi est une femme prédicateur célèbre – oui, une femme, car nous sommes une religion moderne et progressiste, Mr. Diggs ; vous avez déjà entendu parler d'une femme prédicateur musulmane, vous ? Bref, ce qu'elle dit, c'est que les musulmans sont comme un citron qu'on aurait incorporé à la crème de l'Inde. Ils l'ont rendue aigre. Il faut que nous retirions ce citron, que nous le découpions en petits morceaux, que nous extirpions les pépins pour nous en débarrasser. Voilà ce qu'il faut que nous fassions, Mr. Diggs. Voilà ce que feront un jour le Vishwa Hindu Parishad, le Bajrang Dal, le Shiv Sena, le Rashtriya Swayamsevak Sangh et toutes les organisations membres de notre famille politique, le Sangh Parivar. Et le monde entier devra nous en être reconnaissant, parce que ces musulmans sont dangereux, vraiment dangereux, croyez-moi. Comment se fait-il qu'aucun pays musulman au monde ne soit une démocratie ? Regardez donc autour de vous, regardez où vous voulez autour du globe : des dictatures, des monarchies, des régimes militaires, voilà ce que vous trouvez. Croyez-moi, ils ne connaissent rien d'autre. Les musulmans sont des fanatiques et des terroristes, qui ne comprennent que le langage de la force. Vous connaissez des musulmans au pouvoir, vous, qui n'oppriment pas les autres ? Et où qu'ils soient, ces musulmans, il faut qu'ils se battent contre tous ceux qui ne partagent pas leur foi. Ils ont la violence et l'intolérance dans le sang, Mr. Diggs ! Regardez ce qu'ils font au Moyen-Orient, en Indonésie, aux Philippines. Il n'y a qu'en Yougoslavie que les musulmans vivent en paix avec les non-musulmans. Parce que ce sont les seuls au monde à ne pas être fanatisés en matière de religion. Contrairement à ceux que nous avons ici.

Mais je me laisse emporter. Vous m'avez demandé de vous éclairer sur les circonstances de l'émeute. Notre procession du Ram Sila Poojan. Comme je vous le disais, ces musulmans sont des êtres malfaisants, Mr. Diggs. Ils n'ont pas supporté l'idée que nous autres hindous puissions retrouver notre dignité. Nous nous occupions tranquillement de nos affaires – en quoi est-ce que ça les regardait ? Nous n'éprouvons certes pas beaucoup d'affection pour eux, mais nous ne les aurions jamais attaqués. Pourquoi gâcher une occasion aussi sacrée par un affrontement inutile ? Non, ce sont eux qui ont commencé. Comme toujours.

Je vais vous raconter ce qui s'est passé. Comment ça s'est passé. C'était la veille du jour de la grande procession – le vendredi vingt-neuf. Oui, je sais, le vendredi c'est leur jour saint, mais leurs prières étaient finies depuis longtemps, et nous ne les avions pas perturbées. C'était le soir, et nos volontaires, de jeunes hindous membres du Bajrang Dal et du Vishwa Hindu Parishad, s'activaient aux derniers préparatifs du lendemain, notre grand jour, le samedi trente. Ils posaient leurs affiches, accrochaient leurs drapeaux aux lampadaires et leurs banderoles et leurs fanions en travers de la route. Parmi eux se trouvait mon propre fils, Raghav.

Il y avait beaucoup à faire, il faisait presque nuit, mais tout le monde était d'excellente humeur. Certains chantaient. Il se faisait tard, mais même s'ils étaient fatigués, nos jeunes attendaient le lendemain avec impatience. Et tout à coup, ils ont entendu le bruit d'une moto. Qui a surgi de l'obscurité, tous feux éteints, montée par deux hommes.

Des musulmans.

Des musulmans ! Leurs visages étaient dissimulés sous une *burka*, ce vêtement noir que portent leurs femmes pour que personne ne les voie. La moto a ralenti. La plupart de nos garçons travaillaient à bonne distance de la route, mais deux d'entre eux, Amit Kumar, de Bahraich, et Arup, le fils de Makhan Singh, tous deux de bons garçons, de familles respectables, étaient en train de peindre des slogans sur un mur près du trottoir. La moto est arrivée à leur hauteur. Le reste du groupe était toujours inconscient du danger. C'est alors que ces lâches, masqués sous leur burka, ont levé le bras. Que l'éclat mat de l'acier a brillé dans la nuit.

Des poignards ! Mr. Diggs, ils étaient armés de poignards.

Et ils s'en sont pris sauvagement à nos deux garçons. Les autres ont assisté à la scène, d'abord impuissants, incapables de réagir devant l'attaque de ces démons qui s'acharnaient sur leurs victimes, les frappant à coups redoublés, dans le dos, sur les bras, les jambes, au visage. Nos deux garçons ont fini par s'écrouler à terre en hurlant de douleur, et mon fils Raghav et ses amis se sont précipités à leur rescousse. Mais, comme m'a dit Raghav, c'était comme dans un rêve, quand vous avez envie de courir et que vos jambes refusent de vous porter. La moto a rugi, et une seconde plus tard, l'engin avait disparu, un dernier coup de cou-

teau passant à quelques centimètres du visage de mon fils qui
arrivait près des deux blessés.

Les pauvres garçons étaient vraiment très mal en point. Ils
saignaient beaucoup. Leurs bras et leurs jambes pendaient sans
vie, comme ceux d'une poupée de chiffon, aux dires de Raghav.
Les autres les ont relevés et les ont emmenés immédiatement à
l'hôpital de Zalilgarh. Ils m'ont appelé. Je me suis aussitôt rendu
à l'hôpital, puis à la police. C'était affreux. Les garçons avaient
besoin d'être opérés d'urgence. Nous avons attendu toute la nuit,
la rage le disputant à la prière dans nos cœurs. Que Ram soit
loué, ils s'en sont tirés. Mais Amit ne pourra plus jamais marcher
sans boiter. Quant à Arup Singh, un beau garçon qui devait se
marier le mois suivant, il se retrouve avec un visage mutilé et
d'horribles cicatrices qu'il devra conserver jusqu'à la fin de ses
jours.

La noirceur était dans nos cœurs, Mr. Diggs, cette nuit-là. Il
n'était pas question de laisser ces musulmans s'en tirer comme
ça. Nous savions ce qu'ils voulaient : faire obstacle à notre procession du lendemain. Nous interdire de réaliser notre Ram Sila
Poojan. Et, en dernier ressort, de reconstruire le temple du Ram
Janmabhoomi. Voilà une victoire que nous étions bien décidés à
ne pas leur accorder.

Le lendemain matin à l'aube, le trente du mois dernier, j'ai
été convoqué au commissariat. Moi ? Au commissariat ? On
avait donc quelque chose à me reprocher ? Mais non, m'a-t-on
dit, c'était pour une réunion d'urgence des chefs de la communauté hindoue, où les principaux groupes seraient représentés, le
RSS, le VHP, le Bajrang Dal. J'ai donc accepté, même si je
n'avais pas grande confiance dans ce jeune administrateur de
district ni dans son collègue, le chef de la police. Ces gens,
voyez-vous, arrivent dans nos provinces le crâne bourré d'idées
soi-disant laïques qu'on leur a inculquées dans des *colleges* de
langue anglaise, et ils prétendent nous dicter ce que nous avons
à faire. Eux qui ne comprennent même pas leur propre culture,
leur propre religion, leur propre passé. Ces gens-là n'ont aucun
droit au nom d'Indiens. Et pourtant, ce sont eux qui nous
gouvernent.

Quand nous sommes arrivés au commissariat, l'AD et le CP étaient déjà là. Le premier s'appelle Lakshman. Vient du sud. Bel homme, encore qu'un peu efféminé, et un peu trop foncé de peau pour avoir pu se trouver une épouse potable dans les parages. Le second, lui, est un Sikh enturbanné, du nom de Gurinder Singh. Ni hindou, ni musulman, même si les siens combattent l'Islam depuis des siècles. Mais avec des gens comme lui ou comme Lakshman, peu importe la religion. Ils ont fréquenté le même *college* à Delhi, un endroit chichiteux fondé par des missionnaires chrétiens, où l'on ne parle qu'anglais et où l'on se sert de couteaux et de fourchettes pour manger. Alors, les deux hommes ont la même vision des choses. C'est bien là notre problème.

Lakshman est aussitôt entré dans le vif du sujet. « Je sais que vous êtes tous perturbés par l'incident de la nuit dernière, a-t-il dit.

– Perturbés ? l'a interrompu dans un cri l'homme du Bajrang Dal, Bhushan Sharma. Hors de nous, oui ! Ces garçons ont été brutalement assassinés, et de sang-froid.

– Ils s'en sortiront, a rétorqué Lakshman avec calme. J'ai parlé aux médecins. Il n'y a pas eu d'assassinat à Zalilgarh. Jusqu'ici, du moins.

– Ce n'est pas faute d'avoir essayé, continuait de hurler Sharma. Parce que c'est bel et bien ce que cherchaient ces agresseurs. C'est ça votre idée de l'ordre public ?

– Nous avons procédé à quelques arrestations pendant la nuit », a dit Gurinder en souriant. Il sourit beaucoup, surtout quand il parle de sujets particulièrement graves. « Nous trouverons les contrevenants. » Il emploie toujours des mots comme ça. « Les contrevenants sont en fuite. » Même quand il est censé parler hindi. « *Les contrevenants sont en fuite kiye hain.* » N'empêche, Gurinder a la réputation d'être un homme efficace. Et honnête, en plus, ce qui est relativement rare dans sa profession.

« Mais je veux m'assurer que nous gardons la situation bien en main, a ajouté Lakshman. La police déférera ces délinquants devant la justice. Mais je dois vous demander à tous de garder votre calme. Et surtout, de vous abstenir de toute action qui risquerait d'envenimer la situation.

– Nous abstenir ? a dit Sharma d'un ton belliqueux. C'est à nous de nous abstenir ? Il va falloir que nous restions là, les bras croisés, à subir les pires affronts de la part de ces musulmans ? Surtout un jour comme aujourd'hui, où nous jouons si gros ?

– Surtout un jour comme aujourd'hui, a répondu Lakshman. De fait, après ce qui s'est passé la nuit dernière, je me demande s'il est bien sage de maintenir votre manifestation d'aujourd'hui. Je vous suggère de la reporter... »

Il n'a pas pu finir sa phrase, qui s'est noyée dans un concert de protestations. Une fois le tumulte apaisé, je me suis levé, je me suis penché sur la table et l'ai regardé droit dans les yeux. « C'est exactement ce qu'attendent les musulmans, ai-je dit d'une voix calme. Ils espèrent nous avoir suffisamment intimidés pour nous faire renoncer à notre projet. Et vous voudriez que nous entrions dans leur jeu ? Pas question ! »

Lakshman a tout essayé. Je me demande à quelle méthode il n'a pas eu recours. Injonctions, mises en garde, persuasion, appel au calme, à la raison... Les tensions étaient grandes, nous a-t-il dit. Notre projet du Ram Sila Poojan avait éveillé les craintes de la communauté minoritaire, qui avait peur de devenir une proie facile pour les extrémistes et les exaltés de notre bord. Nous avions déjà eu un avant-goût de ce qui pouvait arriver. Si nous maintenions notre manifestation, personne n'était en mesure de dire ce qui pouvait se produire d'autre. Il suffirait d'une étincelle pour mettre le feu aux poudres. Et il était convaincu que ce n'était pas ce que nous recherchions.

« Ils nous attaquent, et vous nous dites que c'est eux qui ont peur ? a lancé Sharma d'un ton cinglant. Nous, nous ne voulons qu'une chose : défiler dans le calme, et vous nous dites que c'est nous qui envenimons la situation ? Voilà une façon bien étrange de voir les choses, monsieur l'administrateur ! »

Après plusieurs autres tentatives, il a fini par comprendre que nous ne céderions pas. La marche du Ram Sila Poojan dans Zalilgarh se déroulerait comme prévu. Nous étions fermement décidés à ne pas renoncer à ce projet préparé de longue date.

Il a alors changé de tactique. « Alors, modifiez votre parcours, a-t-il suggéré, en sortant un plan d'une chemise que lui avait fait passer Gurinder. L'itinéraire que vous avez établi est trop dangereux. Il passe en plein milieu du quartier musulman et à deux reprises juste devant une mosquée. Il y aura des musulmans pour voir là de la provocation, et je ne saurais leur donner tort. Vous allez tout bonnement inciter certains exaltés à commettre des actes comme celui qui a marqué la nuit dernière.

– Si c'est le cas, monsieur l'administrateur, ai-je répliqué, ils enfreindront la loi. Et ce sera à vous de vous en occuper. À vous et au CP. » Gurinder s'est contenté de sourire. « En organisant cette marche, nous ne faisons qu'exercer les droits que nous garantit notre démocratie. Si vous craignez que certains éléments incontrôlés enfreignent la loi, arrêtez-les. Poursuivez-les devant les tribunaux. Punissez-les. Mais ne vous en prenez pas à nous.

– Il y a plus de trente mille jeunes rassemblés à Zalilgarh, des volontaires venus de tous les coins du district, a ajouté Sharma. Avez-vous l'intention de les empêcher de participer à cette manifestation, Mr. Lakshman ? »

Lakshman et Gurinder ont échangé un regard qui disait assez que c'était bien là l'espoir qu'ils avaient d'abord caressé. Ce qui n'aurait fait que conduire à des violences – entre nos volontaires et la police, cette fois-ci. Manifestement, ils s'étaient ravisés.

« Non, je n'ai pas l'intention de vous empêcher de défiler », a fini par répondre Lakshman, en disant bien « *vous* empêcher » et non « *les* empêcher ». C'était moi qu'il regardait, plutôt que Bhushan Sharma. « Mais je compte sur votre bon sens pour vous assurer qu'il n'y aura pas de dérapage. Et que rien ne sera fait, surtout dans les quartiers musulmans, qui soit de nature à troubler la paix à Zalilgarh.

– Évidemment », a dit quelqu'un, dans un esprit de conciliation, et avant que nous ayons compris de quoi il retournait, Lakshman et Gurinder posaient leurs conditions. Nous pouvions défiler, mais nous n'étions pas autorisés à faire entendre nos tambours ou nos cymbales dans le voisinage des mosquées. Nous pouvions scander des slogans, à condition qu'ils soient modérés.

Nous pouvions porter des fanions et des bannières, mais pas d'armes. Toutes conditions que Lakshman était habilité à nous imposer en vertu de ses pouvoirs d'administrateur de district. Force nous a été d'accepter, sinon son complice, le Sikh à l'éternel sourire, annulait l'autorisation de défiler que nous avait accordée la police. Ils n'auraient certainement pas osé prendre une telle mesure, et nous aurions pu essayer de les mettre au pied du mur, mais nous n'avions rien à gagner à une confrontation. Nous avons donc accepté.

« Je veux que ceci soit mis par écrit », a dit Lakshman, en se mordant la lèvre inférieure.

Ah, ces gens qui ont fait des études. Ils veulent les choses par écrit, comme si quelques mots gribouillés sur une page avaient quelque chance de nous impressionner, nous, les incultes. Nous nous sommes tous regardés ; Sharma a eu un haussement d'épaules. Gurinder a alors rédigé les consignes sur une feuille à en-tête du commissariat, et nous avons tous signé.

Nous savions que ça ne ferait aucune différence. Ce qui devait arriver arriverait, un point, c'est tout.

Et nous y étions préparés.

Extrait de l'album de Priscilla Hart

16 juillet 1989

Ai appris quelque chose d'intéressant à propos du dieu hindou Ram, celui qui fait tant parler de lui ces temps-ci. Il semblerait que, quand il a ramené son épouse Sita de l'île de Lanka et qu'il est devenu roi, des bruits se sont mis à courir : après tant de mois passés en captivité, prisonnière de Ravana, il était impossible qu'elle soit restée pure. Pour mettre fin à ces rumeurs, Ram l'a soumise à un *agni-pariksha*, une ordalie publique par le feu, afin de prouver son innocence. Et elle est sortie des flammes saine et sauve. Obtenant son label de femme pure.

Ce qui a mis un terme aux rumeurs pendant un temps ; mais celles-ci n'ont pas tardé à refaire surface, affectant bientôt la crédibilité de Ram en tant que roi. Il s'en est ouvert à son épouse. Que pouvait faire Sita ? Elle a imploré la terre de s'ouvrir sous ses pieds, ce que cette dernière a fait, littéralement, avant de l'engloutir. Fin des rumeurs. Ram perdait ainsi la femme pour laquelle il avait tant guerroyé, ce qui ne l'a pas empêché de continuer à régner en souverain avisé et aimé de ses sujets.

Mais, bon Dieu, qu'est-ce que ça nous apprend sur l'Inde, cette histoire ? Que les apparences sont plus fortes que la vérité. Que les rumeurs ont plus de pouvoir que les faits. Que la fidélité est à sens unique, le seul fait de la femme. Et que, quand la société donne tort à une femme, celle-ci ferait bien de ne pas compter sur le soutien de son mari. Elle n'a pas d'autre choix que de mettre fin à ses jours.

Et me voilà amoureuse d'un Indien. Il faut vraiment que je sois folle.

Le professeur Mohammed Sarwar à V. Lakshman

26 août 1989

Merci de me recevoir. Il est très flatteur pour moi de constater que j'ai fait suffisamment forte impression au *college* pour que vous vous souveniez de moi.

Oui, je suis à l'université de Delhi maintenant, cette bonne vieille université, où j'enseigne dans le département d'histoire. Pour tout dire, je suis ici pour quelques semaines. Pour faire des recherches sur ma période, laquelle semble être étrangement d'actualité ces jours-ci. Je travaille sur la vie d'un homme, un certain Syed Salar Masaud Ghazi, plus connu sous le nom de Ghazi Miyan, un saint-soldat musulman, objet jadis d'un véritable culte dans la région. Vous n'avez jamais entendu parler de lui ? Preuve que ma recherche n'est pas inutile.

Le fait est que nous avons, surtout en Inde du Nord, une extraordinaire panoplie de héros, saints ou guerriers, parfois les deux comme dans le cas présent, qui sont vénérés par les deux communautés, l'hindoue comme la musulmane. On entend beaucoup parler à l'heure actuelle de la « culture composite » de l'Inde du Nord, mais pas suffisamment, à mon sens, de ce que je me plais à appeler sa « religiosité composite ». Un certain nombre de grandes figures religieuses musulmanes sont vénérées dans ce pays par les hindous – pensez à Nizamuddin Auliya, à Moinuddin Chishti, à Shah Madar, à Shaikh Nasiruddin, connu sous le nom de Chiragh-i-Delhi, ou à Khwaja Khizr, le saint patron des marins, dont les Anglais eux-mêmes ont estimé qu'il pouvait honorer de son nom leurs quais de Calcutta, les Kidderpore Docks. Ghazi Miyan fait partie de ce panthéon.

Mais saluer la religiosité composite, applaudir avec satisfaction au syncrétisme des relations entre hindous et musulmans ne suffit pas. Bien sûr, il nous faut sans arrêt rappeler à notre peuple que la tolérance est aussi une tradition bien établie en Inde, que les croisements sont au moins aussi fréquents entre les communautés que les affrontements. Mais nous devons également veiller à ne pas abandonner le terrain de la lutte religieuse aux seuls fondamentalistes des deux bords. Ce dont nous avons besoin, comme aime à le dire mon ami et collègue, le professeur Shahid Amin, que vous avez connu à l'université, c'est « d'études non partisanes sur les luttes partisanes ».

Ghazi Miyan, selon la croyance populaire, était un grand guerrier musulman, tué sur le champ de bataille en 1034 après Jésus-Christ, alors qu'il combattait une bande de rajas hindous à Bahraich, pas très loin d'ici, en direction du nord. Peu après sa mort, il a été canonisé dans la mémoire populaire ; les gens ont commencé à se rendre régulièrement en pèlerinage sur sa tombe ; des ballades contant ses exploits ont été composées aussi bien en *awadhi* qu'en *bhojpuri*, et il est également mentionné dans quelques chroniques en persan et en ourdou, encore que, si j'avais à écrire cela, je placerais « chroniques » entre guillemets, tant certaines ne sont en fait rien d'autre que des hagiographies sans grand fondement. Mais ce qui est intéressant, c'est que le Ghazi Miyan des textes historiques n'a rien d'un apôtre de la réconciliation hindo-musulmane. C'est un combattant de l'Islam. Dans un texte du XVIIe siècle, il est même décrit comme le neveu de Mahmud de Ghazni, l'envahisseur notoire qui, au XIe siècle, a détruit le fameux temple de Somnath. La plupart des textes le présentent comme un guerrier passant son temps à tuer les infidèles et à renverser les idoles, en compagnie des pires soudards. Il est apparu à sa mort comme un martyre engagé dans une guerre sainte, et l'on peut penser que son âme est montée tout droit au paradis islamique, où aucun hindou ne saurait trouver place.

Pourquoi, dans ces conditions, ce Ghazi Miyan est-il adoré par les hindous qu'il a apparemment toujours combattus ? Pour-

L'ÉMEUTE

quoi les femmes hindoues prient-elles sur sa tombe pour qu'il leur donne un enfant mâle doté de ses nobles qualités ? Pourquoi les hindous chantent-ils des chants et des ballades à sa gloire ? Comme par le passé, d'ailleurs : bon nombre de ces chants ont été recueillis par des ethnographes britanniques de l'Angleterre coloniale de la fin du XIXᵉ siècle, dans une large bande de l'Inde du Nord allant de Delhi à Bénarès. Or, ce qu'il y a d'intéressant dans ces chants, c'est qu'ils présentent une tout autre image du personnage : celle d'un guerrier qu'une malédiction condamne dès la naissance à mourir sans s'être jamais marié, et qui est tué le jour même de ses noces en allant porter secours à ses bergers et à ses troupeaux, attaqués par un pillard invétéré, le raja hindou Sohal Deo.

Et de quelles bêtes étaient composés ses troupeaux ? De vaches ! Cela ne vous rappelle rien ? Ce jeune guerrier qui défend ses vaches ne vous rappelle-t-il pas le seigneur Krishna de la légende hindoue, ce séducteur de jeunes laitières, ce protecteur des vaches ? En fait, dans une des ballades populaires, c'est la mère adoptive de Krishna, Jashodha, qui, trempée du sang des vachers massacrés par Sohal Deo, fait une entrée théâtrale dans la salle où l'on célèbre le mariage de Ghazi Miyan, et supplie ce dernier de se porter au secours des bêtes. Imaginez un peu la scène : le futur marié se lève, se débarrasse de ses habits de noces, demande à sa mère de lui pardonner, boucle son épée et s'en va affronter le tueur de troupeaux. C'est une histoire émouvante, croyez-moi, et il y a plus encore dans les chants et les ballades que j'ai moi-même rassemblés : des récits réinventant le Ramayana, mettant en scène Krishna lui-même, sont intégrés à l'histoire de la vie de Ghazi Miyan, faisant parfois état des pouvoirs miraculeux de son tombeau.

Qu'est-ce qui peut expliquer ces légendes contradictoires, celle du *djihadi* martyre vénéré par les fondamentalistes musulmans et celle du noble protecteur des vaches adoré par l'hindou de la rue ? Les extrémistes des deux camps ont tenté de minimiser l'attrait œcuménique de Ghazi Miyan. Les fondamentalistes hindous ont stigmatisé les ballades comme étant des fictions

91

mensongères fabriquées par des charlatans musulmans pour tromper les hindous crédules. Ils ont également tout fait pour diffuser largement les versions guerre sainte de l'histoire de Ghazi Miyan. Quant à l'épisode des vaches, ils prétendent que les bêtes avaient en fait été marquées pour être abattues lors des noces de Ghazi Miyan et que l'attaque de Sohal Deo n'avait pour but que de sauver les vaches d'une mort certaine aux mains des musulmans. Selon eux, on a trompé les hindous pendant des siècles en leur faisant vénérer un oppresseur, qui était aussi un envahisseur étranger. Les défenseurs à tout crin de l'identité hindoue déplorent que les dons faits sur les lieux où est inhumé le Ghazi servent à subventionner les écoles islamiques, les hôpitaux et les mosquées. Et c'est ce même phénomène que les laïcs, eux, s'empressent de saluer comme une preuve de religiosité composite.

Chaque année, et ce depuis des siècles, peut-être bien depuis 1034, on recélèbre les noces de Ghazi Miyan à l'époque de l'année où l'on suppose que s'est passé l'événement. La cérémonie est invariablement interrompue, comme elle l'avait été la première fois. Des centaines de *baraats*, cortèges endimanchés, convergent vers le sanctuaire, mais chaque fois, une calamité « imprévue » – un orage, ou même l'éventualité d'un orage – les conduit à suspendre la cérémonie. Le mariage n'a pas lieu. C'est là le rituel. Mais les *baraats*, qu'ils soient hindous ou musulmans, seront de retour l'année suivante.

Voilà l'histoire que je veux étudier de plus près. Il y a énormément de matériaux à rassembler, certains dans les environs de Bahraich, mais l'essentiel dans la région de Zalilgarh. Je dois rencontrer quelques-uns des chanteurs Dafali qui concourent à populariser les ballades dédiées au Ghazi. Je séjourne en ville chez le *sadr*, Rauf-bhai – peut-être le connaissez-vous ? Oui ? C'est un cousin de ma mère. Vous savez, si on veut se faire une idée de l'Islam tel qu'il est pratiqué dans une petite ville de l'Uttar Pradesh, rien de tel que de se lever tous les matins dans le *basti* musulman et de bavarder avec les voisins.

Ce que je pense, c'est que les historiens comme moi, qui n'ont vendu leur âme à aucun des deux partis en présence dans la terrible dispute intercommunautaire qui fait rage en ce moment, doivent se faire un devoir d'aller fouiller dans les mythes qui divisent et unissent notre peuple. La cohorte fondamentaliste hindoue se donne beaucoup de mal en ce moment pour réinventer un passé au pays, fabriquant de toutes pièces des torts « historiques » qu'il faudrait redresser, déterrant des « preuves » de forfaits perpétrés par les musulmans et des exemples d'usurpation de la gloire nationale. Ils sont en train de transformer le pays en un immense Pakistan, adeptes qu'ils sont de la théorie des deux nations. Ils ne mesurent pas les dégâts qu'ils causent au tissu même de notre société. Ils veulent « donner une leçon » aux gens comme moi, alors qu'eux-mêmes n'ont jamais tiré beaucoup de leçons de grand-chose. Il m'arrive souvent de penser au grand poète ourdou Mohammed Iqbal, qui écrivait « *Sara jahan se achha Hindustan hamara* » – « Meilleure que tout le reste du monde est notre Inde » –, et qui est aussi traîné dans la boue pour avoir prôné la création du Pakistan, même si ce qu'il voulait, c'était un territoire musulman à l'intérieur d'une Inde confédérée. Iqbal-sahib a écrit un distique qui n'est pas souvent cité aujourd'hui : « *Tumbari tahzeeb khud apne khanjar se khud-khushi karegi / Jo shukh-i-nazuk pe aashiyan banega, napaidar hoga.* » Oh, c'est vrai, j'oubliais, vous êtes originaire du sud, et vous ne comprenez pas l'ourdou. Ce qu'il dit, c'est que notre civilisation se verra acculée au suicide en raison de sa complexité ; celui qui construit un nid sur des branches trop fragiles est voué à la chute. Le problème, c'est que nos fondamentalistes hindous ne lisent plus guère Iqbal de nos jours.

Lettre de Priscilla Hart à Cindy Valeriani

16 février 1989

...

Je n'ai pu me résoudre à aller dîner chez lui en compagnie de sa femme après ce qui s'était passé, et je lui ai donc dit de me trouver une excuse – migraine ou indisposition soudaine. Il n'a pas caché sa déception, ni le fait qu'il n'était pas très enthousiaste à la perspective de faire face au déplaisir de sa femme, maintenant qu'il lui avait téléphoné pour lui demander de s'occuper du repas. Il m'a fait promettre de venir une autre fois... et, dans la mesure où j'étais déjà allée chez lui par le passé, j'ai accepté.

Le lendemain matin, un petit mot est arrivé pour moi au bureau dans une enveloppe officielle, apporté par un messager en uniforme (un « péon », comme on dit bizarrement ici, en Inde). « Ma chère Priscilla », commençait le mot, et j'ai imaginé son auteur en train d'essayer diverses formules : « Priscilla » (trop abrupt), « Priscilla chérie » (trop tendre), « Chère Priscilla » (trop banal), peut-être même « Très chère Priscilla » (un peu prématuré), avant d'en revenir à « Ma chère Priscilla ». L'écriture était ferme, claire, sans fioritures. « Ce moment passé hier avec vous était merveilleux. Pardonnez ce mode de communication, mais je viens juste de me rendre compte que vous n'aviez pas le téléphone chez vous, et il faut absolument que je vous revoie. Je vous en prie, appelez-moi si vous pouvez sur ma ligne directe, le 23648. Ou faites-moi passer un mot par l'intermédiaire du péon qui vous a apporté le mien. Bien à vous, Lakshman. » Là encore, combien de temps lui avait-t-il fallu pour

94

trouver la bonne formule ? « Amitiés » ? Trop formel. « Très amicalement à vous » ? Trop étudié. « À vous pour toujours » ? Trop présomptueux. D'où le simple, mais tout de même suggestif « Bien à vous ». Ça m'a plu.

Il ne m'a pas fallu plus de quelques secondes pour me décider. Me servir du téléphone du bureau (nous n'en avons qu'un) pour une conversation privée était hors de question. J'ai donc griffonné sur le même bout de papier : « Même heure, même endroit, demain ? » Le péon m'a fait une courbette en prenant l'enveloppe et m'a saluée.

Cindy, je sais ce que tu penses, et je t'assure que ce n'est pas ça. J'aimerais tellement que nous puissions parler toutes les deux. Tu ne peux savoir à quel point tu me manques. Il n'y a rien que je désire tant qu'une de nos longues conversations, qui nous trouvaient blotties toutes les deux sur ton lit, étreignant tes gros oreillers si douillets (je voudrais que tu voies le genre de galette qui me tient lieu d'oreiller à Zalilgarh). Te raconter tout cela par écrit, ce n'est pas la même chose, et j'ai tellement perdu l'habitude d'écrire des lettres que je ne suis pas sûre de te dire ce que j'éprouve vraiment. Je sais ce qui, dans toute cette histoire, risque de te causer de l'inquiétude : il est marié, il est indien, je suis seule, loin de chez moi et je ne sais plus ce que je fais. À ta place, je me ferais aussi du souci pour moi ! Mais Lakshman est un homme à part, vraiment, et je n'ai qu'un seul désir en ce moment, être avec lui. Tu me crois folle, Cindy ? Ne prends pas la peine de répondre maintenant à cette question – le temps que ta réponse arrive, je saurai si je me suis montrée vraiment idiote ou si j'ai tout bonnement trouvé l'homme de mes rêves au mauvais endroit au mauvais moment...

Transcription de l'interview de Randy Diggs avec l'administrateur de district V. Lakshman (1ʳᵉ partie)

13 octobre 1989

RD : Je vous remercie, monsieur l'administrateur, de bien vouloir m'accorder cet entretien. Randy Diggs, correspondant permanent du *New York Journal* pour l'Asie du Sud. Voici ma carte.

VL : Merci. Voici la mienne. Mais je suppose que vous savez qui je suis.

RD : Effectivement, monsieur Lakshman.

VL : Bon, que puis-je pour vous ?

RD : Je travaille à un article de fond sur la jeune Américaine qui a été tuée le mois dernier à Zalilgarh, Priscilla Hart.

VL : Oui. Priscilla.

RD : Je me suis dit que le mieux était d'obtenir de vous tous les renseignements possibles sur les circonstances de sa mort.

VL : Les circonstances ?

RD : Oui, je veux dire, l'émeute. Les événements qui ont conduit à cette tragédie. Son rôle à elle dans ces événements. Tout ce qui pourrait expliquer sa mort.

VL : Elle n'a joué aucun rôle dans les événements. C'est bien là qu'est toute la tragédie.

RD : Mais elle...

VL : Elle était ici pour travailler sur un programme de contrôle des naissances. Et étudier la position des femmes dans la société indienne. Elle n'avait rien à voir avec cette stupide guerre de religion.

RD : Elle s'est donc simplement trouvée au mauvais endroit au mauvais moment.

VL : Je suppose en effet qu'on pourrait formuler les choses ainsi. Encore que je doute que le mauvais endroit ou le mauvais moment existent en tant que tels. Nous sommes là où nous sommes au seul moment dont nous disposions. C'est peut-être là que nous sommes censés être, et pas ailleurs.

RD : Eh bien, je...

VL : Rassurez-vous. Je n'ai pas l'intention de vous infliger des discussions philosophiques oiseuses. Vous êtes ici pour parler de l'émeute avec l'administrateur du district, et je vais vous en parler. Prenez donc un peu de thé.

RD : Merci. Il est déjà sucré ?

VL : J'en ai peur. C'est ainsi qu'on le sert dans le pays. Ça vous convient ?

RD : Tout à fait. Parlez-moi de ce qui m'intéresse.

VL : Vous êtes au courant pour le Ram Sila Poojan ? Le 15 septembre, le parti Bharatiya Janata et ses alliés de l'« Hindutva », parti de l'identité hindoue, ont annoncé le recours à l'action directe pour construire un temple dédié à Ram sur le site très controversé de l'ancienne Babri Masjid à Ayodhya. Ils avaient choisi de ne pas emprunter les voies légales et politiques pour atteindre leur but. Il était clair, à entendre leurs chefs, qu'ils étaient prêts à recourir aux grands moyens ; si besoin était, aux pires violences.

RD : Excusez-moi, le temps de vérifier si ce truc enregistre comme il faut... Oui, c'est bon. « Aux pires violences. » Continuez, je vous en prie.

VL : Très bien... Où en étais-je ? Ah, oui. Les troubles avaient commencé ailleurs, avant d'arriver jusqu'à nous, et il n'a pas fallu plus de quelques jours pour qu'une bonne partie de l'Inde du Nord se retrouve prise d'une frénésie sans précédent depuis la Partition. Des groupes de jeunes surexcités défilaient dans les rues de toutes les villes, matin et soir, jour après jour, transportant avec ostentation des briques au nom de Ram, lançant des slogans au vitriol à l'adresse des musulmans. Des slogans d'une virulence, d'une agressivité, d'une grossièreté terribles. Les musulmans, réfugiés dans leurs ghettos, ont observé ces démonstrations d'abord incrédules et horrifiés, puis très vite terrifiés et furieux.

RD : Vous ne pouviez pas les arrêter ? Interdire le Ram Sila Poojan ?

VL : J'aurais bien voulu être en mesure de le faire. J'ai tout de suite compris que ce qui se passait était une atteinte caractérisée aux valeurs politiques de l'Inde laïque. J'ai demandé la permission d'interdire les processions dans mon district. On me l'a refusée. Ce n'est qu'au Bengale occidental, où les communistes détiennent le pouvoir, que le projet s'est vu frappé d'interdiction. Les gouvernements des autres États ont essayé de ménager la chèvre et le chou. Proclamant leur neutralité laïque sans rien faire pour la traduire dans les faits. Ils ne voulaient surtout pas

98

s'aliéner les partisans de l'hindouisme pur et dur, et c'est pourquoi ils ont refusé d'interdire le projet. À leur décharge, ils ont vraisemblablement cru qu'une telle interdiction ne ferait que conférer au mouvement *hindutva* l'aura du martyre et donc lui attirer un soutien encore plus massif. Ils ne sont donc pas intervenus. Sans compter qu'il y avait des gens au sein même des gouvernements pour éprouver une secrète sympathie pour ce projet de reconstruction. Une sympathie que certains allaient jusqu'à afficher ouvertement. L'inertie des autorités face à cette provocation a profondément aliéné les musulmans. Nombre d'entre eux y ont vu la fin de leurs espoirs dans cette Inde tolérante et laïque si péniblement construite durant ces quarante dernières années grâce aux efforts incessants d'administrations successives.

RD : La tension était donc à son comble ce jour-là chez les musulmans.

VL : C'est indéniable. Mais pas seulement chez les musulmans. La communauté hindoue était elle aussi dans un état d'agitation extrême. Ses chefs – ou peut-être devrais-je dire ceux qui prétendaient parler en son nom – attisaient délibérément les passions. Jusqu'aux médias et à l'*intelligentsia* qui n'ont pas tardé à être contaminés par cette vague de démence qui balayait le pays.

RD : Et les défenseurs de la laïcité ?

VL : Quels défenseurs ? De ce côté-là, le silence était, pardonnez-moi le mot, assourdissant.

RD : Est-ce qu'il s'agissait d'un phénomène général ou bien aviez-vous affaire à un problème spécifique à la région de Zalilgarh ?

VL : Plutôt général pour ce qui concerne cette partie du pays :
l'Uttar Pradesh, le Bihar, certaines parties du Madhya Pradesh.
Beaucoup moins répandu dans la région d'où je viens, le sud.
Mais dans le coin, les choses ont vite pris une vilaine tournure.
Moins de dix jours après l'annonce du Ram Sila Poojan, les
émeutes commençaient à éclater ici et là – processions de fidèles
brandissant des briques et hurlant des slogans haineux jour après
jour, représailles violentes de la part de petits groupes musulmans, suivies d'affrontements, de morts, d'incendies volontaires
et pour finir du couvre-feu. À un moment, environ trois semaines
après le lancement du projet, on ne comptait pas moins de 108
villes où le couvre-feu avait été instauré.

RD : Parlez-moi de Zalilgarh.

VL : Vous y êtes, vous avez donc pu constater par vous-
même. C'est une petite ville de l'Uttar Pradesh. Il n'y a pas
grand-chose à en dire. Mais comme toutes les autres petites
villes de la région, Zalilgarh pouvait difficilement rester à l'abri
de la fièvre partisane qui ravageait le pays. Ville de moindre
importance, planifiée un peu n'importe comment, comptant
moins d'un lakh d'habitants...

RD : Cent mille ?

VL : C'est cela. Environ un lakh. Avec une population à peu
près également répartie entre hindous et musulmans. En fait, j'ai
découvert peu après mon arrivée que Zalilgarh est classée offi-
ciellement « zone sensible ». Les archives font état d'un premier
affrontement intercommunautaire dès 1921.

RD : Quand vous dites « intercommunautaire », vous voulez
dire...

VL : Hindous contre musulmans. Vous voyez que cette riva-
lité ne date pas d'hier à Zalilgarh, alors même que dans la plus

grande partie du pays, hindous et musulmans étaient, à l'époque, unis dans une campagne commune, le mouvement Khilafat dirigé contre les Britanniques. Les affrontements se sont répétés avec une effrayante régularité au cours des décennies suivantes.

RD : Comment les expliquez-vous ?

VL : Oh, il y a bien des raisons. On s'affronte sur des questions essentiellement locales : attaques contre des processions religieuses, profanations de sanctuaires, relations illicites entre hommes et femmes appartenant à des communautés différentes, ce genre de choses. Les deux communautés ne se mélangent pas, mais vivent pratiquement côte à côte dans des bidonvilles surpeuplés, ce que nous appelons des *bastis*. La moindre étincelle risque de mettre le feu aux poudres. Chaque incident laisse derrière lui de nouveaux germes d'hostilité et de suspicion, garants d'un prochain affrontement.

RD : Et sachant tout cela, vous n'avez rien pu faire pour empêcher l'émeute ? Je veux dire, vous et la police ?

VL : Je me suis bien demandé des centaines de fois si j'aurais pu faire davantage. Moi ou Guru – Gurinder. Vous connaissez le chef de la police ?

RD : Gurinder Singh, oui. C'est le suivant sur ma liste d'entrevues. Un ami à vous, si j'ai bien compris ?

VL : Oui. Nous étions à l'université ensemble. Saint Stephen's, à Delhi, à deux ans d'intervalle. Je ne l'ai pas bien connu à l'époque, mais nous sommes devenus bons amis depuis. Un homme d'une efficacité remarquable. Mais tellement peu plausible dans la peau d'un flic.

RD : Pourquoi ?

VL : Bof, il a étudié l'histoire à la fac. Il jouait au hockey et à l'école buissonnière. Gros buveur, même à l'époque. Bien connu pour ses jeux de mots atroces. On l'appelait « l'Ab Surd » – les Sikhs sont des « Surds », vous comprenez, forme abrégée de « Sardarji », ce qui est pour eux une appellation honorifique... oh, oubliez ça, comme la plupart des plaisanteries interculturelles, c'est trop compliqué à expliquer. Bref, il est absurde son compte quand il s'y met, surtout quand il a un verre de trop dans le nez... et quand je dis un verre, je devrais dire une bouteille. Et il jure comme un charretier. Comme vous ne tarderez pas à le découvrir. « L'histoire de ma vie, a-t-il coutume de dire, commence par ces mots "Il était tune fois un Sikh désargenté..." » Aujourd'hui, il dirait sans doute : « Il était une putain de fois. » Vous avez intérêt à vous préparer à ces cascades de jurons. Il a passé les examens de l'Indian Administrative Service, comme la plupart d'entre nous à St Stephen's, en grande partie pour faire plaisir à ses parents. En fait, il voulait être fermier – paysan, comme il disait, mais son ambition secrète, c'était de devenir un gros exploitant agricole, agriculture intensive et mécanisée, tracteurs, canaux d'irrigation, le grand jeu, quoi. Les plaisirs simples, comme le dit Wilde, sont le dernier refuge des gens compliqués. Il n'a pas suffisamment travaillé au moment des examens et n'a pas pu intégrer les services de l'administration. En revanche, il a réussi les examens de la police. Il espérait que ses parents lui seraient reconnaissants de ses efforts et le laisseraient aller travailler avec son grand-père, qui avait des terres mais les exploitait à l'ancienne. Cette seule perspective les a remplis d'horreur. Une carrière dans la police, ce n'était sans doute pas très glorieux, mais c'était tout de même mieux que l'agriculture. Qu'est-ce qu'on allait dire d'eux si leur fils devenait un simple gardien de troupeaux ? S'il avait échoué à tous ses examens, les choses, bien sûr, auraient été différentes, mais là, il tenait une chance de décrocher un travail digne de ce nom, qui n'allait pas sans une certaine forme de pouvoir. Ils n'avaient aucune intention de lui laisser gâcher sa vie en jouant au paysan. Combien ça gagne, quelqu'un qui cultive la terre, je vous le demande ? Il a fini par céder. [*Silence*]. C'est ce que nous faisons tous. [*Silence.*] Moi, je voulais être écrivain. Mes parents, eux, avaient d'autres projets pour moi.

RD : En Amérique, les parents ont renoncé depuis longtemps à dire à leurs enfants ce qu'ils doivent faire dans la vie.

VL : Ce n'est pas demain la veille qu'ils en feront autant chez nous.

RD : Je veux bien le croire. Mais vous me parliez de Zalilgarh. La population, l'arrière-plan de l'émeute, la possibilité pour vous de faire davantage que vous n'avez fait pour empêcher ce qui est arrivé.

VL : Faire davantage ? Franchement, je ne crois pas que c'était possible. Nous avons tout essayé. Les choses ont commencé de la même manière, vous savez, à Zalilgarh qu'ailleurs. Le schéma était toujours le même : défilés belliqueux pendant plusieurs jours et slogans hostiles. Gurinder et moi-même avons répondu selon les règles, en faisant tout ce qu'on nous avait appris à faire dans ce genre de situation : organisations de rencontres entre les deux communautés, exhortations au calme, inculpations des plus enragés des manifestants, incitation auprès des comités pour la paix à redoubler d'efforts et de vigilance, arrestations préventives, et j'en passe.

RD : Les comités pour la paix ?

VL : Ce sont des organismes que nous avons mis en place partout où il y a eu dans le passé des troubles intercommunautaires. Ils sont chargés d'amener les chefs des deux communautés à se rencontrer pour travailler ensemble et débattre de leurs problèmes. Nous avons eu recours à tous les moyens disponibles, à toutes les stratégies connues. Dans des circonstances normales, de telles mesures auraient pu suffire.

RD : Mais elles n'étaient pas normales, ces circonstances ?

VL : Non. Loin de là. Tandis que la campagne pour le Ram Sila Poojan s'intensifiait, nous nous sommes retrouvés dans l'incapacité d'arrêter la vague déferlante de la haine intercommunautaire.

RD : Excusez-moi, il faut que je change la bande.

Extrait du journal de Lakshman

26 mars 1989

« Je crois que je n'ai jamais pardonné à mon père, a-t-elle dit, l'air sombre. Cette seule vision... lui, en train de faire ça, avec cette horrible femme, sa secrétaire... J'avais tout juste quinze ans, et je me suis sentie personnellement atteinte, comme si c'était moi qu'il avait trahie, et non ma mère. Il a bien essayé de me parler, de m'expliquer, d'obtenir mon pardon, même s'il était bien trop orgueilleux pour utiliser un tel mot. Je n'oublierai jamais le mépris cinglant avec lequel, du haut de mes quinze ans, je lui ai sorti un morceau choisi de Freud que j'avais ramassé Dieu sait où : "Tu me fais pitié, papa. Je suppose que tu n'as même pas compris qu'en faisant ça, tu ne faisais qu'essayer de compenser ton incapacité à pénétrer le marché indien ?" »

Elle a ri, presque silencieusement, au souvenir de ses propres paroles. « Dans la famille, on m'avait fait la réputation d'une fille précoce. Papa affectionnait tout particulièrement l'expression notre "précoce Priscilla". Il ne l'a plus jamais utilisée après cette sortie. »

Je lui ai caressé les cheveux, avant de l'embrasser tendrement sur la joue. « Précieuse Priscilla, ai-je dit.

– Oh, je préfère ça de beaucoup », a-t-elle répondu, en déposant un baiser rapide sur mes lèvres. Mais elle est vite redevenue grave.

« Cette histoire m'a énormément perturbée, a-t-elle poursuivi. Ça n'a fait que cristalliser les sentiments mal définis que j'éprouvais à l'égard de mon père. Qu'est-ce qu'il faisait en Inde, après

105

tout ? Il essayait de vendre du Coca. Ce n'est pas comme s'il avait apporté, je ne sais pas, moi, des médicaments, de nouvelles technologies, de l'eau potable ou l'électrification. C'était du Coca, rien de plus, tu te rends compte ?

— Mais les Indiens en boivent, ma chérie.

— Certains, oui. Mais je ne voyais rien là-dedans de bien exaltant. Tu sais, à l'école, il y avait des gamins de diplomates, mais il y avait aussi des gamins de missionnaires qui travaillaient au milieu des tribus, d'autres dont les pères étaient en Inde pour construire des barrages ou des centrales électriques ou des autoroutes — des trucs utiles, nécessaires. Comme j'aurais voulu que mon père à moi fasse quelque chose comme ça, au lieu de vendre du Coca. » Elle a secoué la tête, et ses cheveux lui sont tombés sur les yeux, voilant ses regrets. Je les ai doucement repoussés, tandis qu'elle poursuivait. « Le plus drôle, c'est que les autres gamins m'enviaient en fait. "Dis donc, c'est vrai que ton père, y travaille pour Coca-Cola ? Suuu-per !" Tu vois le genre. Ils trouvaient que leurs parents avaient un boulot ennuyeux, alors que mon père, lui, était auréolé de prestige simplement parce qu'il vendait un produit qu'ils connaissaient tous et qu'ils appréciaient. C'est bizarre, hein ? »

Je me suis contenté de hocher la tête, ne voulant pas la contredire.

« Et puis, quand les choses ont commencé à aller vraiment mal, que le gouvernement a mis Coca-Cola dehors, et que mon père en a été réduit à passer son temps à échafauder des plans pour réintroduire la compagnie sur le marché indien, je me suis mise à éprouver des sentiments très mitigés à son égard. D'un côté, une partie de moi-même le trouvait pitoyable, et de l'autre, j'étais presque heureuse qu'il continue à s'accrocher, parce que ça voulait dire que nous allions rester en Inde, et ce pays, je l'adorais. Pendant des années, tu comprends, je l'avais idéalisé, lui, la figure paternelle dans toute sa perfection, grand, fort, beau, le rire communicatif, et puis cette habitude qu'il avait de me lancer en l'air quand j'étais petite et de me rattraper au dernier moment. Jusqu'au jour où je suis devenue trop grande pour qu'il puisse encore me lancer en l'air, et trop avertie pour voir encore en lui la perfection, et trop intelligente pour ne pas remettre en question ce qu'il faisait. Je t'ennuie avec tout ça ?

— Non, absolument pas, ai-je répondu en l'embrassant, cette fois-ci sur le front. Continue.

— Ce qui m'a déçue aussi, ça a été de constater qu'il voyait si peu de cette Inde que, moi, j'aimais tant. Il connaissait les bureaux climatisés, les hôtels cinq étoiles, allait dans les soirées données par la petite communauté d'expatriés, et n'arrêtait pas de se plaindre de l'incompétence du gouvernement, de l'inefficacité des services postaux, des caprices de l'approvisionnement en eau. Mais il ne mettait jamais les pieds dans un bazar, ne se rendait jamais dans le quartier des domestiques, n'entrait jamais dans un temple ou une mosquée, n'allait jamais voir un film indien, et il ne s'est jamais fait de véritable ami parmi les gens d'ici. Il croyait qu'il allait conquérir le pays avec son Coca, et tout ce qu'il a réussi à conquérir, c'est une traînée minable qui cherchait à se faire du fric.

— Oublie ça, Priscilla, ai-je dit en la serrant fort contre moi. C'est une vieille histoire.

— Je sais, a-t-elle dit en se libérant de mon étreinte, me signifiant par là qu'il lui fallait absolument continuer sur ce sujet. Mais je ne peux pas lui pardonner. Pas seulement à cause du mal qu'il a fait à maman, ou de son rôle dans l'anéantissement d'une famille que je croyais indestructible. Non, pas seulement pour ça. Mais aussi pour avoir fait preuve d'autant d'inconscience et d'imprudence en faisant ça là, dans ce lit qu'il partageait avec maman, cet après-midi-là, et en me laissant le surprendre. Je l'ai vraiment haï pour m'avoir laissé le surprendre comme ça. Pendant des années, j'ai refusé de me laisser toucher par un garçon, je ne pouvais pas. J'en avais des frissons rien que de penser à mon père nu, en train de chevaucher cette femme et de lui fouetter le derrière. J'avais toujours dans la tête les bruits qu'ils faisaient, ses cris à lui, ses gémissements à elle – c'était horrible.

— Je comprends, ai-je dit, tout en la prenant dans mes bras, et cette fois-ci, elle n'a rien fait pour se libérer.

– Mais c'est à ce moment-là aussi que je me suis dit que je ne pouvais pas le laisser gâcher le reste de ma vie. Maman nous avait ramenés aux États-Unis – nous vivions à New York –, et tu n'as pas idée des pressions auxquelles tu es soumise, quand tu n'es ni trop moche ni trop bête. Tous les garçons de ma classe, et même ceux des classes supérieures, voulaient sortir avec moi, me porter mes livres, m'inviter au cinéma. Quand je refusais, ou que j'acceptais mais sans rien faire de ce qu'ils voulaient que je fasse, c'était horrible. Les gamins, au lycée, ont bientôt fait circuler le bruit que je n'étais pas normale, que je ne laissais même pas les garçons m'embrasser, que j'étais peut-être lesbienne. Je ne pouvais pas continuer à rester repliée sur moi-même comme ça, indéfiniment. Et puis, je voulais tellement... j'avais tellement envie de me retrouver avec deux bras vigoureux autour de moi, envie d'être lancée en l'air et rattrapée dans ma chute, envie de trouver quelqu'un qui m'aiderait à oublier mon père, quelqu'un qui serait tellement différent de lui qu'il ne pourrait en aucun cas me le rappeler. »

Et c'est avec moi que tu as fini, n'ai-je pu m'empêcher de penser. Encore un homme marié qui trompe sa femme avec une étrangère exotique.

Mais ce n'était pas là qu'elle voulait en venir ; du moins pas encore.

« Alors, en terminale, j'ai fini par sortir avec un camarade de ma classe. Autant te le dire tout de suite, un noir. Darryl Smith. Un grand sportif, capitaine de l'équipe de basket, pas particulièrement brillant, ni rien, mais vraiment gentil. Seigneur, qu'il était grand. Je me rappellerai toujours mon premier baiser : moi sur la pointe des pieds, comme une ballerine en chaussons, pour pouvoir atteindre ses lèvres, lui plié en deux pour atteindre les miennes. » Une lueur s'est allumée dans ses yeux, comme une lointaine étoile vibrant à travers les nuages. « À l'école, les langues se sont mises à aller bon train, tu penses bien, et je suppose que j'aurais dû me rendre compte que je faisais quelque chose de risqué, peut-être même de dangereux. Mais avec Darryl, je me sentais parfaitement en sécurité, et totalement libérée de l'ombre de mon père. Quand il s'est déshabillé pour la première fois, je n'arrivais pas à détacher les yeux de son corps mince et musclé. Comme si je cherchais à imprimer chaque détail au plus profond de ma mémoire, et à surimposer un autre jeu d'images à cette vision que je gardais de mon père et qui me hantait depuis si longtemps. » Elle m'a soudain regardé, comme si elle venait tout juste de prendre conscience de l'identité de la personne à qui elle s'adressait. « Est-ce que ça te gêne que je te raconte ça, Lucky ? J'arrête, si tu veux.

– Non, non, ai-je menti, la voix épaisse, parce que je commençais à me sentir terriblement gêné. Je veux entendre tout ce que tu as à dire.

– C'est important pour nous, tu comprends ? a-t-elle dit en me serrant très fort contre elle. Je veux que tu saches tout ce qui a pour moi de l'importance. Je veux que tu comprennes.

– Je sais, ai-je dit. Continue.

– Mes parents ont très mal pris la chose. Mon père était à Atlanta, où il travaillait au siège de Coca-Cola, si bien que je ne le voyais guère que trois ou quatre fois dans l'année. Mais il était hors de lui, uniquement parce que Darryl était noir. "Ces gens-là ne sont pas comme nous", n'arrêtait-il pas de dire, ou bien : "Comment est-ce que tu as pu faire une chose pareille ?" À quoi je répondais parfois, sans pouvoir résister à la tentation : "Voilà une question à laquelle il faudrait que tu essaies de répondre d'abord, tu ne crois pas ?" Et bien entendu, il a refusé de faire la connaissance de Darryl. Remarque, je n'y tenais pas plus que ça. Maman aussi désapprouvait, mais à sa manière à elle, sans esclandre : pas un mot plus haut que l'autre, pas une seule allusion à la couleur de sa peau, simplement quelques remarques du genre : "Priscilla, tu sais que tu peux trouver mieux. Ce gentil garçon qui fait partie du club des débats, que devient-il ? Il voulait sortir avec toi, et tu n'as jamais..." Et bien entendu, le débatteur en question était comme par hasard intelligent, riche et blanc, trois domaines dans lesquels Darryl ne faisait pas le poids. Ce qui ne m'en faisait que l'aimer davantage. » Sa voix s'est faite plus légère, comme pour effacer toute trace de grandiloquence dans ce qui allait suivre. « Amoureux et seuls contre tous. J'ai commencé à me persuader que Darryl et moi, c'était pour la vie. » Elle a eu un petit rire, comme pour se moquer de sa naïveté. « Mais bien entendu, ça ne pouvait pas durer. Le problème, ce n'était pas qu'il était noir et que j'étais blonde, ni même qu'il ne s'intéressait qu'au sport alors que j'étais un des meilleurs éléments de la classe. Non, notre problème, c'est que nous ne nous parlions pas. Darryl n'était pas quelqu'un de compliqué, il était affectueux, et franc avec moi, mais, contrairement à mon père, il parlait peu. Et il n'avait pas particulièrement envie de m'écouter. Si j'essayais de lui parler de ma famille, ou de l'Inde, ou d'un livre que j'étais en train de lire, il se contentait de me faire un grand sourire éclatant et de me fermer la bouche en m'embrassant, le baiser n'étant souvent que le prélude à autre chose. Et après, il avait envie d'aller manger un morceau, ou de boire un verre, ou d'aller en boîte, mais il ne tenait pas particulièrement à ce qu'on parle.

J'avais fini par me faire à cette situation. Du coup, quand je parlais, c'était avec mes amies, surtout Cindy, mon amie la plus chère. Je l'ai connue à l'école primaire, avant l'Inde. Et je me disais, bof, Darryl ne parle pas beaucoup, mais je sais qu'il tient à moi, et il n'y a que ça qui compte. Je n'avais rien contre son laconisme jusqu'au jour où il m'a annoncé, toujours à sa façon directe et enjouée, qu'il avait obtenu une bourse pour aller faire du basket à l'université de Gonzaga. Dans l'État de Washington ! Je n'y croyais pas ! Et il avait bel et bien l'intention d'accepter.

"Gonzaga ? ai-je dit dans un cri. Mais tu ne m'as jamais dit que tu avais fait une demande pour ce trou. Je croyais que nous devions rester ici, dans les environs de New York." Les universités auxquelles j'avais, moi, envoyé un dossier étaient toutes à des milliers de kilomètres de la côte nord-ouest. J'ai fini par apprendre qu'un agent recruteur de Gonzaga avait assisté à un match de l'équipe du lycée, avait trouvé Darryl excellent et lui avait proposé cette bourse. Le même soir, nous étions allés au cinéma, et mon champion avait tout bonnement oublié de me parler de cette rencontre. La nouvelle m'a laissée sans voix pendant un moment. "Et nous, là-dedans ?" ai-je fini par lui demander. Mais la seconde d'après, je me rendais compte que la question ne lui avait même pas traversé l'esprit, que, à cette période de sa vie, il ne vivait que pour le basket, et que, moi, je comptais pour rien, ou presque. J'avais passé tout ce temps dans ses bras sans avoir la moindre idée de ce qui se passait dans sa tête. »

Elle s'est tournée vers moi et m'a regardé droit dans les yeux. « Il était le premier à m'avoir embrassé, pour de vrai, j'entends, pas juste un petit baiser sur la joue pour dire bonsoir. Et bien sûr, c'était le premier homme avec lequel j'avais couché. Et au cours des dix mois, onze peut-être, que nous avions passés ensemble, il ne m'avait pas dit une seule fois qu'il m'aimait.

— Parce que ce n'était pas le cas, Priscilla, ai-je dit, piqué par la jalousie. Il ne t'aimait pas, c'est tout.

— Il aurait pu au moins prononcer les mots, a-t-elle répliqué. Tant d'autres me l'ont dit qui n'en pensaient rien. Mais Darryl était trop honnête pour vouloir me tromper. Je m'étais trompée toute seule.

Après ça, je me suis tournée vers ma mère, et tu sais quoi, elle a été très présente. Patiente, aimante, pas un reproche. Elle m'a aidée à surmonter mon chagrin. Et elle m'a dit une chose que je n'ai jamais oubliée. Elle m'a dit que mon problème, c'était que je voyais dans les gens des choses qu'eux-mêmes ne soupçonnaient pas.

Darryl a quand même fait une chose pour moi. Il m'a guérie de mon père. Il est parti à Gonzaga, j'ai pleuré toutes les larmes de mon corps pendant une semaine, et quand je me suis enfin arrêtée, je me suis rendu compte qu'il m'avait libérée. De lui-même, mais aussi du dégoût et de la peur que le sexe avait toujours provoqués en moi depuis que j'avais vu mon père avec cette... cette putain. Grâce à Darryl, j'étais redevenue en quelque sorte normale. Tu comprends ce que je veux dire ? »

J'ai acquiescé de la tête, n'osant m'aventurer à dire quoi que ce soit.

« Oui, après Darryl, j'ai trouvé plus facile d'être à nouveau une Américaine normale, saine et vigoureuse, si tu veux, a-t-elle repris sur un ton détaché. Je suis sortie avec pas mal de types à la fac, dont deux que j'ai vus régulièrement pendant un temps, mais ils n'étaient tout bonnement pas faits pour moi. L'un d'eux, un type de Boston, Winston Everett Holt III, voulait même m'épouser. J'étais en troisième année, lui, en quatrième. Win, c'était la vieille bourgeoisie bostonienne, bon chic, bon genre, affublé de cet accent snob et anglais que seuls peuvent avoir les gens de ce milieu, tu vois ce que je veux dire – mais non, suis-je bête, comment le pourrais-tu ? – bref, il avait tout pour lui : le nom, la famille, l'argent, le physique, les relations, l'avenir. Tout ce que ma mère désirait pour moi. Et je n'en ai pas voulu.

– Pourquoi ?

– Parce que je ne l'aimais pas. Ou peut-être devrais-je dire, parce que je ne pouvais pas l'aimer. Il ressemblait trop à mon père.

– Ah, ce père ! Il en a des pierres dans son jardin ! », ai-je dit d'un air dégagé, qui démentait le sentiment que j'éprouvais face à ses révélations. J'étais troublé, voire blessé, même si je m'étais toujours douté que sa vie de jeune Américaine avait dû ressembler à ça. J'ai essayé de dissimuler mes sentiments, mais sans grand succès, et je me suis retrouvé en train de sortir tout à trac : « Ces types avec lesquels tu sortais, tu couchais avec eux ?

– Avec certains, oui, a-t-elle répondu avant de me regarder d'un air intrigué, ayant perçu la note de sérieux qu'il y avait dans ma question. Oh, Lucky, je suis désolée, c'est important pour toi ?

– Je ne sais pas, ai-je dit, ne mentant qu'à moitié, parce que je ne savais pas vraiment à quel point ça l'était, même si je pouvais difficilement ignorer les émotions qui m'agitaient.

– Lucky, j'ai vingt-quatre ans, a-t-elle dit, ses mains sur mes épaules. Tu ne t'attendais tout de même pas à ce que je sois vierge, si ?

– Non, ai-je répondu avec franchise.

– Quand tu m'as fait l'amour, ici, la première fois, après le coucher du soleil...

— Je n'avais pas la tête à penser à ça.

— Tout de même, tu as dû apprécier que je ne sois pas vierge, non ?

— Oui, en effet, ai-je dit avec un sourire forcé qui devait manquer de conviction. Mais c'est sans importance, Priscilla. Oublions tout ça. »

Elle m'a regardé, perplexe, puis s'est blottie contre moi, la tête sur ma poitrine. Je n'ai rien dit. « Je peux te demander quelque chose ? a-t-elle dit au bout d'un moment.

— Bien sûr.

— Ta femme, quand tu l'as rencontrée... elle était vierge ?

— Autant demander si la femme du pape prend la pilule, ai-je rétorqué. Tu plaisantes, ou quoi ? Une Indienne, et dans un mariage arrangé ? Bien sûr qu'elle était vierge. Non seulement personne ne l'avait jamais embrassée, mais elle n'avait même jamais tenu la main d'un garçon. Alors, le sexe, tu penses bien... C'est comme ça en Inde. C'est tout à fait normal.

— Normal ?

— Évidemment, ai-je réitéré d'un ton assuré. Si elle n'avait pas été vierge, personne n'aurait voulu d'elle. Chez nous, une fille de bonne famille ne peut qu'être vierge quand elle se marie. » Ma propre véhémence m'a surpris.

Elle n'a rien dit, n'a pas réagi, et j'ai compris soudain à quel point les mots que j'avais employés l'avaient blessée. « Désolée, Priscilla. Les mots ont dépassé ma pensée.

— Alors, ta pensée, c'était quoi ?

— Simplement que les choses sont différentes ici, en Inde. Je suppose que des siècles de domination musulmane, suivis de ces foutus victoriens, ont fait de nous des refoulés. Et puis il y a beaucoup d'hypocrisie dans tout ça, je ne le nie pas. Mais comme aurait dit Oscar Wilde, l'hypocrisie est-elle aussi terrible qu'on veut bien le dire ? C'est simplement un moyen de multiplier nos personnalités. » J'ai essayé d'adopter un ton plus léger. « Le sexe chez nous n'est pas quelque chose d'acceptable, ni d'ailleurs de facilement accessible, en dehors du mariage. Notre civilisation fait encore grand cas de l'honneur. Les femmes ne couchent pas à droite et à gauche. Et si elles le font, personne n'en veut pour épouses.

– Et les hommes ?

– Comment ça, les hommes ?

– Tu étais vierge toi, au moment de ton joli mariage arrangé ?

– Pratiquement.

– C'est pas une réponse, ça.

– Je n'avais jamais eu de petite amie ou quoi que ce soit du même genre. Certains types à la fac en avaient, mais c'était vraiment une toute petite minorité, et je ne suis même pas certain que leurs petites amies acceptaient toutes de coucher avec eux. Il faut dire que ce n'était pas facile : les filles n'avaient pas accès aux chambres des garçons, et inversement, et personne n'avait les moyens de s'offrir une chambre d'hôtel. On ne pouvait même pas se tenir par la main en public sans s'attirer des problèmes. Nous avions les mêmes besoins que n'importe qui chez vous, après tout, mais sans aucune des possibilités que vous avez de les satisfaire. Alors, un soir, avec tout un groupe de la fac, on est allés au bordel.

– Oh non ! s'est exclamée Priscilla en se redressant. Mais c'est dégoûtant.

– Que veux-tu, c'est ce qui s'est toujours fait. Il faut bien que les hommes aient une idée de la chose, et aucune jeune fille respectable n'est prête à la leur donner ; or, en règle générale, c'est uniquement ce genre de filles qu'on est amenés à rencontrer. C'est la seule raison d'exister des quartiers chauds. Cent roupies, je crois que c'était, pour une femme trapue, à la peau presque noire, aux dents tachées de bétel et au visage trop maquillé. Ça a duré deux minutes : elle n'a même pas enlevé son corsage, elle s'est contentée de soulever un jupon tout froissé pour me laisser la pénétrer. Je n'y suis jamais retourné.

– J'espère bien, a dit Priscilla dans un souffle.

– Certains de mes camarades, si. Ceux qui arrivaient à mettre la main sur cent roupies de temps à autre. Ce n'était pas mon cas, mais de toute façon je n'en avais pas envie. Ma curiosité était satisfaite. Et ça m'écœurait plus qu'autre chose.

— Alors qu'est-ce que tu as fait ?
— Comment ça, qu'est-ce que j'ai fait ?
— Côté sexe, j'entends.
— Ma chère amie, ai-je dit en prenant les intonations à la Wilde que j'avais tant pratiquées à une époque, serait-il possible que vous n'ayez jamais entendu parler du péché d'Onan ? »
Elle a rougi. Cette jolie femme, qui venait tout juste de me parler avec le plus grand naturel de ses expériences sexuelles avec Dieu sait combien d'hommes, rougissait à l'idée que j'aie pu me donner quelque plaisir grâce à une main secourable.
« Tu comprendras pourquoi quand mes parents ont voulu arranger mon mariage, je n'ai pas protesté outre mesure, ai-je dit en souriant. J'étais prêt ! Et comment !
— J'espère que tu n'as pas été déçu, a-t-elle dit d'un ton un peu cassant, en nichant à nouveau sa tête contre ma poitrine.
— Eh bien si, justement. Geetha n'était pas seulement vierge, elle était horrifiée par ce que je voulais lui faire. Apparemment, sa mère ne l'avait guère renseignée sur le sujet. Elle a refusé de se déshabiller complètement – cette seule idée la dégoûtait. Elle n'a pas non plus manifesté le moindre intérêt pour mon corps. Alors, je crois que oui, on peut dire que j'ai été déçu. »
Priscilla m'a regardé avec ces yeux immenses qu'elle a. « Je suis désolée, Lucky, a-t-elle dit d'une voix douce. Ça a dû te coûter de me dire ça.
— Oh, ce n'est rien.
— Je vais te dire quelque chose, moi aussi, que je n'ai jamais dit à personne. Il y a une chose que je n'ai jamais faite. Au lit, j'entends. Je n'ai jamais laissé personne me faire l'amour comme j'ai vu mon père le faire à cette femme. Par derrière. »
Je l'ai regardée, et elle m'a rendu mon regard, sans ciller, et soudain j'ai été envahi du désir de la prendre dans mes bras, de la retourner pour lui faire exactement ce qu'elle disait n'avoir jamais laissé un homme lui faire. Je lui ai caressé doucement la joue.
« Je comprends, Priscilla. »

Extrait du carnet de Randy Diggs

12 octobre 1989

Le professeur musulman que j'ai rencontré à Delhi, Mohammed Sarwar, m'a rendu visite ici, au bungalow des hôtes de passage. Il est venu à Zalilgarh pour ses recherches et loge chez des parents en ville. À l'entendre, il était donc plus commode pour lui de venir me voir que l'inverse. Très inhabituel pour un Indien – eux qui passent leur temps à vous inviter chez eux. D'où j'en conclus que non seulement il n'est pas vraiment chez lui, mais que les gens qui le reçoivent sont très pauvres. Ou bien très conservateurs. Ou les deux ? Surtout, ne rien demander.

Sarwar débarque, jeune, mince, moustachu, le cheveu qui s'éclaircit, alors que je suis assis en compagnie de Rudyard Hart sur la véranda. Première surprise.

« Mais je vous connais, s'exclame Hart, tout en plissant les yeux. Je suis sûr de vous avoir déjà rencontré.

– C'est exact, Mr. Hart, répond Sarwar, en montant les marches et en lui serrant la main. Il y a une bonne dizaine d'années.

– Dix ans... bien sûr ! Je me souviens maintenant. Vous étiez... comment dit-on, leader du mouvement étudiant. » Il prononce ces derniers mots avec un soin exagéré, comme s'il s'agissait d'une espèce rare de papillon. Ou d'une maladie exotique.

« C'est cela même, dit Sarwar sans broncher.

– Le syndicat des étudiants communistes, si je ne m'abuse.

– Un des syndicats des étudiants communistes, Mr. Hart. Il y en a deux à l'université.

– Typique de l'Inde, dit Hart d'un ton jovial. Partout ailleurs dans le monde, le communisme s'étiole, mais en Inde il trouve

116

encore le moyen d'entretenir deux syndicats étudiants. » Il agite un doigt en direction de Sarwar. « Et vous dirigiez une manifestation, juste devant mon bureau.

– À bas l'impérialisme américain, entonne Sarwar. L'exploiteur capitaliste américain *murdabad*. Coca ! Caca !

– Celle-là, je l'avais bien aimée. Coca, caca. Vous deviez vous amuser comme des fous à concocter ce genre de slogans.

– Pas vraiment. Nous nous prenions très au sérieux.

– Bien sûr. Je me souviens vous avoir invités dans mon bureau pour parler de vos revendications.

– C'est exact.

– Et, ajoute Hart non sans satisfaction, je vous ai offert un Coca.

– Que j'ai refusé.

– Que vous avez accepté, si ma mémoire est bonne. Vous en avez même bu deux.

– Non, non, vous confondez. Moi, j'ai refusé. J'appartenais à la Fédération des étudiants de l'Inde. C'est la fille qui était avec moi et qui était de l'Union nationale des étudiants indiens qui a accepté. Son père était un riche propriétaire terrien, originaire de Calcutta, membre du Parti communiste indien, député au Parlement. Elle buvait du Coca depuis sa plus tendre enfance. Elle m'a dit par la suite que ce n'était pas la soif qui lui avait fait accepter votre offre ; à l'en croire, c'était une façon d'exploiter l'exploiteur. Elle était imbattable quand il s'agissait de justifier l'indéfendable. »

Hart éclate de rire. « Et qu'est-elle devenue ?

– Oh, à l'heure actuelle, elle enseigne dans une université américaine, Emory, je crois. Elle s'est spécialisée dans le féminisme et le postmodernisme. J'ai cru comprendre qu'elle avait une carte de séjour, de bonnes chances d'obtenir sa titularisation, et la meilleure installation stéréo du campus. Elle écrit toujours des articles pour la *Revue d'économie politique* publiée ici, où elle fustige l'Inde pour ses compromis néfastes avec les forces du grand capital mondial.

– Et vous ? Vous organisez toujours des manifestations devant les établissements phares de l'impérialisme américain ?

– Non. » C'est au tour de Sarwar de rire. « J'ai renoncé à tout ça il y a quelque temps déjà. Je suis professeur, maintenant.

– Professeur ? Dans quel domaine ?

– Chargé d'enseignement, en fait, dans le département d'histoire de l'université de Delhi. Ce que vous, vous appelleriez "professeur associé".

– L'histoire, murmure Hart. Voilà une denrée qui abonde dans ce pays.

– Oui, acquiesce Sarwar. Ce n'est pas comme chez vous. Quand j'étais étudiant, j'ai voulu prendre en option une valeur d'histoire américaine. Le directeur du département m'en a dissuadé. Les Américains, m'a-t-il dit, n'ont pas d'histoire. Nous, bien entendu, nous avons et l'histoire et la mythologie. Et nous avons parfois du mal à faire la différence.

– Et quel genre d'histoire enseignez-vous ?

– Je me suis spécialisé dans ce que nous appelons l'histoire indienne médiévale. Certains préfèrent parler de période musulmane. L'époque où la plus grande partie de l'Inde était dominée par diverses dynasties musulmanes, dont la dernière a été la dynastie moghole.

– Drôle de choix pour un communiste.

– Ex-communiste, j'ai renoncé à ça aussi, il y a quelque temps. C'était une sorte de vocation, et j'en ai découvert deux autres depuis, dont j'ai compris qu'elles signifiaient bien davantage pour moi.

– Et quelles sont-elles ? demande Hart.

– La démocratie, répond Sarwar tranquillement. Et l'Islam.

– Votre duo est parfait, dis-je, ironique. Ces retrouvailles si longtemps attendues sont vraiment merveilleuses, Rudyard, je n'en doute pas, mais croyez-vous que je pourrais procéder maintenant à l'interview que m'a accordée le professeur Sarwar ? »

Lettre de Priscilla Hart à Cindy Valeriani

5 avril 1989

« Comment peux-tu m'aimer ? m'a-t-il demandé brusquement. Alors que tu ne sais rien de moi, de mes parents, de mon
village, de mes ancêtres, de l'école que j'ai fréquentée, de ce
que j'ai pu manger, penser, rêver.
— Justement, Lucky, ai-je répliqué. D'où tu viens, ce que tu
as été ne m'intéressent pas. Je me moque bien de savoir si tu as
grandi dans une cabane au toit de chaume, sans eau courante, ou
dans un manoir princier. Je me moque de savoir si tes parents
avaient une Mercedes ou s'ils se brossaient les dents avec des
feuilles de margousier. C'est toi que j'aime. Pas ta famille, ni
ton village, pas ta caste, ni tes origines. Mais toi, tel que tu es.
C'est tout ce qui m'importe. »
Il a paru complètement dérouté, comme s'il s'agissait là d'une
idée entièrement nouvelle. « Moi aussi, je t'aime, Priscilla »,
a-t-il dit, avec dans la voix une incertitude que je n'avais jamais
entendue auparavant.
T'ai-je dit qu'il était poète à ses heures ? Il a même publié
deux ou trois poèmes dans des revues indiennes. « Ça ne vole
pas très haut », m'a-t-il dit sur un ton d'excuse, et il est vrai que
ça demanderait à être retravaillé. Je t'en recopie un qu'il m'a
donné. « Ça manque de constance, comme aurait dit Wilde, a-t-il
plaisanté, et tu connais l'importance d'être constant. » C'est toujours quand il est mal à l'aise qu'il sort ces prétendus bons mots,
mais je trouve ça plutôt attendrissant. Bref, le poème est dans le
genre sérieux, mais je crois qu'il est sincère. Le voici :

119

**Conseils aux politiques de ce monde
pour trouver le sommeil**

Ne penser à rien.
C'est tout le secret.

Ne pensez à rien.
Ni au travail inachevé,
ni aux promesses non tenues,
ni aux appels oubliés,
ni aux ordres du jour que vous avez négligé de préparer
    pour des réunions à venir.

Ne pensez à rien.
Ni aux paroles prononcées ni aux mots ravalés,
ni aux petits scandales ni aux grandes enquêtes,
ni aux humiliations ni aux insultes,
ni aux répliques trop tardivement trouvées.

Ne pensez à rien.
Ni à l'épouse que vous négligez,
ni aux enfants que vous délaissez
et qui se plaignent d'être abandonnés,
ni au sourire de la jolie femme
dont la main s'est attardée un peu trop longuement dans la
    vôtre.

Ne pensez à rien.
Ni aux manchettes des journaux,
ni à la voix éphémère de la radio,
ni à la séduction stridente des micros
que la télé vous met si complaisamment
sous le nez.

Ne pensez à rien.
Ne pensez pas à cette mendiante sur le pavé étranger,
à ses grands yeux suppliants,
ses haillons sales et déchirés,
à cette main désespérée qu'elle tend vers vous,
remplie d'espoir.
Non, ne pensez pas
à la femme sur ce chantier,
un panier de pierres branlant sur la tête,
qui pour la millième fois titube
du tas vers le mur et du mur vers le tas,
tandis que son bébé se traîne dans la poussière,
mange du sable et pleure,
sa misère.

Ne pensez à rien.
Ni à l'enfant affamé,
lèvres muettes et desséchées,
assis dans la boue, prostré,
un voile sur les yeux
et bientôt sur le cœur.
Ni au bétail squelettique,
incapable de donner le lait de l'espoir,
qui dépérit sur des terres flétries
dont vous ne savez rien.

Ne pensez à rien.
Ne pensez pas
au réfugié à l'œil hagard, dépossédé
de tout ce qui, un jour, fut à lui.
Ne pensez pas
à la fillette dont la jambe jadis agile
se termine aujourd'hui au genou,
le reste emporté par une mine
sur le chemin du puits.

Non, ne pensez pas
à cette larme solitaire, ce membre écrasé,
à cette maison envahie de décombres,
à ce cri étouffé.
Ne pensez jamais
à ces amas de corps, à ces brasiers,
à ces vies brisées, ces âmes torturées.
Ne pensez pas à la joie du bourreau,
aux plaintes des affamés,
aux cris des mutilés,
à l'indifférence calculée
de ceux qui ne veulent rien voir.

Ne pensez à rien.
Alors, seulement, vous trouverez
le sommeil.

Qu'en penses-tu, Cindy ? Il est sincèrement, profondément préoccupé de l'état du monde. Il m'a parlé une fois de ce corps d'élite auquel il appartient, le service de la Haute Administration indienne, le SHAI. Nous n'avons rien de comparable chez nous. C'est tellement difficile d'y entrer que c'est à ne pas croire : des centaines, que dis-je, des milliers de jeunes gens, filles et garçons, travaillent seize heures par jour ; 150 000 d'entre eux passeront le concours annuel, à l'issue duquel on en recevra 400, à qui iront les postes les plus prestigieux de l'administration centrale – et parmi eux, seuls 25 accéderont au SHAI. Lucky dit qu'il lui fallait se lever à quatre heures et demie tous les matins pour « bachoter », pour s'entasser dans la tête des millions de faits et de chiffres à propos de toutes sortes de choses, non pas parce que ces connaissances sont nécessaires pour faire correctement le travail attendu, mais simplement pour prouver qu'on est suffisamment intelligent pour occuper le poste. Pour beaucoup, ce concours, c'est la grande affaire de leur vie : le réussir, c'est obtenir son passeport pour le pouvoir, les privilèges, l'influence et la sécurité d'un emploi à vie.

Lucky avait l'espoir de devenir écrivain, mais il n'a pas pu subvenir à ses moyens uniquement grâce à ses écrits, et sa famille a fait pression sur lui pour qu'il passe le concours de l'administration. D'après ce qu'il dit, lui-même trouvait cette ambition compréhensible ; et s'il l'a finalement passé, c'est bien parce qu'il voulait réussir dans la vie. « Comme Oscar Wilde, dit-il, j'ai mis mon génie au service de ma vie et mon talent au service de mon écriture. » C'est curieux cette manie qu'il a de citer Wilde à tout bout de champ, car on a du mal à l'imaginer en esthète décadent. Il n'a absolument rien du stéréotype du dandy victorien, un lys dans une main, un livre de poèmes dans l'autre. C'est un bureaucrate, nom d'un chien, un haut fonctionnaire de l'administration. Et il croit en son travail, tout comme il croit aux vertus de la tradition. C'est le produit d'une éducation typique de la classe moyenne indienne. Je crois que son côté Oscar Wilde ne concerne que son intellect, que c'est quelque chose qu'il a gardé de ses études supérieures mais qu'il n'a pas complètement intégré à sa vie. Et pour cause ! Il n'y a pas place dans son travail pour les traits d'esprit et les jeux de mots à la Wilde qu'il appréciait en faculté. Peut-être, après tout, que ces allusions constituent pour lui un refuge, qu'elles lui permettent de mettre à distance les réalités auxquelles il est confronté quotidiennement. Peut-être que moi aussi, je lui sers de refuge...

C'est difficile à dire, Cindy. Il reste que c'est un idéaliste, et dans la sphère où il évolue, les idéalistes ne sont pas légion. « Je n'ai pas passé un an de ma vie à partager une chambre minuscule avec trois autres types qui bossaient tous comme des nègres en vue d'intégrer le SHAI pour aller faire du social dans les quartiers déshérités, lui a dit un jour un de ses camarades de promotion à l'école de formation de Mussoorie. Si je l'ai fait, c'est pour être casé à vie, pour pouvoir m'occuper de mes parents quand ils seront vieux et me trouver une bonne épouse. » Je ne plaisante pas, Cin ; tous ces types deviennent du jour au lendemain des partis plus qu'enviables dès l'instant où ils ont réussi les concours. Presque partout en Inde, un poste dans l'administration est la chose la plus convoitée qui soit, et intégrer le SHAI,

123

c'est le *nec plus ultra*. À tel point que les pères des filles à marier vont jusqu'à doubler le montant de la dot quand un candidat appartenant au SHAI se profile à l'horizon. Écoute un peu cette histoire que m'a racontée Lucky. Deux de ses camarades de faculté étaient tombés amoureux et voulaient se marier. Le problème, c'est que la fille venait d'une riche famille de brahmanes, et que le garçon était un Naga, un membre d'une tribu du nord-est, et, qui plus est, chrétien. Le père de la fille a tempêté comme un malade, lui a fait une vie infernale et a fini par interdire aux deux jeunes gens de se voir. Or, il se trouve que le type est entré ensuite au SHAI, sur le contingent de postes réservés aux tribus répertoriées, dans le cadre d'un programme d'action en faveur des minorités défavorisées, et comme par miracle, les objections du père sont tombées d'un coup. Le couple est aujourd'hui marié. Et ce même père qui s'emportait contre ce « [*expression censurée*] de membre de tribu » ne cesse maintenant de s'enorgueillir de son « gendre du SHAI ».

Il se trouve que Lucky est partagé face à son travail. D'un côté, il croit pouvoir faire œuvre utile ; et c'est vrai que, en tant qu'administrateur de district, il a un réel pouvoir. De l'autre, il dit qu'il est de plus en plus écœuré du cynisme de l'administration en général, et surtout de la corruption ambiante. Beaucoup de ses collègues touchent des pots-de-vin : les salaires, dans l'administration, sont modestes, et ils estiment que, dans la mesure où leurs anciens camarades de fac se font un argent fou comme hommes d'affaires, ingénieurs ou autres, il n'y a pas de raison pour qu'eux, qui sont les plus intelligents, qui ont été capables d'intégrer le SHAI, n'en fassent pas autant. L'Inde a tellement de règlements de toutes sortes que les fonctionnaires peuvent faire fortune rien qu'en accordant des passe-droits, pour la construction d'une usine ou l'octroi d'un prêt. Et puis, il y a les pressions exercées par les personnes en place, depuis le membre du conseil municipal du coin jusqu'aux hauts fonctionnaires de Lucknow, la capitale de l'État. La plupart du temps, il ne s'agit que de petits services – engager une personne plutôt qu'une autre, accorder une autorisation, accélérer une procédure –, et

Lucky n'y voit pas d'inconvénients. Mais quand un homme politique lui demande d'avantager un entrepreneur de travaux publics douteux, de promouvoir un employé peu méritant ou d'allouer abusivement des subventions gouvernementales, il refuse tout net. Et ceux qui lui ont demandé d'intervenir ne tardent pas à manifester leur mécontentement, allant parfois jusqu'à le menacer de le faire muter ailleurs. L'avantage de ce boulot, c'est qu'on ne peut pas le virer ; le pire qui puisse lui arriver s'il n'obtempère pas, c'est d'être muté. Lui, évidemment, refuse de faire les quatre volontés de ces gens, et il se pourrait bien qu'un jour, quand les gros bonnets de Lucknow en auront par-dessus la tête de ses refus, il se retrouve commissaire adjoint aux voies d'eau intérieures ou quelque chose de ce genre. Je préfère ne pas y penser.

Sa femme non plus, d'ailleurs. Lucky me dit qu'elle passe son temps à lui demander pourquoi il est si à cheval sur les principes, pourquoi il faut qu'il soit plus royaliste que le roi. Pourquoi jouer les empêcheurs de tourner en rond ? Est-ce que son souci premier ne devrait pas être son confort à elle et celui de leur enfant ? Lucky est très amer à ce sujet et dit que tout ce qui compte pour elle, c'est le rang, la maison, la voiture, les domestiques. Et de s'empresser de citer Wilde à nouveau, le Wilde désabusé de « *De Profundis* » (allez, Cin, va donc regarder de quoi il s'agit !) : « Le vice suprême, c'est le manque de profondeur. » Et Geetha est la superficialité même. Lucky est d'avis qu'elle aurait dû épouser le camarade de promotion qui s'est soûlé à mort le jour où il a eu les résultats du concours et qui chantait à tue-tête dans la rue « *Meri zindagi ban gayee !* » (« Ma carrière est faite ! »). Il y a huit millions de fonctionnaires en Inde, à en croire Lucky (et on peut le croire, car il se trompe rarement). Les quelques centaines qui ont réussi à entrer dans le SHAI sont au sommet de la hiérarchie, et, dans des villes comme Zalilgarh, le gouvernement, c'est eux. Les gens ici sont tellement dépendants du gouvernement – qu'il s'agisse des bons de nourriture ou du maintien de l'ordre – que Lucky détient un réel pouvoir sur leur survie au quotidien. Il m'a donné à lire un petit poème très sardonique sur sa propre appartenance à l'élite :

Je suis un Indien

Je suis un Indien qui s'habille en costume-cravate ;
Les mots qui sortent de ma bouche ont des accents
    désuets ;
Je commande, séduis, proteste, explique, je comprends
    tout.
Quel genre d'Indien suis-je donc ?

Je suis un Indien avec un toit au-dessus de ma tête ;
Quand j'en ai assez de travailler, je m'allonge sur mon
    lit ;
Mes murs sont en dur, mes tapis moelleux, mes canapés
    profonds.
Mais quel genre d'Indien ? dites-vous.
Je suis un Indien au ventre rond et plein ;

Ma fille est conduite à l'école en voiture le matin ;
Si elle a chaud, la clim est là, ou la piscine, pour la
    rafraîchir.
Quel genre d'Indien, crétin ?

Je suis un Indien avec des amis là où il faut ;
J'ai des relations et le bras long ;
Industriels et hauts fonctionnaires ont été mes
    condisciples.
Je suis le meilleur genre d'Indien qui soit, pardi !

Extrait du journal de Katharine Hart

12 octobre 1989

L'auxiliaire de l'association Help-us, Kadambari – je n'ai pas retenu le reste de son nom, une femme assez quelconque au teint cireux, vêtue d'un sari de coton blanc bordé de bleu marine, les cheveux sévèrement ramenés en arrière et tressés – nous a emmenés aujourd'hui là où habitait Priscilla.

Zalilgarh est exactement ce que je craignais. Chaleur qui vous saute au visage comme si quelque fournaise céleste en mal de combustible s'ouvrait soudain devant vous. Flux continu de la circulation : fleuves ininterrompus et impétueux de véhicules et de corps en constant mouvement, cascades de vélos se faufilant entre des vaches étiques dont les côtes semblent vouloir percer le cuir, charrettes aux essieux grinçants, tirées par des buffles décharnés, bus brinquebalants qui se frayent un chemin pétaradant à coups de klaxon à travers la ville. Et partout, des gens : mendiants à moitié nus, couverts de plaies à vif, réclamant l'aumône d'un ton plaintif, *sadhus* couverts de cendres, vêtus de *lunghi* safran, hommes en *dhoti*, en pantalon, en *kurta-pyjamas*, et femmes, plus frappantes encore, en saris de coton ou de nylon de toutes les couleurs, scintillant de l'éclat de leurs bracelets en or et de leurs anneaux de cheville en argent. Les vendeurs de rue vous harcèlent avec leurs marchandises, sucreries servies sur des feuilles de palmier séchées, cacahuètes présentées dans des cônes en papier journal, jus de canne pressé dans des gobelets crasseux, le tout au milieu de nuées de mouches bourdonnantes. Une timide bouffée d'air pousse mollement dans notre direction quelques feuilles de papier arrachées au panier d'un vendeur

127

ambulant, qui se révèlent être des copies d'examen vierges d'annotations et de notes, vendues par un professeur dans le besoin pour quelques malheureux pennies, rêves d'écoliers pitoyablement réduits à envelopper quelques grammes de lentilles frites. Tout est recyclé en Inde, jusqu'aux rêves. Des gamins des rues s'amusent au milieu des détritus ; un homme se soulage contre un mur couvert des slogans électoraux et des emblèmes de deux partis politiques rivaux. Au-dessus de nos têtes, une vision de l'infini, tandis qu'un envol de corbeaux croasse et tourne dans le bleu étincelant du ciel, nous montrant le chemin de la dernière demeure terrestre de Priscilla.

Il nous a fallu emprunter une ruelle très étroite, une rigole, comme ils disent ici, pour y arriver. Le trottoir était jonché d'immondices en décomposition et nous avions bien du mal à ne pas mettre les pieds dedans. La puanteur était insupportable. Des chiens errants fouillaient du museau les détritus épars. La chaussée ne valait pas mieux : pavé fendu de toutes parts et plein d'ornières. Chaque véhicule qui passait soulevait des nuages de poussière : des vélos surtout, mais aussi des auto-*rickshaws* jaune et noir conduits à une allure folle, et puis, ici et là, une charrette tirée par un buffle que son conducteur effleurait de temps à autre d'un fouet nonchalant. Nous étions constamment agressés par le bruit : tintement des sonnettes des vélos, cris de voix masculines, touk-touk-touk des moteurs de *rickshaw*, beuglements des musiques de film s'échappant des boutiques. Nous passions devant des épiceries qui imprégnaient l'air de leurs parfums d'épices, des quincailleries qui exposaient leurs seaux en plastique aux couleurs vives, des magasins de photos, symboles de l'accession de Zalilgarh à la modernité. À l'entrée de l'immeuble de Priscilla, Kadambari s'est arrêtée devant une minuscule baraque en tôle ondulée où un petit homme sale et dépenaillé, assis en tailleur devant une table en aluminium et environné de mouches attirées par sa marchandise, vendait du *paan*. Il a semblé la reconnaître et, sans plus attendre, a passé d'une main experte un peu de pâte citronnée sur une feuille d'un vert vif avant de la saupoudrer de quelques noix de bétel et de *masalas* de toutes les couleurs, tandis que Rudyard et moi le regardions faire. Le *paanwallah* a ensuite replié en triangle la feuille gonflée, et Kadambari se l'est immédiatement coincée dans la joue. Elle m'en a proposé une, mais j'ai refusé, et nous nous sommes engagés à sa suite sur un escalier extérieur.

Le temps est censé être agréable ici, en octobre, il est même frais pour les Indiens, mais cela n'a pas empêché Rudyard de transpirer à grosses gouttes en montant l'escalier. Les marches passées à la chaux étaient sales, le mur constellé des taches rougeâtres laissées par les crachats des occupants de l'immeuble, mâcheurs de bétel, pratique aussitôt mise en œuvre par Kadambari au cours de son ascension. Quand je suis arrivée en Inde, dans les années soixante-dix, et que j'ai vu ces taches dans les rues de Delhi, j'ai cru que c'était du sang, et je me suis demandé si le taux de criminalité n'était pas plus élevé qu'on voulait bien le dire ou, si, pis encore, l'endroit n'était pas plein de tuberculeux qui crachaient leurs poumons dans toute la ville. Découvrir qu'il ne s'agissait là que de la conjonction d'une dépendance à l'échelle nationale et d'un manque d'hygiène m'avait procuré un certain soulagement. Mais aujourd'hui, ces taches rouges m'ont aussitôt fait penser à nouveau à du sang, celui de Priscilla, répandu par le couteau d'un émeutier anonyme, et j'ai trébuché, soudain aveuglée par les larmes.

Arrivés sur un palier, au niveau du deuxième étage, nous sommes entrés à l'intérieur de l'immeuble. Un couloir miteux était éclairé par une ampoule nue qui pendait au bout d'un cordon électrique. Quatre portes en bois identiques annonçaient les appartements ; leur bleu criard était atténué par la crasse et les innombrables éraflures, visibles en dépit de la faible lumière. Deux des portes étaient fermées, sans être verrouillées ; une autre était ouverte, et un petit enfant, le menton dégoulinant de lait, nous a regardés, l'œil rond, depuis le seuil, avant qu'un sari apparaisse et que sa mère l'entraîne à l'intérieur. La quatrième, verrouillée par un cadenas, était celle de Priscilla. Kadambari a sorti une grosse clé et nous a fait entrer.

C'était une petite pièce, chichement meublée, au sol en pierre sur lequel ma fille avait posé un petit tapis, genre descente de lit. Le lit à une place n'avait pas grand-chose à voir avec ce que nous entendons par ce mot chez nous ; une simple couchette, un *charpoy*, dont les sangles blanches étaient distendues au milieu et sur lequel reposait un mince matelas en coton. Il était soigneusement fait, avec un drap de coton blanc que l'on sentait un peu rêche et un couvre-lit indien aux couleurs vives. Je me suis assise lourdement dessus, imaginant l'empreinte du corps de ma fille, lissant le couvre-lit de la main, m'attardant sur l'oreiller bosselé, avant de sentir une boule se former dans ma gorge.

Rudyard est entré dans la pièce d'un pas vif et l'a embrassée d'un coup d'œil : le lit, la table rudimentaire qui lui servait de bureau, le placard indien, ou *almirah*, l'unique chaise, le poster des Grateful Dead punaisé au mur, les deux valises par terre. Elle vivait très simplement, ma fille, comme je m'y étais attendue. Une demi-douzaine de livres étaient empilés sur la table. Il y avait un petit poste de radio à ondes courtes posé contre l'unique fenêtre, son antenne sortie sur toute la longueur, dans le but sans doute de capter les nouvelles et la musique du pays. C'était là tout son luxe : pas de télévision, ni de téléphone. Un ventilateur sur pied, rouillé par endroits, se dressait, débranché, dans un coin : c'était tout ce dont elle disposait pour combattre la chaleur, du moins quand les coupures de courant, fréquentes à Zalilgarh, ne lui en interdisaient pas l'utilisation. La salle de bains était minuscule, avec un WC à la turque, et un robinet et un seau par terre pour les ablutions. Comment avait-elle pu vivre dans ces conditions, ma petite enfant ? Et dire que pas une seule fois elle ne s'était plainte.

Les yeux de Rudyard se sont posés sur les deux photos encadrées qui se trouvaient sur la table. L'une était de moi, prise un an plus tôt à New York par Priscilla. L'autre, beaucoup plus ancienne, au Fort Rouge de Delhi en 1978, rassemblait les cinq membres de la famille. Les enfants sourient et plissent les yeux, et Rudyard a un bras passé autour de mes épaules. Une innocente photo de touristes, mais j'imaginais sans peine Priscilla la regardant au fil des ans et y voyant l'image de ce qu'elle avait chéri puis perdu.

Rudyard a détourné les yeux et s'est approché de l'*almirah*. À nouveau, Kadambari a sorti une clé, avec laquelle elle a ouvert le meuble. Rudyard a eu un mouvement de recul devant l'image de lui-même, suant et transpirant, les yeux rouges, que lui a renvoyée la glace fixée à l'intérieur de la porte. Quelques robes en coton pendaient sans grâce sur des cintres en bois. Rudyard a ouvert un tiroir et s'est retrouvé avec les sous-vêtements de Priscilla dans la main. Qu'il a aussitôt retirée, comme s'il venait de s'ébouillanter.

Une mouche s'est mise à bourdonner dans la pièce. Ici, les bruits de la rue étaient assourdis, filtrés par le silence de nos cœurs.

Je me suis levée du lit où j'étais assise et j'ai commencé à regarder tout ce qu'il y avait dans la pièce, à palper chacune des robes, à fouiller les poches, à vider les tiroirs, sans savoir ce que je cherchais. Des indices, peut-être, mais sur quoi ? Les autorités de Zalilgarh, elles, ne cherchent rien ; elles savent que Priscilla Hart a été tuée au cours d'une émeute, comme sept autres personnes, et ça leur suffit. Des indices expliquant sa vie, voilà peut-être ce dont j'avais besoin, plutôt que des indices sur les circonstances de sa mort. Quelque chose qui m'aiderait à comprendre la nature de l'expérience qu'elle avait vécue ici, qui m'aiderait à entendre ces histoires qu'elle ne pourrait plus jamais me raconter.

Rudyard est resté figé à regarder les affaires personnelles de notre fille, pauvres vestiges de sa courte vie. J'ai bien vu qu'il luttait pour retenir quelque chose en lui, une émotion nouvelle qu'il ne savait comment exprimer. Et qui se décelait, sur ce visage tendu et luisant de sueur, dans les plis de chagrin et de perplexité qui lui barraient le front. Il regardait chaque livre, chaque vêtement, comme incapable de comprendre ce que ces objets faisaient là, ni quel rapport ils avaient avec lui. Il nous fallait emballer ses affaires, bien sûr, les emporter. Mais où ? Pour en faire quoi ? À quoi bon remporter les vêtements notamment ? Mieux valait les donner ici, où ils feraient le bonheur de quelqu'un.

Malgré tout, emballer les affaires nous a fourni une occupation. Quand j'ai pris sa place devant l'*almirah*, Rudyard s'est assis sans un mot sur la chaise, fixant le mur d'un œil vide. Kadambari, elle, est restée près de la porte à mastiquer son *paan* et à nous regarder. Quand j'ai voulu soulever la valise de Priscilla, Rudyard s'est tout de même levé pour venir la mettre sur le lit. Elle était à moitié remplie de papiers, de notes et de fiches ; il y avait aussi quelques souvenirs qu'elle avait sans doute l'intention de rapporter aux États-Unis – un plateau en cuivre, une boîte en bois sculptée à la main, deux housses de coussin brodées. Des objets simples mais de bon goût, probablement achetés pour presque rien au bazar du coin. Je les ai mis dans la valise, puisque telle semblait être l'intention de Priscilla.

Nous avons travaillé en silence. À ce moment-là, dans cet endroit, ni Rudyard ni moi n'aurions pu échanger un seul mot. Je n'osais me risquer à parler et, comme toujours, j'ai essayé de reprendre le dessus en me concentrant sur des tâches pratiques. Le travail de la maison et une nouvelle installation m'avaient sauvé la mise au moment de l'effondrement de mon mariage ; trier et emballer m'aideraient de la même manière à surmonter mon chagrin aujourd'hui.

J'ai inventorié le contenu des tiroirs de Priscilla avant de les vider, et n'ai rien trouvé d'inhabituel. J'ai emballé aussi le dessus de lit, avec son motif cachemire typiquement indien, mais j'ai laissé le drap rêche en place. Les vêtements que Priscilla ne porterait plus, je les ai pliés dans la seconde valise. J'aurais pu les proposer à Kadambari, mais sa totale absence d'intérêt pour ce que j'étais en train de faire et le fait que je n'arrivais même pas à me l'imaginer en robe m'en ont empêchée. Je me suis dit que je demanderais plus tard à ce bon Mr. Das de l'association Help-us s'il ne connaissait pas des gens à qui les donner. Fort heureusement, Rudyard n'a prêté aucune attention à la trousse de toilette de Priscilla, parce qu'il aurait été horrifié par la présence de deux choses : un vibromasseur, et une plaquette de pilules contraceptives entamée.

La seconde m'a surprise davantage que la première. J'étais partie du principe qu'elle serait seule ici, et je savais qu'elle avait rompu avec son dernier petit ami avant de venir en Inde. Je ne voyais pas comment elle avait pu avoir besoin de pilules contraceptives à Zalilgarh.

Je n'ai trouvé aucun indice révélateur dans ses papiers, mais je savais qu'il me faudrait les examiner dans le détail par la suite. Il y avait deux lettres de moi, mais aucune de ses amis. Deux ou trois feuillets avec des dessins inachevés, quelques vers rédigés à la hâte : c'était tout. Tout le reste concernait son travail pour Help-us ou ses recherches pour sa thèse. Il y avait forcément autre chose, ailleurs. Il devait y avoir des notes prises à la hâte, des dessins, un journal, des poèmes. Je connais suffisamment ma fille pour être convaincue qu'il y a autre chose.

Kadambari s'est emparée du bagage le moins encombrant et a quitté la pièce. Rudyard s'est approché du lit pour fermer l'autre valise. J'ai pris la vieille photo sur le bureau, avec l'intention de la glisser dans mon sac avec celle qui me représentait et qui avait tenu compagnie à ma fille ces dix derniers mois. Mais avant que j'aie eu le temps de le faire, la main de Rudyard, dont j'avais presque oublié le contact, s'est refermée sur la mienne.

« Je peux la prendre ? » a-t-il demandé d'une voix sourde.

Tu n'en as pas le droit, Rudyard, ai-je pensé. C'est toi qui as détruit le monde que représente cette photo.

Mais je n'ai rien dit de tel, me contentant d'un « Bien sûr, Rudyard ».

Au moment où je la lui ai tendue, il s'est affaissé sur le lit et je me suis retrouvée en train de le tenir contre moi tandis qu'il sanglotait sans pouvoir se retenir, sa tête moite contre mon ventre, son corps secoué par le remords. Et c'est alors que je me suis rendu compte que pendant toutes ces années que nous avions partagées, toutes ces années où je l'avais connu, je ne l'avais jamais vu pleurer.

Extrait du journal de Lakshman

3 mai 1989

Nous nous retrouvons le mardi et le samedi au Kotli, juste avant le crépuscule. Elle arrive en vélo et passe par la grille que je lui ai montrée ; je lui ai donné un double de la clé du cadenas. Elle arrive toujours la première, franchit la grille à pied en poussant sa bicyclette, qu'elle cache à l'endroit que je lui ai indiqué, derrière des buissons. Quand j'arrive à mon tour, dans ma voiture officielle, rien ne laisse deviner sa présence. Sage précaution : même si le plus souvent je renvoie le chauffeur, parfois, je n'ai pas le choix et je suis obligé de le garder ; or, je ne voudrais pas qu'il se doute de quelque chose. Certains jours, je suis en retard, à cause de mon travail ; et puis le samedi n'est pas un jour de congé pour moi, et même si je ne suis censé travailler que le matin, cette demi-journée peut fort bien se prolonger jusqu'en milieu d'après-midi. Heureusement, le samedi, Geetha se rend toujours au Shiva Mandir avec Rekha pour le *puja* du début de soirée et ne prête pas attention à l'heure à laquelle je rentre.

Il fut un temps où je voyais ces *pujas* d'un mauvais œil : il y a à demeure au Shiva Mandir un *swami* qui a la réputation malsaine de flirter avec le tantrisme et de se livrer à des activités plus ou moins légales. Avant mon arrivée à Zalilgarh, des bruits circulaient comme quoi il y aurait eu des sacrifices humains, lesquels n'ont jamais été prouvés, et le *swami* a des gardes du corps – ses disciples, à l'en croire – dont on a l'impression qu'ils n'y réfléchiraient pas à deux fois avant de vous égorger s'il leur en donnait l'ordre. Mais le *tantra* n'est pas vraiment la tasse de

134

thé de Geetha, et puis, l'épouse de l'AD est à l'abri de toute mésaventure, c'est pourquoi je n'ai finalement jamais mis un terme à ses visites. Sans compter que maintenant, elles m'arrangent. Sachant que Geetha est au temple, je ne me fais pas trop de souci pour l'heure. Quand je suis retenu au bureau et que j'arrive au Kotli plus tard que prévu, Priscilla est toujours là, dans la pièce en haut de l'escalier, à lire ou à écrire dans son album, ou tout simplement à regarder le ciel s'assombrir et le soir tomber sur le fleuve.

Elle se lève toujours pour m'accueillir d'un sourire qui me réchauffe le cœur. Nous nous étreignons, nous embrassons longuement – des baisers frais, qui s'attardent, comme je n'en ai jamais connus auparavant – et nous finissons toujours, à un moment ou à un autre, par tomber sur le lit de fortune qui occupe la pièce et par faire l'amour. Nous trouvons toujours de nouvelles positions, que nous expérimentons non pas parce que nous sommes blasés mais parce que nous prenons plaisir à découvrir de nouvelles façons de nous connaître. Après, nous bavardons, allongés côte à côte, ou plus souvent l'un sur l'autre.

Elle m'aime, dit-elle, et elle le pense vraiment. Rien à voir avec l'amour dont me parlaient mes parents, cette émotion ancrée dans la famille, dans le sentiment d'avoir sa place dans le monde, dans des liens du sang si forts qu'on ne saurait imaginer les rompre. C'est l'amour tel qu'on en parle en Occident, dans les romans ou dans les films, une attirance individuelle entre un homme et une femme, un sentiment indépendant du contexte social ou des relations familiales. Comment expliquer à Priscilla que j'ai grandi en apprenant à me méfier de cette forme d'amour, parce qu'il est tellement difficile à distinguer d'émotions plus banales, moins durables, comme le coup de foudre ou le désir purement physique ? Mon père avait évoqué ce sujet avec moi avant mon départ pour l'université. « Tu vas devoir résister à de nombreuses tentations, m'avait-il dit, et tu te surprendras peut-être à éprouver pour une jeune fille des sentiments que tu risques de prendre pour de l'amour. De tels sentiments sont choses normales, mais ne les confonds pas avec le véritable amour, qui, lui, ne peut naître que des vœux prononcés lors du mariage et de l'affrontement partagé des épreuves de la vie. L'Occident croit que l'amour mène au mariage, ce qui explique que tant de couples mariés se désunissent quand il n'y a plus d'amour. Nous, en Inde, nous savons que c'est le mariage qui mène à l'amour, ce qui explique que le divorce soit pratiquement inconnu chez nous, et que l'amour continue à vivre même après la mort du conjoint, parce qu'il est ancré dans quelque chose de bien plus fondamental dans notre société autant que dans notre inconscient. Tu vas à l'université pour étudier, pour construire ton avenir. Mais si jamais d'autres pensées venaient à te distraire de cet objectif, souviens-toi de ce que je t'ai dit. »

Et je n'ai jamais oublié.

J'ignore ce qu'elle voit en moi, ce que peut être cette mystérieuse alchimie qui fait qu'elle se retrouve en moi. Je crois savoir, en revanche, ce que je vois en elle. Je le vois dans notre lieu de rendez-vous, à notre heure préférée, tandis que le crépuscule envahit notre chambre et que la douceur pourpre du couchant vient baigner nos corps contrastés de la même lumière. Je le vois dans son corps, au moment où nous nous apprêtons à faire l'amour, dans ses membres lourds d'une attente secrète. Je le vois dans ses yeux la nuit, quand le clair de lune joue dans ses cheveux, que les ombres sur ses hanches lui tissent une jupe légère. Dans l'obscurité, je relève son menton, et tout à coup c'est comme si une flamme montait des recoins de son sourire. J'entre en elle, et c'est mon esprit qui se glisse dans son âme. J'ai le sentiment de la prendre, de la posséder comme je n'ai jamais possédé personne auparavant, elle gémit, et mon plaisir se dépose sur sa peau comme un voile de rosée, elle est à moi, je me redresse d'un coup de rein triomphant, je la sens trembler sous moi, un dernier spasme de son ventre, et je sombre. Et je sais que je l'aime.

Mais après, tandis que, allongé à son côté, le cœur plein de phrases inachevées, je regarde la petite glace sur le mur, je vois l'obscurité l'envahir comme une tache qui s'étend sur notre amour. J'aime Priscilla, mais quel sens a cet amour quand nous nous relevons ? Elle rêve et nous voit nous tenant par la main sur Broadway ou nous embrassant sur le banc des jeunes mariés au Taj Mahal. De mon côté, je pense à Geetha, à ses parents et aux miens, à la petite Rekha, réclamant sans comprendre son *Appa*, les yeux inondés de larmes. Il y a des moments où moi aussi, bien sûr, je fantasme sur une nouvelle vie aux côtés d'une nouvelle épouse, une épouse blonde à la peau couleur de pêche et aux yeux de diamant qui dansent dans le soleil, oubliant pour un temps mes responsabilités, le fardeau que font peser sur moi obligations et culpabilité et qui me retient attaché au présent.

Parfois je rêve, et ces rêves sont curieux, songes d'une Amérique que je n'ai jamais vue, même pas au cinéma, immense, ouverte, accueillante et indubitablement américaine, mais étrange aussi, peuplée de voitures légères et de grosses femmes, à moins que ce ne soit de grosses voitures et de femmes légères, je ne sais plus très bien au réveil. Ces rêves sont d'une précision extraordinaire, comme seuls les rêves savent l'être, et dans l'un d'eux, Priscilla me fait signe – je sais que c'est Priscilla, mais elle ressemble à Marilyn Monroe, à des photos de Marilyn Monroe que j'ai pu voir dans de vieux magazines –, cette Priscilla-Marilyn me fait signe de monter dans un break, et je vois, très clairement, très précisément, qu'il faut que je monte, que c'est une voiture très fiable, qu'elle est renommée pour ça ; j'examine la marque sur le hayon, et je lis Vulva. Je ne plaisante pas – car dans mon rêve je ne trouve rien de curieux à ce nom qui n'évoque qu'une marque de voiture suédoise bien connue. Dans un autre rêve, je titube en équilibre au sommet d'un gratte-ciel en compagnie de Geetha et de Rekha qui s'accrochent à moi, elles ont peur et elles pleurent, je leur crie de ne pas lâcher prise, mais, sans trop savoir pourquoi ni comment, c'est moi qui me penche au-dessus du précipice et qui tombe. Je tombe interminablement, d'une hauteur vertigineuse, avec les hurlements de ma femme et de ma fille dans les oreilles, mais je me réveille toujours avant de m'écraser au sol. Inutile, après cela, de songer à retrouver le sommeil.

Je n'ai pas beaucoup lu Freud, mais il n'est guère besoin d'un psy pour interpréter ce genre de rêve. Dont il existe une autre variante, pire encore s'il se peut. Il s'agit toujours d'une chute, mais, cette fois, je tombe dans une mer brune écumante et pleine de bulles, et, quand je remonte à la surface, suffoquant et crachant, j'ai dans le nez, dans la bouche, le goût reconnaissable entre mille du Coca-Cola. Je replonge aussitôt, battant des pieds et des mains, et je m'étouffe avec le liquide, je suis en train de me noyer dans une mer de Coca ! Quand je refais surface, c'est pour voir, pratiquement à portée de main, ma fille sur un radeau, qui, c'est absurde, a la forme d'une Ambassador. Elle est habillée de blanc, la couleur du deuil, et ses yeux limpides, tristement baissés, regardent apparemment indifférents son père en train de se noyer à côté d'elle. Dans mon rêve, je l'appelle, mais bientôt je sombre à nouveau, conscient du fait que cette plongée est la troisième et la dernière descente dans ces profondeurs abyssales, que quand ma tête aura disparu sous l'eau, mes poumons s'empliront de ce liquide d'un brun noirâtre, et que ma voix se taira pour toujours. Je me réveille avec le goût du Coca dans la bouche, je suis formel.

Et Priscilla... je me demande à quoi elle rêve. Elle dit qu'elle n'arrive jamais à se rappeler un seul de ses rêves ; elle sort de son sommeil, fraîche comme une rose, l'esprit en paix, lavé des errances de la nuit. Je lui envie ce sommeil sans entrave, cette mémoire éphémère.

Ses souvenirs sont en partie les miens, maintenant, et me torturent. Je pense à ses anciens amants, le champion de basket d'abord, j'imagine sa main noire, un peu comme la mienne, posée sur sa cuisse pâle, et je sens quelque chose mourir en moi. Je lui demande, avec un calme étudié, de me parler de ses petits amis, et elle me répond sans gêne aucune, en me donnant tous les détails que je réclame. Et j'en réclame toujours plus que je n'en peux supporter. Parfois, je sais m'arrêter à temps, empêchant mon esprit d'emmagasiner un détail dont je sais qu'il reviendra ensuite me hanter, et ternir l'image que je me fais de moi-même en tant qu'amant. Mais les détails les plus insignifiants ont malheureusement ce pouvoir. À ma demande, elle passe en revue les pensionnaires de son zoo, et sa liste fait penser à une session des Nations unies de l'amour : un Argentin, un Finlandais, un Chinois. Et je me surprends à me demander si je ne suis pas le dernier en date d'une longue série d'étrangers au parfum exotique qui tous, à un moment ou à un autre, ont partagé le lit de Priscilla, heureux bénéficiaires du zèle d'une missionnaire désireuse de porter secours aux déshérités de ce monde. Mais je me dis qu'elle a aussi été dans les bras d'Américains bon teint et je m'interroge sur son parcours : des brahmanes de Boston aux brahmanes du Tamil Nadu. Peut-être, en définitive, a-t-elle une prédilection pour les minorités.

Je sais, bien sûr, que ce sont là des pensées honteuses, et ces flambées de jalousie finissent toujours par s'éteindre, apaisées par l'innocence rafraîchissante de son amour pour moi. Je tente de dissiper mon malaise en me rappelant les mots de Wilde : « J'aime les hommes qui ont un avenir et les femmes qui ont un passé. » Ainsi donc, Oscar nous aurait aimés tous les deux, pour des raisons bien différentes. À d'autres moments, ce sont les paroles d'une vieille chanson, apprise au temps de l'adolescence, qui me reviennent : « Hier appartient à un autre, mais aujourd'hui est à moi. »

Qu'en sera-t-il de demain ? Il nous arrive de parler de l'avenir comme si nous en avions un. Comme si nous avions un avenir commun. Je songe, sans y croire vraiment, à démissionner – tu n'es pas fou, dirait sans doute ma mère, de renoncer à une carrière à laquelle des milliers d'hommes passent leur vie à rêver ? – pour partir avec elle sur son campus américain, pour préparer moi-même un doctorat ou peut-être écrire, qui sait. Priscilla ne trouverait pas grâce aux yeux de ma mère ; quant à mon père, s'il vivait encore, il me renierait. De telles considérations ne la touchent pas : elle parle de rester en Inde, de poursuivre son action pour le compte de Help-us là où je serais nommé. Je me garde bien de lui dire que le règlement interdirait vraisemblablement à l'épouse d'un haut fonctionnaire de se livrer à ce genre d'activité. Conflits d'intérêt... Mais toujours, quelque chose me retient d'entrer dans les détails pratiques. Priscilla me permet d'échapper à la réalité ; sa magie n'est guère compatible avec le réel.

Et je me laisse donc conduire tandis qu'elle tisse ces glorieux projets d'avenir dans la toile de ses illusions...

Extrait de l'interview de Randy Diggs
avec le professeur Mohammed Sarwar

12 octobre 1989

Il faut absolument que vous sachiez ce qu'a dit le *maulana* Azad quand il est devenu président de l'Indian National Congress à Ramgarh en 1940. Je vous aurais bien donné une copie de son discours, Mr. Diggs, mais je n'ai pas accès à une photocopieuse à Zalilgarh. Peu importe ; je le connais par cœur. Il n'existe pas de plus beau témoignage de la croyance d'un musulman orthodoxe en une Inde unie.

Le *maulana* était un érudit, né à La Mecque, versé dans le Coran et les *hadith*, parlant couramment le perse, l'arabe et l'ourdou, un des plus beaux fleurons de l'érudition et de la culture musulmanes en Inde. Et pourtant, il a avoué « voir se révolter chaque fibre de [son] être » à la pensée que l'Inde puisse être partagée en deux entités séparées selon le critère de l'appartenance communautaire. « Je trouvai inconcevable qu'un musulman puisse entretenir une telle idée, a-t-il déclaré, à moins d'avoir arraché du moindre recoin de son être l'esprit même de l'Islam. » Souvenez-vous que son principal adversaire, celui qui lui disputait l'allégeance des musulmans en Inde était Mohammed Ali Jinnah, le chef de la Ligue musulmane, un pur produit d'Oxbridge, avocat au barreau de Londres, amateur de whisky, de cigares, de costumes achetés dans Saville Row, un homme qui mangeait du porc, parlait à peine l'ourdou et qui a fini par épouser une non-musulmane. Pour le *maulana*, la question de savoir lequel des deux était le meilleur musulman ne se posait même pas ; et pourtant Jinnah prétendait parler au nom de tous les musulmans du pays en faisant valoir leurs droits à constituer un État séparé, tandis qu'Azad travaillait au sein de l'Indian National Congress laïque (mais noyauté par les hindous, selon Jinnah) et n'avait de cesse de rappeler à ses frères musulmans où était leur véritable patrie.

« Je suis musulman et fier de l'être », a-t-il déclaré lors de ce fameux discours. Puis-je poursuivre ? Votre magnétophone fonctionne ? « Treize cents ans de splendides traditions musulmanes, voilà mon héritage. Je n'ai pas envie d'en perdre la moindre parcelle. Qui plus est, je suis fier d'être indien. Je fais partie de cette unité indivisible qu'est la nationalité indienne. » Et puis il a ajouté, et c'est le passage clé : « Je suis indispensable à ce noble édifice. Sans moi, cette magnifique structure qu'est l'Inde est incomplète. Je suis un des éléments essentiels qui ont contribué à sa construction. C'est là un titre que je ne cesserai jamais de revendiquer. Le destin historique de l'Inde a été de voir affluer vers elle une multitude de races, de cultures et de religions, de voir maintes caravanes s'arrêter sur son sol... L'une des dernières de ces caravanes a été celle des fidèles de l'Islam. Ils sont arrivés jusqu'ici, et c'est ici qu'ils ont planté leurs tentes. Nous avons apporté avec nous nos trésors, et l'Inde, de son côté, était riche des biens de son précieux héritage. Nous lui avons donné ce dont elle avait le plus besoin, le plus inestimable des présents du trésor de l'Islam, le message de l'égalité des hommes. Plus de onze siècles se sont écoulés depuis. Aujourd'hui, l'Islam a autant de droits sur le sol indien que l'hindouisme. »

Il fallait du courage pour tenir de tels propos. Le *maulana* s'est fait traiter par Jinnah de « musulman de service », simple instrument entre les mains du Congrès préoccupé d'afficher ses prétentions laïques. Mais il n'avait pas du tout l'intention de laisser sa religion se noyer dans les flots troubles du laïcisme indien, encore moins de gober naïvement les déclarations des soi-disant champions hindous de la tolérance et de l'intégration. Au contraire, il affirmait être fier de son identité religieuse, de la majesté et de la richesse de l'Islam, tout en revendiquant le droit des musulmans à une identité indienne. Il rejetait toute idée de partition, parce qu'il se sentait concerné par tout ce qui pouvait se passer n'importe où sur le territoire indien, depuis le Cachemire jusqu'à Kanyakumari, depuis le Khyber Pass jusqu'à Khulna. Pourquoi aurait-il fallu qu'il adhère à l'idée d'un État séparé qui condamnerait les musulmans indiens à ne jouir que d'une petite partie de leur héritage national ? C'était un représentant autrement plus authentique de l'Islam indien que Jinnah, et le grand malheur pour les musulmans de ce pays a été que ce soit Jinnah qui triomphe, et non Azad.

Peut-on d'ailleurs parler de triomphe ? Pour les musulmans indiens, la Partition a été bien davantage une abdication qu'un triomphe. En fait, la plupart des chefs islamiques de ce pays, et surtout ceux dont vous diriez aujourd'hui que ce sont des « fondamentalistes » (des gens comme le *maulana* Maudoodi, qui devait passer des années dans les prisons pakistanaises), étaient violemment opposés au mouvement pour la création du Pakistan. Ils avaient le sentiment que l'Islam devait triompher partout dans le monde, et certainement partout sur le territoire indien, et ils estimaient que c'était une véritable trahison – à la fois à l'égard de l'Inde et de l'Islam – que de se battre, comme le faisaient Jinnah et les membres de la Ligue musulmane, pour que leur religion soit géographiquement circonscrite. La création du Pakistan est le fait des « mauvais » musulmans, de musulmans laïques, et non celui des « bons » musulmans, au nom desquels le Pakistan prétend parler aujourd'hui.

Vous comprendrez alors que certains musulmans indiens soient plus viscéralement anti-Pakistan que bien des hindous eux-mêmes, surtout les hindous du nord de l'Inde, qui ont la nostalgie du bon vieux temps d'avant la Partition. Les musulmans indiens savent ce qu'ils ont perdu, mesurent les épreuves qu'ils ont à surmonter aujourd'hui en raison de la trahison de Jinnah, déplorent une décision qui a fait de leurs frères des étrangers. Mohammed Currim Chagla, qui était ministre des Affaires étrangères de l'Inde en 1965, à l'époque de la guerre avec le Pakistan, a prononcé pendant la guerre du Bangladesh, en 1971, un discours devant le Parlement dans lequel il a dit : « Le Pakistan a été conçu dans le péché et il est en train de mourir dans la violence. » Vous avez entendu parler de M.J. Akbar, le rédacteur en chef du *Telegraph* ? C'est actuellement le jeune journaliste le plus brillant du pays, une vraie star des médias, et un musulman. Eh bien, il a publiquement dénoncé Jinnah pour avoir « vendu pour un bol de soupe un droit que les musulmans indiens acquièrent à la naissance ». Certains d'entre nous sont convaincus que nos droits ne sauraient être vendus aussi facilement, et c'est précisément ce sentiment de spoliation qui provoque colère et chagrin parmi les nôtres – le sentiment que, puisque le pays a été divisé en notre nom, nous ne pouvons, nous qui sommes restés, faire valoir pleinement nos droits. La conviction aussi qu'une partie de ce qui constituait un droit inaliénable a été effectivement bradée.

Ce qui conduit certains de mes frères musulmans à s'enfermer d'eux-mêmes dans une sorte de citoyenneté de second ordre, conséquence de notre sentiment de culpabilité né de notre association avec le péché originel de la Partition. « Si vous n'êtes pas bien en Inde, pourquoi n'allez-vous pas au Pakistan ? » nous disent les plus obtus des fanatiques hindous. Comment riposter, « parce que c'est mon pays, et que j'ai le droit d'y être autant que vous », quand Jinnah et ses partisans ont fourni à ces fanatiques leur meilleur argument ? Quand ils ont bradé nos droits en disant que la patrie d'un musulman indien était en fait une terre étrangère appelée Pakistan ?

Voilà la situation qu'exploitent les partisans de l'hindouisme. C'est notre propre aveu d'échec qui leur fournit leur meilleur argument. Et je ne parle pas de ces illuminés d'extrémistes qui prétendent que le Taj Mahal était au départ un palais hindou, mais des gens apparemment raisonnables qui demandent aux musulmans d'accepter l'intégration, de « reconnaître » nos origines hindoues et de souscrire à leur conception de la culture indienne. Il y aura toujours des musulmans pour obtempérer, pour être prêts à adhérer à une vision de la culture indienne qui les exclut. Mais pour chaque musulman victime de ce sentiment de culpabilité, il y en a deux autres qui l'ont surmonté, et qui, comme le *maulana*, soutiennent que, sans nous, l'Inde est incomplète, que nous ne sommes pas moins indiens que les plus sectaires des hindous.

Mais à qui appartient l'histoire de l'Inde ? Y a-t-il mon histoire et la leur, sans parler de leur version de la mienne ? De bien des manières, c'est exactement là le fond de toute cette affaire du Ram Janmabhoomi : il s'agit, pour ceux qui estiment avoir un jour été lésés, de retrouver leur place dans l'histoire. Mais peuvent-ils vraiment écrire une nouvelle histoire sans faire violence aux héritiers de l'ancienne ?

Il m'est arrivé une fois, quand j'étais encore étudiant, de discuter avec un camarade qui est entré dans une violente colère. « Tu as divisé le pays ! » hurlait-il. « Si j'étais responsable de cette division, je ne serais pas ici, mais au Pakistan, lui ai-je rétorqué. Si tu m'accuses par là d'être musulman, je plaide effectivement coupable : je suis et je reste musulman. Mais je rejette toute autre accusation. Ce ne sont pas les musulmans qui sont responsables de la Partition – mais les Anglais, la Ligue musulmane, le parti du Congrès. Il y a plus de musulmans aujourd'hui en Inde qu'au Pakistan. C'est ici qu'est notre pays. » J'ai prononcé ces paroles sans élever la voix, mais j'ai bien vu qu'il n'avait plus rien à dire. Il a bégayé quelques mots avant de s'éloigner. Je n'avais pas cédé un pouce de terrain. Et c'est ce qu'il faut que fassent tous les musulmans, sinon il ne leur restera bientôt plus un pouce de terrain où poser le pied.

Les Pakistanais ne mesureront jamais l'ampleur du mal qu'a fait Jinnah à l'ensemble des musulmans indiens, quand il a fait de certains d'entre nous des non-Indiens. Il y a encore tant d'Indiens qui, par ignorance ou préjugé, continuent à nous voir comme différents, étrangers en quelque sorte, « pas comme nous ». Un jour, j'étais dans le train avec ma femme et mes enfants, habillé comme aujourd'hui, en chemise et pantalon, en train de fumer une cigarette et de lire le *Statesman*, quand mon voisin a engagé la conversation sur un article du journal, je ne me souviens plus de quoi il s'agissait au juste, mais ça n'avait rien à voir avec les problèmes intercommunautaires. Bref, vers la fin de la conversation, que nous avions tous deux fort appréciée, il s'est présenté et m'a demandé mon nom. « Mohammed Sarwar ? a-t-il répété, incrédule. Musulman, alors ? » Comme si Mohammed Sarwar aurait pu être autre chose qu'un nom musulman ! « Oui », ai-je répondu d'un ton sec. Il a eu un geste mal assuré en direction de mes habits, de ma femme, vêtue d'un *salwar-kameez* à fleurs, de mes petits garçons en short et en T-shirt en train de lire les bandes dessinées d'Amar Chitra Katha, avant de me dire : « C'est que vous ne leur ressemblez pas du tout ! »

Vous ne leur ressemblez pas du tout ! J'étais sur le point de répondre, mais j'ai renoncé, soudain conscient de l'inutilité de la chose. Qu'il m'ait étiqueté de la sorte, qu'il ait renvoyé son interlocuteur d'il y a quelques minutes à peine dans le ghetto réservé aux minorités était en soi suffisamment regrettable. Mais il y avait plus : je l'avais surpris, peut-être même déçu, en n'étant pas conforme au stéréotype du musulman. J'aurais dû avoir l'air différent : mon front aurait peut-être dû porter les marques du contact avec le sol, répété cinq fois par jour au cours de la prière ; ma femme aurait dû porter le *burqa*, censé la protéger du regard des infidèles ; mes fils auraient dû arborer de manière bien visible, comme un badge, les marques de la circoncision. Mais non, nous étions là, dans ce train, sans rien pour nous distinguer d'une famille indienne ordinaire de la classe moyenne. Je l'ai regardé droit dans les yeux jusqu'à ce qu'il perde contenance et détourne le regard. Je suis musulman, avais-je envie de lui dire, mais je ne permettrai jamais à des gens comme toi de définir quel genre de musulman je dois être.

Il y a beaucoup de préjugés dans ce pays. Je suis conscient d'avoir eu une enfance privilégiée, une instruction de qualité, et je fais maintenant autorité dans mon domaine. Mais je me suis toujours efforcé de ne pas oublier qu'il en allait différemment pour des millions de mes frères musulmans. Combien d'entre eux sont victimes de vexations, combien subissent une discrimination sous des formes que je n'aurai peut-être jamais à connaître personnellement ? Si je risque un jour d'oublier cette évidence, il se trouvera toujours quelqu'un comme cet homme dans le train pour me la rappeler.

Et pourtant, Mr. Diggs, j'aime ce pays. Pas seulement parce que j'y suis né, comme mon père et ma mère avant moi, et comme leurs parents avant eux, pas seulement parce que leurs tombes ont mêlé leurs os à la terre de ce pays. Je l'aime parce que je le connais, parce que j'ai étudié son histoire, j'ai sillonné son territoire, j'ai respiré son air pollué, j'ai écrit des paroles sur sa musique. L'Inde m'a fait ce que je suis, a formé mon esprit, mes goûts, mes amitiés, mes passions. Le fait qu'aujourd'hui je m'incline en direction de La Mecque cinq fois par jour – alors que pendant des années, quand j'étais étudiant, je ne priais même pas trois fois l'an – ne signifie pas pour autant que je rejette mes racines. Je suis tout à fait capable de manger un *masala dosa* à la Coffee Shop du coin, puis de mastiquer du *paan* et d'écouter Ravi Shankar jouer un *raga durbari*, tout en laissant chaque note éveiller en moi mon indianité. Je peux écouter les frères Dagar, des musulmans, chanter des chants religieux hindous et aller ensuite assister à un récital de *gawal* donné par Shankar Shambhu, l'un des plus célèbres représentants de cette forme de musique ourdou, qui se trouve être un hindou, et je suis transporté de l'entendre réciter la longue liste de sages musulmans à qui il rend hommage avant de commencer. Ça, c'est l'Inde, Mr. Diggs.

J'étais étudiant en 1971, quand les généraux pakistanais ont lancé un *djihad*, une guerre sainte au nom de l'Islam, contre l'Inde. C'était durant la guerre qui devait aboutir à la création du Bangladesh, autre État musulman, à la place du Pakistan oriental. Un *djihad*, disaient-ils, n'empêche que mon cœur s'est gonflé d'orgueil quand j'ai appris que le commandant de l'Indian Air Force pour le secteur nord était le père d'un de mes camarades de faculté, l'Air Marshal Lateef, qui devait devenir par la suite Air Chief Marshal. Quel genre de *djihad* les Pakistanais pouvaient-ils bien conduire contre ce musulman distingué ?

J'emmène mes enfants voir la toute dernière production de Bollywood[1], et je ris avec eux de voir l'héroïne hindoue se faire pour-

---

1. *Bombay* + H*ollywood* : désigne la production cinématographique destinée au grand public et manufacturée essentiellement dans les studios de Bombay.

L'ÉMEUTE

chasser autour de l'arbre de Noël rutilant de guirlandes par le héros musulman. Je suis avec avidité les tests matchs de cricket et j'applaudis mon héros, qui est peut-être bien le meilleur batteur au monde, Mohammed Azharuddin, et si je l'applaudis, c'est parce qu'il est dans mon équipe, l'équipe indienne, pas parce qu'il est musulman – ou du moins, pas seulement. Je ne saurais vous dire ce qu'ont signifié pour moi les cent points qu'il a marqués pour l'Inde au cours d'un match disputé au Pakistan contre l'équipe nationale. Un jour, il sera capitaine de l'équipe nationale, Mr. Diggs, et les Indiens en seront tous fiers parce que personne ne remarquera, en dépit de son nom, qu'il est musulman.

Ou du moins, je l'espère. Ces dernières années, Mr. Diggs, la conception de l'identité indienne a beaucoup changé dans le pays. Nous assistons à la diabolisation d'une communauté. Vous n'avez qu'à écouter ce qui se dit un peu partout ! Les musulmans sont « chouchoutés » à des fins politiques, entend-on dire : regardez un peu l'affaire Shah Banu[1] et leur Loi privée. Les musulmans ont jusqu'à quatre femmes, s'exclame-t-on, ils font plus d'enfants que n'importe qui d'autre et ils vont bientôt dépasser en nombre les hindous ! Les musulmans sont des traîtres à la patrie : ils font éclater des pétards dans les rues chaque fois que le Pakistan bat l'Inde au cricket ou au hockey. Au début, j'ai bien essayé de débattre de la question avec les hindous qui étaient prêts à en discuter avec moi, mais je n'ai pas tardé à trouver que le jeu n'en valait pas la chandelle. L'action du gouvernement Rajiv Gandhi à propos du cas Shah Banu relève de l'opportunisme politique le plus éhonté ; c'était une capitulation devant les conservateurs musulmans, mais c'était aussi une trahison des femmes et des éléments progressistes de notre communauté. Pourquoi stigmatiser la totalité d'une collectivité quand la plupart de ses membres ont fait les frais de la législation en question ? En tout état de cause, la Loi privée ne concerne que le mariage, les problèmes de succession et de divorce : dans quelle mesure est-ce qu'elle affecte ceux qui n'y sont pas assujettis ? Si les musulmans ont quatre femmes – et c'est

1. Voir *supra* page 79.

147

rarement le cas –, quelle incidence cela peut-il avoir sur le nombre des matrices musulmanes, lequel est toujours de quatre, que la fécondation soit le fait d'un seul époux ou de plusieurs ? Et par quel tour de passe-passe statistique 115 millions de musulmans pourraient-ils prétendre « dépasser en nombre » 700 millions d'hindous ? Si seule une poignée de musulmans est propakistanaise, pourquoi cataloguer ainsi toute une communauté ? La famille de mon héros, Mohammed Azharuddin ou, tout aussi bien, celle de nombre de stars musulmanes du hockey dans ce pays, ne s'amusent pas à fêter à coups de pétards les défaites des équipes indiennes devant le Pakistan. Mais peu importe, il ne s'agit pas ici de logique ni de raison. Le mal qui ronge le pays est dans les têtes : les gens ne pensent plus qu'en termes de « nous » et d'« eux ».

Dans ces conditions, quelle est la place des Indiens musulmans comme moi ? J'ai passé ma vie à penser à moi comme faisant partie intégrante d'un « nous », et voilà que des Indiens, et des Indiens respectables, des Indiens qui se font élire au Parlement, viennent me dire qu'en fait je suis l'un d'« eux » ?

Mais je suis bien décidé à lutter contre ce complexe des minorités dont les extrémistes hindous voudraient nous voir affligés, moi et d'autres comme moi. Qu'est-ce qui fait de moi un membre d'une minorité ? Un concept mathématique ? Mathématiquement parlant, les musulmans ont toujours été minoritaires en Inde, avant la Partition, et même à l'époque médiévale à laquelle je consacre ma recherche et mon enseignement. Mais au temps où les grands Moghols occupaient le trône de Delhi, les musulmans étaient-ils une « minorité » ? Numériquement, oui, sans doute, mais il ne serait venu à l'idée de personne de considérer le moindre d'entre eux comme faisant partie d'une minorité. Aujourd'hui, les brahmanes ne représentent que dix pour cent de la population – est-ce que pour autant ils se considèrent comme une minorité ? Non, Mr. Diggs, parce que le sentiment minoritaire est un état d'esprit. C'est l'impression d'être impuissant, d'être systématiquement laissé pour compte, d'être simplement toléré dans une sorte de demi-citoyenneté. Moi, je refuse de voir les autres me définir de cette façon. Et je dis haut et fort à mes frères musulmans : Personne ne peut vous contraindre à un statut minoritaire si vous-même vous le refusez.

Je vous demande pardon ? Oui, je suis allé au Pakistan. Une fois. Pour un colloque scientifique, en fait. À un certain moment, un chercheur pakistanais s'est levé pour parler de l'importance, mieux du rôle fondateur, de l'Islam dans la construction de l'identité nationale dans son pays. « Si les Turcs cessent d'être musulmans, ils n'en continuent pas moins à être turcs, a-t-il péroré. Si les Égyptiens cessent d'être musulmans, ils n'en continuent pas moins à être égyptiens. Si les Iraniens cessent d'être musulmans, ils n'en continuent pas moins à être perses. Mais si nous, nous cessons d'être musulmans, que devenons-nous ? Des Indiens ! » Après son intervention, je suis allé le voir. « Je m'appelle Mohammed Sarwar, lui ai-je dit, et je suis indien. » Et je me suis éloigné, sans même faire mine de prendre la main qu'il me tendait.

Aujourd'hui, quand j'ai l'occasion de raconter cette histoire à mes amis musulmans, j'ajoute toujours la même remarque : « Pour moi, c'est exactement l'inverse. Nous sommes musulmans, mais des musulmans, il y en a partout, dans des centaines de pays. Si nous ne sommes pas d'abord et avant tout indiens, que sommes-nous ? »

Le danger, c'est que des hindous comme Ram Charan Gupta finiront par amener des musulmans comme moi à penser différemment. C'est ce qui explique que les changements qui sont intervenus récemment dans le discours sur l'indianité sont si dangereux, et c'est ce qui fait qu'il faut restaurer la vieille conception de l'identité indienne. Une Inde qui se refuse à certains d'entre nous pourrait fort bien finir par se voir refuser par tous. Ce serait là une seconde partition : et une division de l'âme indienne serait aussi préjudiciable qu'une division du territoire indien. Pour mes enfants, la seule conception valable de l'Inde, c'est celle d'une nation plus grande que la somme de ses parties. Une Inde qui ne soit ni hindoue, ni musulmane, mais les deux. C'est la seule Inde qui leur permettra de continuer à se dire « indiens ».

Mrs. Hart et Mr. Das

12 octobre 1989

« Je ne sais trop comment vous poser ma question, Mister Das, mais c'est vraiment important pour moi. Voyez vous, j'essaie désespérément de comprendre les circonstances de la mort de ma fille.

– Bien sûr, Mrs. Hart, bien sûr. Je prie vous de me poser toutes questions. Toutes questions que vous voulez. Si je connais réponses, moi, bien entendu, je raconte à vous sans hésitation. Sans hésitation aucune.

– Eh bien. [*Profonde inspiration.*] Savez-vous si Priscilla avait un ami en particulier ici, à Zalilgarh ?

– Miss Priscilla, elle était tellement populaire, Mrs. Hart. On était tous ses amis en particulier. Tous ses amis, bien sûr.

– Vous ne m'avez pas bien comprise. Ou plutôt, c'est moi qui me suis mal fait comprendre. Avait-elle un ami personnel ? Un ami intime ?

– Désolé je suis, Mrs. Hart, mais je ne comprends pas vous du tout. Du tout.

– Est-ce qu'elle avait un petit ami, Mr. Das ?

– Oh mon Dieu, Mrs. Hart, cette question que vous posez là ! Miss Priscilla était un vrai ange. Elle aidait les pauvres femmes, elle travaillait dur, trè-ès dur. Où est-ce qu'elle peut trouver le temps pour un petit ami ? Pfft !

– Mr. Das, je ne doute pas qu'elle ait travaillé dur, mais je suppose qu'elle avait tout de même un peu de temps libre. J'ai trouvé ceci dans ses affaires. Il s'agit de pilules contraceptives, Mr. Das, comme vous le savez certainement. Pourquoi aurait-elle pris la pilule si elle n'avait pas eu de raison de le faire ?

— Ah, je vois, je vois. Mais pourquoi vous pensez qu'elle les prenait elle, Mrs. Hart ? Vous savez bien que nous sommes une action pour sensibilisation au contrôle des naissances. Sensibilisation, n'est-ce pas. Elle les avait peut-être pour pouvoir montrer elles à ces pauvres femmes. Oui, pour montrer. Je vous prie, vous ne pas imaginer le pire pour votre fille, Mrs. Hart. Non, non, pas le pire.

— Oh, par pitié... Peu importe, Mr. Das. Je vous remercie.

— Mrs. Hart, moi je comprends tout à fait bien votre besoin pour savoir plus sur cette grande tragédie. Tragédie, vraiment. Pour trouver les choses qui vous feront rappeler votre adorable fille. Hélas, c'est tout ce que je pouvais trouver pour vous ici, au bureau.

— De quoi s'agit-il ?

— Un rapport, Mrs. Hart. Juste un rapport. Sur les femmes et le contrôle des naissances.

— Ça ne correspond pas vraiment à ce que je cherchais, mais j'apprécie malgré tout beaucoup votre gentillesse, Mr. Das. Merci.

— De rien, Mrs. Hart. De rien, je vous prie.

— Vous n'avez rien découvert d'un peu plus personnel dans les tiroirs de son bureau, par hasard ?

— Vous voulez dire quoi ? Excusez, mais je ne comprends pas vous.

— Priscilla a toujours eu une sorte d'album, dans lequel elle notait ses impressions, griffonnait des poèmes, des croquis. Il n'était pas dans son appartement – la chambre qu'elle louait. Il semble que personne n'en a retrouvé la trace.

— Un album, vous dites ? Humm – je ne rappelle pas d'une chose comme ça, Mrs. Hart. Si elle avait un album, elle ne sortait pas lui au bureau, n'est-ce pas ? Vraiment désolé je suis de ne pouvoir pas aider vous, Mrs. Hart. Miss Priscilla n'avait pas vraiment possibilités de conserver quelque chose ici, seulement des dossiers pour son travail. Oui, des dossiers seulement. Mais nous allons regarder encore, Mrs. Hart, soyez sûre. Et vous êtes la bienvenue si vous voulez chercher vous, par vous-même, partout dans ce bureau. En attendant, vous voulez garder ce rapport de Miss Priscilla ? Hein, ce rapport, vous voulez ?

— Eh bien, je ne voudrais surtout pas vous démunir, Mr. Das. Vous risquez d'en avoir besoin pour votre travail.

— Oh, c'est pas de problème. C'est une copie extra. Et tellement bien écrite. Miss Priscilla, elle écrivait tellement bien, Mrs. Hart, si vous saviez. Il faut absolument que vous écoutez ça :

"Le bien-fondé des programmes de sensibilisation au contrôle des naissances de Help-us est à chercher dans la relation facilement démontrable existant entre un taux de fertilité élevé et l'asservissement des femmes. Pareil phénomène trouve une de ses illustrations les plus frappantes en Inde, où les femmes sont l'objet de pressions constantes, tant sociales que familiales, pour mettre au monde de plus en plus d'enfants, ce qui réduit d'autant leur rôle en tant qu'agents de décision dans la société. Le fait est que les femmes dont la tâche se limite presque exclusivement à porter des enfants et à les élever, et qui s'en trouvent, au sens littéral du terme, asservies, perdent une grande partie de leur liberté et de leur pouvoir d'action, ce qui les empêche de se réaliser pleinement. Ce sont les femmes jeunes qui doivent constituer la cible prioritaire de Help-us, dans la mesure où une prise de conscience précoce de leur part est seule susceptible d'avoir un impact appréciable autant sur leur famille et leur entourage immédiat que sur la société dans son ensemble. Les femmes qui résisteront aux maternités répétées exerceront une plus grande autorité au sein de leur foyer, ce qui ne manquera pas de réduire le taux de fertilité et, du même coup, évitera de grever à l'excès les ressources économiques et environnementales limitées d'un pays en voie de développement comme l'Inde..."

Vous voyez, Mrs. Hart ? Quelle vision, n'est-ce pas, votre fille avait ! Quelle vision, vraiment ! »

Ram Charan Gupta à Randy Diggs

(traduit de l'hindi)

12 octobre 1989

Vous m'écoutez bien poliment, Mr. Diggs, mais je vois bien que vous n'êtes pas convaincu. Vous avez sans doute lu ce que disent ces soi-disant laïcs de Delhi selon lesquels il n'existe aucune preuve que le temple Ram Janmabhoomi se soit jamais élevé sur l'emplacement actuel de la Babri Masjid. Comment peuvent-ils parler de preuves, eux qui ne savent que ce que les manuels occidentaux leur ont appris ? On sait depuis des milliers d'années que c'est là le Ram Janmasthan, le lieu exact de la naissance de notre seigneur Ram. Un savoir transmis de génération en génération, de bouche à oreille, voilà comment s'est construite la sagesse séculaire de l'Inde, Mr. Diggs. Notre tradition est orale, et elle nous dit, cette tradition, que c'est là qu'est né Ram. En tout état de cause, ne trouvez-vous pas curieux que dans la ville d'Ayodhya, qui fourmille de temples, l'endroit le plus convoité, le plus sacré, celui qui dispose du meilleur site, au sommet d'une colline, soit justement occupé par une mosquée ? Ces laïcs pensent-ils vraiment qu'il s'agit là d'un hasard ou d'une simple coïncidence ? Ou ne serait-ce pas plutôt que Babour, l'envahisseur moghol, aurait démoli le plus grand temple hindou, et le plus important, pour le remplacer par une mosquée à laquelle il aurait donné son nom, histoire d'enfoncer un peu plus les vaincus dans les décombres de leur foi ?

Il ne s'agit pas là d'une simple supposition, Mr. Diggs. Les témoignages historiques ne manquent pas pour étayer nos affirmations. Joseph Tiffenthaler, un jésuite autrichien qui a séjourné à Awadh de 1776 à 1781, a décrit les circonstances dans lesquelles le temple qui célébrait la naissance de Ram avait été détruit 250 ans plus tôt pour faire place à une mosquée construite avec les mêmes matériaux. En 1886, un tribunal anglais a rendu le jugement suivant : « Il est très regrettable, je cite, qu'une mosquée ait été construite sur un sol tenu pour particulièrement sacré par les hindous... Mais dans la mesure où l'événement est vieux de 356 ans, il est désormais trop tard pour réparer les dommages. Tout ce que l'on peut envisager, c'est de maintenir le *statu quo*... Toute innovation en la matière causerait plus de mal que de bien et ne pourrait qu'affecter gravement l'ordre public. » On ne saurait être plus clair, Mr. Diggs. Les Anglais reconnaissaient qu'une mosquée avait été construite sur le site même du temple, mais estimaient préférable de ne rien entreprendre de peur de troubler l'ordre public.

Je sais très bien quant à moi où est la vérité. Ce qui est plus important encore, Mr. Diggs, c'est que des millions de fidèles hindous le savent aussi. À leurs yeux, cette damnée mosquée occupe le lieu le plus sacré de l'hindouisme, notre Ram Janmabhoomi. Qui se soucie des preuves réclamées par ces historiens gauchistes quand tant de gens sont convaincus de connaître la vérité ? Notre foi est la seule preuve qui importe. Quel est l'Indien qui serait prêt à bâtir un édifice ayant reçu le nom d'un étranger, Babour, au-dessus d'un autre, consacré au plus grand Indien de tous les temps, ce dieu fait homme, notre seigneur Rama ?

Et le Ram Janmabhoomi n'est pas le seul temple à avoir été détruit par ces envahisseurs et remplacé par des mosquées impies. Il y en a littéralement des dizaines et des dizaines, partout dans le pays. Vous connaissez l'histoire du temple Kashi Vishwanath, ou, comme ils préfèrent l'appeler, la mosquée Gyan Vapi ? Non ? Eh bien, je vais vous la raconter.

Il y a plus de trois siècles, le temple de Kashi Vishwanath était l'un des plus beaux de Varanasi – que vous autres appelez Bénarès, la cité des temples, sur les rives du Ganga, le fleuve sacré, qui pour vous est le Gange. Sa construction avait été placée sous les meilleurs auspices : une princesse avait reçu pour mission au cours d'un rêve de consacrer ce lieu à Shiva, le dieu de la destruction dans notre sainte trinité. À l'intérieur du célèbre temple, qui attirait des millions de fidèles de tous les coins du pays, se trouvait un superbe lingam fait de l'émeraude la plus pure, scintillant symbole phallique du pouvoir de la divinité. Aurangzeb, le démoniaque fanatique musulman qui occupait le trône moghol de Delhi et dont la haine pour tout ce qu'il appelait idolâtrie n'était que trop connue, convoitait cet objet. En 1669, il envoie là-bas l'un de ses généraux les plus redoutés avec ordre de raser le grand temple, où, prétend-il, on se livre à des « pratiques impures », et de lui rapporter le lingam en émeraude.

Le général sur lequel se porte son choix est un Abyssinien à son service, connu sous le nom de Montagne Noire, surnom approprié à plus d'un titre. Montagne Noire est un personnage terrifiant, d'une taille et d'une carrure impressionnantes, noir comme l'ébène, entièrement vêtu de noir, toujours monté sur un cheval noir. Il marche sur Varanasi avec des milliers d'hommes et une chose que les défenseurs de la ville n'ont jamais vue : des canons. Et pourtant, ce terrible adversaire n'empêche pas les hindous de Varanasi de se battre comme des lions ! La bataille fait rage pendant des jours, Mr. Diggs. Et quelle bataille ! Les hindous défendent leur temple avec l'énergie du désespoir ; des centaines d'entre eux, soldats et civils, trouvent la mort, mais bientôt, ils ne sont plus en mesure de résister aux forces écrasantes des envahisseurs.

Au moment où la défaite paraît inévitable et où la vengeance des Moghols va s'abattre sur le temple, le *purohit*, le grand prêtre, accomplit le sacrifice suprême. Il s'empare du lingam d'émeraude – qui devait peser bien plus lourd que le prêtre lui-même – et se traîne jusqu'au puits du temple, connu sous le nom de Puits de la Connaissance. Et là, alors que les soudards de Montagne Noire sont sur le point de s'emparer de lui, il plonge dans les eaux du puits, pressant le lingam contre sa poitrine. Bien entendu, le poids du précieux objet l'entraîne jusqu'au fond, lui garantissant une mort certaine. Son corps ne tarde pas à remonter à la surface, et les hommes de Montagne Noire le sortent du puits. Sans trouver aucune trace pourtant de l'objet en émeraude tant convoité. Au comble de la fureur, le général ordonne que l'on drague le puits, mais en vain : le lingam reste introuvable. Les musulmans restent persuadés qu'il a dû être emporté jusqu'au Gange par quelque canal souterrain. Mais nous autres hindous, nous savons que c'est Shiva en personne qui a sauvé son bien des griffes de l'envahisseur, lesquels dans leur fureur avaient détruit le temple. Un jour, il reviendra à Varanasi – mais seulement quand cette infâme mosquée construite à la place du temple si renommé sera à nouveau remplacée par un temple dédié à Shiva, et que pourra se réaliser le rêve de la princesse.

Ainsi donc, vous ne connaissiez pas l'histoire du Kashi Vishwanath, Mr. Diggs ? Et cette fois-ci, les laïcs seraient bien en peine de nier les preuves de l'existence d'un temple en ces lieux. Car ces preuves sont parfaitement visibles sur les murs mêmes de la mosquée : le mur du fond est en fait le mur du temple en partie détruit, et l'on peut y voir les traces des sculptures hindoues originales. Si vous n'êtes toujours pas convaincu, il y a d'autres preuves : en 1937, les Anglais ont examiné les faits à leur tour et ont conclu, rapport officiel à l'appui, que la mosquée Gyan Vapi est bien construite sur le site même d'un ancien temple hindou. Alors pourquoi en serait-il autrement du Ram Janmabhoomi ? Vous voyez, Mr. Diggs, c'est très simple. Les temples hindous étaient détruits et systématiquement remplacés par des mosquées : cette stratégie, mise en place par un pouvoir musulman impérialiste, visait à démoraliser et à humilier les populations locales. C'était une façon de leur dire : vos dieux hindous ne sont pas si puissants finalement, puisqu'il leur faut s'incliner devant la puissance de l'Islam, exactement comme vous-même devez vous soumettre à vos nouveaux maîtres moghols. C'était là le message véhiculé par la mosquée Gyan Vapi, et c'était aussi celui de la soi-disant Babri Masjid.

Maintenant dites-moi bien franchement, Mr. Diggs, ce genre de message a-t-il sa place dans l'Inde libre et indépendante d'aujourd'hui ? Ne serait-il pas temps de permettre aux populations locales de retrouver leur fierté d'antan dans leurs traditions et dans leurs dieux, de leur redonner le sentiment de leur propre valeur, en reconstruisant le temple Ram Janmabhoomi ?

Ces fantoches d'administrateurs que vous allez rencontrer, Lakshman et Gurinder Singh, voudraient qu'on se calme, à cause des dernières émeutes. Qu'on mette fin à notre agitation ? Jamais nous n'accepterons, Mr. Diggs. Jamais ! Si nous le faisions, les musulmans en profiteraient aussitôt pour chanter victoire. Ils croiraient avoir gagné, se réjouiraient de notre humiliation et, croyez-moi, ils finiraient par venir nous égorger dans notre lit.

Vous connaissez l'histoire du soldat qui montait la garde avec deux épées dégainées, une dans chaque main ? S'approche un soldat ennemi qui le frappe en plein visage. L'homme ne bronche pas, et l'autre s'éloigne en ricanant. « Pourquoi n'avoir pas réagi quand il t'a giflé ? » demande un quidam qui assistait à la scène. « Et comment ? réplique le soldat. J'avais les deux mains occupées. »

Ce soldat, Mr. Diggs, c'est l'Inde hindoue. Nous avons bien les épées en main, mais nous ne nous en servons pas, en dépit des coups répétés. Eh bien, je vous le dis, c'est là une époque révolue. Nous savons maintenant comment répondre quand on nous attaque, avec ce que nous avons dans les mains.

Le gourou Golwalkar, le chef hindou qui a servi le plus longtemps son pays au cours de ce siècle, l'a dit très clairement il y a déjà quelques années de cela : « Les non-Hindous de l'Hindoustan doivent adopter la culture et la langue du pays, doivent apprendre à respecter et à révérer la religion hindoue, doivent placer au-dessus de tout la glorification de la race et de la culture hindoues. En d'autres termes, il leur faut non seulement renoncer à leur attitude intolérante et ingrate envers ce pays et ses traditions séculaires, mais lui substituer les vertus positives de l'amour de la patrie. En un mot, ils doivent cesser d'être des étrangers, ou alors rester dans le pays mais en acceptant d'être totalement subordonnés à la nation hindoue, sans pouvoir revendiquer aucun privilège, aucun droit à un quelconque traitement de faveur, pas même le droit à la citoyenneté. » Voilà notre message à l'adresse de ces satanés musulmans. Et comme vous dites chez vous, ils ont intérêt à faire gaffe.

Oui, le temple du Ram Janmabhoomi sera bel et bien construit. Même s'il faut sacrifier des vies pour ce faire. Notre sang se mêlera à la terre, notre sueur sera l'eau qui liera le ciment, mais ce temple, nous le construirons, Mr. Diggs. Vous pouvez me croire. J'ai vu la lueur qui brillait dans les yeux de nos jeunes gens pendant la procession, y compris dans les yeux de ceux-là mêmes qui ont été poignardés. Ce n'est pas seulement la ferveur religieuse qui allume leur regard, Mr. Diggs. C'est la certitude de la victoire – comme un feu qui, après avoir couvé pendant quarante ans sous la cendre, repart de plus belle. Ce feu, il ne sera pas facile de l'éteindre. Il brillera, vous pouvez me croire, et illuminera l'Inde tout entière de ses flammes.

Extrait du carnet de Randy Diggs

14 octobre 1989

Gurinder Singh : le flic de choc. Turban, barbe agressive, Sikh. Pas bête. Honnête ? En tout cas, parle franc. Jure (beaucoup). Boit (beaucoup). « J'ai suffisamment du Sikh pour ne pas fumer, mais suffisamment du Punjabi pour écluser comme une Ambassador. Oui, une Ambassador, rien à voir avec ces couilles molles de diplomates : je consomme autant que ce monstre d'acier que nous fabriquons chez nous et qui passe pour une voiture. »

GS et Lakshman forment un couple bizarrement assorti, mais à l'évidence efficace, à la tête du district. Ce sont d'anciens copains, comme qui dirait. Extrait d'une interview de GS, après censure des obscénités : « On n'était pas vraiment intimes à l'université. Les différences entre nous sont faciles à voir. Lucky, c'est l'intellectuel à l'âme sensible. Moi, je suis l'homme d'action pragmatique et terre-à-terre. Il lit des bouquins pendant ses moments de loisir ; moi, je fais du jogging. À la fac, il étudiait la littérature anglaise et moi, l'histoire. Il faisait partie du club de débats et était rédacteur en chef du journal du campus ; moi, je jouais au hockey [sur gazon]. Il est végétarien ; moi, je me passais du réfectoire le jour de la semaine où on ne servait pas de viande. Il ne boit pas ; j'avais toujours une bouteille de rhum sous mon lit. Mais j'appréciais le type pour deux raisons : il est intelligent et honnête. Si bien que quand il a été candidat aux élections pour la présidence de l'Union des étudiants, avec pour adversaire l'un de mes partenaires de l'équipe de hockey, un type à la tête aussi dure que le bois qu'il maniait sur le terrain,

159

c'est Lucky que j'ai soutenu. Ce qui n'a pas contribué à me rendre populaire auprès de mes coéquipiers. Mais c'était lui le meilleur, comme homme et comme candidat. Je suis content de travailler avec lui dans ce putain de bled. »

Ils semblent s'être attiré tous les deux les mêmes ennemis. Ce qui laisse à penser qu'ils ont la même conception de leur boulot.

Transcription de l'interview du chef de la police
Gurinder Singh par Randy Diggs

14 octobre 1989

RD : Ainsi donc l'administrateur de district et vous-même n'avez pu empêcher la procession, même après l'agression de cette nuit-là ?

GS : Exact. On a pourtant fait tout ce qu'on a pu, bon Dieu. Bien entendu, ces putains de contrevenants étaient en fuite. Mais j'ai passé la nuit à arrêter tous les agitateurs musulmans qu'on avait dans nos fichiers. Tout ce qui avait une moto et pas de prépuce était bon pour le trou. Ensuite Lucky et moi...

RD : Lucky ?

GS : Lakshman. C'est vrai, excusez-moi, je l'appelle Lucky. Un surnom du temps de la fac. Lui m'appelle Guru. Sauf quand il a des ordres à me donner. Bref, Lucky et moi, on a convoqué les chefs de la communauté hindoue à l'aube. Ces fumiers, ils étaient tous plus mal réveillés les uns que les autres. Ça faisait que leur donner des mines encore plus patibulaires, à ces salopards. On leur a parlé des arrestations qu'on avait opérées, on les a exhortés au calme, on les a priés de renoncer à leur petite procession. Bon sang, on aurait cru qu'on leur demandait de nous vendre leurs filles. L'un d'entre eux, une espèce d'avorton du nom de Sharma, est devenu complètement hystérique, et j'ai bien cru que les yeux allaient lui sortir de la tête à cet enfoiré. Ya rien eu à faire, ils étaient bien décidés à aller de l'avant.

161

RD : Et il n'y avait aucun moyen de les en empêcher ?

GS : Pas vraiment. Pour tout dire, Lucky avait déjà demandé la permission d'interdire la procession. Bien avant cette foutue agression à coups de poignard. Mais Lucknow la lui avait refusée. Alors, sans le feu vert des autorités de l'État, on n'avait pas vraiment le choix. De toute façon, il y avait déjà entre vingt-cinq et trente mille volontaires du mouvement Hindutva rassemblés à Zalilgarh. Et ces enfoirés étaient tous bien décidés, et aussi survoltés que les piles de leurs mégaphones. Lucky et moi, on a eu vite fait de comprendre que si on essayait à ce stade d'empêcher la procession par la force, l'entreprise était vouée à l'échec. Il était clair comme de l'eau de roche qu'une intervention des forces de police ne pouvait que déchaîner la violence et déclencher une tuerie. N'oubliez pas qu'à ce moment-là j'étais déjà en état d'infériorité : j'avais à peine quelques centaines d'hommes pour faire face à leurs trente mille fils de putes de fanatiques. C'est pour ça qu'on a essayé la persuasion.

RD : Et ça n'a pas marché.

GS : Absolument pas. Plus butés que cette bande de barbouillés de cendres, j'avais jamais vu. Je vous ressers un verre ?

RD : Non, merci. Mais allez-y, je vous en prie. Donc, vous avez renoncé ?

GS : Bon Dieu, non, on n'a pas renoncé. Pour qui vous nous prenez, bordel, pour des lavettes ? On a essayé de leur faire modifier leur parcours, pour qu'ils évitent les quartiers musulmans, et surtout les mosquées. Là encore, ils ont refusé. Pour finir, Lucky et moi, on n'avait pas le choix. On n'avait plus qu'une solution : laisser passer le cortège, mais en renforçant la surveillance et en multipliant les interdictions.

RD : En clair ?

GS : Ce putain de soda a à peu près autant de relief que la poitrine d'un *hijra*. On croirait boire de la pisse d'âne. *Jaswinder ! Soda hai ?* Bref, désolé, où en étais-je ? Vous veniez de me demander quelque chose.

RD : Ce que signifiait au juste « multiplier les interdictions ».

GS : Le truc habituel, mon vieux, mais assorti de conditions spéciales. Ce matin-là, Lucky n'était pas d'humeur à rigoler et pas prêt à faire des concessions. Ces salauds pouvaient défiler, mais pas question de faire entendre leurs tambours ou leurs cymbales à proximité des mosquées. Ils voulaient trimbaler des trucs, d'accord, OK pour les pancartes, mais pas d'armes. Pas d'épées ni de *trishuls* – vous savez, le trident de Shiva, que ces enfoirés de moines en robe safran agitent comme des dingues au-dessus de leurs têtes. Pas question non plus de slogans anti-musulmans, tout juste bons à exciter la fureur des fils de putes de l'autre camp et à déclencher des représailles.

RD : Quel genre de slogans ?

GS : Plutôt virulents. En fait, il y avait eu une violente campagne de slogans durant les deux semaines qui avaient précédé l'agression par les deux motards, et nous savions à quel point les mots peuvent attiser les passions. Tous les jours, pendant le temps qu'a duré la préparation du défilé, des centaines de jeunes hindous se rassemblaient dans les quartiers musulmans pour hurler des slogans visant à insulter les gens, à les exciter, à les provoquer. Il leur arrivait d'entrer dans les *mohallas* à toute allure sur leurs motos et de mettre les gaz à fond avant de hurler leurs insanités. « *Mussalmaan ke do hi sthaan / Pakistan ya kabristan.* » « Il n'y a que deux endroits pour un musulman : le Pakistan ou le cimetière. » Il y avait pire : « *Jo kahta hai Ali Ali / Uski ma ko choddo gali gali.* » « Celui qui en appelle à Ali

163

nique sa mère dans son lit. » Bien entendu, ces enfoirés faisaient ça pendant la journée, quand la plupart des hommes étaient au travail et que les femmes restaient terrées chez elles avec leurs gosses. Certains des slogans étaient destinés à convaincre les hésitants. « *Jis Hindu ka khoon na khaule / Khoon nahin hai pani hai.* » « L'hindou qui ne sent pas son sang bouillir dans ses veines n'a que du sang de navet. » Ou bien encore « *Jo Janmabhoomi ke kaam na aaye / Woh bekaar jawaani hai.* » « Le jeune hindou qui ne travaille pas pour le Janmabhoomi n'a pas sa place parmi nous. » Sans compter, bien entendu, les habituels « *Mandir wahin banayenge.* » « Le temple sera construit ici », c'est-à-dire à l'emplacement même de la mosquée. Ça peut paraître banal, mais quand on entend ça sortir de la bouche de centaines de jeunes excités qui ponctuent leurs cris des rugissements de leurs moteurs, on peut comprendre la panique des musulmans. Je ne sais pas quel est le connard d'Anglais qui a écrit un jour « les bâtons et les pierres me briseront peut-être les os, mais les mots ne sauraient m'atteindre », mais je peux vous dire qu'il n'avait jamais dû approcher de bien près une foule indienne en train de scander des slogans. Les mots peuvent bel et bien faire des ravages, mon ami. Et ceux-là en faisaient. Je suis convaincu que ce sont eux qui sont directement responsables de l'agression qui a eu lieu la veille de la procession.

RD : Mr. Lakshman a donc voulu interdire les slogans ?

GS : Oui, en même temps que tout ce dont je vous ai déjà parlé. Vous acceptez nos conditions, leur a-t-il dit, sinon pas de défilé ; mon bon ami, le flic sans pitié ici présent, vous retirera l'autorisation de la police. Je me suis empressé d'acquiescer, en les gratifiant d'un sourire sardonique, histoire de faire bonne mesure. C'était du bluff, mais ils ne pouvaient pas courir le risque. Ils ont donc accepté. Sur quoi, Lucky a sorti une feuille de papier et un stylo et a demandé aux chefs des principales organisations hindoues de confirmer leur acceptation par écrit. Pour ce que ça a donné, on aurait aussi bien pu s'en passer.

164

RD : Ils n'ont donc pas tenu leurs promesses ?

GS : Lucky avait l'air de penser que ça ferait une différence s'ils signaient un papier. Moi, j'étais convaincu que ça revenait à pisser dans un violon. Je ne vois pas pourquoi quelqu'un qui n'a pas l'intention de respecter une promesse orale deviendrait soudain plus fiable parce qu'il accepte d'apposer son paraphe au bas d'un document. Leurs signatures ne valaient pas un pet de rat par un jour d'hiver, si vous me permettez ce punjabisme. C'est bien pourquoi j'ai prévu le déploiement de forces de police considérables : tout le long du parcours de cette foutue procession, des flics à tous les coins de rue et à tous les carrefours, d'autres flics devant les mosquées et dans les quartiers sensibles, plus des détachements de gendarmes mobiles venus de districts voisins qui avaient déjà eu affaire à ce genre de merdier. On a vraiment fait tout ce qu'on a pu, Mr. Diggs. Mais ça n'a pas suffi.

RD : Racontez-moi ce qui s'est passé.

GS : Eh bien, la procession a commencé comme prévu. Mais il était putain d'évident qu'on allait avoir des problèmes. Pour ma part, je n'avais jamais rien vu de pareil...

RD : Pour ce qui est du nombre, vous voulez dire ?

GS : Du nombre, de l'excitation, du fanatisme. Lucky et moi, on était sur place, bien sûr. Il serrait dans sa main le bout de papier que ces salopards avaient signé. Bhushan Sharma, Ram Charan Gupta, une vraie bande de faux jetons, tous autant les uns que les autres. Leurs signatures ne valaient même pas le bout de papier sur lequel elles étaient apposées. Elles ne valaient pas la sueur qui dégoulinait de la main de Lucky sur le papier chaque fois qu'il relisait, incrédule, les engagements qu'ils avaient pris et qu'ils s'employaient consciencieusement et ouvertement à enfreindre. De la modération dans les slogans ? Tu parles... Les formules les plus grossières et les plus haineuses étaient reprises en chœur par les manifestants, après avoir été lancées par quelques-uns de nos chers signataires eux-mêmes. Pas d'armes, avaient-ils convenu... Bon Dieu, la colonne en marche était hérissée de *trishuls* et de poignards dégainés que ces foutus excités brandissaient comme des athlètes s'exerçant au lancer du javelot. Si on avait relié ces salopards à un générateur hydroélectrique, on aurait eu de quoi alimenter cette putain de ville en électricité pendant des semaines. Et comme si ça ne suffisait pas, les chefs ont brusquement essayé de détourner le cortège pour le faire passer en plein cœur du quartier musulman. Une provocation de plus. Or, c'était là une chose qu'ils s'étaient formellement engagés à ne pas faire, les fils de putes. Mais comme, de toute façon, je ne leur avais accordé aucune confiance, mes hommes étaient en place, et on a immédiatement mis le holà à leur tentative. On a fermement remis ces enculés de manifestants sur le droit chemin, si j'ose dire.

RD : Vous avez donc eu la situation en mains pendant un temps.

GS : Ouais, pendant un temps, comme vous dites. Comment pouvez-vous espérer contenir, par une chaude journée de septembre, une foule de trente mille individus bien décidés à foutre la pagaille ? Plus le soleil montait dans le ciel, plus il échauffait les esprits. Vers midi, nos chemises étaient à tordre. Tenez, prenez un autre verre. Moi, j'en ai bien besoin.

RD : Merci.

GS : Il y avait une tension incroyable dans l'air. C'est la peine que j'entre dans les détails ? Imaginez un cortège interminable, qui progresse lentement, putain de lentement, dans des rues étroites et tortueuses. Les tourbillons de poussière soulevés par ces milliers de pieds. Les slogans partisans qui déchirent l'air. Vous voyez ça d'ici, non ? La chaleur, le bruit, la confusion, la

166

haine qui suinte de partout, le taux d'adrénaline qui monte, ces foutues lames qui brillent dans le soleil ; les gens gonflés à bloc, la gorge desséchée, la voix rauque. Qui hurlent.

RD : Qu'est-il arrivé ensuite ?

GS : En passant devant la grande mosquée, le cortège s'est arrêté, comme prêt à passer à l'attaque. Il a fallu que les représentants de la loi sous les ordres de Lucky et mes hommes fassent avancer *manu militari* tous ces connards d'hystériques. Au cas où ils auraient oublié qu'ils étaient là pour défiler et pas pour démolir une mosquée.

RD : Et les musulmans ? Où étaient-ils pendant tout ce temps ?

GS : Barricadés chez eux. Y avait pas un putain de musulman dehors. Pas même la queue d'un rat circoncis.

RD : Poursuivez. Que s'est-il passé ensuite ?

GS : Vers le milieu de l'après-midi, les deux tiers environ du cortège étaient passés devant les *bastis* musulmans. Lucky et moi, on a cru qu'on tenait le bon bout. Qu'on allait s'en sortir sans l'explosion de violence attendue. On aurait bien dû se douter qu'on avait autant de chances de s'en sortir indemne qu'une pute au cours d'une soirée entre hommes. Ah ! Enfin du soda frais, c'est pas trop tôt.
Où en étions-nous ? Ah, oui, c'est ça. Nous nous trouvions à un carrefour, juste devant une mosquée. Pas la grande. Une plus petite, qui avait déjà été le théâtre de plusieurs affrontements intercommunautaires par le passé. La mosquée Mohammed Ali, il me semble qu'on l'appelle. Peu importe. Pour tout dire, c'était l'endroit où, dans notre idée, l'excitation de la foule devait atteindre son paroxysme. C'est pourquoi on était là tous les deux. Le putain d'AD et son putain de CP. À essayer de faire avancer

la foule. Sur le qui-vive, prêts à toute éventualité. C'est bien ça le comble, Mr. Diggs. On était sur place, redoutant le pire. On peut même pas dire qu'on a été pris par surprise.

RD : Vous pouvez m'appeler Randy, vous savez.

GS : Seulement quand je vous aurai vu avec une femme[1]. Mais allez-y, resservez-vous. Le soda, ça va maintenant. Vous allez pas me laisser boire tout seul.

RD : Merci. En fait, Randy c'est une abréviation pour Randolph. Mais je vous en prie, continuez.

GS : Comme je vous le disais, nous étions prêts à tout. Nous avions réussi à éviter l'attaque contre la grande mosquée, et on espérait bien pouvoir s'en sortir sans dommages maintenant. C'est à ce moment-là qu'un groupe de jeunes types est arrivé en courant. Ils avaient l'air complètement paniqués. Ils venaient de l'autre côté, c'est-à-dire dans notre direction. Ils hurlaient, mais on n'arrivait pas à comprendre ce qu'ils disaient. J'ai même pensé au début que c'étaient peut-être des musulmans qui voulaient charger les manifestants. Mais pas du tout, c'étaient bel et bien des hindous. Et à voir leurs visages, on se doutait bien qu'il y avait quelque chose qui clochait. Ils criaient « Ils nous attaquent ! *Bomb maar rahen hain !* » – ils nous attaquent à la bombe. Qui ? avons-nous demandé aussitôt, et bien entendu, ils nous ont répondu : les musulmans. Les musulmans avaient lancé une bombe sur la foule, tuant un hindou. Merde de merde, ce que nous craignions depuis le début était bel et bien arrivé. Lucky et moi, on s'est rendus en vitesse sur les lieux. C'était à peine à cent mètres. La foule en délire s'était rassemblée autour d'un jeune type qui, allongé par terre, pissait le sang. Il avait eu la poitrine arrachée par une bombe artisanale. De toute évidence,

---

1. *Randy* : abréviation de Randolph, mais aussi adjectif signifiant « allumé, excité sexuel ».

il était en train de mourir. Les gens tout autour criaient leur rage et leur peur. Les visages étaient tordus par la haine. Lucky a eu tôt fait de soulever le gamin pour aller le déposer dans sa voiture, qui était stationnée juste à côté, et de demander au chauffeur de l'emmener de toute urgence à l'hôpital. C'était pas la peine, le type était mort avant d'arriver.

RD : C'était la première victime.

GS : Exact. La première. Lucky et moi, on avait du pain sur la planche. On avait en face de nous une foule démente qui réclamait vengeance à grands cris. On savait qu'à moins d'agir rapidement, on aurait des lynchages à la pelle. Les manifestants ne manqueraient pas d'aller se déchaîner dans les *bastis*. Il fallait qu'on les empêche de répondre à la provocation avant que ça dégénère.

RD : Mais ça avait déjà commencé à dégénérer, non ?

GS : Écoutez, jusque-là, il n'y avait qu'un mort. Nous, on craignait des centaines de victimes. Je n'ai eu besoin que de deux ou trois questions pour m'assurer de l'endroit d'où avait été lancée la bombe. Il y avait une petite maison à deux étages donnant sur une ruelle très étroite, qui partait, aussi tordue qu'une patte de chien, de la rue principale du quartier musulman traversé par le cortège. Les lanceurs de l'engin avaient manifestement fait un calcul débile dans l'espèce de pois chiche qui leur tenait lieu de cervelle. Ils avaient dû penser que la première bombe obligerait le cortège à s'arrêter. Qu'ensuite, la foule se ruerait sur la maison comme un seul homme, et qu'ils n'auraient plus, ces pauvres cons, qu'à leur balancer leur petite collection de bombes faites maison sur la tête. Tuer un maximum de manifestants, c'était leur seule pensée. Si on peut appliquer le terme de « pensée » à un plan aussi crétin. Cela dit, ça aurait quand même amputé cette racaille d'hindous fanatisés de quelques unités.

RD : Mais ils y auraient aussi laissé leur peau. Leur maison aurait fort bien pu être incendiée.

GS : Exact. Sauf que la maison n'était pas à eux. Mais il ne faut surtout pas s'attendre à des raisonnements logiques dans les affrontements de ce genre, Randy. Ces couillons s'étaient ramassé des insultes, des slogans vengeurs et des avanies de toutes sortes pendant des jours et des jours. Ils étaient maintenant aussi enragés qu'un animal enchaîné qu'on n'a pas arrêté d'exciter. Rien d'étonnant à ce que ces pauvres types aient eu envie de se venger.

RD : Mais les musulmans s'étaient déjà manifestés, si je ne m'abuse ? Il y avait eu l'agression perpétrée la veille par les deux motards. Est-ce que les deux incidents étaient liés ?

GS : Non, ce n'étaient pas les mêmes types. En revanche, la motivation était la même, avec simplement une escalade du couteau à la bombe. Dans ces cas-là, on ne réfléchit guère. Tout ce qu'on veut, c'est frapper un grand coup, là, tout de suite.

RD : La foule était déjà devant la maison quand vous êtes arrivés ?

GS : Non, Lucky et moi, on s'était précipités dès qu'on avait entendu parler de l'incident. Les gens étaient encore sous le choc et ne se préoccupaient que du blessé. Mais on n'avait pas plutôt transporté ce dernier dans la voiture de l'AD qu'on savait que la manifestation tournerait à l'émeute. Qu'on aurait à faire face à des émeutiers animés par un seul désir : la vengeance.

Extrait du journal de Lakshman

2 juin 1989

Nous parlons écriture, c'est inévitable. Un jour, j'ai pris son album, sans lui demander la permission, et elle me l'a aussitôt arraché des mains avec un petit cri. Ah, ces Américains et leur sacro-sainte intimité ! Une fois de plus, j'ai paraphrasé Wilde : « Tout le monde devrait écrire un journal – de préférence celui de son voisin. » Elle n'a rien voulu savoir pour me le rendre. Alors, je l'ai taquinée jusqu'à ce qu'elle finisse par me montrer deux ou trois bricoles. Pas les pages personnelles – où il y a peut-être des passages me concernant ? –, mais ses tentatives artistiques, essais, poèmes, croquis. Elle a un certain don pour la poésie. Il y a notamment un poème sur Zalilgarh, écrit à Noël dernier, qui mériterait bien d'être publié. Je le lui dis, elle rougit. Elle n'écrit pas pour être publiée, m'assure-t-elle, mais uniquement pour elle-même. Tout ce qui figure dans son album est destiné exclusivement à son usage personnel.

« Mais alors, pourquoi écrire ? dis-je. Depuis que je suis étudiant, je me bats pour trouver le temps d'écrire, dans l'idée que j'ai quelque chose à dire au monde, et toi qui as le temps de le faire, tu refuses que quiconque lise ce que tu as à dire. »

Ce qui nous amène à parler de mes tentatives à moi – de ces écrits sporadiques, décousus, du genre quand-j'en-ai-le-temps-et-que-je-suis-dans-l'humeur ou quand-j'écris-pour-échapper-à-Geetha. Je suis sur la défensive, presque gêné, quand il s'agit de parler de mes poèmes, et je ne dis rien de mon journal. Avec le roman, c'est différent.

« J'aimerais écrire un roman, lui dis-je, qui n'ait rien à voir avec ce qui a été fait jusqu'ici. Le roman, c'est trop facile – ça

171

raconte toujours une histoire selon un schéma linéaire, de A jusqu'à Z. Depuis des décennies, on n'a rien fait d'autre. Que dis-je, depuis des siècles. Moi, je m'y prendrais différemment.

— Tu veux dire que tu écrirais une épopée ? demande-t-elle en se soulevant sur un coude.

— Non, non. Quelqu'un y a déjà pensé. Il y a un type qui a réinventé le *Mahabharata* en plaçant l'action au XXe siècle — style épique, tradition orale, digressions constantes, tu vois le genre [1]. Non, je pense à un roman qui se lirait comme... comme une encyclopédie ?

— Une encyclopédie ? demande-t-elle, l'air sceptique.

— Pas un ouvrage en douze volumes, bien sûr. Un truc assez court, que tu pourrais ouvrir à n'importe quelle page. Tu prends par exemple le chapitre 23, et tu trouves un des fils conducteurs du récit. Et puis tu avances jusqu'au chapitre 37, ou tu reviens en arrière au chapitre 16, et tu en trouves un autre. Tous les chapitres sont reliés les uns aux autres, mais ces liens, tu les perçois de manière différente suivant l'ordre dans lequel tu lis le bouquin. En fait, comme si chaque nouvelle lecture venait au fur et à mesure accroître la somme des connaissances du lecteur, exactement comme dans une encyclopédie. Mais le lecteur aborde chaque épisode avec ce qu'il sait déjà de l'intrigue à ce stade, de sorte que chaque chapitre a plus, ou moins, de sens selon la quantité d'informations déjà engrangée.

— Et que se passe-t-il si ta lectrice commence par la fin ? demande Priscilla, en bonne féministe qu'elle est.

— Aucune importance, dis-je, tout excité. Le début laisse prévoir la fin. Fini le narrateur omniscient ! Vive le lecteur omniscient ! À la lectrice de construire son propre roman chaque fois qu'elle plonge le nez dedans. »

Priscilla se mord la lèvre, comme chaque fois qu'elle s'apprête à dire quelque chose qui risque de me déplaire. « Je ne sais pas si ça marcherait, dit-elle lentement.

---

1. Le « type » en question est sans doute Shashi Tharoor lui-même, auteur de *Le Grand Roman indien* (1989, traduction de C. Besse, Le Seuil, 1993).

– Peut-être pas, dis-je, de l'air dégagé de celui qui n'est pas affecté par une objection. Mais souviens-toi de ce que disait Wilde à propos de la forme, toujours plus importante que le fond. Bien entendu, je mettrais dans mon ouvrage tous les ingrédients classiques du roman. Le Natya Shastra, cet ancien texte sanscrit qui traite du théâtre, dresse une liste exhaustive des neuf sentiments qui doivent animer toute œuvre de divertissement : l'amour, la haine, la joie, la douleur, la pitié, le dégoût, le courage, l'orgueil et la compassion. Je n'en omettrais aucun, respectant ainsi les prescriptions de nos sages. Mais pourquoi s'ingénier à faire les choses de manière conventionnelle ? Pourquoi ne pas écrire un roman sur la religion, par exemple, sans décrire un seul temple ou une seule mosquée ? Pourquoi faudrait-il ennuyer le lecteur avec les psalmodies des prêtres, les discours des mollahs, et le plonger dans l'atmosphère oppressante des lieux de culte ? Que le lecteur aborde le livre avec tout ce qu'il est lui-même ! Qu'il apporte à sa lecture sa propre expérience de l'amour et de la haine, ses propres souvenirs heureux ou douloureux, ses réactions personnelles de dégoût et de pitié, qu'il se souvienne, en lisant, du courage, de l'orgueil et de la compassion qui un jour l'ont animé, l'animent peut-être encore ! S'il est prêt à le faire, plus besoin de se préoccuper de la forme. Que la forme du roman change avec chaque lecture, et le contenu changera lui aussi.

– Mais comment le lecteur pourra-t-il savoir où est la vérité ?

– La vérité ! Ce qu'il y a de singulier à propos de la vérité, ma chère, c'est qu'on ne peut en parler qu'au pluriel. Notre appréhension de la vérité ne dépend-elle pas de la manière dont on l'approche ? De l'état de nos connaissances ? »

Elle se mord à nouveau la lèvre. « La vérité est ou n'est pas, finit-elle par dire.

– Faux, ma chérie. La vérité est évanescente, subtile, elle a de multiples facettes. Écoute ce vieux conte hindou, Priscilla. Il était une fois un jeune guerrier impétueux qui voulait épouser une belle princesse. Le père de celle-ci, le roi, le trouvait un peu trop sûr de lui et mal dégrossi. Il décréta en conséquence que le guerrier n'épouserait sa fille qu'après avoir trouvé la Vérité. Le guerrier partit donc en quête de la Vérité à travers le monde. Il visita des temples et des monastères, escalada des montagnes au sommet desquels méditaient des sages vénérés, s'enfonça dans des forêts où des ascètes se flagellaient, mais nulle part il ne trouva la Vérité. Un jour, au désespoir, alors qu'il cherchait à s'abriter d'un orage, il entra dans une caverne obscure. Où il trouva une vieille femme, une sorcière aux cheveux emmêlés, le visage couvert de verrues, le corps maigre et flasque, les dents jaunes et gâtées, l'haleine fétide. Il se mit à la questionner et à écouter les réponses qu'elle lui donnait, il ne tarda pas à se rendre compte qu'il était arrivé au terme de son voyage : elle était la Vérité. Ils parlèrent toute la nuit et, au matin, une fois le ciel dégagé, le guerrier lui dit qu'il avait trouvé l'objet de sa quête. « Maintenant que j'ai trouvé la Vérité, lui dit-il, que dois-je leur dire au palais à ton sujet ? » L'horrible créature eut un sourire et lui répondit : « Dis-leur que je suis jeune et belle. »

Extrait de l'album de Priscilla

22 juin 1989

Il m'a donné un autre poème aujourd'hui, en me disant : « Tu sais si peu de choses de moi. Ça concerne mes années de lycée, à Calcutta, et l'immeuble où vivaient mes parents. Ça part un peu dans tous les sens, mais, à l'époque, j'étais moi-même très dispersé. »

Encore une de ses astuces destinées à masquer son embarras. J'en conclus que le poème doit signifier beaucoup pour lui.

Minto Park, Calcutta, 1969-71

Je revois encore la rue qui tourne là-bas et fait place
à la ruelle étroite bordée de remparts crénelés
qui se dressent comme ceux d'un château,
masquant leur vraie fonction :
« quartier des serviteurs », où se retiraient
cuisiniers et domestiques une fois bu le dernier verre
et lavé le dernier plat.

Derrière ces remparts se dressait mon immeuble,
flanqué d'un autre, gris tous les deux,
tous les deux imposants sur leur asphalte bien tenu,
avec, à leur pied, le luxe d'un jardin, où
frangipaniers et bougainvilliers faisaient voler leurs parfums
dans l'air comme le volant des joueurs de badminton à côté,

175

lancé avec cette même vigueur qui expédiait les balles
de cricket frappées par des battes adolescentes
à travers le grillage d'un autre lieu huppé, le cimetière de
[Bhowanipore.

C'est là que je partais en quête des balles,
au milieu des tombes envahies d'herbes folles,
trébuchant sur une stelle à la mémoire d'un petit Anglais,
emporté par la malaria, à neuf ans, un siècle plus tôt ;
ou que j'entendais les chacals hurler la nuit, faisant écho
aux cris de haine et de colère lancés dans l'air étouffant
par les cortèges partis du *maidan*.
Nous maintenions tout ce monde à distance,
de l'autre côté de la palissade, à l'extérieur des remparts.

Quand arrivaient les « délestages » (notre euphémisme pour
[« coupures de courant »)
qui affectaient le reste de la ville noyée dans les fumées,
nous jouissions en paix de notre situation privilégiée,
reliés que nous étions à la prison d'Alipore, à l'hôpital
[Shambhu Nath Pandit et à l'asile de fous,
autant d'endroits trop dangereux pour êtres plongés dans
l'obscurité. Comme une lampe, l'espoir luisait
sur nos bureaux. La chance (et de bons raccordements)
nous éclairaient le chemin de l'avenir.

À l'angle de D.L. Khan Road trônait le mémorial de Victoria,
jupes de marbre gonflées de majesté satisfaite,
à l'ombre desquelles les *boxwallahs* ventrus
faisaient leur petite promenade quotidienne.
De jeunes lutteurs s'adonnaient à leur yoga du matin
sur les pelouses, adoptant des postures controuvées.
La circulation gagnait Lower Circular Road dans la fumée des
[échappements.
Le monde allait son train, tant bien que mal.

176

Dans mon immeuble, le directeur d'Asian Paints, cocufié par
[son voisin célibataire,
partait souvent en voyage, laissant son échalas de fils
[(amoureux de cricket)
rêver d'émigration en Australie. Quatre étages plus haut
habitait une nymphette à l'ample poitrine,
qui posa un soir sur mes lèvres sa bouche humide,
avant de s'acoquiner avec un étudiant,
bien plus âgé qu'elle. Pour finir par l'épouser.
Juste au-dessus de nous habitait le cadre qui ressemblait à une
[star de Bollywood.
Les amies de ma mère défaillaient en le croisant devant
[l'ascenseur.
Tout en haut, le bon Mr. Luthra aux cheveux blancs, monta
[encore plus haut,
Une nuit, soufflant à son épouse dans un dernier soupir « Je ne
[veux pas mourir ».
Il continue, pour moi, à hanter ces lieux, lui et son désir de
[vivre.

En bas de la rue, le muezzin lance sa plainte, appelant les
[fidèles
à la prière. Ils doivent se frayer un chemin parmi les hindous
[agitateurs de clochettes,
qui eux gagnent en trottinant le temple de Ganesh au milieu de
[la rue,
leurs dévotions noyées par les hauts-parleurs accrochés aux
[dômes du *gurudwara*,
psalmodiant des versets du *Granth Sahib*. Mon prêtre jésuite
[préféré
pédale vers la prison pour apporter le réconfort aux prisonniers.
Le fils du brasseur millionnaire passe dans sa Sunbeam
[décapotable,
frôlant la vache impassible qui rumine paresseusement au coin
[de la rue.
La paix claque dans le vent comme une lessive mise à sécher.

177

L'ÉMEUTE

Le monde dans lequel nous vivions était double,
et nous parlions ses deux langues. La nuit,
nous rêvions d'école, d'examens, de la vie,
tandis que le jour se consumait lentement comme un brasero
                                            [de *basti*,
noircissant l'air que nous respirions. Les naxalites versaient le
                                    [sang des prolétaires,
pendant que les réfugiés envahissaient nos rues,
enfants d'un Bangladesh encore à naître.
Au loin, les haut-parleurs des démagogues grondaient comme
                                            [des tanks
franchissant la frontière pour sceller le destin d'un autre
                                        [peuple.
Le soleil brûlait peu à peu notre patience.

Derrière nos remparts, nous dormions, vivions, étudions,
sans jamais vider le dernier verre ni finir le dernier plat.
Nous hébergions des cousins de province dans le besoin,
le temps qu'un cours de sténo ou que les relations de mon père
leur permettent de trouver un travail.
Nous collections des fonds pour mère Teresa.
L'avenir étendait devant nous l'infini de sa mer.

L'aube couvrait nos doigts de safran,
tachant nos cœurs de lumière.

Lakshman à Priscilla

1er juillet 1989

L'endroit n'est-il pas merveilleux ? Je pourrais rester assis là à tes côtés, à regarder le ciel au couchant par-delà le fleuve, à sentir l'obscurité nous envelopper de son manteau, et j'oublierais tout, surtout les haines qui lentement s'accumulent en ville, au moment même où nous parlons. Cet instant me donnerait presque envie de prier.

Pourquoi est-ce que je prie ? Et comment ? Et à qui j'adresse mes prières ? Tant de questions à la fois. Eh bien, je suis hindou, né hindou, et je n'ai jamais été attiré par aucune autre foi. Je te dirai pourquoi dans un instant. Comment je prie ? À dire vrai, pas de manière formelle, moins encore systématique ; s'il m'arrive d'aller dans un temple avec ma famille, ce lieu ne me parle pas. La prière, pour moi, est quelque chose d'intensément personnel, une façon de tendre les bras vers mon créateur. Je récite quelques mantra que m'ont appris mes parents quand j'étais enfant ; il y a quelque chose de rassurant dans ces paroles anciennes, sanctifiées par l'usage et la répétition au cours de plusieurs millénaires. Le sanskrit est cette langue sacrée qui ne vit qu'aux cieux, préservée de la disparition sur terre pour nous permettre de nous faire comprendre quand nous nous adressons à nos dieux. Mais je complète souvent ces mantra par des formules de mon invention, en tamoul ou en anglais, dans lesquelles je demande conseils et protection pour moi-même ou pour ceux que j'aime. Ces temps-ci, ton nom revient souvent dans mes prières.

Oui, je prie les dieux hindous. Non pas que je croie qu'il existe, quelque part au ciel, un dieu à l'image de celui qui est

179

représenté sur les calendriers de Bombay. Non, ma prière est simplement une façon de reconnaître la présence du divin derrière l'expérience humaine ; et dans la mesure où aucun humain n'a jamais vu Dieu de ses yeux, toutes les représentations que nous en avons ne sont jamais que des béquilles, destinées à aider l'homme, faillible et limité, à imaginer l'inimaginable. Alors, pourquoi pas l'image d'un dieu corpulent à tête d'éléphant avec une défense cassée ? Pourquoi une telle image serait-elle moins vraie, inspirerait-elle moins de ferveur qu'un homme cloué sur une croix ? Alors, oui, je prie Ganesh, en même temps que Vishnu et Shiva, et je prie aussi en mémoire d'un portrait de Rama et Sita qui ornait le calendrier passé accroché à côté de l'autel devant lequel priaient mes parents. Il ne s'agit là que de moyens d'imaginer Dieu, et si je prie, c'est pour entrer en contact avec des forces et des sources de vie qui sont au-delà de l'humain. Pour moi, les hommes sont assez comparables à ces appareils électriques qui ont besoin d'être rechargés régulièrement : la prière n'est qu'une manière de brancher la prise en quelque sorte.

Je ne suis pas le moins du monde embarrassé d'avoir à dire que je suis hindou et croyant. Mais je n'ai rien de commun avec ceux qu'on appelle les fondamentalistes hindous. C'est d'ailleurs un peu bizarre de parler de « fondamentalisme hindou », dans la mesure où l'hindouisme est une religion sans principes fondamentaux : pas d'église structurée, pas de croyances ni de rites imposés, pas un seul livre sacré. C'est à peine si l'on peut dire que le vocable renvoie à un agrégat de croyances théologiques, ce qui lui permet, du même coup, de renvoyer à bien davantage. Dans beaucoup de langues, en français et en persan, par exemple, le mot pour « Indien » est « hindou ». À l'origine, ce dernier se contentait de désigner les gens qui vivaient de l'autre côté du fleuve Sindhu, l'Indus. Mais l'Indus se trouve désormais au Pakistan ; et, pour couronner le tout, le mot « hindou » n'existait dans aucune langue indienne jusqu'à ce que son emploi par les étrangers fournisse aux Indiens un terme qui leur permette de se définir.

Ma femme est en ce moment même au temple de Shiva, en train de prier. Dans toutes les psalmodies qu'elle entend, le mot « hindou » ne sera pas prononcé une seule fois. De fait, Priscilla, « hindouisme » est le nom que d'autres ont donné à la religion indigène de l'Inde, alors que beaucoup d'hindous se contentent de l'appeler Sanatan Dharma, la foi éternelle. Elle rassemble une grande variété de doctrines et de pratiques disparates, depuis le panthéisme jusqu'à l'agnosticisme, depuis la foi en la réincarnation jusqu'à la croyance dans le système des castes. Mais aucune de ces croyances ne saurait constituer un *credo* obligé pour un hindou : de tels *credos*, il n'en existe pas.

Vois-tu, j'ai grandi dans un foyer hindou. Notre maison (et mon père a bien déménagé une bonne dizaine de fois au cours de sa carrière) a toujours eu un autel, où les peintures et les portraits de tout un aréopage de divinités disputaient la place sur les murs et les rayons à des photos jaunies d'ancêtres disparus, tous indistinctement tachés des cendres de l'encens que mes parents, dans leur grande piété, faisaient brûler chaque jour. Tous les matins, après son bain, mon père venait se placer devant l'autel, sa serviette autour des reins, les cheveux encore humides et pas coiffés, pour psalmodier ses mantra en sanskrit. Mais il ne m'a jamais obligé à me joindre à lui ; il était l'illustration vivante de cette conviction, répandue chez les hindous, selon laquelle la religion est quelque chose de purement personnel, et la prière un moyen pour l'individu de se rapprocher de l'image sous laquelle il a choisi de vénérer son créateur. Dans la meilleure tradition hindoue, c'était à moi de découvrir ma propre vérité.

Comme la plupart des hindous, je crois que j'y suis parvenu. Je te l'ai dit, je suis croyant, et l'ai toujours été, si l'on excepte une brève période d'athéisme de lycéen, qui naît de la découverte du rationalisme et disparaît une fois que l'on en a reconnu les limites. Et sans doute aussi, une fois que l'on s'est rendu compte que le monde offre trop de mystères auxquels la science n'apporte aucune réponse. Et je suis heureux de pouvoir me dire hindou et croyant, pas seulement parce que c'est là la foi dans laquelle j'ai grandi mais pour toute une kyrielle d'autres raisons, encore que la foi n'ait pas besoin de raisons. L'une est d'ordre culturel : en tant qu'hindou, j'appartiens à une foi qui exprime le génie séculaire de mon peuple. Une autre vient, faute d'une expression plus appropriée, de son « confort » intellectuel : je suis plus à l'aise dans les structures de pensée de l'hindouisme que je ne le serais dans celles des autres religions que je connais. En tant qu'hindou, j'affirme mon adhésion à une religion sans église établie ni clergé organisé, une religion dont je suis libre de rejeter les rituels et les coutumes, une religion qui ne m'oblige pas à faire la preuve de ma foi de manière visible, à noyer mon identité dans une quelconque collectivité, à prier certains jours, à heures fixes, et selon une fréquence prédéterminée. Il n'y a pas de pape hindou, Priscilla, ni de dimanche hindou. Hindou, je souscris à une croyance libre de tous les dogmes restrictifs d'écritures tenues pour saintes, de toutes les entraves qu'imposerait l'existence d'un unique livre sacré.

Et surtout, hindou, j'appartiens à la seule grande religion au monde qui ne prétend pas être la seule vraie religion. Je trouve extraordinairement réconfortant de pouvoir faire face à mes frères humains qui se réclament d'autres croyances sans être encombré de la conviction que je suis embarqué sur un « chemin de vérité » à côté duquel eux-mêmes sont passés. Pareil dogme est au cœur de religions comme le christianisme, l'islam ou le judaïsme. Prends ta religion, par exemple : « Je suis la Voie, la Vérité, et la Vie ; personne ne vient au Père que par moi », dit la Bible. Évangile selon saint Jean, chapitre 14, verset 6 ; vérifie, si tu veux, je l'ai fait. Ou l'Islam : « Allah est le seul Dieu, et Mohammed est son prophète », déclare le Coran – interdisant aux infidèles toute possibilité de rédemption, *a fortiori* de salut ou de paradis. À l'inverse, l'hindouisme affirme que toutes les croyances sont également respectables, et les hindous vénèrent volontiers les saints ou les objets de culte d'autres religions. Dans l'hindouisme, le mot « hérésie » est inconnu.

Comment une telle religion se prêterait-elle au « fondamentalisme » ? Que des fidèles de cette foi essentiellement tolérante puissent vouloir profaner un sanctuaire, puissent vouloir en son nom attaquer des musulmans est pour moi source de honte et de chagrin. L'Inde a survécu aux Aryens, aux Moghols, aux Anglais ; elle a emprunté un peu à tous – langue, art, nourriture, savoir – et s'est fortifiée de tous ces apports. Être Indien, c'est appartenir à une vision évanescente que nous partageons tous, un rêve qui emplit nos esprits de bruits, de mots, de saveurs, dont nous aurions du mal à identifier les multiples origines. Les envahisseurs musulmans ont peut-être détruit des temples hindous, pour les remplacer par des mosquées, mais sans détruire, car c'était chose impossible, le rêve indien. Ils n'ont pas davantage porté un coup fatal à l'hindouisme. Ouvert, éclectique, capable d'absorption et d'intégration, l'hindouisme que je connais sait que la foi est affaire de cœur et d'esprit, et non de briques et de pierres. « Construis Ram dans ton cœur », tel est le précepte enseigné à l'hindou ; et si Ram est dans ton cœur, peu importe qu'il soit ailleurs, ou n'y soit pas.

Pourquoi les musulmans d'aujourd'hui devraient-ils payer pour des actes commis par leurs ancêtres il y a plus de quatre siècles ? Ce n'est là qu'une question de politique, Priscilla. La politique de spoliation typique du XXe siècle a érodé les certitudes de la culture. C'est de la lutte pour les ressources dans une démocratie belliqueuse qu'est né le sectarisme hindou. Les hommes politiques de tous bords et de toutes confessions cherchent à mobiliser les électeurs en jouant sur le réflexe de l'appartenance la plus étroite. En recherchant des voix au nom de la religion, de la caste, ou de la région, ils ont poussé les électeurs à se définir uniquement en ces termes. On a ainsi amené les Indiens à une conscience plus aiguë que jamais de ce qui les divise.

Et c'est ainsi qu'on se retrouve avec ces fanatiques de Zalilgarh, prêts à détruire la Babri Masjid pour élever à sa place un temple dédié à Ram. Je ne suis pas au nombre des laïcs qui s'opposent à toute cette agitation parce qu'ils ne croient pas, au vu des documents, que la mosquée se soit jamais trouvée sur le lieu de naissance de Ram. Il se peut qu'ils aient raison, comme il se peut qu'ils aient tort ; pour moi, la question n'est pas là. Ce qui importe à mes yeux, c'est ce que croit la majorité des gens, parce que la croyance populaire constitue une base bien plus saine pour légiférer que les gloses des historiens. Et bien plus convaincante. Au lieu de dire aux hindous excités, « Vous avez tort, il n'y a aucune preuve que cet endroit soit celui où Ram est né, aucune preuve que le temple qu'a démoli Babur pour construire cette mosquée ait bien été un temple dédié à Ram, alors dispersez-vous et laissez cette mosquée en l'état », il serait autrement plus efficace de leur dire, « Peut-être avez-vous raison, admettons qu'il y ait bel et bien eu ici un temple Ram Janmabhoomi, détruit pour faire place à une mosquée il y a quatre cent soixante ans, faut-il pour autant que nous nous conduisions aujourd'hui comme nous le faisons ? Si les musulmans des années 1520 ont agi par ignorance et par fanatisme, faut-il que les hindous des années 1980 les imitent ? En agissant comme vous le faites, vous allez heurter les sentiments des musulmans d'aujourd'hui, qui ne sont en rien responsables des injustices du passé et qui ne cherchent pas à vous infliger semblable injustice aujourd'hui ; vous allez déchaîner les violences et les passions contre vos propres frères, ternir la réputation des hindous à travers le monde, causer des dégâts irréparables à votre propre cause. Cela en vaut-il vraiment la peine ? »

C'est ce que j'ai vainement essayé de faire comprendre à des gens comme Ram Charan Gupta ou Bhushan Sharma et aux fanatiques de leur acabit. Mais ils refusent d'écouter. Ils me regardent comme si j'étais une espèce d'extraterrestre, incapable de comprendre le raisonnement de gens normaux. Or, je suis tout à fait à même de comprendre les hindous qui voient là deux poids deux mesures. Les musulmans se disent fiers d'être musulmans, les Sikhs d'être Sikhs, les chrétiens d'être chrétiens, et les hindous se disent fiers d'être... laïques. On comprend sans peine qu'une telle attitude provoque le mépris de ces hindous qui proclament « *Garv se kahon hum Hinda hain* » : « Soyez fiers de dire que vous êtes hindous. » Gupta et Sharma ne se privent pas de me jeter ce slogan à la figure. Et c'est vrai que je suis fier de mon hindouisme. Mais de quoi au juste, en tant qu'hindou, ai-je lieu d'être fier ? L'hindouisme n'est pas monolithique ; sa force naît de chaque hindou pris isolément, et non de la collectivité. En tant qu'hindou, je n'aurais aucune fierté à détruire les lieux de culte d'autres communautés, à m'attaquer à d'autres gens à cause de la manière dont ils se taillent la barbe, ou le prépuce. Il reste que je suis sincèrement fier de mon hindouisme, fier de sa diversité, de son ouverture d'esprit, de sa tolérance. Le grand moine hindou Swami Vivekananda a galvanisé le Parlement mondial des religions réuni à Chicago en 1893 quand il a déclaré être fier que l'hindouisme accepte toutes les religions comme vraies, fier qu'il ait donné asile aux Juifs et aux zoroastriens quand on les persécutait dans le reste du monde. Et il a cité un vieil hymne hindou : « De même que les rivières qui ont leur source dans différents endroits finissent par mêler leurs eaux dans la mer, ô Seigneur, de même tous les serments que prêtent les hommes... finissent par conduire à toi. » C'est mon propre père qui m'a enseigné la maxime védique « *Aa no bhadrah kratvo yantu vishwatah* » : « Laissons les nobles pensées venir à nous de toutes les directions de l'univers. » Tous les élèves apprennent cette devise « *Ekam sad viprah bahuda valdôtain* » : « La vérité est une, les sages l'habillent de noms différents. » Une doctrine aussi universelle ne vaut-elle pas qu'on en soit fier ?

Mais ce n'est pas ce dont Mr. Gupta est fier quand il dit être fier d'être hindou. Il voit dans l'hindouisme un signe d'identité, et non un ensemble de principes pleins d'humanité ; il est fier d'être hindou comme un hooligan anglais est fier d'appartenir à son équipe de foot. Je ne le laisserai jamais, lui et ses semblables, définir à ma place ce que c'est qu'être hindou dans le monde d'aujourd'hui.

Définir une « cause » hindoue risque fort d'être en partie une réaction politique à des causes non hindoues, mais ce n'en est pas moins une réaction stupide. Il n'y avait pas plus fidèle adorateur de Ram que le Mahatma Gandhi – il est mort sous les balles d'un assassin hindou, en prononçant ces mots « Je te salue, Ram » –, mais il n'a jamais cessé de dire qu'à ses yeux, Ram et

Rahim étaient la même divinité, et que si l'hindouisme devait jamais enseigner la haine de l'Islam ou des non-hindous, « il était voué à la destruction ». La fureur des foules hindoues qu'attisent les fanatiques, c'est la fureur d'individus qui se sentent dominés dans cette lutte identitaire, qui croient reprendre leur pays aux usurpateurs des temps anciens. Ils jouent la carte de la vengeance contre celle de l'histoire, sans se rendre compte que l'histoire est à elle-même sa propre vengeance.

Extrait de la transcription de l'interview de Randy
Diggs avec le chef de la police Gurinder Singh

14 octobre 1989

RD : Je prendrai volontiers ce verre, maintenant, merci. Que s'est-il passé ensuite ?

GS : Lucky et moi, on a eu tôt fait de comprendre que la seule manière d'empêcher la foule de se rassembler en bas de la maison – celle d'où avait été lancée cette putain de bombe –, c'était d'y arriver les premiers. Je lui ai dit avec un grand sourire : « Sahib, le moment est venu de prendre les affaires en main. »

RD : Ils auraient pu lancer leurs bombes sur vous.

GS : C'était un risque à courir, c'est vrai. Mais un risque tout à fait acceptable. Au regard de la tragédie qui se préparait.

RD : Et qu'a fait la foule à ce moment-là ?

GS : Il a fallu qu'on gueule à ces enculés de manifestants de rester où ils étaient. Qu'on leur fasse comprendre que nous prenions la situation en main. Heureusement, les plus enragés de leurs chefs, des gens comme Bhushan Sharma ou Ram Charan Gupta, n'étaient pas dans cette partie du cortège à ce moment-là. Ils étaient en tête de cette putain de procession, comme il se doit, et on ne leur avait pas encore dit où nous nous trouvions. Le gros de la foule nous a écoutés et est resté à distance. Mais, évidemment, il a fallu que deux ou trois couillons avec pas plus de cervelle qu'un cafard écrasé nous emboîtent le pas alors que nous nous dirigions vers la maison.

187

RD : J'ai eu l'occasion de rencontrer Ram Charan Gupta.

GS : Le prochain député de Zalilgarh, s'il faut en croire les gros bonnets politiques. Vu la piètre estime que nous avons l'un de l'autre, il est pour le moins ironique que le monsieur ait tenu à me féliciter publiquement de mon comportement lors des événements.

RD : Et qu'avez-vous fait ?

GS : J'ai ouvert le feu.

RD : Pardon ?

GS : Essayez un peu de comprendre. Il fallait non seulement que nous gardions le contrôle d'une situation qui menaçait de dégénérer d'un moment à l'autre. Mais il fallait aussi qu'on montre à cette foule de dingues que nous étions capables d'une action rapide et efficace. À votre avis, qu'est-ce qu'on aurait dû faire ? Frapper poliment à la porte en leur demandant de bien vouloir accompagner leurs bombes d'une tasse de thé ? Une fois devant la maison d'où la bombe avait été lancée, on n'avait pas le choix. Ou nous affirmions notre présence, ou nous laissions la foule le faire à notre place. J'ai donné l'ordre à l'inspecteur de police qui m'accompagnait de tirer deux ou trois salves sur la maison, et j'y suis allé moi-même de quelques coups de feu. Avec plusieurs résultats à la clé. Les manifestants ont tout de suite compris que nous pouvions nous montrer très efficaces. Et, du même coup, qu'ils n'avaient pas besoin de se faire justice eux-mêmes, ces crétins. Ensuite, cette série de coups de feu a quelque peu intimidé les têtes brûlées de la procession. Rien de tel qu'une bonne salve, tirée avec un revolver d'ordonnance, pour vous faire réfléchir un trou du cul. De cette manière, on était sûrs que la foule ne se risquerait pas à venir se planter en bas de la maison, histoire de faire des cibles toutes désignées pour d'autres bombes. Dernier résultat, mais non le moindre, comme nous disions toujours dans nos débats au lycée, les coups de feu étaient également dissuasifs pour les lanceurs de bombes eux-mêmes. Ils étaient là, attendant tranquillement une nouvelle occasion de lancer quelques-uns de leurs projectiles, et voilà que mes balles leur passent en sifflant au-dessus de la tête. Alors, qu'est-ce qu'ils font ? C'étaient des amateurs, Randy, des minables, et le premier réflexe d'un pauvre minable quand les choses tournent mal, c'est de tout lâcher et de foutre le camp. C'est une chose de vouloir balancer quelques bombes sur une foule d'excités armés de couteaux et de tridents. C'en est une autre de s'attaquer à des flics prêts à tirer.

RD : Alors, qu'est-ce qu'ils ont fait ?

GS : Ils se sont enfuis, pardi. Pour sauver leur peau. Nos coups de feu leur ont fait tellement peur qu'ils en pissaient dans leur froc en essayant de se tirer de là. J'ai envoyé deux de mes hommes à l'arrière de la maison. Ils ont attrapé un de ces jeunes connards. Et l'ont emmené au poste. Je vous passe les détails, mais il ne lui a pas fallu bien longtemps pour se mettre à table. Allons, allons, ne prenez pas cet air choqué, Randy. J'ai trop vu de vos films de flics américains pour y croire encore. Je ne sais pas au juste ce qu'ils lui ont fait, mais ça ne pouvait pas être pire que le traitement qu'il aurait reçu s'il était tombé aux mains de ces enfoirés d'hindous. À mon avis, la justice y a trouvé son compte. Et grâce à lui, j'ai pu très vite boucler mon dossier.

RD : Et qu'est-ce qu'il a raconté ?

GS : Une histoire toute simple, toute bête. Une bande de jeunes musulmans – huit en tout, dont deux petits employés municipaux, un chauffeur des services de la mairie et un patwari – se mettent dans la tête qu'il leur faut se venger de toutes les insultes et provocations qu'ils ont eu à subir de la part des extrémistes hindous. De pauvres crétins, naturellement. Mais qui se sentent exclus du système – aucun d'entre eux, par exemple, n'occupe un poste suffisamment important pour faire partie de nos foutus comités pour la paix. Et ils se sentent tout aussi exclus du courant dominant de leur putain de communauté, dont ils pensent qu'elle est trop passive. « Et notre fierté, alors ? » m'a dit l'un d'entre eux pendant un interrogatoire. « Et ta cervelle, couillon ? » lui ai-je répondu. Enfin, c'est vrai, quoi, jugez un peu de leur plan. Ils ramassent tout l'argent qu'ils peuvent trouver, ce qui ne va pas chercher loin, quelques centaines de roupies à eux tous. Et puis, l'un d'entre eux s'en va acheter de la poudre dans une fabrique de feux d'artifice du district voisin, où les feux d'artifice sont une putain d'industrie familiale. Ça n'est même pas une vraie fabrique. C'en est une autant que Zalilgarh est une ville, c'est dire ! La moitié de leurs trucs partent en couille lors de la fête de Diwali. Voilà tout leur arsenal. La veille de la procession, le vendredi soir, ils se retrouvent dans une ruine abandonnée, non loin du fleuve. Un endroit qu'on appelle le Kotli. Personne n'y va jamais. Là, ils mélangent la poudre à des morceaux de verre cassé et à des clous rouillés, et avec du papier journal et des bouts de ficelle, confectionnent dix-sept de ce qu'on appelle dans le coin des « bombes *soothli* ». Ils se figuraient que ça allait régler leur compte à une bonne dizaine d'hindous et qu'eux profiteraient de la confusion pour s'éclipser. Ils ne s'étaient pas préoccupés une minute de savoir ce qui arriverait à la baraque d'où ils s'apprêtaient à lancer leurs bombes, ni au *basti*, ni au quartier tout entier. De vrais débiles, je vous dis.

RD : Il reste que votre tactique a payé. Félicitations.

GS : Payé ? Pendant cinq minutes, oui. On avait désamorcé une situation critique, mais on n'a pas pu empêcher l'émeute elle-même. Les manifestants n'ont pas tardé à se déchaîner un peu partout dans la ville, surtout dans le quartier musulman. Alors, vos félicitations, vous pouvez vous les garder. Tiens, je prendrais bien un autre verre.

Extrait du journal de Lakshman

16 juillet 1989

Je plonge dans ses yeux, ces yeux d'un bleu comme je n'en ai jamais vu jusqu'ici, et je sais qu'elle ne peut pas comprendre. Comment ai-je pu, moi si cultivé, si bardé de diplômes, si à l'aise avec sa culture occidentale, accepter un mariage arrangé ? Nous parlons d'Updike et de Bellow, de la liste des best-sellers de *Time magazine*, je lui fais écouter mes cassettes de Bob Dylan, de Leonard Cohen et des Grateful Dead, elle me parle de *Mort d'un commis-voyageur*, je lui réponds *Qui a peur de Virginia Woolf ?*, et c'est comme si nous habitions le même monde. Mais alors même que je suis avec elle, sa main blanche dans la mienne plus sombre, je me dis que, pour elle, ces références culturelles vont de pair avec d'autres choses, les rendez-vous du samedi soir dans d'énormes Chevrolet, les préparatifs du bal de fin d'année pour les élèves de terminale, l'amour sous toutes ses formes, sentimental et sexuel, avant le mariage. Mais certainement pas avec la façon dont moi-même je me suis marié : des parents contactant d'autres parents par le biais d'intermédiaires indiscrets, une brève visite chez l'autre famille pour un thé on ne peut plus cérémonieux, l'apparition rapide d'une jeune fille croulant sous ses atours, une conversation si embarrassée et si artificielle qu'elle ne saurait servir de base à un engagement pour la vie, qui plus est consacré par deux horoscopes en harmonie, des bijoux en or et une maison à Madras offerte par un père reconnaissant et fier d'avoir un gendre dans le SHAI.

« Mais comment as-tu pu ? » ne peut s'empêcher de demander Priscilla, quand, en réponse à ses questions, je lui raconte l'his-

191

toire de mon mariage avec Geetha. Nous sommes dans notre endroit favori, la chambre du soleil couchant, comme elle l'appelle, en haut du Kotli, et elle est allongée sur moi, la douceur de ses seins pressée contre mon corps, son visage reposant sur mon épaule. Nous venons de faire l'amour, et je sens qu'elle peut tout me demander, et que je ne lui refuserai rien, pas même une réponse à sa question.

« Simplement parce que c'est comme ça que se passent les choses chez nous, lui dis-je. Elles se sont toujours passées ainsi. C'est comme ça aussi que mes parents se sont mariés.

– Mais toi, tu es différent, s'exclame-t-elle, feignant l'exaspération en me martelant la poitrine de petits coups de poing. Tu as reçu une éducation différente. Tu es tellement... tellement occidental. »

J'emprisonne ses poings dans mes mains, et on dirait que je prie, l'apportant, elle, en offrande. « Je suis indien, dis-je simplement. J'aime les Beatles *et* Bharata Natyam. Je joue dans les pièces d'Oscar Wilde *et* je mange avec les doigts. Je lis Marx *et* je laisse mes parents arranger mon mariage. »

Elle se soulève un peu sur les coudes, histoire de donner plus de poids à son objection. « Mais ça t'intéressait donc si peu que ça ? Après tout, c'était quand même la personne avec qui tu allais passer le reste de ta vie. »

Je l'attire à nouveau vers moi, parce que j'ai besoin de sentir son corps contre le mien, et parce que je ne veux pas la regarder dans les yeux, pas à ce stade. « Je ne pensais pas au mariage en ces termes, dis-je d'un ton égal. J'y voyais une occasion de plus de satisfaire aux obligations que j'avais envers mes parents : me marier selon leur désir faisait partie pour moi des devoirs d'un bon fils. Vous autres, aux États-Unis, vous considérez le mariage comme l'union de deux êtres qui s'aiment et qui ont envie d'être ensemble. Nous autres, en Inde, nous le voyons comme un arrangement entre deux familles, un moyen de perpétuer l'ordre social.

– Mais est-ce qu'il n'y a pas d'amour entre les hommes et les femmes en Inde ? » Sa voix est étouffée contre ma poitrine ; son doigt long et effilé trace un dessin paresseux le long de mes côtes.

– Bien sûr que si. Mais l'amour est censé venir après le mariage. Comment peut-on aimer un autre être tant qu'on ne le connaît pas, et comment peut-on le connaître tant qu'on n'a pas vécu avec lui ? »

Elle ne dit rien, mais son ongle descend le long de ma hanche.

« Ça chatouille, dis-je.

– Chchut, répond-elle. J'écris quelque chose. » Et son doigt continue à tracer boucles et arabesques, pour s'arrêter sur une fioriture circulaire. « Dis-moi ce que j'ai écrit, demande-t-elle.

– Je ne sais pas. Je ne savais même pas que tu écrivais quelque chose jusqu'à ce que tu me le dises à l'instant. La dernière lettre était un O.

– C'était un point, idiot, dit-elle en riant. Allez, je recommence. Et fais attention, cette fois-ci. »

Elle se soulève sur les coudes, et je suis ébloui par l'or du soleil dans ses cheveux. Ses seins sont ronds et d'un blanc laiteux, leurs pointes auréolées de rose. Difficile de se concentrer sur les lettres qu'elle s'applique à tracer en travers de mon ventre. Mais elle est décidée à me faciliter les choses, et son doigt souligne exagérément les contours, s'arrêtant entre les lettres, pour s'assurer que j'ai bien compris.

« I, dis-je, et, ravie, elle hoche la tête. L.O.U ... non, V. F... F ? » Elle secoue la tête et trace à nouveau la dernière barre du E. « Ah, c'est un E. Ça donne I love... Encore un V ? I love Victor, c'est ça ? Qui est ce Victor ? » Mais je ris trop, et elle en profite pour me chatouiller sans pitié, si bien que je suis obligé de céder. « D'accord, c'est un Y, pas un V. » Son doigt d'une finesse exquise trace une parabole qui inclut mon ventre et les poils sur ma poitrine. « O », dis-je. Puis elle recommence le même dessin, partant cette fois de mon omoplate droite, pour descendre faire un arrondi et remonter vers mon épaule gauche, sans toutefois terminer le cercle en son sommet. « U ».

« Exact », dit-elle. Et tout à coup elle est très sérieuse, me regardant avec cette gravité qui, dès le début, m'a frappé comme étant emblématique de l'expression avec laquelle elle affronte le monde.

« Donc, je t'aime, dis-je pour conclure.

– Je croyais que tu ne le dirais jamais », répond-elle, mais elle a déjà perdu une partie de son sérieux. J'attire son visage vers le mien et je l'embrasse d'un baiser si profond que nous ne sommes plus qu'un corps, qu'un être, un seul souffle.

« Attends, moi aussi j'ai un message », finis-je par dire, en la faisant rouler sur le dos. La lumière éclabousse son corps, toujours aussi merveilleusement pâle. Tandis que je me dresse au-dessus d'elle, elle tend les bras, et ses doigts se referment sur ma nuque. « Mais je ne vais pas me servir de mon doigt. »

Je me penche et j'embrasse tour à tour les pointes de ses seins. Puis, lentement, doucement, savourant chaque seconde, je trace les lettres de mon amour avec ma langue sur la douceur veloutée de son corps. Je barre mon I aux deux extrémités, ce qui la rend d'abord perplexe, si bien que je recommence, et cette fois, elle glousse de plaisir. Mon L commence sur son sein droit et se termine sur sa hanche gauche ; mon O englobe les pointes de ses seins, qui se durcissent et se foncent ; mon V commence là où avait commencé mon L, descend jusqu'à ce que j'enfouisse mon nez dans la blondeur de sa toison, avant de remonter, tandis qu'elle pousse un long soupir, vers son sein gauche ; mon E s'incurve régulièrement comme une lettre grecque, la caresse ondoyante de ma langue terminant la barre du milieu dans son nombril. Quand j'en ai terminé avec Y, O, U, elle gémit doucement, les yeux clos, les jambes ouvertes sous moi, le souffle court, mais je suis sans pitié, j'ajoute un T, dont la pointe plonge comme un dard dans sa moiteur humide, mais il me faut recommencer, parce qu'elle ne s'attendait pas à une suite ; alors, elle s'exclame « T », dans un ronronnement de plaisir rarement associé à la récitation de l'alphabet, et je bâcle un peu les deux O de la fin, parce que le désir est monté en moi aussi, et nous énonçons en chœur le message, « I love you too », nos voix rauques s'oubliant dans nos corps au moment où je la pénètre.

Et tandis que je plonge en elle, j'oublie la rugosité du tapis sur la pierre de l'alcôve ; tandis que nous trouvons notre rythme,

194

j'oublie ma femme, mon travail, mon univers ; quand son bassin se soulève pour venir à ma rencontre, je m'oublie moi-même, et quand elle suffoque dans l'orgasme, j'explose en elle comme un déluge, un déluge d'oubli.

Car il y a tant à oublier : c'est ce à quoi je songe en l'entourant de mes bras une fois le calme revenu, mes doigts dans ses cheveux soyeux, mon autre main caressant doucement le creux au-dessus de sa hanche, cette courbe qui me plaît tant en elle. Que faut-il que j'oublie ? Geetha elle-même, ma femme, et neuf années sans amour, la mère de ma fille adorée ; mon travail, qui m'attend, négligé, sur mon bureau, mon chauffeur qui fait les cent pas devant la grille, se demandant ce que peut bien faire le sahib dans un endroit comme le Kotli ; et, plus difficile encore à ignorer, la tension intercommunautaire qui ne cesse de monter dans cette ville arriérée. Priscilla représente la consolation, l'évasion, mais elle est plus encore : elle est un rêve devenu réalité, la possibilité d'une autre vie, comme si un monde nouveau s'ouvrait soudain devant moi.

Quel Dieu compatissant me l'a envoyée ici, dans cette maudite Zalilgarh ? Jamais je n'aurais pu inventer Priscilla si elle n'avait pas existé : sa beauté lumineuse, son intelligence, sa sincérité foncière, sa totale franchise à mon égard, sa manière de tout donner d'elle-même. Elle est cette combinaison rare d'innocence et de liberté sexuelle, que je perçois désormais comme spécifiquement américaine. Elle est venue ici pour faire le bien, pour apporter la lumière aux pauvres femmes de la région, pour convertir ce petit coin de l'Inde à ce qu'elle croit être juste et bon, et c'est en s'investissant dans cet endroit que, quelque part, elle m'a trouvé.

Et que je l'ai trouvée, moi. Plus rien dans ma vie ne m'importe davantage que nos deux rendez-vous hebdomadaires. Deux fois par semaine, le mardi et le samedi, juste avant le coucher du soleil, à l'heure où le crépuscule enveloppe le Kotli de son châle, nous nous retrouvons dans cette petite pièce secrète où je l'ai emmenée la première fois. Il nous a fallu convenir à l'avance d'heures et de jours précis, afin de rendre nos échanges aussi discrets que possible, en évitant au maximum les allées et venues des *peons*, porteurs de petits mots maladroits, et les conversations téléphoniques embarrassées toujours susceptibles d'être entendues par un tiers. Et j'attends toujours notre prochain rendez-vous avec une excitation que j'ai peine à contenir. J'emploie le mot excitation à dessein, parce que force m'est de reconnaître que l'impatience, je la ressens entre mes jambes au moins autant qu'ailleurs. L'amour s'est épanoui, lui aussi, mais quand nous utilisons ce mot l'un et l'autre, signifie-t-il la même chose pour chacun de nous ? Je n'arrête pas de penser à elle ; des images de son visage et de son corps, le souvenir de ses caresses illuminent ma journée de travail. Quand je suis avec elle, je suis dans un état d'exaltation permanente. Je l'accueille avec allégresse quand elle se précipite dans mes bras ; j'exulte quand elle se déshabille pour moi ; je suis transporté quand nous faisons – toujours ce même mot – l'amour.

Avant Priscilla, je n'avais pas vraiment connu les plaisirs de la chair. Geetha reste étendue sans bouger, raide comme un piquet, tandis que je vaque à ce qu'elle considère comme mes affaires ; jamais la moindre initiative, la moindre invite ; elle manifeste clairement que son rôle, tel qu'elle le comprend, est bien de supporter plutôt que d'être transportée. Les préludes érotiques ne l'intéressent pas, et le plus souvent elle est encore sèche quand je la pénètre, les yeux soigneusement clos, le visage déformé par ce qui ressemble fort à une grimace. Quand j'en ai fini, je me détache d'elle immédiatement, sans avoir l'impression d'être comblé. Elle se détourne de moi, considérant qu'elle a rempli son devoir. Rien d'étonnant à ce que nous ne fassions que de plus en plus rarement l'amour. Depuis que Priscilla est entrée dans ma vie, je n'ai couché qu'une seule fois avec Geetha. Sans que cela nous manque, ni à l'un ni à l'autre.

« Faire l'amour »... je viens d'utiliser à nouveau cette expression. Et pourtant, quelle absurdité de vouloir décrire ce que je fais avec Priscilla avec les mêmes mots que ceux que j'emploie pour ce que je fais avec Geetha ! L'amour avec Priscilla, c'est une fête, une célébration : elle donne autant qu'elle prend ; son corps bouge du même mouvement rythmé que le mien. La découverte du plaisir charnel est un bonheur sans fin. Elle est toujours prête à tout essayer, et je me retrouve en train de faire des choses dont je n'avais qu'une connaissance livresque, jamais imaginées en dehors de mes fantasmes masturbatoires d'adolescent. Après, nous bavardons, nous évoquons paresseusement un lointain avenir, nous partageons de la poésie, et, pourtant, nos soirées ensemble restent nimbées d'un désir jamais assouvi. Je pense à elle partout, au bureau, à la table de la salle à manger, sur le terrain, et aussitôt, le désir se dresse en moi.

En bon hindou, je devrais être instinctivement conscient du pouvoir et des pièges du plaisir sexuel. Les Vedas, les Puranas, et tant d'autres textes sacrés de l'hindouisme soulignent l'importance du *kama*, le désir sexuel : c'est l'instinct primordial, la première semence des motivations humaines, le géniteur de la pensée, la première des quatre quêtes fondamentales de l'homme, avant la richesse, la religion et le salut. *Kama* est même un dieu, parce que le désir est une sorte d'énergie sacrée. Mais c'est précisément parce que l'hindouisme reconnaît le pouvoir du *kama* qu'il apprend à ses disciples à le dominer, à emmagasiner leur énergie en conservant leur semence, à calmer leurs besoins par le recours à l'abstinence, la méditation, l'accomplissement du bien. Pour les vieux sages hindous, le désir sexuel était source de plaisir, mais d'un plaisir passager ; il était une entrave, et non une aide, à la grande quête de l'homme pour tenter de briser le cycle éternel de la réincarnation.

Pourtant, j'en suis arrivé au point où je n'envisage même pas une semaine sans Priscilla, sans parler d'une vie entière. Quand je songe à son retour dans son pays si lointain, prévu en principe pour octobre prochain, et quand je m'imagine retrouvant ma vie d'avant, l'angoisse me coupe le souffle. Et pourtant, l'autre solution est tout aussi impossible à envisager. Abandonner mes responsabilités envers ma femme, mes parents, ma fille, ma famille, la sienne, notre caste ? Pour partir avec une autre femme ? Une Américaine ! Et où irions-nous ? Pour faire quoi ?

Ce sont là des questions que je me garde de poser, mais il est évident que Priscilla, elle, envisage déjà des réponses. Je commence à m'inquiéter et à me demander si je n'ai pas eu, comme un mâcheur de *paan* trop gourmand, plus grands yeux que grand ventre. L'amateur de *paan* recrache le résidu en un long jet qui a l'aspect du sang. Moi, j'ai peur de cracher ce que j'ai à l'intérieur, et mon sang devient épais et lourd, comme des sables mouvants.

Carte d'anniversaire à l'intention de Lakshman

22 juillet 1989

JOYEU ANIVERSERE AU PLUS BON DES PAPA DU MONDE
JE T'AIME. MIMIS. REKHA

Lettre de Priscilla Hart à Cindy Valeriani

25 juillet 1989

Cin, je ne voudrais surtout pas t'inquiéter, mais il m'est arrivé quelque chose d'un peu ennuyeux aujourd'hui. Tu te souviens sans doute de cette musulmane, Fatima Bi, dont je t'ai parlé il y a quelque temps et chez qui l'auxiliaire du Centre devait m'emmener ? Celle qui a sept gamins, tous plus maigres, mal nourris et sales les uns que les autres, et dont le mari refuse qu'elle utilise une quelconque protection. Kadambari, l'auxiliaire, m'a donc emmenée chez elle pour que je fasse sa connaissance et que je me rende compte par moi-même de la situation. Les grossesses répétées et les soins à apporter à ses gosses ont complètement épuisé cette femme, qui subsiste – à ce stade, comment peut-on encore parler de « vivre » ? – tant bien que mal dans une masure du quartier musulman – j'ai failli écrire « ghetto ». Elle vit enfermée dans un appartement humide aux volets clos, dans un bâtiment lui-même clos de murs, au bout d'une ruelle qui n'est ni plus ni moins qu'un égout à ciel ouvert. (Je croyais bien connaître le pays, après mes années passées à Delhi, Cin, mais pour vraiment prétendre le connaître, je crois qu'il faut aussi vivre dans une ville comme Zalilgarh et *sentir* l'Inde.) Bref, cette femme porte la tenue traditionnelle des musulmanes – une espèce de longue tunique qui ne laisse que le visage à découvert, un foulard qui couvre la tête, et je parierais qu'elle est obligée de porter un *burqa* quand elle sort, si toutefois ça lui arrive de sortir, la pauvre. C'est une petite femme maigre aux dents de lapin, avec une grosse verrue sur le visage et un air perpétuellement angoissé. Elle vit avec son mari et sept gosses dans un

200

appartement de deux pièces, fait la cuisine dans un coin sur un réchaud à gaz, n'a à sa disposition qu'une salle de bains commune, fait sa lessive à la fontaine publique, et doit supporter les exigences de son mari aussi bien que ses coups, à en juger par une joue couverte d'ecchymoses.

Son mari est une sorte d'employé municipal, il est chauffeur ou quelque chose comme ça dans un des services de la mairie, ici à Zalilgarh. Il s'appelle Ali. Le type est, en fait, très fier de ses sept gamins ; il dit qu'ils sont la preuve de sa virilité. Quand cette pauvre Fatima a suggéré qu'ils ne pouvaient pas se permettre d'en avoir davantage, il a pris ça pour une insulte personnelle et l'a battue comme plâtre. Elle dit, elle, que ce qu'il rapporte à la maison ne suffirait pas à nourrir et à habiller correctement trois enfants, sans parler de sept. C'est donc à ma suggestion que Kadambari et moi, nous lui avons donné la semaine dernière quelques préservatifs, prélevés sur les réserves du Centre.

On ne peut pas dire que j'ai été bien inspirée. Bien entendu, il refuse de s'en servir – en fait, quand Fatima lui a donné le paquet, ça l'a jeté dans une telle fureur qu'il l'a à nouveau rouée de coups, en la traitant de sale putain, pour seulement avoir été au courant de l'existence de ce genre de choses. Bien entendu, il lui a aussi demandé comment elle avait eu les préservatifs, et quand elle le lui a dit, il lui a interdit tout contact avec le Centre. Dis-toi que c'est une de ces femmes qui préféreraient mourir plutôt que d'être vues au Centre – c'est d'ailleurs la raison pour laquelle notre auxiliaire va la voir chez elle. Mais le type, lui, est venu, histoire d'enfoncer le clou, et a demandé à nous voir, Kadambari et moi. L'entrevue a été très pénible, pénible, oui vraiment, comme a dit ce pauvre monsieur Shankar Das. Ali nous a hurlé à la figure, les veines du cou gonflées sous l'effet de la colère, et nous a interdit de remettre les pieds chez lui. Kadambari a pris peur, ça se voyait, mais moi, j'ai commencé à dire au mari que sa femme avait le droit d'obtenir toutes les informations nécessaires pour lui permettre de décider de la meilleure façon de conduire sa vie. J'ai perdu là une bonne occasion de me taire ! Ali est sorti de ses gonds. « C'est moi qui décide de la vie que mène ma femme ! a-t-il hurlé. Pas elle ! Et certainement pas vous ! » (accompagnant ses propos de quelques épithètes en ourdou à mon adresse, que Mr. Das a demandé à Kadambari de ne pas traduire). Pour finir, il m'a jeté le paquet de préservatifs à la figure et est parti en claquant la porte.

Tout ça m'a retournée, Cin, tu ne peux pas savoir à quel point, même si Mr. Das, Kadambari et les autres ont fait de leur mieux pour m'aider à me remettre. L'existence de femmes comme Fatima est la raison d'être de notre programme de sensibilisation au contrôle des naissances ; c'est en tout cas la raison pour laquelle je fais ce que je fais. Mais d'un autre côté, je n'arrête pas de penser à cette pauvre femme en train de se faire battre comme plâtre par son mari pour avoir osé suivre mes conseils. Non seulement je ne l'ai pas réhabilitée dans ses droits, mais j'ai sans doute aggravé sa situation, qui était déjà suffisamment critique. Et je ne me suis pas rendu service à moi-même non plus. Cette haine viscérale que j'ai lue dans le regard d'Ali était proprement terrifiante. Au moment où il m'a jeté à la tête le paquet de préservatifs, j'ai senti qu'il aurait fait exactement la même chose s'il avait eu en main une pierre, ou un couteau.

Je t'en prie, ne t'inquiète pas trop quand même, Cindy. Probable que je réagis de façon exagérée – comme une de ces étrangères hystériques séjournant en Inde, tu sais, celles qui descendent en droite ligne de l'Adela Quested d'E.M. Forster. Je voulais parler de cette affaire à Lucky quand nous nous sommes vus ce soir, mais il n'avait qu'une idée en tête : faire l'amour ! (Ce qui a été très agréable et m'a beaucoup détendue...)

*Transcription de l'interview de Randy Diggs avec
l'administrateur de district V. Lakshman (2ᵉ partie)*

13 octobre 1989

Tout s'est déroulé ensuite exactement comme nous le craignions. La foule a commencé à partir dans toutes les directions,
et beaucoup de manifestants se sont dirigés droit sur les *bastis*,
les quartiers musulmans. J'ai immédiatement ordonné le couvre-
feu. Pendant que la foule passait au pas de charge devant moi,
j'ai alerté par radio, depuis notre poste mobile, les policiers et
les magistrats déjà postés à tous les points sensibles de la ville
et leur ai donné l'ordre d'instaurer immédiatement le couvre-feu.

« Faut-il avoir recours à la force, si nécessaire ? m'a demandé
l'un d'entre eux.

– Prenez toutes les mesures que vous jugerez nécessaires, y
compris le recours à la force, ai-je répondu d'un ton ferme. N'hésitez pas à faire feu, si besoin est. » J'ai tenu le même discours
à plusieurs d'entre eux.

Guru – le CP – et moi avons sauté dans sa Jeep et nous
sommes rendus dans les *bastis* particulièrement sensibles. Les
choses allaient déjà très mal. Le CP lui-même a dû faire usage
de son arme à plusieurs reprises. D'après les rapports que j'ai
eus en fin de journée, la police avait ouvert le feu en trois autres
endroits. Mais ça a marché. Le couvre-feu a été mis en place
dans toute la ville en l'espace de vingt minutes.

Et pourtant, il n'a pas fallu plus de vingt minutes pour que
l'on compte sept morts, des dizaines de blessés, une centaine
d'habitations et de commerces musulmans en feu et trois mosquées profanées. Sur les sept victimes, six ont été tuées par les
poignards et autres armes (dont un fusil de fortune) en posses-

203

sion des manifestants qui ont attaqué les *bastis*. Six morts musulmans. Au nombre desquels le gamin qui m'apportait mon thé de temps en temps au bureau. Je me plaignais souvent parce qu'il forçait un peu trop sur le sucre. Les autres l'appelaient Mitha Mohammed, Mohammed le sucré. Il arborait toujours un grand sourire. Il a eu la gorge tranchée d'un coup de poignard, et quand j'ai vu le corps, l'entaille béante ressemblait à un sourire.

La dernière victime était un hindou. Tué par la bombe lancée par les extrémistes musulmans qui ont pris la fuite, mais ont été pour la plupart arrêtés dans les quelques minutes qui ont suivi. Plusieurs dizaines de blessés ont dû être transportés d'urgence dans les hôpitaux.

Sept morts en tout. Les chiffres étaient bien pires ailleurs ; Zalilgarh s'en sortait plutôt bien. Je savais que je serais félicité pour avoir su maîtriser la situation. Il y a quand même eu quarante-sept blessés et des centaines de milliers de roupies de dégâts – je ne savais pas encore ce qui était arrivé à Priscilla. Et je ne peux pas dire que je me sentais très fier à la fin de la journée.

Il y a eu des moments vraiment terribles. Comme, par exemple, quand Gurinder a remarqué un jeune excité qui brandissait un fusil calibre 12. Je ne sais pas s'il était musulman ou hindou, et, à ce stade, peu nous importait de savoir de quel côté venait la violence ; tout ce que nous voulions, c'était la juguler. Le CP a bondi de sa Jeep et s'est dirigé vers le gamin. Lequel s'est mis à hurler à notre adresse, en pointant son fusil sur le CP et en menaçant de faire feu. Nullement impressionné, Gurinder a continué à marcher lentement dans sa direction. L'autre jetait des regards affolés autour de lui, mais finalement il n'a pas tiré. Les larmes ruisselaient sur ses joues, des larmes de dépit, de peur et de douleur, et son arme tressautait dans ses mains tremblantes. Quand le CP est arrivé près de lui, c'est tout juste si le gamin ne l'a pas supplié de le sauver de lui-même. Gurinder s'est emparé de lui et, après lui avoir arraché son arme, l'a poussé dans une maison voisine, qu'il a verrouillée de l'extérieur. Je n'ai jamais su de qui il s'agissait, ni quelle était son histoire.

Tout ce que je sais, c'est qu'il avait des raisons d'être mort de peur. Nous ne l'avons pas inculpé.

Le couvre-feu a permis de rétablir un calme précaire dans la ville. On a fait venir des renforts de police des districts voisins et installé des piquets de surveillance dans tous les points sensibles. J'ai mis tout mon monde sur le pied de guerre, et j'ai passé la nuit à parcourir la ville en tous sens avec les patrouilles de police.

Gurinder a été vraiment héroïque. Il jurait, tempêtait, plaisantait et souriait comme un dément, mais il est resté constamment à mes côtés. Ensemble, nous avons donné l'ordre de procéder à des arrestations préventives et à des perquisitions sur une grande échelle : pour cette seule nuit, nous avons procédé à 126 arrestations et fouillé une quarantaine de maisons. Si je me souviens si bien des événements et des chiffres, c'est tout bonnement parce qu'administrer un district, c'est d'abord ça. En faire beaucoup, en faire trop. Mais mieux vaut trop, comme n'arrêtait pas de le répéter Gurinder, que pas assez.

Et puis, comment oublier les victimes ? Du moins celles sur lesquelles nous avions des renseignements, puisque nous ne savions toujours rien pour Priscilla. Il a fallu contacter les familles, veiller à ce qu'il n'y ait pas de débordements, en s'assurant qu'une mort n'allait pas en entraîner cinq autres. Les funérailles sont un prétexte tout trouvé à la violence : toute cette douleur et cette fureur qui cherchent un exutoire. Nous avons donc parlé longuement avec les familles des victimes et organisé des crémations et des enterrements dans la plus grande intimité, en présence des seuls membres de la famille proche, des magistrats et de la police. Ce qui n'a pas été du goût de la plupart de ces gens, mais nous avons profité de ce qu'ils étaient tous accablés par la douleur, et puis nous ne leur avons pas trop laissé le choix.

J'ai décidé de maintenir le couvre-feu pendant les soixante-douze heures suivantes. Le calme était à peu près revenu dans la ville, ce qui n'a pas empêché que quatre autres mosquées soient profanées avant l'aube. D'après les chefs de la communauté musulmane, pareille profanation n'a pu se faire sans la complicité des forces de police. Gurinder lui-même n'a pas été en mesure d'affirmer avec certitude que certains de ses hommes ne s'étaient pas laissés manipuler.

Ces incidents se sont probablement déroulés pendant les brefs moments où nous avons essayé de dormir un peu pour récupérer. Je n'arrête pas de me culpabiliser à ce sujet : si j'étais resté éveillé, si j'avais continué à patrouiller avec les hommes, peut-être qu'il ne se serait rien passé. Gurinder et moi avons réussi à dormir deux heures au commissariat, pendant la nuit du samedi. Sur des lits de camp, tout habillés et prêts à nous précipiter à la moindre alerte. Au bout de deux heures, nous avons repris nos patrouilles. Les gens de Zalilgarh n'allaient pas tarder à bien connaître notre Gipsy blanche à gyrophare rouge, qui sillonnait sans arrêt les rues de la ville, de préférence les plus petites, les plus sombres et les moins fréquentées.

Quand bien même nous aurions voulu dormir que nous n'en aurions pas trouvé le temps, ni l'occasion. À notre QG improvisé, nous étions submergés de plaintes pour voies de fait et vandalisme, qu'il fallait systématiquement vérifier. La plupart des plaintes se révélaient infondées ; les rumeurs allaient bon train. Nous avons fait venir la presse et lui avons donné nos instructions. Nous avons pris des dispositions pour que les journaux soient distribués à travers la ville, dès le lendemain, afin précisément d'endiguer les rumeurs et la désinformation. Nous avons convoqué les membres de notre comité pour la paix et les chefs des deux communautés pour les mettre au travail. Ce sont eux qui, au cours des jours suivants, nous ont aidés à maintenir le calme.

Ne croyez pas que j'essaie de contourner la difficulté en ne parlant pas de Priscilla Hart. Je cherche simplement à vous fournir un tableau complet de l'émeute, Mr. Diggs, de manière à ce que vous compreniez bien les problèmes qui se sont posés à nous pendant ces journées difficiles. Nous étions certains que les mosquées endommagées allaient être source de nouveaux désordres dès que le couvre-feu serait levé. J'ai donc mobilisé les services du département des Travaux publics pour qu'ils viennent réparer et restaurer les mosquées profanées dès le lendemain. Dès le lendemain, vous vous rendez compte ! Je l'ai fait avec l'aide des chefs musulmans modérés, dont la présence était indispensable pendant les travaux, de manière à prévenir toute restauration sacrilège. Une fois les travaux terminés, j'ai enfin pu donner l'ordre de lever le couvre-feu deux heures par jour. Les musulmans se sont aussitôt rendus dans les mosquées, mais la peinture et le mortier frais parlaient d'eux-mêmes. Les immeubles qui avaient été incendiés donnaient l'impression d'avoir été bombardés. Mais à l'exception d'une explosion, juste avant la fin de la période d'assouplissement du couvre-feu (explosion qui n'a fait aucun blessé), il n'y a pas eu d'incidents notables.

Dernière chose, et j'en aurai fini avec les séquelles de l'émeute. Le matin du deuxième jour après l'instauration du couvre-feu, j'ai reçu un message radio sur notre poste mobile, m'informant que plus de deux cents femmes et enfants d'un *mohalla* musulman étaient descendus dans la rue, au mépris du couvre-feu. Je suis allé récupérer Gurinder et nous nous sommes rendus sur place. Il y avait en effet plusieurs centaines de femmes, portant voiles et *burqas*, presque toutes accompagnées par des enfants en pleurs. Au milieu des lamentations, une femme a fini par dire : « Il ne nous reste plus un gramme de farine ni une goutte de lait à la maison. Nos maris ont été arrêtés par la police ou se sont enfuis pour se cacher. Nous vivons au jour le jour. Vous, vous ne pensez qu'à votre couvre-feu, mais nous, il n'est pas question que nous laissions nos enfants mourir de faim. »

Je n'avais pas de réponse toute prête à donner à cette femme, mais je lui ai promis de trouver une solution. Au fond de moi, je savais qu'il me fallait faire quelque chose, ne serait-ce que pour Priscilla, qui avait tellement donné d'elle-même aux musulmanes de Zalilgarh. De retour au commissariat, j'ai aussitôt convoqué tous les officiers de district. « Très bien, leur ai-je dit. Vous avez réussi à maintenir la paix. Mais il va falloir vous atteler maintenant à une autre tâche. Je vous charge d'assurer le ravitaillement des populations civiles. Faites-vous ouvrir leurs entrepôts par les grossistes. Faites la tournée des *mohallas* avec des fourgons remplis de denrées de première nécessité. Il faut que nous arrivions à ravitailler ces familles.

— Et le couvre-feu ? a demandé un de mes interlocuteurs. Si on le lève pour distribuer de la nourriture, on ne va pas tarder à se retrouver à notre point de départ.

— Non, ai-je répondu. Nous ne lèverons le couvre-feu que pour les femmes des *mohallas*, et uniquement le temps pour les fourgons d'arriver et pour elles de faire leurs achats. Tout homme qui se risquera à sortir sera aussitôt arrêté pour non-respect du couvre-feu. » Voilà qui te ferait plaisir, Priscilla, me suis-je dit.

« Et qu'est-ce qu'on fait pour celles qui ne pourront rien acheter ? a demandé un autre. Beaucoup de ces gens sont journaliers. Ils ne mangent que quand ils travaillent. Ils n'auront pas d'argent à consacrer à la nourriture. Surtout dans les *bastis* les plus pauvres, et dans les quartiers habités par les Dalit. »

La remarque était tout à fait sensée. Aussi ai-je donné l'ordre de distribuer gratuitement dix kilos de grains à toute famille dans le besoin, en promettant aux fournisseurs que l'administration du district leur accorderait plus tard les subventions destinées à les dédommager.

Je vous demande pardon ? Oui, oui, bien sûr. Je suis désolé, mais je me suis laissé emporter. Ce qui vous intéresse, ce n'est pas de savoir comment nous nous sommes sortis de ce mauvais pas. C'est sur Priscilla que vous avez un article à écrire, je sais. Je suis vraiment navré.

Et bien sûr, je n'aurais jamais dû parler d'un total de sept morts. Il y a eu une huitième victime, ni hindoue ni musulmane, celle-là.

Priscilla.

Extrait du journal de Lakshman

3 août 1989

Il s'allonge sur le dos et la laisse le déshabiller, lentement. Sa nudité est une découverte, une mise à nu de tout son être. Elle l'explore de ses longs doigts, ses caresses l'ouvrant comme une blessure. Il remue doucement. C'est sa langue maintenant qui l'effleure, douceur veloutée sur l'intérieur de sa cuisse. Il en a presque mal, mais c'est une douleur exquise et profonde. Il ouvre les yeux, en la sentant se pencher au-dessus de lui, voit ses cheveux retomber en cascade sur son visage comme une pluie d'or. Sa langue glisse sur son ventre, et il ne peut retenir un petit cri, inhabituel, mi-ravi, mi-interrogateur. L'énergie qui émane d'elle semble faire crépiter l'air autour de lui. Elle a pris possession de lui maintenant, attirant sa virilité dans sa bouche. Instinctivement, il bouge sous elle, mais une main posée sur sa hanche le retient fermement, tandis qu'elle continue, le faisant vibrer jusqu'au tréfonds de son être. Il ne songe plus à accompagner ses mouvements, mais s'abandonne à elle, sentant chacun de ses souffles passer sur son cœur. Elle accélère son rythme, ses lèvres l'étreignent, et c'est à peine s'il est conscient des tressaillements de son corps, du doux supplice qu'il endure ; puis il commence à trembler et finit par fondre en elle. Elle ne s'arrête pas quand elle le sent frémir, attentive à son âme qui se répand en elle comme une confession.

Maintenant, l'air est tranquille ; elle a la joue posée sur sa poitrine. Il sent son cœur palpiter contre sa main. Dans le vide de son corps se déverse un torrent de bonheur, un *tsunami* de joie qui balaie toutes les scories de son âme, jusqu'à ce qu'il se sente entièrement nettoyé et qu'il ne soit plus conscient que d'une chose : la certitude que la vérité est là, que là est ce qui est juste et bien, ce qui devait être.

« Je t'aime », dit-elle doucement, et il sent se dissiper sa douleur.

« Du porno pur et simple, dirait Gurinder, si je m'avisais de lui montrer ces lignes, raison de plus pour ne pas le faire. C'est juste un mec qui se fait faire une pipe, vieux. Tu peux pas faire de la poésie avec ça. » Du Gurinder tout craché. Je le sais, parce que j'ai déjà essayé de lui parler de Priscilla – il le fallait, non seulement parce que j'avais besoin de parler à quelqu'un et qu'à Zalilgarh, c'est mon ami le plus proche, mais aussi parce qu'il fallait que je lui demande de veiller à ce que les flics ne s'approchent pas du Kotli quand l'AD s'y trouvait.

Mais je suis allé trop loin. J'ai essayé de lui dire à quel point Priscilla s'était mise à compter pour moi, et à quel point je ne pouvais plus vivre sans elle. Il a été horrifié : à ses yeux, la seule chose qui compte, c'est notre travail, notre mission, notre rôle dans la société. Inutile de vouloir parler à Gurinder du pouvoir de l'amour physique, il est incapable de comprendre.

« Bordel, bien sûr que non que je te comprends pas, mon pote, m'a-t-il dit. Il y a des grognasses à dix roupies sur GB Road qui te donneront exactement la même chose, et avec du *paan* en prime. Ne viens pas me raconter que tu es en train d'en tirer toute une philosophie. »

Je n'ai pas insisté, persuadé qu'il est inutile de galvauder ma crise existentielle avec quelqu'un comme lui. « Fous-moi le camp, espèce de béotien. » C'est tout ce que j'ai trouvé à lui dire.

« Écoute, Lakshman, je ne sais foutre pas ce qui t'arrive en ce moment. Tu peux bien baiser ta blonde tant que tu veux, je m'en fous. Mais fais gaffe, mon pote, te laisse pas déborder. N'oublie pas qui tu es, le poste que tu occupes, et le travail que tu es censé accomplir.

– Comment pourrais-je l'oublier ? me suis-je exclamé, surpris moi-même de l'amertume que j'ai sentie dans ma voix. Comment veux-tu que je l'oublie ? »

Lettre de Priscilla Hart à Cindy Valeriani

5 août 1989

Sais-tu ce que Guru, le flic, l'ami de Lucky, m'a dit hier soir ? Nous dînions chez Lucky, une demi-douzaine d'entre nous, et manifestement le superflic avait trop bu. Au beau milieu d'une conversation sur le colonialisme, il a sorti : « Les Anglais sont venus pour nous exploiter, ont pris ce qu'ils voulaient, puis sont repartis, et ce faisant, ils nous ont changés. » Il s'est ensuite tourné vers moi pour ajouter : « Vous, vous venez pour nous changer, mais ce faisant, vous aussi vous prenez ce que vous voulez. N'est-ce pas là une autre forme d'exploitation ? »

J'ai été tellement prise de court que je n'ai pas su comment réagir, mais Lucky est aussitôt venu à la rescousse en faisant comme si la remarque avait une portée générale et s'appliquait à tous les projets d'aide émanant d'organisations étrangères non gouvernementales. Je n'ai pas été dupe. J'ai bien senti que Guru essayait de me faire comprendre quelque chose de bien précis, à moi et à personne d'autre, et j'ai été remplie de honte à l'idée que cela pouvait avoir un rapport avec Lucky.

Et pourtant, c'est impossible, Cindy. Je ne vois pas comment Lucky aurait pu trahir notre secret auprès de quiconque. Il doit donc bien s'agir de mon travail ici. Comme beaucoup d'Indiens, Guru a des doutes sur mes motivations.

Qu'est-ce que je cherche au juste ? À changer la vie de ces femmes, à leur donner des possibilités de choix qu'elle n'ont pas pour l'instant. Je veux les voir un jour, ces femmes de Zalilgarh, et celles de milliers d'autres villages et d'autres villes en Inde, se retrouver autour du puits et discuter de leur vie, de leurs

211

espoirs et de leurs rêves, au lieu de se plaindre continuellement de leurs belles-mères. Je veux ne pas les entendre dire, avec un mélange d'orgueil et de résignation, « mon mari, lui, il veut des tas d'enfants », mais plutôt, « c'est moi qui déciderai du moment où je serai prête à avoir un enfant ». Je veux qu'au lieu de s'occuper d'arranger le mariage de leurs filles encore nubiles, elles se battent pour les envoyer au lycée. C'est cela que je veux pour elles, et c'est pour cela que je suis ici. C'est de l'exploitation, ça ? Peut-on parler d'exploitation quand on ne cherche qu'à éveiller la conscience des femmes à ce qu'elles pourraient être ?

« Sensibilisation au contrôle des naissances », la formule me semble de moins en moins appropriée. Je me vois, moi, essayant de sensibiliser ces femmes aux droits de leurs corps, non pas simplement pour réduire le nombre des naissances, mais pour les convaincre qu'elles ont des droits en général, des droits en tant que femmes. La maternité forcée n'est qu'une forme supplémentaire de leur soumission aux hommes. Je crois que je préférerais moi-même mourir plutôt que de me faire avorter, mais je veux aider ces femmes à comprendre que la maîtrise de leur corps est une question de droit, de santé, et que ce n'est qu'en améliorant leur santé et en affirmant leurs droits qu'elles auront un avenir digne de ce nom, et qu'elles pourront en donner un à leurs filles. C'est donc si difficile à comprendre, Cin ?

Et pourtant, quoi que Guru ait pu vouloir dire, je ne peux qu'être consciente d'une terrible ironie. Je me préoccupe du sort des femmes indiennes en général, mais je me garde bien de penser à l'une d'elles en particulier... je veux dire, la femme de Lucky. Je m'assieds à sa table, je mange son riz et son *sambar*, et tout au long, je sais pertinemment que je lui fais du tort, que ce que je veux ne peut se réaliser qu'à ses dépens, que l'amour que Lucky et moi avons l'un pour l'autre ne peut que lui faire du mal. Tu as tout à fait raison de me le rappeler, Cin. Et pourtant, elle ne l'aime pas, et lui ne l'aime pas davantage. Le sens du devoir, surtout vis-à-vis de sa fille, voilà ce qui le motive. Il m'arrive de me demander ce qu'il en serait si Lucky et moi avions une fille, une petite enfant couleur noisette, avec l'Amérique dans ses yeux bleus. Elle serait tellement belle, Cin. Et puis, je ferais forcément partie de la famille pour Lucky, à ce moment-là...

Tout compte fait, je ne suis pas si illogique que ça, qu'en penses-tu ? Parce que ma vie et mon travail sont finalement concernés par la même chose : les femmes. Il s'agit bien du droit à disposer de notre corps, du droit à faire l'amour avec l'homme de notre choix, en utilisant les protections de notre choix, pour un résultat que nous avons choisi. Je veux que toutes les femmes aient ce droit. Toutes, moi comprise.

Transcription de l'interview de Randy Diggs
avec le chef de la police Gurinder Singh

14 octobre 1989

RD : Je vous ai trop souvent interrompu. Reprenez et racontez-moi la suite. Avec vos mots à vous. Prenez votre temps.

GS : Bordel, mec, c'est sûr que je vais la raconter avec mes mots à moi. Quels autres mots est-ce que je pourrais bien utiliser ? Les forces de police, à ce moment-là, avaient pratiquement atteint le point de rupture, comme ça n'arrive que trop souvent aux Nirodh, ces putains de préservatifs fabriqués sous licence gouvernementale. Depuis l'annonce du programme Ram Sila Poojan quinze jours plus tôt, la gendarmerie mobile – chez nous, c'est la PAC (*Provincial Armed Constabulary*) – était constamment en état d'alerte dans les districts voisins. À la suite de l'émeute de Zalilgarh, il a fallu entasser les bonshommes en vitesse dans des bus et des camions pour les amener du jour au lendemain dans cette putain de ville. On les a immédiatement expédiés sur tous les points sensibles. Et je peux vous dire qu'ils n'étaient pas jolis jolis à voir, avec leurs yeux rouges, leur barbe de trois jours et leur visage exténué. C'est un vrai miracle qu'ils n'aient pas eux aussi déclenché une émeute.

Lucky a été fantastique. Lui et moi, on s'est fait un devoir, pendant nos rondes nocturnes, de nous arrêter auprès de chaque détachement de gendarmes mobiles. On parlait aux hommes de la difficulté et de l'importance de leur mission. De temps à autre, on partageait même avec eux une tasse de thé. Ils n'avaient pas l'habitude de voir le *sahib* venir remonter comme ça le moral des troupes. La plupart n'avaient même jamais adressé la parole

214

à un administrateur de district de toute leur putain de vie. Lucky circulait parmi eux, leur adressait quelques mots dans son *hindi* mâtiné de tamoul, et les visages épuisés des hommes s'éclairaient comme les lumières de Diwali. Vous savez quoi, avant que ces pauvres bougres de la PAC partent la semaine dernière pour se rendre sur le théâtre d'une autre émeute, l'AD a persuadé les citoyens éminents de Zalilgarh d'organiser un *bada khana* en leur honneur. Les types sont restés assis à manger, servis par les anciens de la ville. Du jamais vu dans les annales.

Je n'ai pas l'intention de vous faire croire que mes hommes sont tous parfaits. Bordel, on sait assez que c'est pas vrai. Mais quand ils font une connerie, pas question de laisser passer. L'AD a reçu des plaintes à propos de bavures de la police au cours des perquisitions à domicile effectuées dans les *bastis* musulmans. Nous avons visité certaines des maisons. Les plaintes étaient fondées. On aurait dit qu'un putain de cyclone était passé par là. Tout avait été cassé, déchiré ou brûlé par les équipes chargées des perquisitions – la télé, la radio, les matelas, le mobilier, les bibelots, tout. Une vieille musulmane d'environ soixante-dix ans a ôté son *salwar kameez* pour nous montrer les marques de *lathi* qu'elle avait sur le corps. Elle en était couverte, des épaules jusqu'aux chevilles. C'était pas beau à voir. L'administrateur a aussitôt donné des ordres pour que des sanctions soient prises à l'encontre du policier fautif. Et j'ai vérifié en personne qu'elles étaient bien appliquées. Je peux vous assurer que des plaintes de ce genre ne se reproduiront plus à l'avenir dans mon service.

Au cours d'une émeute, il peut arriver toutes sortes de choses. On a tendance à taper d'abord, à poser des questions après. C'est pas facile d'être flic dans ces moments-là.

Vous aurez compris que je suis un supporter inconditionnel de Lakshman. Notre collaboration allait de soi, et elle était vitale. Le problème policier était lié au problème administratif. Et de manière intime, comme ces couples dans les sculptures des temples de Khajuraho. Laissez-moi vous donner un exemple. Le lendemain de l'attaque à la bombe, l'AD a reçu un coup de fil. Une des victimes grièvement blessées au cours de l'émeute, un petit salopiot de musulman du nom de Mohammed, Mohammed le sucré comme on l'appelait, était morte pendant son transport à l'hôpital. On lui avait ouvert la gorge, et il avait succombé à une hémorragie dans l'ambulance. C'était en plein couvre-feu, et vous savez ce que demandait l'hôpital ? Que l'administration du district s'occupe de faire enlever le corps en quatrième vitesse. Lucky a donc envoyé chercher le père du gamin et le *sadr*, le chef de la communauté musulmane, un vieux type très humain, connu de tous sous le nom de Rauf-bhai, « Frère Rauf ». Rauf-bhai est resté assis là, sans un mot, sans ciller derrière ses verres épais, sa barbe jaunissante étalée comme un bouclier sur sa poitrine, son petit calot blanc planté sur le sommet du crâne. Et vous savez quoi ? Eh bien, sa seule présence a suffi à calmer le père. C'est grâce à Rauf-bhai que ce dernier a accepté le principe d'un enterrement à la sauvette. Après minuit. C'était notre seule façon d'empêcher une nouvelle explosion de violence. Si l'enterrement avait eu lieu pendant la journée, on était bons pour une autre saloperie d'émeute.

J'ai pris des dispositions pour que le fourgon de la morgue de l'hôpital s'arrête dans un poste de police aux environs immédiats de Zalilgarh et attende minuit. Lucky et moi, on y est allés. Histoire de présenter nos condoléances à la famille. L'AD n'a pas dit un mot pendant tout le trajet, signe qu'il était éreinté, ou qu'il réfléchissait, peut-être les deux. Quoi qu'il en soit, pour une fois, je lui ai épargné mes plaisanteries. C'était pas gai, la scène à l'arrivée. La mère de Mohammed pleurait à fendre l'âme, à côté du corps de son fils. Le père et le *sadr*, Frère Rauf, priaient pas loin. Lucky s'est avancé et leur a dit d'un ton calme : « Nous ne pouvons pas vous ramener votre fils. Mais donnez-nous le nom du coupable, et nous ferons tout pour que justice soit faite. »

La mère a immédiatement réagi. « À quoi ça servirait qu'on vous donne les noms des coupables ? a-t-elle demandé sur un ton plein d'amertume. Quand il y a une émeute à Zalilgarh, c'est toujours les mêmes meneurs, les mêmes qui pillent, incendient et tuent, mais ils ne sont jamais punis. La dernière fois, c'est vrai qu'on y a cru, on a pensé que ça allait enfin changer parce que la police est allée jusqu'à enregistrer nos déclarations. On a attendu quatre jours, mais il ne s'est rien passé. Pour finir, la police est bel et bien venue, mais c'est nous qu'elle a arrêtés. Alors, cette fois-ci, nous n'avons rien à dire. »

L'AD s'est tourné vers moi, puis à nouveau vers eux. « Je vous promets, a-t-il dit, toujours sans élever la voix, que cette fois-ci justice sera faite. Je n'étais pas encore en poste ici au moment des dernières émeutes. Mais aujourd'hui, c'est différent. Alors, je vous en prie, si vous les connaissez, donnez-moi ces noms. »

Et ils ont bel et bien fini par les cracher, ces bon Dieu de noms – et c'étaient ceux de quelques-uns des hommes les plus puissants et les plus prestigieux de ce foutu district. L'administrateur s'est tourné vers moi et m'a dit d'un ton très calme : « Je veux que ces gens soient arrêtés avant que le corps de ce garçon ait été déposé en terre.

– Oui, monsieur », ai-je répondu. Pas de « Lucky », cette fois, pas même de « Lakshman », il s'agissait d'un ordre de l'AD. J'ai sauté dans ma Jeep et démarré dans une pétarade digne du derrière d'un buffle. Cette nuit-là, j'ai pas respecté une seconde la foutue limitation de vitesse, c'est dire. Mais je savais que Lucky serait bientôt obligé de partir pour reprendre ses patrouilles. Il était plus de minuit quand je suis revenu au cimetière. Ils avaient fini de creuser la tombe du gamin. Le rayon de ma torche électrique m'y a conduit à travers l'obscurité froide de cette nuit sans lune. L'administrateur était là. Le corps n'avait pas encore été déposé dans la fosse.

Je suis allé jusqu'à l'AD, qui se tenait à côté de la famille du défunt. « Monsieur, lui ai-je dit, ils ont tous été arrêtés. »

Nom de Dieu, j'aurais voulu que vous voyiez la tête de ces gens. Ils ne savaient plus s'il fallait rire ou pleurer.

Il était environ trois heures du matin quand le DM et moi on est rentrés retrouver nos lits de camp au commissariat. On s'est allongés, tout habillés, complètement épuisés, pour essayer de dormir un peu. Deux heures plus tard, au lever du jour, on a été réveillés par un charivari à tout casser devant les portes du commissariat. « Bordel, mais qu'est-ce qui se passe encore ? ai-je demandé au planton de service. On dirait un couple d'hippopotames en train de faire des petits sur une plaque de tôle ondulée. » Lucky se frottait encore les yeux, mal réveillé, quand on a découvert qu'on avait effectivement affaire à un hippopotame, mais sous forme humaine. Il s'agissait de la représentante à l'assemblée législative de l'État du parti au pouvoir, un spécimen plus que généreusement enrobé. Elle était venue avec un groupe de partisans, et ils étaient tous en train de taper qui sur sa casserole qui sur sa poêle et de scander des putains de slogans. Et bordel de merde, tout le monde avait son laissez-passer !

« Nous voulons la justice, nous voulons la justice ! » était-elle en train de gueuler, dûment reprise en écho par ses eunuques. « Nous ne tolérerons pas l'injustice. Nous ne permettrons pas l'arrestation d'innocents. »

Je peux vous dire qu'il a pas fallu longtemps à Lucky pour se réveiller et pour comprendre ce qui s'était passé. Je l'avais jamais vu aussi furieux. « Dites-moi un peu, lui a-t-il demandé, êtes-vous la représentante de l'ensemble de cette ville ou bien d'une seule communauté ? Ces derniers jours, alors que des centaines de musulmans étaient arrêtés, battus, traînés dans les rues par la barbe et mis derrière les barreaux, souvent sur un simple soupçon, alors que nombre d'entre eux n'avaient même pas de casier judiciaire, qu'il n'y avait aucune plainte déposée contre eux, je ne vous ai pas entendue émettre la moindre protestation. Et maintenant, parce que dix hommes ont été arrêtés la nuit dernière, suite à des plaintes qui les mettent directement en cause, vous venez ici deux heures plus tard et vous criez à l'injustice ? Comment osez-vous ! »

L'hippopotame a été tellement soufflée par cette sortie qu'on aurait pu entendre voler une mouche. Aucun représentant de l'administration n'avait jamais osé jusque-là s'adresser à elle sur ce ton. Elle a été aussi privée de réaction qu'une nymphomane aveugle qui voudrait répondre à un clin d'œil. « Sortez d'ici », lui a dit l'AD, encore que si vous lui demandiez à lui de citer ses paroles, il vous dirait qu'il « l'a priée de quitter les lieux immédiatement et a refusé de poursuivre plus avant cette discussion. » C'est moi qui l'ai escortée dehors.

Allez, Randy, vous n'allez pas me laisser tomber. Vous allez bien trinquer avec moi. Parce que, voyez-vous, l'histoire ne s'arrête pas là. L'esclandre de notre grosse bonne femme n'était qu'un début – les préludes politiques, en quelque sorte. Si j'en crois ce qu'il m'a dit, l'AD n'avait jamais senti autant de pressions s'exercer sur lui en une seule journée. Le chef de l'exécutif de l'État l'a appelé pour lui demander la raison d'un tel scandale. Lakshman lui a répondu que c'était une affaire de justice élémentaire et qu'il ne reviendrait pas sur sa décision. Il a été soulagé quand même de constater que l'autre ne revenait pas à la charge. Mais des échelons de l'administration de l'État les plus hauts jusqu'aux plus bas, la pression a continué de monter, comme dans une méchante attaque de gaz intestinaux. Et puis, de manière tout aussi perceptible, elle a commencé à se relâcher en milieu d'après-midi. Une fois de plus, on a cru qu'on avait réussi à éviter le pire.

Tard dans la soirée – comme à notre habitude depuis le début des troubles –, nous nous trouvions tous les deux au quartier général de la police. On était en train de passer en revue les arrestations et les remises en liberté de la journée, notre tableau de chasse, comme on l'appelait. C'est à ce moment-là que Lucky a remarqué que les chiffres ne correspondaient pas. Il a fait appeler le responsable du service et lui a demandé des explications.

Ce salopard desserrait à peu près autant les lèvres qu'une star du cinéma indien à qui on demande d'embrasser le méchant. Mais il a quand même fini par nous avouer que les dix hommes arrêtés la nuit précédente avaient été relaxés. Par ces putains de tribunaux. Le jour même, tard dans la matinée.

Lucky avait tout d'une vache qui vient de recevoir un coup de *trishul* sur la tête. « Relaxés ? s'est-il exclamé, incrédule. Mais comment est-ce possible ? »

Quelques questions supplémentaires ont révélé le pot aux roses : la police – autrement dit, mes propres hommes, nom de

Dieu de bon Dieu – avait minimisé au maximum les charges retenues contre ces enfoirés. Plus d'homicide, plus d'incendie volontaire, plus d'incitation à la violence, mais l'infraction la moins grave qu'ils avaient pu trouver : violation du couvre-feu. Les tribunaux avaient donc relaxé les inculpés après les avoir condamnés à, devinez, une amende de cinquante roupies chacun. Pas tout à fait trois dollars, Randy, au cours actuel. Pas étonnant que ces foutus politiciens ne se soient pas manifestés de tout l'après-midi.

Je vous ai dit qu'un peu plus tôt dans la matinée, je n'avais jamais vu l'AD dans un tel état de fureur. Mais là, il s'est surpassé. Vous l'avez rencontré, Lucky ; c'est quelqu'un de pondéré, de réfléchi, de calme, qui n'élève jamais la voix. Tout le monde a été complètement suffoqué de le voir exploser avec la soudaineté imprévisible d'une bombe artisanale. Il a hurlé aux hommes du commissariat : « Vous êtes des escrocs, pas des policiers ! Des fanatiques, des sectaires, des faux jetons, indignes de porter l'uniforme qui est le vôtre ! » Il était vraiment dans tous ses états. « Retournez immédiatement arrêter les meurtriers que vous avez relâchés. J'ai dit immédiatement ! Je vous poursuivrai personnellement jusque dans la tombe si ces dix hommes ne sont pas de retour ici dans l'heure qui vient. »

« Lucky, ai-je murmuré, je n'aurais pas pu faire mieux moi-même. » J'ai pris avec moi mes meilleurs officiers, et on s'est à nouveau précipités en ville. J'aurais voulu que vous voyiez la tronche de certains de ces types quand on les a remis en état d'arrestation. On aurait dit des dames de la haute qui sentent une main baladeuse grimper sous leur sari. Cette fois-ci, Lucky et moi on a personnellement vérifié les procès-verbaux d'inculpation, et la préparation des documents destinés aux tribunaux.

Il se peut fort bien que les chefs d'accusation ne soient pas retenus au moment de la comparution de ces accusés hindous. Il faut que vous sachiez que le tribunal les a fait remettre en liberté sous caution moins d'une semaine après leur putain d'arrestation. Les musulmans arrêtés pour l'histoire de la bombe, eux, se voient toujours refuser cette même liberté sous caution. Lucky est allé trouver ce putain de juge de district : « Je ne suis jamais intervenu dans une procédure judiciaire, lui a-t-il dit. Mais là, tout de même... nous avons affaire à la même émeute, aux mêmes délits, aux mêmes articles du Code pénal, et il y aurait deux poids deux mesures parce qu'il y a deux communautés différentes ? Il ne s'agit pas d'une affaire ordinaire. Pour toute une communauté, c'est la crédibilité du système judiciaire de notre pays qui est en cause. »

Cet enfoiré de juge a tout bonnement refusé de discuter du problème. Nous, on fait notre boulot, Randy. J'aimerais bien que tout le monde en fasse autant.

Je vais vous dire une chose à propos des troubles que nous vivons, ici et dans toute l'Inde du Nord. C'est comme une inondation. Quand les eaux vont se retirer, elles ne laisseront sur place que des cadavres et des ruines. Des cadavres, Randy, et des saloperies de ruines.

Priscilla Hart. Je sais bien que c'est d'elle que vous vouliez qu'on parle. Mais ce que j'essaie de vous faire comprendre, c'est la raison pour laquelle on ne sait pas grand-chose de ce qui lui est arrivé. On avait tellement d'autres trucs sur les bras à ce moment-là. Mais je vais quand même vous dire ce que je sais, Randy, promis. Un autre verre d'abord, OK ?

Transcription de l'interview de Randy Diggs
avec le professeur Mohammed Sarwar

12 octobre 1989

Écoutez, je suis historien, je n'ai rien d'un activiste. Cela dit, si vous me posiez la question de savoir si, en tant qu'historien musulman, je suis d'abord musulman ou d'abord historien, je vous répondrais que cela dépend du contexte. Mais votre question mérite une réponse.

Vous ne trouvez pas surprenante la manière dont ces fanatiques hindous prétendent avoir l'histoire pour eux ? La précision, l'exactitude de leurs techniques de datation me laissent pantois. De pauvres professeurs comme moi passent des années à essayer d'établir la véracité d'un événement, d'une date ou d'une inscription, mais des gens comme ce Ram Charan Gupta ne doutent pas une seconde que leur seigneur Ram est né au Ram Janmabhoomi, mieux encore, qu'il est né à l'endroit exact qu'ils appellent le Ram Janmasthan – pas à cent mètres, ni à dix, mais très exactement là. Leur conviction, c'est que Rama s'est épanoui au cours de l'ère *treta* de la tradition hindoue, ce qui veut dire qu'ils sont capables de dater des événements remontant à, mais oui, un million d'années ! Que voulez-vous que fasse un simple historien comme moi face à un savoir aussi stupéfiant ?

Les malheureux professeurs n'ont, hélas, jamais été capables d'établir avec une quelconque certitude si le seigneur Ram était vraiment né, ou s'il était simplement sorti, déjà muni de tous ses attributs, de l'imagination fertile et dévote du sage Valmiki, l'auteur supposé du grand poème épique religieux qu'est le *Ramayana*. Mais s'il est effectivement né, comme le prétend ledit poème, à Ayodhya, il n'y a aucune certitude que l'endroit ait été

222

celui que nous connaissons aujourd'hui sous le nom d'Ayodhya, dans l'Uttar Pradesh – pas plus que nous ne sommes sûrs de ce que le Lanka qu'il conquit à l'époque pour récupérer Sita, la femme qu'on lui avait enlevée, ait quelque chose à voir avec l'actuel Sri Lanka, et non avec un autre endroit situé quelque part en Inde centrale. Les Veda, les anciennes écritures hindoues, font de Rama, à une époque, le roi de Varanasi, mais pas celui d'Ayodhya. Un des Jataka, le Dasaratha Jakata, dit également que Dasaratha et Rama étaient rois de Varanasi. Il y a mieux. Le *Ramayana* fait allusion à Bouddha, qui a vécu autour de 500 avant Jésus-Christ, mais, à cette époque, la capitale du royaume de Kosala, le royaume de Rama, était Sravasti, et non Ayodhya, et l'Ayodhya décrite dans le *Ramayana* n'a matériellement pas pu exister avant le IVe siècle avant J.-C. Il y a encore bien d'autres incohérences, mais je pense que cela suffira à vous donner une idée de la chose.

Passons maintenant à la date de naissance de Rama. Un simple fait, pour commencer : la semaine de sept jours et la division du mois en trente jours n'ont pas été incorporées dans le calendrier hindou, le Panchang, avant le IVe siècle après J.-C. Ce qui veut dire que même en admettant que Rama ait été un personnage historique, et non mythologique, il faut se livrer à un gros travail de devinette avant de pouvoir le situer dans l'histoire. Le *Ramayana* suggère que Rama a vécu à l'ère *dwapara*, il y a environ cinq mille ans de cela, plutôt qu'à l'ère *treta* à laquelle le rattache la croyance populaire. Un pontife hindou du nom de Sitanath Pradhan, un érudit, même si autant que je sache il n'a aucun diplôme en histoire, va jusqu'à déclarer que la grande bataille pour le Lanka s'est déroulée en 1450 avant J.-C., et qu'à l'époque Rama avait très exactement quarante-deux ans. D'un autre côté, les historiens qui ont cherché à dater les textes du *Ramayana* sont à peu près tous d'accord pour dire qu'il a sans doute été composé entre 400 avant J.-C. et 200 après, ce qui correspond à la période à laquelle a été écrite cette autre grande épopée, le *Mahabharata*, à cent ou deux cents ans près, en plus ou en moins. Inutile de se perdre davantage dans les chiffres, il reste que ces défenseurs à tout crin de l'identité hindoue préten-

dent connaître l'endroit exact de la naissance d'un homme dont
la date de naissance est historiquement invérifiable.

Je sais qu'il y aura toujours des gens pour dire : qu'importe
ce que peuvent penser tous ces coupeurs de cheveux en quatre
d'historiens. L'important, c'est ce que croient les gens. Mais ici
encore, l'historien enquiquineur que je suis ne peut s'empêcher
de demander : et quand donc ont-ils commencé à croire cela ?
Le *Ramayana* existait en tant que texte, en tant que poème
épique, depuis environ mille ans quand on se décida à le considérer comme un texte sacré. Il n'y a aucune preuve authentifiant
la construction d'un temple dédié à Rama où que ce soit en Inde
avant le Xe siècle après J.-C. Au vu des passions que le nom de
Rama arrive à susciter aujourd'hui en Inde du Nord, je trouve
plaisant qu'il ait été déifié d'abord dans le sud. Les Alvars,
poètes et mystiques tamouls, ont commencé à idéaliser le dieu-
roi aux environs de 900 après J.-C. ; c'est un poète tamoul, Kam-
ban, qui a instauré le culte du Ramabhakti. La première communauté de fidèles de Rama, les Ramanandins, a vu le jour au
Cachemire entre le XIVe et le XVIe siècle. Et ce n'est qu'au
XVIe siècle que le grand poète de cette région, Tulsidas, a écrit
ses brillants et émouvants *Ramcharitmanas*, où il donnait une
version, oserais-je dire plus politiquement correcte, des faits et
gestes de Rama, éliminant tous les épisodes et les traits de caractère que les Puranas avaient jugés peu compatibles avec la nature
divine et conférant à Rama sa suprématie incontestée dans le
panthéon des dieux hindous. En fait, le *Ramayana* de Tulsidas,
avec son idéalisation du héros et ses inquiétudes à peine voilées
devant la nécessité de protéger les femmes en butte à la convoi-
tise sexuelle, n'est pas sans rapport avec les invasions musulmanes de l'époque. Le culte de Rama, et son corollaire le
mouvement Bhakti, s'est développé pendant la période de la
conquête de l'Inde du Nord par les musulmans et l'instauration
du sultanat de Delhi, à un moment où l'hindouisme était sur la
défensive et où la situation des femmes, qui jusqu'alors avaient
toujours été très libres, a commencé à changer radicalement. On
a instauré le *purdah*, pour les mettre à l'abri des yeux concupis-

cents des conquérants musulmans ; les comportements islamiques vis-à-vis de la sexualité et de la supériorité masculine, hérités d'une civilisation de guerriers nomades, ont exercé une influence directe sur une société hindoue plus libérale et tolérante, aux mœurs plus douces, mais désormais affaiblie. Quelqu'un devrait faire une thèse sur le rôle de l'Islam dans la sanctification de Rama, mais personnellement, je me garderais bien de l'assurer sur la vie à l'heure actuelle.

Je sais que les partisans de l'*hindutva* sont convaincus que les temples d'Ayodhya préexistaient à Babour, et que celui-ci a détruit le plus grand d'entre eux parce que c'était aussi le mieux situé. L'ennui pour eux, c'est que l'on ne manque pas de preuves qui contredisent cette interprétation, autrement dit, qui établissent clairement que les temples d'Ayodhya ont été érigés sous la domination musulmane, bien après la construction de sa mosquée par Babour. Je ne veux pas vous assommer avec tous les détails concernant les donations foncières faites par des dirigeants tels que Safdar Jang, qui gouverna de 1739 à 1754, mais le phénomène n'est pas sans rapport avec la construction de nombreux temples à cette époque. C'est un terrain concédé par le *nawab* musulman à un abbé hindou qui a permis la construction du Hanumangarhi, le temple le plus important d'Ayodhya encore debout à ce jour. Je suis loin d'être le seul parmi les historiens à penser qu'Ayodhya s'est remplie de temples grâce au soutien des *nawabs* musulmans de la région, et que, au fur et à mesure de l'extension du royaume *nawabi*, Ayodhya est progressivement devenue un important centre de pèlerinage hindou au XVIIIe et au XIXe siècle. Autrement dit, deux cents ans après la construction de la Babri Masjid.

Voici donc ma réponse d'historien à votre question : il n'y a aucune preuve sérieuse de l'authenticité du Ram Janmabhommi. Encore une fois, diront certains, quelle importance ? N'est-ce pas une question de foi plutôt que de vérité historique ? Le fait est que l'agitation créée autour du Ram Janmabhoomi est très profondément anti-historique. Les fanatiques qui la fomentent cherchent à réinventer le passé pour le rendre conforme à leurs aspirations du moment. Si nous les laissons faire, ici et maintenant, ils ne tarderont pas à tourner leur attention vers autre chose, et nous assisterons ailleurs à d'autres déchaînements de haine et de violence. S'ils voient aujourd'hui qu'ils peuvent sans dommage s'attaquer aux musulmans, ils s'en prendront demain aux chrétiens. Au niveau le plus profond, le véritable ennemi, c'est l'intolérance, qui trouvera toujours de nouvelles cibles. On a déjà vu ce genre de choses se produire à Bombay, où le Shiv Sena, ce groupe d'extrémistes *marathi* né dans les années 1960, a essayé de chasser de la ville les immigrants venus de l'Inde du Sud. « Nous sommes les fils de la terre », tel était leur slogan à l'époque ; ils pillaient et incendiaient les magasins pourvus d'enseignes rédigées dans une langue du sud du pays. Ça a marché pendant un temps, ils ont même été très populaires auprès de certains des Tukarams du coin, mais leur audience est restée limitée ; si bien que le Shiv Sena s'est tout à coup transformé en un parti hindou radical et sectaire qui a commencé à s'en prendre aux musulmans, lesquels représentaient une bien meilleure cible pour ce genre de nationalisme exacerbé.

Le chef du Shiv Sena n'hésite pas à dire que son héros, c'est Hitler. Et vous n'ignorez pas ce qui s'est passé avec Hitler. Comme l'a dit le pasteur Martin Niemoeller, théologien allemand, « ils sont d'abord venus chercher les Juifs, et n'étant pas juif, je n'ai rien dit. Puis ils sont venus pour les communistes, et n'étant pas communiste, je n'ai rien dit. Puis ils sont venus pour les syndicalistes, et je n'ai rien dit, n'étant pas syndicaliste. Et puis ils sont venus pour moi – et il n'y avait plus personne pour parler en ma faveur. »

Ils viennent en ce moment chercher les musulmans, et je ne peux pas me taire. Non pas parce que je suis moi-même musulman. Mais uniquement parce que je suis indien, et que je ne veux pas qu'ils s'en prennent ensuite à d'autres Indiens. Aucun groupe d'Indiens ne saurait avoir le droit d'en attaquer un autre à cause de la région qu'il habite, des dieux qu'il honore ou de la langue qu'il parle.

C'est bien pourquoi il faut mettre un terme aux agissements de gens comme ce Ram Charan Gupta. Ici. Et maintenant. Avant qu'ils mettent l'Inde à feu et à sang.

Extrait du journal de Lakshman

10 août 1989

Gurinder refuse de me lâcher. « Toi, quitter le SHAI ? vient-il encore de me dire avant de lâcher une bordée de jurons des plus choisis. Tu plaisantes, je suppose ? Tu es fait pour ça. Tu fais un boulot extraordinaire, qui a un impact bien réel sur la vie de tas de gens. Tu as une grande carrière, un brillant avenir devant toi. J'arrive pas à croire que tu puisses seulement envisager une idée aussi stupide. Tu veux que je te dise où il est, ton problème ? C'est que tu penses avec ta bite, mon vieux ! »

Il a balayé du geste mes faibles protestations. « Tu as entrevu le paradis sexuel avec cette fille, en Technicolor et tout, et, brutalement, tout le reste de ta vie t'apparaît en noir et blanc. Tu crois vraiment qu'elle vaut que tu renonces à tout – ta femme, ta gosse, ton boulot, ton pays ? » Il était remonté maintenant. « Écoute, mon pote, ça a peut-être été super avec elle, mais il y a quand même un certain nombre de choses que tu ne peux pas oublier. Par exemple, qu'elle est américaine. C'est une putain de Yankee, Lucky. Et ces gens ne sont pas comme nous. Le pays est différent, la culture est différente. C'est une autre planète, mon vieux. Tu as vécu toute ta vie avec les valeurs qui sont les nôtres. Tu sais ce qui est juste, parce que ça l'a toujours été. Je sais qu'avec Geetha, c'est pas rose tous les jours, bon Dieu, c'est un secret pour personne, mais reconnais que ce n'est pas une mauvaise épouse. Elle tient bien ta maison, elle a une bonne table, tire le meilleur parti des domestiques – oui, je sais, de temps en temps, elle leur rend la vie impossible, mais quelle importance ? – et elle passe beaucoup de temps avec ta fille. Tu peux amener quelqu'un à dîner sans même lui donner le temps de se retourner, et elle se plie à tes désirs. Tu l'as déjà entendue se plaindre quand ton travail t'oblige à quitter la ville à l'improviste ou te retient dehors jusqu'à des heures impossibles ? »

Elle ne se plaint jamais, ai-je envie de lui dire, parce qu'elle se moque bien de savoir si je suis ou non à la maison. Mais rien à faire pour interrompre Gurinder ; sans pitié, il insiste pour continuer à brosser son tableau du bonheur domestique à l'indienne.

« À table, elle s'assure que tu es servi le premier et te donne les meilleurs morceaux avant de commencer à manger elle-même. Et tu peux être certain qu'elle n'a jamais regardé un autre homme et qu'elle ne le fera jamais. Si tu meurs, elle honorera ta mémoire, enroulera une guirlande de fleurs fraîches chaque matin autour de ta putain de photo et priera devant elle. C'est pas rien, ça, mon vieux, dit-il en frappant la paume de sa main de son poing, comme pour souligner son propos. C'est pas rien, bon Dieu, tu peux me croire. C'est quand même réconfortant de savoir que tu peux compter sur ces trucs-là. En vieillissant, on aime avoir la certitude qu'il y a des choses qu'on peut prendre pour argent comptant. »

J'ai acquiescé de la tête. Il ne lui en a pas fallu davantage pour repartir de plus belle. « Qu'est-ce qu'elle te donne, ta Priscilla ? Le sexe. Point barre. Bon, je vais pas te dire que c'est pas important. Si ma Bunty ne s'en payait pas une bonne tranche de temps à autre avec ma canne-à-papa, sûr que je serais pas heureux. Mais toi, plus que n'importe qui, tu dois bien savoir que ça ne suffit pas. » Il m'a regardé droit dans les yeux, comme s'il se demandait s'il devait poursuivre. Mais il ne lui a pas fallu longtemps pour se décider. « Ça ne t'ennuie pas de penser que tu n'es pas le seul avec lequel elle ait couché ? » Il a dû voir mon regard s'assombrir et s'est empressé d'enfoncer le clou avec la délicatesse d'un forgeron devant son enclume. « L'acte sexuel n'a pas pour ces Américains l'importance qu'il a chez nous, Lucky. Écoute, je vais te raconter une histoire. Tu te souviens de la fois où Priscilla s'est fait voler son sac et où on a retrouvé le voleur ? On a pu récupérer le sac et, comme tu le sais, on est obligé dans ces cas-là de dresser un inventaire du contenu au moment du vol. Le voleur avait dépensé ou vendu tout ce qu'il avait trouvé à l'intérieur, à l'exception d'un objet qu'il n'avait pas touché. Intrigué par la vue de cet objet, l'agent de police chargé de l'inventaire est venu me trouver pour me demander ce que ça pouvait bien être. C'était un putain de vibromasseur. Je l'ai branché pour lui faire voir et j'ai éclaté de rire en voyant sa tête. Il m'a demandé à quoi ça servait, et je lui ai expliqué que c'était un instrument de coiffure américain – un truc à piles pour faire des boucles, lui ai-je dit avec le plus grand sérieux. Au moment de signer l'inventaire, Priscilla s'est arrêtée un moment à la lecture de cette définition de l'objet, a froncé les sourcils et a souri sous cape avant de signer. Elle a dû se dire, quels idiots, ces Indiens, ils n'ont jamais rien vu. Un fer à friser, tu parles ! Elle n'a aucune idée de la honte que je lui ai épargnée ce jour-là. Si j'avais dit à l'agent de quoi il s'agissait en réalité, Priscilla aurait été la fable de Zalilgarh, tous les hommes en auraient parlé. Et ils l'auraient traitée avec le mépris le plus total. Pire encore, il y en aurait peut-être bien eu un pour vouloir se substituer au vibromasseur, avec ou sans son consentement. Je te dis ça uniquement pour que tu sois au courant. Instinctivement, j'ai cherché à la protéger, Lucky. Mais n'oublie pas une chose : il lui faut sa ration de plaisir physique, et tu es tout bonnement l'homme qu'elle a trouvé ici pour la lui fournir. Et toi, en plus, tu fonctionnes sans piles.

– Va te faire foutre, Guru. Tu ne sais absolument rien de cette fille.

– Peut-être que oui, peut-être que non. Mais écoute un peu ce que j'ai à te dire, mon pote. Ne confonds pas con volé et convoler. Baise-la tant que tu veux. C'est ce que tu fais déjà, d'ailleurs. Mais pourquoi renoncer pour autant à ton boulot, à ta femme, à ta vie ? Comme on dit au Punjab, si tu as du lait tous les jours, pourquoi vouloir acheter la vache ? Une femme, c'est quand même autre chose qu'une partie de jambes en l'air, a-t-il continué en m'attrapant par les épaules. Et ta vie ne peut pas se résumer à une bonne bourre de temps en temps.

— Tu crois peut-être que je ne le sais pas, Gurinder ? ai-je dit tristement, mais sans laisser paraître combien j'avais été remué par sa candeur truculente. Tu penses bien que mes responsabilités, je les connais, envers Geetha, envers ma fille, mon travail, ma carrière et ce putain de district. Mais justement, Priscilla en est venue à compter tellement pour moi que tout le reste pâlit en comparaison.

— Eh ben, c'est pas normal, a rétorqué Gurinder. Tout, autour de toi, est bien réel, sombre et coloré. Elle est bien la seule, dans tout ça, à être pâle. Et tu es en train de la laisser jeter une ombre sur ta vie qu'elle est bien trop pâle, bordel, pour pouvoir jeter.

— Belle métaphore, Guru, ai-je dit avec un sourire las. Merci de tes conseils. Je sais qu'ils viennent du fond de ce bourbier qui te tient lieu de cœur. Maintenant dégage, et va-t-en donc arrêter tes contrevenants. J'ai besoin de réfléchir. »

En guise d'adieu, je lui cite le vieux dicton : « Celui qui aime beaucoup et de folle manière / Retrouvera Hélène de Troie en enfer./ Mais celle dont l'amour est sage et grêle / Retrouvera John Knox au ciel. »

Ce qui le laisse totalement froid. « Te préoccupe donc pas du ciel ou de l'enfer, mon pote, dit-il en partant. C'est du purgatoire que je te parle, moi. De cet endroit qu'on appelle la Terre. »

Extrait du journal de Lakshman

14 octobre 1989

Minuit, je n'arrive pas à dormir. Bien que nous soyons mardi demain, je ne verrai pas Priscilla, pour la bonne raison que c'est un jour férié : le jour de l'Indépendance. Le jour où nous nous sommes débarrassés du joug de l'homme blanc. Le jour qui va me rappeler, douloureusement, ma propre dépendance à l'égard d'une femme blanche.

Je n'arrive pas à dormir parce que je pense à elle. Et à moi. Je me demande si j'ai un avenir avec elle. Et de quoi il serait fait.

Je ne peux guère penser en dehors des schémas que je connais. Je me souviens d'un ami de la famille, un ami de mes parents, mais plus proche de ma mère par l'âge que de mon père. Oncle Sudhir, je l'appelais, même si, bien entendu, ce n'était pas du tout un oncle. Il était cadre dans une multinationale, et l'image que j'en conserve est celle d'un homme incroyablement séduisant et plein de charme, d'une sorte de demi-dieu, très clair de peau, toujours rasé de près, arborant des costumes à la dernière mode et des cravates moirées, et toujours prêt à laisser son visage se fendre d'un rire joyeux. Il avait une épouse superbe, rencontrée à l'université, une femme éblouissante, habillée de saris colorés et de corsages bien ajustés. Au fil des ans, elle a perdu de sa sveltesse, s'est empâtée, alors qu'oncle Sudhir, lui, semblait rajeunir, me gratifiant d'œillades complices chaque fois qu'il croisait une jolie femme dans les soirées que donnaient mes parents. Puis nous sommes partis nous installer dans une autre ville, et j'ai perdu oncle Sudhir de vue pendant un temps. Mais un jour, j'ai entendu mes parents scandalisés parler de son divorce. Il vivait, paraît-il, avec une femme plus jeune que lui, elle-même divorcée.

Des années plus tard, alors que je travaillais déjà et que j'avais profité d'un jour férié pour rendre visite à mes parents, j'ai revu Sudhir. Il était venu voir mon père. La mâchoire plus lourde, les épaules un peu voûtées, il ne correspondait plus du tout à l'image que j'avais gardée de lui. On le reçut avec quelque embarras. C'est à peine si ma mère le salua avant de disparaître dans sa cuisine, et mon père, qui, depuis la retraite, s'était fait plutôt bavard, se montra bien plus taciturne qu'à l'ordinaire. De mon côté, j'essayai de me montrer poli et bavardai avec lui à bâtons rompus, mais il se rendit vite compte de la situation. Après deux ou trois tentatives méritoires pour se montrer jovial, il abandonna la partie et prit congé. Quand la porte d'entrée s'est refermée derrière lui, les premiers mots de mon père ont été : « C'est bien regrettable, tout cela.

— Pourquoi ? ai-je demandé, avec la candeur de mes vingt-cinq ans. Il se débrouille plutôt bien, non ?

— C'est donc ce que tu crois ! a répliqué mon père. Voilà un homme qui avait tout pour être heureux : un bon salaire, une belle épouse, trois enfants vigoureux, une maison superbe. Et il a renoncé à tout pour tomber dans la luxure. Il a vu son statut social se dégrader au fil des ans, a perdu le respect de ses amis et de sa famille, a abandonné le confort d'une vie de famille, et se retrouve déshonoré et financièrement appauvri par une décision de justice. Mais le pire, c'est qu'il sait qu'en faisant ce qu'il a fait, il a rejeté tous ceux en qui il pouvait se reconnaître. Et toi, tu penses qu'il se débrouille plutôt bien ? »

C'est un peu plus tard dans la même semaine que mon père a été victime de l'attaque qui devait l'emporter. C'est pratiquement la dernière chose qu'il m'ait dite avant de disparaître, et ses mots sont restés depuis gravés dans ma mémoire.

Gurinder à Randy Diggs, soirée autour d'un verre

Samedi 14 octobre 1989

Vous voulez savoir pourquoi je suis flic ? Je vais vous le dire, moi, pourquoi je suis un putain de flic.

Non pas pourquoi je suis devenu flic au départ, parce que le choix de cette carrière, il a beaucoup à voir avec ce que souhaitaient mes parents. Personnellement, je voulais être paysan, mais un paysan prospère, un paysan moderne. Ce sont mes parents qui m'ont persuadé de passer le concours du SHAI. Mais je n'ai pas été suffisamment bien classé pour pouvoir prétendre au SHAI, si bien qu'on m'a proposé le SPI, le Service de la police indienne. Et j'ai accepté. C'était pas un mauvais boulot : salaire correct, avantages en nature, pauvres bougres qui me saluent quand je passe, statut social, sans compter l'air satisfait de mon père quand il m'emmenait au club les week-ends où je rentrais à la maison. Voilà comment je suis devenu flic, ce qui n'explique pas pourquoi je le suis resté.

Ça fait combien de temps que vous êtes dans ce bon Dieu de pays ? Deux ans, non ? Vous n'y étiez donc pas au moment de la grosse affaire de ces dix dernières années. J'entends par là l'assassinat d'Indira Gandhi. Et tout ce qui a précédé. Et s'est ensuivi.

Dix-neuf cent quatre-vingt quatre. L'année fatidique pour Orwell. Pas grand-chose à signaler dans le monde, le train-train quotidien, pas vrai ? Pas d'horreurs majeures, pas de Big Brother, pas de saloperie de troisième guerre mondiale. Des chiées d'articles pleins d'autosatisfaction clamant à tous les vents que la vision d'horreur proposée par Orwell concernant l'avenir de

233

l'humanité était finalement démentie par la réalité. Mais pas chez nous. L'année 1984 a été pour nous la plus merdique qu'on ait jamais connue depuis l'Indépendance. Elle fait bel et bien partie de nos années terribles, avec 1947, quand le pays a été déchiré en deux par ces enculés, et 1962, quand les Chinois nous ont flanqué cette putain de dégelée du côté de l'Himalaya. Notre 1984 à nous a été une année de merde, un millésime à oublier dare-dare.

Ça a démarré quand les troubles au Punjab ont commencé à dégénérer sérieusement. La faute à certains de mes congénères sikhs, des connards de première. Il y avait un prédicateur complètement taré, Sant Jarnail Singh Bhindranwale, terré dans le plus sacré des sanctuaires sikhs, le Temple d'Or d'Amritsar, et entouré d'une bande d'enculés bardés de fusils, de Kalachnikov et de bombes, qui déliraient à propos de la création d'un nouvel État sikh, le Khalistan. C'était à mourir de connerie. Un des plus grands journalistes sikhs, Khushwant Singh, a écrit à l'époque que si le Khalistan était créé un jour, ce serait un « État bidon ». Bhindranwale était, en fait, une créature d'Indira Gandhi et de ses amis, qui avaient cherché à affaiblir le parti sikh modéré, l'Akali Dal, en soutenant un concurrent plus extrémiste. Seulement voilà, comme ça arrive souvent, leur créature avait fini par leur échapper. Mais vous n'en avez rien à faire de tout ça, je me trompe ?

Bref, Bhindranwale et ses sbires expédiaient des tueurs tous azimuts pour assassiner ceux qui ne leur plaisaient pas, surtout les Sikhs qui se coupaient les cheveux, fumaient ou s'opposaient au foutu programme des séparatistes. Ils tuaient les rédacteurs en chef des journaux qui les critiquaient, les représentants du gouvernement, les flics, et j'en passe, personne n'était à l'abri, et, dans la mesure où ces forcenés s'étaient réfugiés dans l'enceinte d'un sanctuaire sacré, ils étaient hors de portée du bras de la justice. Un policier sikh que je connaissais un peu et que j'admirais beaucoup, un inspecteur général adjoint, A.S. Atwal, un homme responsable, compétent et intègre, s'est fait tirer dans le dos un jour en sortant du temple où il venait de prier avec son fils de huit ans. Descendu comme ça, devant le Temple d'Or ! Tué de sang-froid, à côté de son gamin qui n'y comprenait rien et pleurait toutes les larmes de son corps. Je suis moi-même sikh, et un Sikh qui n'a jamais approché une paire de ciseaux des poils de son nez, qui est allé des centaines de fois prier au Temple d'Or, mais même moi, je sentais très bien qu'on ne pouvait pas les laisser continuer à agir comme ça, dans l'impunité la plus totale. La loi, l'ordre public, tout foutait le camp, mon vieux, même dans mon État d'origine, bon Dieu de merde. Les gens dans leur ensemble, sikhs ou hindous, ne se sentaient plus en sécurité ; il fallait faire quelque chose, et foutrement vite.

Pendant les deux années qui ont suivi le meurtre d'Atwal – au cours desquelles elle aurait trouvé des Sikhs à la pelle, que ce soit dans la police ou dans l'armée, pour se porter volontaires et aller arrêter les meurtriers –, Mrs. Gandhi n'a strictement rien fait. Elle était bien trop occupée à jouer à ses petits jeux politiques, pendant que Bhindranwale et ses enculés de tueurs continuaient tranquillement leurs expéditions punitives. Et puis, en 1984, elle s'est enfin bougée. Cette foutue Indira Gandhi, le seul vrai mec du gouvernement, a dépêché l'armée au Temple d'Or. Elle aurait pu assiéger l'édifice, couper l'eau, empêcher les vivres de parvenir aux terroristes et les affamer, donc les forcer à se rendre. Mais non, elle a fait donner cette putain d'armée et elle a essayé – c'était quoi cette connerie de mot qu'ils ont utilisé ? – ah oui, d'extirper les terroristes de là. Extirpation, c'était le terme officiel. J'adore la manière dont le jargon bureaucratique anglais arrive à enlever toute sauvagerie à la violence humaine ! Et l'armée a bel et bien réussi à les extirper, les terroristes ; mais à quel prix ! On dira ce qu'on voudra de ce cinglé de Bhindranwale, et moi-même je ne me suis pas privé d'en dire pis que pendre, mais il était fier et pas du genre à se dégonfler à la première salve de mitraille. Il a fallu qu'ils fassent donner l'artillerie. Des centaines de Sikhs innocents, des pèlerins, des fidèles tout ce qu'il y a de plus ordinaires, qui se trouvaient au temple à ce moment-là, y ont laissé leur vie. Bhindranwale s'est battu comme un forcené ; lui et ses partisans sont tombés dans la plus belle tradition sikh, les armes à la main. Une fois l'assaut terminé, les murs du temple étaient couverts de sang et d'impacts de balle, la plupart de ses trésors détruits ou gravement endommagés, et l'orgueil sikh en ruine.

Oui, mon pote, notre orgueil. Il n'y a pas que la maçonnerie du temple qui s'est effritée ce jour-là, au moment de l'assaut qu'ils avaient choisi d'appeler opération Bluestar. C'était difficile à avaler, même pour les Sikhs qui avaient réprouvé les agissements de Bhindranwale. Enfin, c'est vrai, imaginez un gang de la Mafia qui se réfugierait au Vatican ; est-ce qu'il y aurait quelqu'un pour songer à balancer des obus sur la basilique Saint-Pierre ? Nous nous sommes sentis violés, dans notre chair. Khushwant Singh, qui s'était montré si critique des Khalistanis qu'il s'était retrouvé en bonne place sur la liste des cibles visées par les terroristes, est allé jusqu'à rendre ses décorations au gouvernement, en manière de protestation. Si lui l'a vécu comme ça, vous imaginez un peu ce qu'a pu endurer le reste de la communauté sikhe.

Non, je n'ai moi-même songé à rien de semblable, comme à donner ma démission, par exemple. Du moins, pas tout de suite. Parce que je me suis dit que j'étais du côté de ceux qui font respecter la loi. Et que si le gouvernement avait commis une putain d'erreur, il l'avait fait en toute honnêteté. Ils avaient fait ce qu'il fallait, mais c'est la manière de s'y prendre qui n'était pas la bonne : ils avaient mis fin aux agissements de Bhindranwale, mais en faisant beaucoup trop de dégâts. C'était inqualifiable, mais ça restait excusable. On se devait de leur pardonner. Du moins c'était là mon point de vue, et celui d'autres Sikhs comme moi, des gens éduqués faisant partie de l'*establishment*. Mais l'émoi était à son comble dans la communauté sikhe en général, même si le président indien, Giani Zail Singh, lui-même sikh, est passé à la télévision pour expliquer le pourquoi de l'intervention du gouvernement. Ce salopard s'est vautré dans l'autosatisfaction, tout en se gardant bien de dire qu'il avait lui-même participé à la création du Frankenstein qu'était devenu Bhindranwale, mais ça, c'est une autre histoire.

Bref, la disparition de Bhindranwale n'a en rien mis fin au terrorisme – pire, il n'a fait que le durcir. La tragédie du Temple d'Or a eu pour résultat le recrutement d'une nouvelle horde d'excités par ces putains d'extrémistes. Et des tas de sikhs ont juré de se venger de ceux qui avaient perpétré cette horreur contre leur saint des saints. Naturellement, le premier ministre, Indira Gandhi, était une cible toute désignée.

Personnellement, je n'ai jamais été un fan de Mrs. G., mais il faut lui reconnaître une chose, elle n'avait pas une once de sectarisme dans les veines. Elle avait épousé un Parsi, l'une de ses belles-filles était une catholique italienne, l'autre une sikhe. Alors, quand des proches lui ont dit qu'il fallait qu'elle se débarrasse des sikhs de sa garde personnelle, elle les a gratifiés d'un de ses regards hautains de patricienne du Cachemire à vous ratatiner les burnes, et ils n'ont pas osé insister. « Me défaire de mes gardes sikhs ? Ridicule ! » Elle croyait à la loyauté de ses gardes du corps, et était persuadée, de toute façon, de n'avoir pas agi contre les sikhs, mais contre le terrorisme. Alors, pourquoi se serait-elle méfiée ? Malheureusement pour elle, certains sikhs ne voyaient pas les choses du même œil. Et c'est comme ça que, par une froide matinée d'hiver, alors qu'elle traversait le jardin de sa résidence d'un pas vif pour se rendre à une interview télévisée avec Peter Ustinov, deux de ses enculés de gardes du corps sikhs ont ouvert le feu sur elle. Une dizaine de balles chacun, d'après ce que j'ai entendu dire ; certains soutiennent qu'ils ont complètement vidé leur chargeur sur elle, sur cette femme de soixante-sept ans qu'ils avaient fait le serment de protéger. Elle est morte sur le coup, criblée des balles de leur folie furieuse. L'un des assassins a été immédiatement abattu par les autres membres de la sécurité rapprochée ; quant à l'autre salaud, ils l'ont maîtrisé sans peine. En attendant, les sikhs avaient eu leur vengeance. L'honneur était sauf.

Si l'on peut dire. Peut-on encore parler d'honneur quand on en arrive à tuer une vieille femme pour le retrouver ?

Malheureusement, la vengeance est un jeu qui admet un nombre illimité de joueurs. Les représailles ont commencé le jour même : un pauvre bougre de sikh, qui se trouvait au milieu de la foule devant les bureaux d'un quotidien au moment de l'annonce de la mort de Mrs. G – un pauvre pékin qui ne voyait pas de différence entre lui et n'importe lequel des Indiens qui l'entouraient, et qui était tout aussi bouleversé qu'eux par la nouvelle –, eh bien, ce pauvre type a été tabassé, ses vêtements arrachés, uniquement parce qu'il était sikh. C'était la première victime du retour de bâton qui a suivi l'assassinat, mais il s'en est tiré avec quelques contusions. Il y a eu d'autres incidents du même genre, un peu partout dans Delhi. Des explosions de colère plus ou moins spontanées, toujours dirigées contre la cible la plus évidente, le premier Sikh à passer par là. Au départ, ça s'est limité à ça. Mais bientôt, ce sont les vrais salopards qui ont pris les choses en mains.

Et, les salopards, c'est pas ce qui manquait, croyez-moi. Les hommes de main, les petits enfoirés qui soutenaient le parti du Congrès, la putain d'infanterie d'Indira, ces incitateurs à la violence qui avaient manifesté aux cris de « L'Inde, c'est Indira, et Indira, c'est l'Inde. » Jusque-là, ils avaient été plus ou moins tenus en respect, mais ils avaient maintenant l'occasion de se déchaîner, et ils n'avaient pas l'intention de la laisser passer. Eux aussi avaient soif de vengeance, une soif que seul le sang sikh pouvait apaiser.

Même moi, je serais incapable de vous décrire toute l'horreur de ce qui est arrivé ensuite, Randy. J'ai suivi, pendant ma formation, un entraînement à la répression des émeutes, mais là, c'étaient de véritables tueries qui se déroulaient dans la capitale. Ces enfoirés ont organisé des bandes de demeurés qu'ils ont chauffés à blanc avant de les lâcher sur les Sikhs de Delhi. Il y a eu une orgie de massacres, d'incendies volontaires, de pillages. Les quartiers sikhs ont été détruits, des familles entières égorgées, des maisons brûlées. Certaines de ces bandes armées avaient des listes d'adresses leur permettant de repérer les commerces ou les maisons d'habitation sikhs. Vous imaginez ça ? Dans d'autres parties de la ville, le premier Sikh venu qui avait la malchance de se trouver dans la mauvaise rue au mauvais moment se faisait impitoyablement tuer.

Je vais vous raconter quelque chose dont je n'ai pas parlé depuis des années. J'avais un petit neveu de dix ans, Navjyot, le fils de ma sœur. Il rentrait d'un match de cricket en compagnie de son père. C'était un grand fan de Gavaskar, mais Gavaskar jouait au Pakistan à l'époque. Bref, vous pouvez me dire s'il y a plus putain de bourgeois, plus putain de normal qu'un homme et son fils allant voir un match de cricket par un bel après-midi d'octobre à Delhi ? Ils rentraient chez eux dans l'Ambassador familiale, notre plus bel emblème de respectabilité bourgeoise, quand ils se sont retrouvés face à face avec une de ces bandes en quête de sang sikh à verser.

Ces salauds ont entouré la voiture en hurlant leur haine pour les assassins du Premier ministre. « *Khoon ka badla khoon* », scandaient-ils. « Le sang appelle le sang. »

Mon beau-frère a aussitôt remonté les vitres de la voiture et verrouillé les portières de l'intérieur. Que pouvait-il faire de plus ? Pas un putain de policier en vue : à croire qu'ils avaient tous pris un jour de congé au moment où on avait le plus besoin d'eux. Il n'avait aucun moyen de demander du secours, pas de CB dans la voiture, comme on en trouve parfois chez vous, les Amerloques. Désolé, Randy, je sais que je parle trop fort. J'essaie de ne pas penser à mon neveu, encore en train de rêver à son match, soudain complètement pris de panique à la vue de cette bande d'enculés prêts à le brutaliser.

Ces dégénérés se sont mis à taper de leurs poings nus sur les portières, le toit, les vitres épaisses.

Et puis l'un d'entre eux a apporté un jerrican d'essence. Ou deux. Je n'étais pas sur place, mais j'ai revécu la scène des milliers de fois en imagination, si bien qu'elle est plus nette dans mon esprit que bien des scènes dont j'ai été témoin. Je n'ai aucun mal à imaginer l'enculé anonyme, les traits déformés par l'exaltation et la haine, les yeux injectés de sang, en train de balancer le jerrican à bout de bras, je vois le liquide incolore décrire un arc gracieux avant de se se déverser sur la voiture, d'éclabousser le métal, le verre, les essuie-glaces, le caoutchouc des pneus et de dégouliner partout. Et puis j'entends quelqu'un qui hurle pour réclamer une allumette, une putain d'allumette, afin de mettre le feu à la voiture.

Les flammes ont dû jaillir instantanément, et j'imagine ces assassins en train de hurler de joie en regardant un homme et son petit garçon brûler vifs sur leurs sièges. Ils ont dû essayer de s'échapper, mon beau-frère préférant sans doute affronter cette bande d'enragés plutôt que de griller, mais les serrures des portières avaient dû fondre sous l'effet de la chaleur, les bloquant et les condamnant à l'asphyxie et à la mort.

Depuis ce jour, je suis hanté par le souvenir du petit Navjyot, avec ses cheveux rassemblés au sommet de la tête sous un turban bleu marine, un gamin à l'esprit vif, dont la plus grande ambition était de devenir un jour premier batteur dans l'équipe nationale, à l'instar de son héros de toujours, Gavaskar. Je n'étais pas présent, Randy, non, je n'étais pas présent, mais j'imagine ses yeux agrandis par l'horreur et la stupéfaction devant la foule qui s'amassait autour de la voiture, j'imagine son père essayant de le rassurer, verrouillant calmement ces foutues portières, et j'imagine son petit visage écrasé contre la vitre et ses yeux incrédules au moment où les flammes commençaient à le dévorer.

Quand sa mère, ma sœur, a appris la nouvelle, elle a, au sens propre de l'expression, perdu l'esprit.

Quand j'ai découvert ce qui s'était passé, j'ai été accablé de douleur, la rage m'a envahi. C'est à ce moment-là que j'ai voulu démissionner : je ne supportais plus l'idée de continuer à cautionner un système qui avait permis une chose pareille. La police de Delhi a prétendu qu'elle avait été débordée. Il a fallu trois jours à ce foutu gouvernement pour se décider à faire appel à l'armée pour réprimer les émeutes ; dans l'intervalle, des centaines de sikhs avaient trouvé la mort, des milliers d'autres avaient perdu tout ce qu'ils possédaient. Rajiv Gandhi, le nouveau Premier ministre, est allé jusqu'à pardonner cette violence en déclarant : « Quand un grand arbre tombe, la terre tremble. » La terre de Delhi était imprégnée du sang des sikhs, et c'étaient les poitrines des veuves sikhes qui tremblaient, secouées par le chagrin et le désespoir. J'ai senti alors combien avaient été vaines ma formation de policier et ma foi dans le pays et ses foutues institutions.

Et pourtant, je n'ai finalement pas démissionné. C'est mon père, le grand-père inconsolable du petit Navjyot, l'homme qui était on ne peut plus fier d'avoir pour fils un policier, qui m'en a dissuadé.

« Ne sois pas stupide, Gurinder, m'a-t-il dit, en me secouant par les épaules comme s'il avait voulu faire entrer un peu de bon sens dans ma cervelle. Les sikhs ont déjà suffisamment perdu au cours de cette année, ne perdons pas davantage. C'est en restant où tu es que tu contribueras à empêcher que de telles tragédies se renouvellent à l'avenir. Quel intérêt aurais-tu à gâcher tes aptitudes à poursuivre les criminels, à faire respecter la loi, à veiller à ce qu'un enfant ne soit plus assassiné par une bande d'émeutiers ? »

J'ai pleuré, tempêté, j'ai essayé de discuter ; je lui ai parlé des soldats sikhs qui s'étaient mutinés, d'un brillant gradé de la police, un certain Simranjit Singh Mann, qui avait démissionné de son poste pour rejoindre les Khalistanis, et je lui ai dit que je voulais faire la même chose. Mais il a continué à me tenir solidement par les épaules, ses yeux tristes plongeant dans les profondeurs de mon désespoir, et il a secoué la tête. « Et où crois-tu que cela les mènera ? m'a-t-il demandé. Vont-ils accomplir quoi que ce soit de constructif pour leur communauté ou même pour leur pays, ne risquent-ils pas au contraire de causer davantage de destruction encore et davantage de souffrances inutiles ? Tu veux gâcher ton avenir ? Gâcher l'avenir de l'Inde ? »

Je me moque de tout ça, lui ai-je dit, et il a eu l'air de quelqu'un qui vient de se faire tirer dessus. Tu n'as pas le droit, a-t-il rétorqué. Il faut au contraire que tu prennes soin de ce pays, comme tu prends soin de ta mère ou de moi.

Je ne sais pas, ai-je répondu, je ne sais pas si je peux encore considérer ce pays comme le mien, après ce qui s'est passé. Je lui ai rapporté ce que j'avais entendu dire à un officier hindou : « Voilà une bonne chose de faite. Il était temps de donner une leçon à ces Sikhs. »

241

Il n'a pas bronché, le paternel. « Il y aura toujours des gens comme ça », a-t-il dit, et, pour la première fois, j'ai senti la différence d'âge entre nous : nous n'avions pas connu les mêmes expériences, la vie ne nous avait pas appris les mêmes choses. « Si je t'ai élevé dans l'idée que tout serait facile, que tout le monde autour de toi agirait toujours dans l'intégrité, l'honnêteté, la décence et l'équité, alors je t'ai trahi. La seule vérité qui soit, c'est celle que tu te dois à toi-même, à la terre qui t'a vu naître et au serment que tu as prêté. » Puis il m'a regardé, il a regardé au plus profond de moi. Trente-sept ans plus tôt, cet homme avait tout perdu dans les massacres de la Partition, son foyer, les terres de ses ancêtres situées dans un pays qui, en vertu d'un paraphe tracé par une plume anglaise indifférente, était devenu territoire étranger sous le nom de Pakistan. Il avait travaillé dur pour tout rebâtir, pour construire la vie qu'il menait désormais : voiture, domestiques, club privé, un fils dans l'Indian Police Service. Il avait sué sang et eau pour construire sa part d'Inde ; et il n'avait pas l'intention de me laisser foutre tout ça en l'air pour rien. « Tu dis ne plus savoir si tu peux encore revendiquer ce pays comme le tien. Ne sois pas stupide, Gurinder. S'il n'est pas le tien, à qui est-il ? Depuis Gandhi, nous essayons de bâtir un pays qui soit celui de tous, qui n'exclue personne, qu'aucun groupe ne puisse dire être exclusivement le sien. Quand Jinnah et la Ligue musulmane ont voulu créer un pays pour les musulmans, leur Pakistan, les leaders du parti du Congrès ont-ils dit pour autant : très bien, en ce cas, nous allons nous aussi créer un pays pour les hindous ? La nature même de l'Inde, c'est d'être la patrie de tous, avec pour devoir, pour obligation de faire en sorte qu'elle le reste. En se battant, s'il le faut. Je ne me suis pas donné le mal de t'élever, Gurinder, pour renoncer aussi facilement. Tu as un travail à faire. Tu t'y es engagé par serment, souviens-toi. Et un serment pour un sikh, c'est sacré. Tu n'as pas le droit de trahir ton pays. »

Et Navjyot ? ai-je demandé, mais sans grande conviction, parce qu'il m'avait déjà gagné à sa cause. Et parce que j'ai soudain compris que c'était là ce que j'avais souhaité tout au long.

Navjyot n'est qu'une raison de plus, a-t-il répliqué sans hésitation. Parce qu'une pareille chose n'aurait jamais dû se produire, et parce que cela fait partie de tes responsabilités de veiller à ce qu'elle ne se reproduise plus jamais.

Il m'a fait pivoter sur les talons pour me placer face à la photographie de Navjyot qui trônait sur le buffet, face à ce petit visage innocent aux jolies lèvres entrouvertes, à ces yeux brillants qui n'avaient pas encore été témoins de l'horreur qui devait les fermer à jamais. « Cet enfant vivra toujours dans mon cœur, m'a-t-il dit doucement. Mais quelque part en Inde, il y a en ce moment même un autre grand-père qui n'espère plus, pour la sécurité de son petit-fils, qu'en toi et dans les hommes qui sont sous ton commandement. Ne trahis jamais cette confiance, Gurinder, tu m'entends, jamais. »

Voilà l'explication que je vous avais promise. Si je suis encore flic aujourd'hui, c'est parce qu'un homme triste et doux, à la barbe blanche et aux habits soignés, mon bienheureux père, avait davantage foi en moi que moi-même. Et parce que, en dépit de toute la corruption, la vénalité et l'inefficacité qui déshonorent cette putain de profession, elle reste le dernier bastion de l'esprit civique et de l'ordre dans notre pays meurtri et déchiré. Et aussi parce que je ferai tout ce qui est en mon pouvoir pour éviter à d'autres familles l'épreuve que ma sœur a dû endurer.

Et parce que je suis hanté par le visage d'un petit garçon de dix ans enveloppé par les flammes, qui adorait le cricket et m'appelait son oncle.

Ce garçon, je veux le sauver. Je veux sauver d'autres enfants comme lui. Je veux éteindre les incendies.

Lettre de Priscilla Hart à Cindy Valeriani

15 août 1989

Cindy, ma chérie, c'est le jour de l'Indépendance aujourd'hui. Celle de l'Inde, évidemment. Je suis assise à mon bureau, dans ma robe de coton la plus légère, pendant que mon ventilateur brinquebalant vacille sur son pied et me souffle de l'air chaud dans la figure. Août est terrible à Zalilgarh, mais moins abominable tout de même que mai ou juin, juste avant la mousson, quand on a l'impression d'entrer dans un four dès qu'on met un pied dans la rue. En octobre, il fera déjà un peu moins chaud, mais la fraîcheur fera alors monter la pollution : la fumée qui s'échappe de centaines de braseros au charbon de bois sur les trottoirs, les gaz d'échappement de milliers de bus, de voitures et de *rickshaws*, et les fumées de Dieu sait combien d'usines, autant d'émanations qui restent prisonnières du brouillard hivernal qui s'élève du fleuve. Gurinder disait l'autre jour que respirer l'air de Zalilgarh équivaut alors à fumer un paquet de Charminar par jour. Sur quoi, joignant le geste à la parole, il s'est emparé d'une cigarette sans filtre.

Je suis seule chez moi ce matin, le bureau est fermé, et Lucky est probablement en train d'officier à quelque cérémonie d'inauguration, entouré de fonctionnaires imbus de leur importance. Je l'imagine au garde-à-vous dans sa tenue de safari bien amidonnée, saluant un drapeau étranger, je veux dire un drapeau sans bandes ni étoiles (zut, je ne sais même pas si on salue le drapeau dans ce genre de manifestations), et je me dis, c'est un étranger. Mais le mot, Cin, n'a plus aucun sens pour moi quand je l'applique à Lucky. Je le connais si bien – je connais si bien la force

244

de ses longs bras autour de moi quand il m'enlace, ses deux dents de devant un peu tordues quand il sourit, l'odeur légèrement épicée de sa transpiration quand nous avons fait l'amour, sa bouche légèrement relevée sur le côté quand je repose contre sa poitrine et que je relève la tête pour le regarder. Non, ce n'est pas un étranger. Il m'est plus familier, plus intimement connu que n'importe quel Américain que j'ai pu rencontrer.

Et me voilà, en ce jour d'Indépendance, prête à renoncer pour lui à la mienne, tout en sachant qu'il faut d'abord qu'il gagne la sienne. Je n'arrive pas à croire qu'il puisse seulement hésiter à abandonner un mariage sans amour qui lui pèse terriblement pour partir avec la femme qu'il dit aimer. Ce n'est que quand il se met à parler de ses sentiments contradictoires, de ses obligations, que je commence à croire qu'il pense effectivement comme un étranger...

Tiens, à propos d'étrangers, voici justement une anecdote qui vient de me rappeler mon statut d'étrangère ici. Je suis allée au bazar pendant le week-end, pour voir si je trouvais quelque chose à rapporter. C'est fou, ces endroits ! Les échoppes qui se déversent sur les trottoirs, les boutiquiers qui t'importunent sans arrêt pour te vanter leurs marchandises, les mouches qui bourdonnent tout autour, la chaleur qui t'oppresse à tel point que tu n'as qu'une envie, te précipiter dans le cinéma le plus proche juste pour profiter de la climatisation. Bref, j'ai repéré une paire d'enveloppes de coussin brodées dont je pensais qu'elles te plairaient. J'ai demandé le prix. « Deux cents chacune, mais pour toi, trois cents la paire », m'a dit l'homme au teint huileux qui tenait la boutique. Bon, je suis ici depuis suffisamment longtemps pour savoir qu'il faut marchander, alors je lui ai répondu : « Non, deux cents pour les deux. » J'ai été sidérée par l'empressement qu'il a mis à accepter mon offre. J'ai vite compris pourquoi quand j'ai montré mon emplette à cette maudite Kadambari. « Tu as payé combien ? m'a-t-elle demandé. Soixante ? » Même si je fais la part de sa propension naturelle aux vacheries, il est clair que je me suis fait avoir, une fois de plus. Je suppose que ça fait partie du prix à payer quand on est étranger en Inde. Mais pourquoi faut-il que ce soit moi, justement, qui doive payer le prix ? Je ne suis pas la touriste friquée qui fréquente les hôtels cinq étoiles... Je suis moi, c'est tout ! Et, quand même, ça devrait compter pour quelque chose...

Extrait du journal de Lakshman

19 août 1989

Insomnie. Debout à trois heures du matin. D'où ces quelques lignes. Geetha dort du sommeil du juste comme d'habitude, son visage trahissant une suffisance béate. Je ne supporte pas de voir ce visage chaque fois que je me réveille, et il se trouve que c'est toujours moi qui me réveille le premier. Mais bon Dieu, comment ai-je pu aimer un jour au point d'accepter de l'épouser celle qui partage aujourd'hui mon lit ?

Je n'ai pas pu m'empêcher d'aller jeter un coup d'œil à Rekha dans sa chambre. Je n'ai pas allumé, mais l'éclat de la lune était suffisant pour me permettre de voir son visage d'ange, détendu dans le sommeil, sur l'énorme oreiller. J'ai doucement écarté une mèche de cheveux qui s'était égarée sur son œil. Dans son sommeil, elle m'a souri.

C'est à Rekha, bien sûr, que je pense sans arrêt, maintenant. En principe, Priscilla quitte Zalilgarh dans moins de deux mois, et elle estime que le moment est venu de prendre une décision. Suis-je prêt à partir avec elle ? Il faut qu'elle retourne aux États-Unis, du moins pour un temps, et la perspective de la suivre n'est pas sans attraits. Elle m'a montré, en ne plaisantant qu'à moitié, une publicité dans un magazine américain : « Le taux de chômage est plus bas en Suisse. Devenir propriétaire d'une maison est plus facile en Australie. Entrer à l'université est moins aléatoire au Canada. Les vacances sont plus longues au Danemark. Le taux de criminalité est moins élevé en Grande-Bretagne. Mais c'est aux États-Unis que se réalisent le plus de rêves. »

Perspective alléchante, à condition d'avoir des rêves. Or, ces rêves, je ne sais trop si je les ai. Est-ce la liberté que je veux, ou Priscilla ? Je sais que je pourrais arriver à lui faire changer ses plans : elle resterait en Inde si je le lui demandais. À une condition... Que je lui dise que je suis décidé à quitter ma femme pour elle. Voilà ce qu'elle veut. Et elle le veut maintenant. Je peux comprendre son impatience, mais je ne sais pas si je suis prêt pour un... cataclysme de cette dimension. Comment lui expliquer que je ne suis même pas sûr d'avoir le droit de faire ça à Geetha, d'avoir le droit de renoncer à mon statut d'époux ? Ce n'est pas moi qui ai choisi ce mariage au départ ; alors comment pourrais-je décider d'y mettre un terme ? Mon rôle de mari et de père constitue une grande partie de mon identité ; c'est lui qui m'enracine dans la réalité, me donne ma place dans l'univers. J'ai été élevé dans la conviction que de telles choses – le mariage, la famille – dépassent la volonté individuelle, qu'elles transcendent la liberté d'action de l'individu. Ce que Priscilla ne comprendra jamais.

Et Rekha, qui n'a jamais demandé à naître mais qui est bien là, dans ce monde qui pour elle est circonscrit par notre présence conjointe à Geetha et à moi ? Comment faire comprendre à Priscilla ce qu'elle signifie pour moi ? « Qu'est-ce qui ne va pas, Lucky ? » m'a-t-elle demandé ce soir.

Tu me demandes, mon amour, ce qui ne va pas.
Pourquoi ai-je l'air fatigué ? tendu ? inquiet ?
Ce qui ne va pas, c'est que je suis vraiment ce dont j'ai
                                                    [l'air.
Moi qui ai accepté le don que m'a fait ton cœur de ton
                                                    [amour,
Je suis un cœur déchiré, qui a peur d'aimer.
Je te donne, ma chérie, le meilleur de moi-même :
La part de l'homme qui est au plus profond de moi,
Celle qui sent monter le flot de la passion
Chaque fois que tu dévoiles ton corps souriant,
Qui s'enivre de la chaleur de ton étreinte,

Et se donne à toi dans l'abandon le plus total.
Cette part de moi-même t'appartient à jamais :
Jamais elle ne connaîtra ailleurs l'exaltation,
L'exultation, la douceur poignante
De l'amour que je te porte et qui m'inonde.

Cette part-là est tienne ; mais elle n'est que partage,
Car, en te l'abandonnant, je me déchire ;
J'ai ton amour, sans l'avoir pourtant ;
Je te donne le mien, sans pourtant m'en défaire ;
Le retenant pour un autre créancier.
J'ai, tu le sais, un amour antérieur,
Un petit être aux allures de têtard,
Aperçu pour la première fois dans les bras d'une
                                              [infirmière,
Rose, précieux, prématuré :
L'enfant dont je rêvais, qui ne demandait pas à être mien,
Mais qui l'est maintenant, et dont la vie
Ennoblit la mienne. Je l'ai aimée
Sans réserves, sans arrière-pensées,
Sans conditions, comme jamais je n'aimerai
Aucune femme. Même toi.

Chaque jour je la regarde,
Chaque matin je la réveille et lui donne son petit déjeuner,
Fais avec elle ses devoirs, l'emmène à la bibliothèque,
Au cinéma, et je ne redoute rien tant
Que de ne pas être là pour elle quand elle a besoin de moi.
Quand elle demande, « Papa, est-ce que je suis aussi
                                              [grande
Que tu l'étais quand tu avais six ans ? »,
Je suis là, le soir, pour lui confirmer la chose ;
Quand elle m'apprend les nouvelles de son école,
Me pose des questions sur Dieu ou la géographie,
Je suis là pour répondre à sa curiosité.

249

Je lui apprends des chants tamoul, lui transmettant un
[héritage
Qu'elle porte dans ses gènes ; je la coiffe,
Lui coupe les ongles, l'interroge au petit déjeuner
Sur les océans du monde.

Et quand je la regarde, je me demande,
Puis-je lui ôter tout cela ?
Et puis-je moi-même me priver d'elle ?
Puis-je déserter le reste de son enfance ?
Le jour où elle rencontrera un garçon dont le charme
Fera frémir son cœur,
Papa sera-t-il celui à qui elle confiera son émoi ?
Serai-je jamais heureux, sachant que je l'ai privée
Des fondations qui maintenaient en place l'édifice de sa vie
Et lui assuraient aide et protection ?
Puis-je pourtant être heureux
Si je sais que tu n'es plus mienne,
Que tu es rentrée en Amérique,
Que mes yeux ne se rouvriront plus sur le seul rayon de
[bonheur
Que l'homme que je suis ait jamais entrevu ?

Tu me demandes, mon amour, ce qui ne va pas.
Et je ne puis que répondre que rien ne va.

Des émotions trop vives et le manque de sommeil ne favorisent pas la bonne poésie. Des strophes de quinze vers : ça ressemble à quoi ? Je sais que je devrais jeter ce brouillon ; dans moins d'une heure maintenant, l'aube en se levant se brisera sur mes tourments. Mais c'est là ce que je ressens, et à un niveau tout différent de celui où s'est placé Guru pour me sermonner. La vérité, a écrit Oscar Wilde, n'est jamais que « la dernière humeur du moment ». Ce désespoir tourmenté est-il la seule vérité qui compte pour moi maintenant ? Comment Priscilla

250

comprendra-t-elle que mon angoisse n'a rien à voir avec elle, ni avec nous ? Mais si elle m'aime, mon rôle n'est-il pas de l'aider à comprendre ? Je devrais peut-être lui donner ce poème, après tout. Je l'intitulerais « Le Cœur du problème ». Ou « Problème de cœur ». Ou peut-être les deux, pour plus d'originalité ?

Je suis trop las pour penser. Et trop hanté pour dormir.

Rudyard Hart à Mohammed Sarwar

14 octobre 1989

Vous savez quoi, ce matin je me suis arrêté devant un stand de boissons fraîches. Devinez un peu ce qu'on y vend ! Du Pepsi. Sauf qu'on l'appelle Lehar Pepsi. Encore une de ces réglementations indiennes qui interdit les noms de marques étrangères.

Malgré moi, j'en ai acheté, et j'en ai bu une gorgée. Qui avait le goût amer de la défaite. Pepsi n'existait pas sur le marché indien lors de mon dernier séjour dans le pays. Et maintenant, Pepsi est là, et nous pas. On aurait pu avoir dix ans d'avance sur eux si on avait su manœuvrer.

Quand nous découvrons une population sans Coca, nous y voyons un marché potentiel pour la meilleure boisson que l'homme ait jamais inventée. Le fait que nous ne soyons pas présents en Inde constitue un énorme gâchis pour tout le monde. Les Indiens sont privés d'un merveilleux produit, et nous-mêmes sommes privés de l'occasion d'être les premiers dans ce pays, alors que nous le sommes dans tant d'autres.

Il faut que nous revenions en Inde. Et nous y reviendrons. Parce que c'est la marche inexorable du monde. Les produits américains, les idées américaines, les valeurs américaines vont se répandre partout dans le pays. Et il faudra bien que vous acceptiez Coca-Cola.

Vous voulez que je vous dise quel est votre problème à vous autres Indiens ? Trop d'histoire, trop de passé. Bien trop d'histoire pour que vous puissiez vivre tous ensemble en paix. Et vous finissez par vous brandir l'histoire à la tête les uns des

252

autres comme une hache de guerre. Tandis que nous autres, chez Coca-Cola, nous n'avons rien à faire de l'histoire. Nous vous vendons notre boisson sans nous soucier de votre histoire. Le passé ne nous préoccupe guère. C'est à votre avenir que nous voulons participer.

Ma fille aussi croyait à votre avenir. Vous savez, j'ai passé des moments terribles à demander à Dieu pourquoi il a fallu qu'elle se fasse tuer dans une querelle qui ne la concernait en rien. Mais je comprends maintenant qu'elle avait elle-même choisi de s'investir dans les causes qui divisent ce pays. Elle voulait aider l'Inde. Elle travaillait pour l'avenir quand le passé l'a terrassée.

J'ai beaucoup réfléchi à cet aspect des choses. Je ne peux pas dire pour autant que ça ait tellement contribué à me remonter le moral. Mais je crois que je vais demander à Coca-Cola de me muter à nouveau en Inde. Histoire de faire une autre tentative. Je crois que c'est ce que Priscilla aurait voulu me voir faire.

Note de Priscilla Hart à Lakshman

21 août 1989

J'ai lu le poème que tu m'as fait parvenir au bureau par l'intermédiaire de Mitha Mohammed. Je ne sais pas pourquoi tu me l'as envoyé, si ce n'est pour m'obliger à voir notre relation sous un jour différent. Peut-être que toi aussi, Lucky, tu aurais besoin de voir les choses différemment.

Tu n'as pas pris le moindre risque dans cette relation. Pas le moindre. Moi si. J'ai pris le risque de tomber amoureuse d'un homme marié, et j'en suis bel et bien tombée amoureuse, mais je suis prête à assumer cette responsabilité. Excuse cette tache sur le papier... c'est une larme. Mais épargne-moi ta compassion, s'il te plaît ! C'est ton amour que je veux, pas ta pitié.

Ton poème me réduit à « un corps souriant » et à « la chaleur d'une étreinte ». Je croyais représenter davantage pour toi, Lucky. Quand on touche à la vie des autres, il faut prêter davantage attention aux mots que l'on emploie.

Je t'aime de tout mon cœur et de toute mon âme, et je ne veux pas d'une relation avec un homme qui n'aurait pas pour moi les sentiments que j'ai pour lui. Je veux un homme qui m'aime pour ce que je suis et une relation dans laquelle je puisse compter sur la certitude de son amour pour moi. Pour moi, tu comprends ? Pas pour mon corps, pas pour mes étreintes. Pour MOI.

Tu dis que ta fille a besoin de ta présence à ses côtés. Moi aussi, Lucky, j'ai besoin que tu sois là, à mes côtés. Mais ça, tu ne le vois pas, n'est-ce pas ?

Tu n'as pas ton pareil pour comprendre les droits qu'ont les autres sur toi – ta famille, ta fille, sans parler de ton travail. Et

254

moi, Lucky, n'ai-je donc aucun droit sur toi ? Ne suis-je donc rien d'autre qu'un exutoire commode à ta passion, un moyen d'échapper à la banalité du quotidien ? Je sais, moi, où et comment me situer dans cette relation. Mais toi, Lucky, le sais-tu ? Je n'en ai pas l'impression.

Samedi soir, j'ai éprouvé tant de peine à voir ton visage si triste, si perdu. Je crois totalement en nous, mais je ne sais plus que faire. Je ne veux rien de toi que tu ne sois prêt à me donner. Et il est inutile que je te fasse part de mes attentes si tu ne sais comment y répondre, ou si tu penses ne pas pouvoir y répondre en raison de l'existence de ton « autre créancier ».

Je sais, en tant que femme, que je peux prétendre à mieux. Ton poème m'a fait peur. Au bout de six mois de cette relation avec toi, je devrais savoir où j'en suis, et ce que je puis attendre de toi. Je t'aime très profondément, Lucky, mais moi aussi je souffre. Je me rendrai au Kotli demain, ponctuellement comme chaque mardi et chaque samedi, pour être à ta disposition pendant que ta femme est au temple. Mais je ne suis pas sûre de pouvoir me satisfaire encore longtemps de cette situation, Lucky. Lors de cette rencontre, il te faudra me donner des réponses précises.

Gurinder à Lakshman

Lundi matin, 21 août 1989

Dis donc, séducteur de mes fesses, qui n'arrêtes pas de me parler des plaisirs de l'amour physique, tu sais ce que j'ai fait le week-end dernier ? Et pour ton bien, encore ? Tiens-toi un peu, j'ai lu le *Kama Sutra*. Eh oui, je me suis tapé ce mémorable hommage de la civilisation indienne aux plaisirs de la chair. Dans la traduction classique de Sir Richard Burton et de cet enfoiré d'Arbuthnot, pas moins. Ben mon vieux, j'aurais jamais cru qu'on puisse rendre le sexe aussi ennuyeux. Des pages entières de détails anatomiques – les neuf types d'union sexuelle, les soixante-quatre positions, les descriptions de toutes les sortes de marques qu'une femme peut faire avec ses foutus ongles, la question de savoir si le vagin de la femme doit être assimilé à celui de la jument ou à celui de l'éléphante. Mais qu'est-ce qu'on en a à foutre que l'étreinte d'une femme soit comme « l'enlacement du lierre » ou comme « l'ascension d'un arbre » ? Et t'as déjà vu quelque chose de plus grotesque que la liste dressée par Vatsyayana des bruits que font les femmes quand elles se font astiquer – Fut, Fat, Chout, Chlouk, Plaf ? Plaf... j'te demande un peu ! Bref, là où je voulais en venir, c'est que, d'accord, je reconnais que l'amour physique est une bonne chose, et que le plaisir sexuel est peut-être bien le plus grand des plaisirs qui existent sur terre, ce n'est pas moi qui dirai le contraire ! Mais son plus grand défenseur, ce vénérable gourou du sexe, l'immortel Vatsyayana lui-même, dit, et je cite : « Une fille qui a déjà connu l'accouplement, autrement dit, qui n'est plus vierge, ne doit pas être aimée, car ce serait condamnable. » Vérifie toi-

256

même si tu ne me crois pas – deuxième partie, chapitre un. Condamnable, qu'il dit, tu piges ?

Et c'est pourquoi je te condamne, Lucky. Je t'ai toujours admiré, mon pote. Admiré comme tu n'as pas idée. Tu as fait un travail fantastique dans cette ville. Tu es du genre à rester à ton boulot jusqu'à point d'heures, même si ta foutue femme t'attend à la maison pour aller à une soirée. Du genre à défendre tes principes envers et contre tous, les hommes politiques, les entrepreneurs de travaux publics, les patrons et les employés. Tu crois à ton métier. Tu le fais avec honnêteté et efficacité. Et tu le fais bien. D'accord, tu as découvert quelque chose que tu ne connaissais pas jusqu'ici – et après ? Profites-en pendant que tu peux, et passe à autre chose ! Comme quand tu passes d'un poste à un autre. On ne fout pas sa vie en l'air pour une histoire de cul, mon vieux. Ou même pour une histoire d'amour physique, si tu penses que c'est de ça qu'il s'agit. Tu ne vas pas renoncer à tout ce pour quoi tu as vécu jusqu'à maintenant parce que ta bite te dit qu'elle s'en paye une bonne tranche.

Et je ne suis pas le seul à te le dire, Lucky. N'oublie pas ce putain de *Kama Sutra*.

Lettre de Priscilla Hart à Cindy Valeriani

22 août 1989

Cin, ma chérie, je donnerais n'importe quoi pour que tu sois ici à Zalilgarh ! Je ne sais pas comment je vais pouvoir faire face à ce qui m'arrive sans t'avoir pour parler avec moi, pour me serrer dans tes bras et me dire que tout va s'arranger. Je vois Lucky ce soir : plus rien ne va, j'ai peur de lui avoir demandé quelque chose qu'il n'est pas capable de me donner. Et je ne veux pas le perdre, Cin. Il est tout ce que j'ai toujours recherché dans un homme... je sais, ça a l'air ridicule. Mais c'est la vérité, et je l'aime vraiment, Cin, je l'aime à en mourir. Ce que je ne sais pas, c'est si lui m'aime suffisamment pour abandonner ce qu'il connaît en échange d'une vie avec moi...

Pour couronner le tout, comme si je n'avais pas assez d'ennuis comme ça, tu ne devineras jamais ce qui est arrivé ce matin. Un gamin que je connais, parce que c'est lui qui apporte le thé et les messages au bureau de Lucky, et que tout le monde appelle Mohammed le sucré, est venu au Centre aujourd'hui. Il se trouve qu'il est le voisin, ou le neveu, ou quelque chose d'approchant, peu importe, de cette femme dont je t'ai déjà parlé, Fatima Bi, tu te souviens ? Cette musulmane qui a sept marmots. Bref, ils vivent tous un peu les uns sur les autres dans le *basti* musulman. Il est venu ici porteur d'un message de Fatima Bi, qui voulait me voir de toute urgence. Et cela de la part d'une femme qui s'est fait rouer de coups par son mari et s'est vu interdire de remettre les pieds au Centre ! Kadambari n'était pas chaude du tout pour retourner là-bas (elle est hindoue, entre parenthèses, ce qui ne fait rien pour arranger les choses dans le climat tendu qui

258

règne en ce moment. Quant à moi, on me remarque comme le nez au milieu de la figure partout où je vais ; difficile donc de me rendre chez Fatima Bi sans que tout le monde soit au courant). Kadambari a essayé de me persuader de répondre que nous ne pouvions rien faire, ce qui m'a exaspérée. « C'est pourtant ce genre de travail que nous sommes censées accomplir, lui ai-je dit, d'un ton un peu brutal, j'en ai peur. Si cette femme a le courage de nous demander notre aide, malgré les risques auxquels elle s'expose, je ne vois pas comment nous pouvons nous dérober. Il faut absolument que nous y allions ! »

C'est ce que nous avons fait, finalement, et devine un peu... Cette pauvre Fatima Bi, qui a déjà sept enfants, c'est-à-dire six de trop pour pouvoir prétendre les élever tous correctement, venait de découvrir qu'elle était à nouveau enceinte. Pour la huitième fois, tu imagines !

Nous l'avons trouvée hors d'elle, mais pleine d'une belle détermination. Elle nous a demandé ce qu'elle pouvait faire. Kadambari et moi le lui avons expliqué et lui avons parlé d'un avortement à l'hôpital de la ville. « Vous voulez dire enlever l'enfant ? Le détruire ? » Elle a accusé le coup quand nous lui avons répondu par l'affirmative, et elle a fermé les yeux très fort pendant un moment. Mais quand elle les a rouverts, elle nous a posé une question d'ordre purement pratique : avait-elle besoin de l'accord de son mari pour aller à l'hôpital se faire avorter ?

Nous lui avons dit que tel n'était pas le cas. Qu'elle était une adulte libre et responsable. Et qu'au regard de la loi, elle était libre de disposer de son corps comme bon lui semblait, qu'elle pouvait prendre sa décision sans en référer à personne.

Elle a aussitôt déclaré que, dans ces conditions, elle était décidée.

Elle nous a regardées, et j'ai découvert une nouvelle femme, Cin. Qui n'avait plus rien de la femme battue et effrayée de nos précédentes rencontres. Son visage était calme. Elle avait accompli sa révolution.

Elle nous a simplement demandé si nous pouvions l'aider. Kadambari a commencé à dire que tout ce que nous pouvions faire, c'était lui donner l'adresse et le numéro de téléphone du service qui pratiquait les avortements, mais je l'ai aussitôt interrompue. Je savais que Fatima serait incapable de téléphoner, moins encore de se rendre à l'hôpital seule pour s'occuper de tout : « Nous allons vous prendre un rendez-vous », lui ai-je dit. C'était outrepasser un peu nos droits, mais j'avais le sentiment que Fatima Bi avait tant fait pour prendre son corps et sa vie en mains que nous ne pouvions lui refuser l'aide minime qu'elle nous demandait.

Kadambari n'a pas du tout apprécié. Cette femme ne croit pas vraiment à notre cause ; pour elle, c'est juste un travail comme un autre. Elle m'a regardée de ses yeux noirs insondables, ses cheveux noirs tirés en arrière dégageant son visage jaunâtre et creusé, et j'ai bien compris qu'elle ne voyait en moi qu'une empêcheuse de tourner en rond, une étrangère qui se mêlait de ce qui ne la regardait pas et lui rendait les choses encore plus difficiles. Mais je n'avais pas l'intention de supporter ses humeurs. « Vous êtes un travailleur social, lui ai-je rappelé. Il serait temps que vous fassiez la preuve de la dimension sociale de votre travail. » Je crois qu'elle ne me le pardonnera jamais.

Bien entendu, j'ai demandé à Fatima si elle ne craignait pas la réaction de son mari quand il apprendrait notre visite. Il risquait fort d'en entendre parler par les voisins, ou par quelque autre habitant de ce *basti* surpeuplé. Et la même chose ne risquait-elle pas d'arriver le jour où elle se rendrait à l'hôpital ? Je ne voulais pas voir Fatima agir sans avoir tout bien pesé.

Il se trouve que son mari, Ali, est parti pour trois jours. Elle veut que la chose soit réglée à son retour.

« Et après ? lui ai-je demandé. Est-ce qu'il ne va pas être furieux ?

— Si, bien sûr, a-t-elle répliqué d'une voix sans timbre dans le silence de midi. Mais il sera trop tard. Ça n'aura plus d'importance. »

Lakshman et Priscilla

22 août 1989

— Je t'aime.
[*Un silence*]
— J'ai dit, je t'aime.
— Oui, j'ai entendu.
— C'est tout ce que tu as à dire ?
— Comment ça ?
— Comment ça, comment ça ?
— Je sais ce que je veux dire, moi, quand je dis que je t'aime. Je ne le dis pas souvent. Ni à la légère. Mais toi, quand tu le dis, qu'est-ce que ça veut dire pour toi ?
— Ça veut dire que je t'aime. Que j'aime le son de ta voix. Tes cheveux qui tombent en cascade sur ton visage. La manière dont tu te déplaces, tes mouvements quand tu t'assieds, que tu t'allonges ou que tu te relèves. J'aime l'habitude que tu as d'écrire des poèmes, et de les cacher dans ton album. J'aime faire l'amour avec toi, et l'expression de ton visage quand je bouge en toi. Les bruits que tu fais sur notre petit matelas dans cette pièce enchantée. J'aime être aimé de toi.
— Je sais que tu m'aimes. Ce que je ne sais pas, c'est jusqu'à quel point.
— Je t'aime ! Ça ne te suffit pas ? Je ne pense pas qu'il soit possible d'aimer quelqu'un plus que je t'aime.
— Ce ne sont que des mots. Et les mots restent des mots tant qu'on ne les traduit pas en actes.
— Mais mon amour, c'est bien ce que je fais. Je suis ici avec toi, non ?

261

– Oui, pour l'instant. Mais dans une heure, tu seras parti. Pour aller retrouver ta femme, ta fille. Un foyer que tu ne partages pas avec moi.

– Tu connais ma situation. Je ne te l'ai jamais cachée.

– Je connais ta situation. Mais ça ne rend pas les choses plus faciles.

– Je sais que ce n'est pas facile pour toi. Ça ne l'est pas non plus pour moi.

– Ça l'est pourtant davantage. Une femme à ta disposition, deux soirs par semaine. Sans avoir à renoncer à quoi que ce soit par ailleurs. Ni à ton travail, ni à ta vie sociale, ni à ta famille, ni à tes engagements officiels. Tu jouis de tout, en toute tranquillité. Moi comprise.

– Ça a l'air si simple, à t'entendre. Comme si cela ne demandait aucun effort, aucun engagement, que de vouloir réserver dans ma vie un espace à ta mesure, un espace qui a fini par envahir tout mon être. Je n'avais pas de place pour toi dans ma vie, Priscilla. Je n'avais aucun besoin de toi. Je m'étais appliqué à vivre une vie sans amour. Je te l'ai dit au début de notre relation. Je t'ai dit que c'était une folie. Et pour toi. Et pour moi. Tu te souviens de ce que je t'ai dit lors de notre deuxième rencontre au Kotli, quand tu m'as envoyé ce mot et que je suis venu te retrouver ici ? Je t'ai dit : « Je suis surchargé de travail, et marié de surcroît. » Tu as répondu que tu t'en moquais.

– Je m'en moque toujours.

– Mais non. Tu ne t'en moques absolument pas, puisque tu viens de me le rappeler.

– Mais comment ne pas te le rappeler ? J'ai constamment à l'esprit l'idée que l'homme que j'aime n'a de place pour moi à aucun moment de sa journée, sauf s'il s'agit d'un mardi ou d'un samedi. Qu'il sacrifiera une soirée avec moi à un dîner avec sa femme. Que quand il est avec moi, c'est pour une heure, au mieux deux, et qu'après, il partira, me laissant avec ma solitude pour toute compagnie.

– Est-ce que tu n'aurais pas été plus seule encore sans moi ? Écoute, je sais ce que tu ressens. Et je ne nie pas ma responsabilité.

– Je sais. Mais à quoi as-tu dû renoncer pour moi ?

– À ma tranquillité d'esprit.

– Ça fait partie des risques du métier. Quand on veut sa tranquillité d'esprit, il ne faut pas tomber amoureux.

– Je n'en avais pas l'intention. Quand je me retrouve en train d'essayer de concilier les mille choses qui constituent ma vie, quand je suis assailli de remords à l'idée que je néglige ma fille, que je laisse les dossiers s'accumuler dans ma boîte à courrier, que je préfère passer deux heures en ta compagnie plutôt que d'aller au temple avec ma famille, que ma présence peut être réclamée précisément à un moment où je serai dans l'incapacité d'expliquer mon absence, j'ai vraiment le sentiment d'avoir fait la chose la plus irresponsable qui soit en tombant amoureux.

– Quel drôle de mot à utiliser à propos de l'amour. Irresponsable ! Ainsi, tu es assailli de remords pour t'être montré irresponsable. Je ne vois pas bien où est le sacrifice dans tout ça. D'autres renonceraient à tout pour avoir la femme qu'ils aiment. Toi, tu n'as renoncé à rien.

– Pourquoi faudrait-il absolument renoncer à quelque chose ?

[*Un silence.*]

– D'ailleurs, je l'ai fait. J'ai renoncé à mes certitudes.

– Tes certitudes ?

– Parfaitement. J'ai renoncé à l'ordre soigneusement établi de ma vie, à ses *a priori*, ses compromis, son côté prévisible. J'ai renoncé au sentiment qu'un brahmane passe toute sa vie à tenter de mettre en œuvre : s'ancrer dans le monde. T'aimer, c'est partir à la dérive. C'est accepter que tout, autour de moi, ne soit que turbulence. C'est ne pas savoir si je vais voguer avec toi vers un paradis neuf et ensoleillé ou si, au contraire, je vais m'échouer sur les rochers. Pour moi, à ce stade de ma vie, c'est beaucoup, crois-moi.

– Moi aussi, vois-tu, j'ai renoncé à quelques bricoles. Sais-tu ce que c'est que de ne pas pouvoir parler à l'homme que tu aimes quand tu en aurais le plus besoin ? Sais-tu la douleur que je ressens à avoir besoin de toi tout en te sachant hors d'atteinte ? D'avoir à nous cacher tout le temps, de ne pouvoir sortir ensemble, de t'apercevoir à l'autre bout d'une pièce pleine de monde sans pouvoir dire que nous sommes l'un à l'autre et que je quitterai cet endroit avec toi ?

— Tu crois peut-être que je n'éprouve pas la même chose ? Tu crois peut-être que je n'ai pas envie, moi aussi, de crier au monde entier « Elle est à moi. Je l'aime, et elle m'aime » ?

— Mais tu ne peux pas. Parce que tu as trop à perdre.

— Exactement.

— Ou peut-être parce que tu n'es pas vraiment sûr de ton amour.

— Sottise. Tu sais parfaitement que je t'aime.

— Les Français ont coutume de dire : « Il n'y a pas d'amour. Il n'y a que des preuves d'amour. »

— Des preuves de mon amour, tu en as eu beaucoup.

— Ah oui ? Et quand ? Quand on fait l'amour ? D'autres qui ne prétendaient nullement m'aimer m'ont fait l'amour avec tout autant de passion.

— Inutile de me le rappeler.

— Lucky, ton amour, tu ne le prouveras jamais assez. Du moins tant que tu n'auras pas renoncé au confort de ton autre vie pour moi. Tant que tu ne m'auras pas dit : « Sois à moi pour toujours. Aux yeux du monde. »

— Tu es à moi pour toujours. À mes yeux. Dans mon cœur. Tu le sais.

— Non, je ne suis pas sûre de le savoir. Je me dis parfois que je ne suis pour toi qu'une sorte de fantasme romanesque. À t'entendre, je suis dans ton cœur. Mais je crois que tu n'as pas la moindre idée de l'endroit où il se situe, ce cœur. Il n'est en fait qu'un compartiment de ton esprit. Où j'occupe un petit espace, soigneusement cloisonné, séparé de ton travail, de tes poèmes, de ta famille. Quand tu es avec moi, tu vis dans cet espace. Mais en dehors de lui, je n'ai aucune espèce de réalité.

— Là, tu es injuste. Je pense à toi, je t'aime, je te respire, où que je sois. Tu m'accompagnes dans mon cœur partout, dans les réunions, les dîners officiels, les rencontres avec les hauts fonctionnaires. Tu te joins à des discussions dont tu n'as pas entendu le début. Je t'imagine assise à côté de moi dans des endroits où tu n'as jamais mis les pieds. Tu n'es pas enfermée, comme tu le dis, dans un compartiment de mon esprit. C'est toute ma vie que tu envahis.

– Je te le répéte, je ne suis qu'un fantasme.

– Je te jure que c'est faux.

– Tu ne m'as jamais rien juré, Lucky. Tu t'attends à ce que je te donne mon amour, sans condition, mais tu ne me donnes rien en échange.

– Rien ?

– Ce n'est pas exactement ce que je voulais dire. Tu me donnes ton affection, tes poèmes, un petit cadeau de temps en temps, un ou deux dîners, tu m'aides dans mon travail de toutes sortes de manières. Mais jamais, tu ne m'as donné l'assurance d'un avenir. Il t'arrive parfois de parler de nous deux en Amérique, ou en Inde, mais ce sont des idées en l'air, rien de plus. Le problème, c'est que j'ai mis du temps à le comprendre.

– C'est injuste. Chaque fois que nous avons parlé ensemble de notre avenir, j'étais sincère. J'ai bel et bien envisagé de mettre ma vie sens dessus dessous. J'ai souffert les pires tourments en pensant à la souffrance que cela représenterait pour ma famille, pour ma fille, à ce que cela signifierait pour ma carrière, ma place dans l'univers. Tout en me disant que j'étais prêt à payer le prix puisque tu m'aimais et que je t'aimais et que j'aurais une nouvelle chance d'être aimé dans le monde – alors même que j'avais abandonné tout espoir de jamais vivre une telle expérience. Et puis, chaque fois, je pense à ma fille, la victime la plus vulnérable et la plus innocente de mon bonheur futur, et je me sens incapable de poursuivre.

– Tu ne peux pas poursuivre, et tu n'arrêtes pas de dire que tu m'aimes.

– Mais bien sûr que je t'aime. Je t'aimerai aussi longtemps que je vivrai.

– Sans pouvoir pour autant me donner l'assurance que nous serons ensemble.

– Je ne veux pas te mentir. Je veux simplement t'assurer d'une certitude que je ressens au plus profond de moi. Je suis certain de mon amour. Je ne suis pas certain d'être prêt à risquer de détruire ma fille pour vivre cet amour. Est-ce que tu comprends ça ?

– Et tu n'as pas peur de me perdre ?

– Plus que de toute autre chose, à l'exception de perdre ma fille.

– Mais tu n'aurais à perdre ni l'une ni l'autre. Ta fille sera toujours ta fille, Lucky. Et tu n'as pas à renoncer à moi. Je pourrais être tienne si facilement. Il suffirait que tu t'engages, clairement, maintenant.

– Je ne peux pas. Pas maintenant.

– Ce que je comprends, c'est que tu as peur. Pour ta fille.

– J'ai peur. Mais pas seulement pour ma fille. Pour toi, aussi.

– Pour moi ? Pourquoi ?

– Écoute, c'est difficile à dire sans te blesser, ce que je ne voudrais pour rien au monde.

– Vas-y.

– Ce n'est pas facile. Tu viens d'un univers tellement différent, Priscilla. J'aurais beaucoup à faire pour m'y adapter si j'étais ton... mari.

– Ce ne serait pas si difficile que ça, Lucky. Tu es bien plus occidentalisé que tu ne le crois. Tu t'adapteras sans problème.

– Ce n'est pas à ce genre d'adaptation que je pensais. Mais à des remises en question personnelles. Écoute, je vais essayer de t'expliquer. C'est une pensée qui m'est venue dès le début, mais que chaque fois j'ai repoussée, en me disant que ça n'avait pas beaucoup d'importance. Dans ma culture, aucun homme qui se respecte ne donnerait sa *mangalsutra*, sa bague, son nom, à une femme qui est allée avec d'autres types avant lui. Jusqu'à notre rencontre je n'avais même jamais imaginé me retrouver un jour dans la peau d'un homme en face duquel un autre pourrait se dire : « J'ai couché avec sa femme. J'ai vu sa femme nue. Elle m'a donné du plaisir. »

– Tu es malade.

– Je suis indien, c'est tout. Et autant que je sache, je ne pense pas différemment de la grande majorité des gens de par le monde : la femme que tu épouses est la dépositaire de ton honneur.

– Je n'en crois pas mes oreilles ! Et tu te dis instruit, évolué ! Et nous sommes en 1989 !

– Mais justement, c'est là le problème. J'ai effectivement appris. Je suis devenu un homme instruit de 1989. J'ai pris sur moi pour me persuader qu'une telle idée appartenait à un autre âge. J'ai appris à t'aimer sans laisser l'ombre des autres hommes venir s'interposer entre mon amour et ton corps. Je suppose, que sans même m'en rendre compte, je partageais l'opinion qui prévaut chez nous, à savoir qu'il y a deux sortes de femmes : celles avec lesquelles on couche, et celles que l'on épouse. J'ai travaillé délibérément à me défaire de cette croyance. Quand j'ai commencé à coucher avec toi, je ne pensais à rien de permanent, encore moins à t'épouser. Et puis je suis tombé amoureux. Et puis, je me suis trouvé dans la situation de vouloir épouser la femme avec laquelle je couchais.

– Comme ça tombait bien !

– Épargne-moi ton ironie, veux-tu. Ce que tu m'as dit de ton passé m'a tourmenté bien plus que je ne l'ai laissé paraître. Mais je me disais qu'il fallait que je comprenne la culture dont tu étais issue. Que, suivant tes critères, tu étais pratiquement vierge. Et que ce qui comptait par-dessus tout, c'est que tu m'aimais.

– Effectivement.

– Je me suis dit, quelle importance si elle a couché avec d'autres types avant moi ? Ce qui est importe, c'est qu'elle est avec moi, maintenant. C'est moi qui l'ai. Et pas les autres.

– Exactement.

– Je voudrais tellement que ça ne compte pas, tu sais. Mais peux-tu m'en vouloir si je m'inquiète ? Comment puis-je être sûr qu'une femme qui a couché avec six hommes n'envisagera jamais de coucher avec un septième ? Puis-je me permettre de m'engager dans un amour qui pourrait m'être retiré comme il a été retiré à d'autres avant moi ? Ou bien faut-il que je me dise : aime-la pendant qu'elle t'aime, aime-la pendant qu'il est temps, et laisse l'avenir se charger du reste ?

– Qu'est-ce que tu racontes ? L'avenir ne se charge de rien du tout. Si tu en veux un d'avenir, c'est à toi de t'en occuper.

– J'essaie simplement de t'expliquer mes angoisses. J'ai un métier dans lequel j'essaie d'œuvrer pour le bien de mes concitoyens. J'ai une fille que je voudrais voir faire son chemin dans le monde. Et je t'ai, toi. Ou du moins, c'est ce que je crois. Mais j'ai peur.

– Tu ne peux m'avoir que si tu me veux, Lucky. Que si tu m'aimes vraiment.

– Je t'aime, Priscilla. Mais...

– Mais quoi ?

– Mais il y a trop de choses en jeu. Je me demande si j'arriverai à trouver la force d'accepter l'idée de t'aimer assez pour te laisser partir.

– Mais comment peux-tu dire une chose pareille ? C'est n'importe quoi. Comment peux-tu m'aimer et songer à me laisser partir ?

– Je ne sais pas. Tout ce que je sais, c'est que ce serait aussi douloureux que l'amputation d'un membre. Que pendant des années, je vivrais hanté par l'idée de ce qui aurait pu être. Et pourtant, comme ce vieil Oscar l'a si bien dit : « En amour, on commence toujours par se tromper soi-même, et on finit toujours par tromper les autres. » Je suppose que je me suis trompé moi-même ; je n'ai jamais eu aucune intention de te tromper toi. Mais plus j'y pense, et plus il me semble que te laisser partir serait la meilleure chose à faire.

– Pour qui ? Pas pour moi.

– Pour ma famille, pour Rekha, et si, pour toi, aussi. Tu as un magnifique avenir devant toi. Je ne voudrais pas t'en priver. Si je devais te dire : Priscilla, ma chérie, je ne sais pas ce que sera notre avenir, je n'ai que doutes et incertitudes, je t'aime mais je vis dans l'angoisse, je ne sais pas si j'ai le droit de t'infliger cela, reprends ta liberté si c'est ce que tu souhaites... que ferais-tu ? Quelle est la meilleure solution pour toi ? Réfléchis, veux-tu ? Mais, je t'en prie, ne doute pas de mon amour. Tout ce que je viens de dire, je l'ai dit par amour pour toi. Même le fait que je suis prêt à te laisser partir.

– J'ai du mal à croire ce que je viens d'entendre. Serais-tu en train de me dire que tu veux que moi, je m'engage avec toi, mais que toi, tu ne peux pas quitter ta femme et ta fille ? Que tu pourrais éventuellement les quitter pour moi si je n'avais pas couché avec d'autres hommes ? Que tu m'aimes, mais pas suffisamment pour envisager de bouleverser ta vie pour vivre avec moi ? J'ai l'impression que tu ne sais plus du tout où tu en es.

– C'est le cas, en effet. Quand nous nous sommes connus, je me suis d'abord dit que rien d'autre n'avait d'importance. Ni ma femme, ni mon travail, ni mon enfant, ni ton passé. Mais je me suis bientôt aperçu que c'était faux. Que je ne peux pas simplement plaquer tout ça et m'en aller.

– En revanche, tu peux me plaquer, moi.

– Mais non, je ne peux pas. Tu ne comprends donc pas combien je souffre ?

– Et toi, donc, tu ne comprends donc pas que je ne vais pas attendre indéfiniment que tu te décides ?

– Si, je comprends.

– Tu comptes plus pour moi que personne n'a jamais compté. Je croyais que nous avions un avenir ensemble.

– Je t'en prie, ne pleure pas. Tiens, prends mon mouchoir.

– Je ne te comprends pas, Lucky. Tu me dis que je suis la femme dont tu as toujours rêvé, que je comble tous tes désirs, toutes tes aspirations, et quand je te dis que je ressens la même chose et que je veux que nous restions ensemble pour toujours, tu te dérobes ?

– Non, Priscilla, je ne me dérobe pas. Je t'aime. Mais je ne peux pas briser ma famille, détruire la vie de ma fille...

– Jamais je ne te demanderais une chose pareille. Est-ce que tu ne peux pas enlever ta fille à ton horrible femme ?

– Je doute qu'un tribunal tranche en ma faveur. Et avec la vie que j'ai, mon travail, comment voudrais-tu que je m'occupe d'elle ?

– Je t'aiderais.

– Mais tu n'es pas sa mère, Priscilla. En dépit de tous ses défauts, sa mère, c'est Geetha.

– Enlève ton bras, Lucky. Laisse-moi partir.

– Je ne veux pas que tu partes.

– Non, tu veux que je reste pour pouvoir me baiser tranquillement avant de retourner chez ta femme. Merci bien, ce scénario, je le connais par cœur, et je n'en veux plus.

– Priscilla, ne t'en va pas, je t'en prie.

[*Un silence*]

– Priscilla, je t'aime.

[*Un silence. Un long silence, suivi du grincement d'une porte, de reniflements dans l'escalier, du frottement d'une chaîne de bicyclette et du craquement étouffé de brindilles écrasées par des pneus. Puis à nouveau, le silence.*]

Extrait du journal de Lakshman

22 août 1989

Des mots, aurait dit ce vieil Oscar, rien que des mots – mais ô combien terribles, douloureux et cruels. Y a-t-il rien de plus vrai que les mots dont nous nous servons pour définir notre vie ?

Je me souviens d'un *sadhu* chez qui mes parents m'avaient emmené un jour, un vieil homme nu et ratatiné, à la peau flasque incroyablement plissée, aux cheveux rares et indisciplinés, avec pour tout ornement une longue barbe blanche. Nous sommes restés assis à ses pieds pendant ce qui m'a paru une éternité, mais quand j'ai voulu parler, il a levé un doigt tout fripé jusqu'à ses lèvres décolorées. « Quoi que tu aies à dire, mon fils, a-t-il dit, dis-le en silence. »

Conseil que j'oublie trop souvent : quoi que tu aies à dire, dis-le en silence.

Avec Priscilla désormais, le silence, c'est tout ce qu'il me reste.

Lettre de Lakshman à Priscilla

25 août 1989

Priscilla, ma chérie,

Je t'en prie, essaie de comprendre ce que je suis en train de vivre. Les trois jours qui se sont écoulés depuis notre dernière rencontre sont les pires que j'aie jamais connus. J'étais au désespoir après ton départ, et je n'ai pas réussi à dormir. Je me sens malade, physiquement. Je t'ai dit que te perdre serait aussi douloureux que l'amputation d'un membre – on dit qu'on continue à avoir mal à l'endroit où se trouvait le membre amputé. Dans mon cas, c'est le cœur qui souffre.

J'ai le sentiment de m'être infligé à moi-même une terrible mutilation en voulant t'expliquer pourquoi je ne pouvais m'engager avec toi comme tu le souhaites. Te regarder disparaître dans l'obscurité sur ta bicyclette mardi dernier a été, je t'assure, l'expérience la plus déchirante de ma vie.

Comme on fait son lit, on se couche, dit-on, et force m'est de me coucher dans celui que je me suis fait. Je suis triste, accablé, et je souffre terriblement, et ma souffrance n'est pas rendue plus supportable par le fait que j'ai choisi de me l'infliger moi-même. J'aurais pu te raconter des fadaises, mais tu méritais la vérité. Comment aurais-je pu agir autrement, Priscilla, si je voulais rester fidèle à moi-même et remplir mon devoir de père et mes obligations en tant qu'homme ? C'est le choix le plus difficile que j'aie jamais eu à faire, et quelque part, je n'arrive pas encore à croire que j'aie pu le faire.

272

Je ne supporte pas l'idée de ne plus te voir au Kotli. J'y serai de toute façon demain, comme d'habitude. Je comprendrai que tu n'y viennes pas. Mais je souffre bien trop pour vouloir être ailleurs samedi. J'irai donc, même si c'est pour me retrouver seul avec mes souvenirs.

Puisse la divine Providence en laquelle nous croyons tous deux t'accorder force et bonheur, et m'en laisser une petite part.

Ton toujours fidèle (un)Lucky

Extrait du journal de Lakshman

26 août 1989

Elle vient à lui, ce samedi-là, bien sûr. Laisse sa bicyclette dans les buissons et monte sans faire de bruit le vieil escalier en pierre qui mène à leur repaire. Il est assis sur la marche, les cheveux balayés par le vent, à regarder le fleuve, pensif, tandis que l'obscurité avance lentement pour enlacer l'horizon. Elle l'aperçoit, et son sang se fige dans ses veines, comme une écharpe qui se prend à un bouton de porte. Elle en trébuche sur le seuil, et a du mal à retrouver son équilibre. Il se retourne, les yeux embués, et quand il la voit, la chape de plomb qui pèse sur ses épaules devient plus légère qu'un voile. Il se lève et bondit vers elle, et elle se débat dans ses bras, prisonnière comme un papillon que la bourrasque empêche de voler. Et il l'embrasse avec une telle fougue qu'elle en perd le souffle. Elle s'abandonne au contact de ses mains qui courent sur son corps comme pour s'assurer qu'elle est bien là, tout entière. Rassuré, il se sent délesté tout à coup, et ses yeux brillent d'un plaisir indicible quand, à son tour, elle caresse son visage, toujours silencieuse. Il lui prend les doigts, les couvre de baisers, et avant qu'elle ait eu le temps de réagir, il est sur elle, en elle, et c'est comme s'il jouait l'air qu'elle connaît si bien et qu'il n'a jamais cessé de jouer. Après, aucun des deux ne parle, chacun a peur de ce que l'autre pourrait dire.

Ils ont raison de ne rien vouloir dire, comment pourraient-ils expliquer, l'un ou l'autre, ce qui s'est passé ? Dans sa tête à lui, tout est brouillé, et pourtant indélébile. Il lui enlève ses vêtements ; la jupe en coton douce au toucher, avec son imprimé virevoltant, le corsage ample et confortable, aussi léger et inflammable que l'être prêt à s'embraser qu'il enveloppe. Les agrafes de son soutien-gorge ne lui résistent pas, sa culotte glisse le long de ses jambes avec la légèreté d'un fétu de paille, et elle est nue dans ses bras impatients, abandonnée sans condition. Il continue à l'embrasser en la faisant pivoter sur elle-même, et elle ne montre aucune surprise à se retrouver ainsi sur les genoux. Il est derrière elle maintenant, tirant sur la ceinture de son pantalon, et il les voit tous deux dans la glace, cette longue glace où ils ont regardé si souvent le soleil se coucher, mais qui révèle maintenant, au milieu des ombres envahissantes, la pâleur de son corps à quatre pattes sous lui, son visage détourné, ses seins qui se balancent au rythme de ses coups de boutoir tandis qu'il la prend par derrière. Sa conquête le transporte, il la regarde dans la glace et sous lui, regarde la courbure de son dos étiré et soumis, regarde ses propres mains posées sur la chair tendre de ses hanches, tout en la pénétrant de son message de possession. Il se souvient que ceci n'est pas censé se produire, que c'est là la seule chose qu'elle a toujours refusée, mais il n'a rien demandé, et elle n'a pas résisté. Il garde les yeux ouverts tout au long, ne les fermant qu'un bref instant au moment où il jouit, instant d'émerveillement pendant lequel il ne voit pas, ou feint de ne pas voir, la larme solitaire qui roule lentement sur son visage défait.

Geetha Lakshman au temple de Shiva

2 septembre 1989

Je viens ici tous les samedis prier avec ma fille, Swamiji, et chercher le réconfort de vos bénédictions et de vos conseils. Vous m'avez dit, rappelez-vous, que la femme pieuse que je suis ne devait pas hésiter à venir vous parler de ses problèmes. Ce soir, j'ai vraiment besoin de votre aide, Swamiji.

Hier, l'ami de mon mari, Gurinder, m'a dit qu'il avait à me parler. Il a dit qu'il avait longuement réfléchi et longtemps hésité, mais que maintenant il n'avait plus le choix. Il m'a fait jurer de ne jamais souffler mot à mon mari de ce qu'il allait me confier. Et puis il m'a dit... *aiyo*, une chose vraiment terrible. Il m'a dit que mon mari était amoureux d'une autre femme – cette Américaine aux cheveux jaunes, bien sûr – et qu'il voulait me quitter. Qu'il songeait à nous quitter moi et ma fille pour partir avec elle en Amérique.

Gurinder m'a dit que s'il me racontait tout cela, c'était parce qu'il voulait que je fasse tout ce qui était en mon pouvoir pour empêcher une pareille chose. Il veut, m'a-t-il dit, sauver mon mari de lui-même. S'il a fait cette démarche, c'est au nom de l'amitié qui les lie tous les deux, parce que mon mari a refusé de l'écouter quand il lui a dit que ce qu'il s'apprêtait à faire n'était pas bien.

Mais que puis-je faire ? lui ai-je répondu, désemparée. C'est à vous de voir, m'a dit Gurinder. Suppliez-le. Aimez-le. Faites-lui comprendre qu'il est de son devoir de rester. Il faut que vous vous battiez pour conserver votre mari, Geetha, ou bien vous le perdrez.

276

Swamiji, j'en ai eu le cœur brisé. Quand Gurinder a été parti, je me suis précipitée dans le bureau de mon mari, là où il garde tous ses papiers. Il y est souvent, même la nuit. Il écrit tout le temps. Il se lève la nuit pour aller écrire, et moi, je fais semblant de dormir parce que je sais qu'il ne veut pas que je découvre ce qu'il fait. Dans le temps, il m'arrivait, quand il était parti travailler, de me glisser dans le bureau pour lire ce qu'il avait écrit. Mais c'était toujours de la poésie en anglais, trop difficile à comprendre, et je ne prenais plus la peine d'y aller depuis longtemps. Mais là, j'ai compris qu'il le fallait absolument.

Et ce que j'ai découvert m'a brisé le cœur, Swamiji. Tout ce que m'a dit Gurinder est vrai ! Il a bel et bien une liaison avec cette femme. Vous n'imaginez pas les choses qu'il a pu écrire sur ce qu'ils font ensemble. Et puis il a écrit aussi qu'il ne m'aime pas et qu'il songe à nous quitter, moi et ma fille. Qu'est-ce que je peux faire, Swamiji ? Je ne peux pas lui en parler. J'en mourrais si je devais lui dire ce que je sais. Je ne peux que me tourner vers Dieu, Swamiji, et vers vous. Je vous en prie, faites un *puja* spécialement pour moi, pour m'aider à garder mon mari.

Oui, bien sûr, Swamiji. Autre chose qu'un *puja* ? Tout ce que vous voudrez. Non, non, je n'ai pas besoin de demander de l'argent à mon mari. Mon père vous fera parvenir ce qu'il faut. Peu importe la dépense. Peu importe la manière dont vous vous y prenez. Utilisez ce que vous voulez, *tantra*, *tandava*, faites appel à qui vous voulez, Swamiji, mais je vous en supplie, ne laissez pas cette diablesse d'étrangère m'enlever mon mari...

Ram Charan Gupta à Randy Diggs

(traduit de l'hindi)

12 octobre 1989

Je vais être franc avec vous, Mr. Diggs. Je me demande si parler avec vous n'est pas une perte de temps. Vous autres, journalistes et photographes étrangers qui couvrez l'Inde, vous ne vous intéressez qu'à l'Inde que vous voulez bien voir. C'est-à-dire l'Inde de l'horreur, de l'obscurantisme, celle des massacres et des émeutes, comme cette émeute qui vous intéresse tant en ce moment : celle de la pauvreté et de la maladie, des veuves de Bénarès, du système des castes, des intouchables, des pauvres qui font commerce de leur sang ou de leurs reins, des bidonvilles de Calcutta ou de Bombay, des jeunes épouses brûlées vives faute d'avoir apporté une dot suffisante – combien d'histoires de ce genre n'avez-vous pas déjà écrit pour vos lecteurs américains, Mr. Diggs ? Bien sûr, c'est encore mieux quand de gentils chrétiens blancs viennent essayer de mettre un terme à toutes ces horreurs – Mère Teresa, j'en suis sûr, est la coqueluche de vos médias, surtout maintenant qu'elle a eu le prix Nobel, et il me semble bien qu'un Blanc est en train de s'en mettre plein les poches en ce moment en vendant la pornographie de la pauvreté dans un truc qu'il appelle « La Cité de la joie », je me trompe ? Je ne nie pas que ces choses-là existent, Mr. Diggs, mais elles ne représentent qu'une partie de notre réalité, et certainement pas la plus grande. Mais c'est tout ce à quoi vous et vos semblables de la presse étrangère vous intéressez, et c'est cette image-là de l'Inde que vous donnez au monde entier.

Vous protestez, Mr. Diggs ? Ce n'est pas parce que je vous parle en hindi que je suis incapable de lire vos journaux anglo-

278

américains. En fait, j'y trouve matière à poursuivre mon réquisitoire. Je n'ai fait l'inventaire que des nouvelles sombres, mais je sais que vos articles ne sont pas toujours aussi négatifs. Mais qu'en est-il alors, Mr. Diggs ? De l'exotisme, de la couleur locale, rien de plus. Les maharajas et leurs palais, leurs parties de polo, leur fabuleuse richesse, leur luxe et leur prodigalité. Ces gens-là continuent à vous fasciner, vous autres Occidentaux, bien longtemps après avoir perdu l'importance qu'ils ont jamais pu avoir dans mon pays. Bien sûr, vous écrivez aussi sur le Rajasthan, ses fêtes colorées, le Pushkar Mela, les foires aux chameaux, les pèlerinages religieux, les plages de Goa, les sculptures érotiques de Khajuraho. Je suis heureux que ça attire quelques touristes, qui dépensent leurs bons dollars américains, mais, comme vous, Mr. Diggs, ils passent à côté de l'Inde.

Ce qui nous laisse avec quoi, au juste, en matière de nouvelles « sérieuses » ? Une série de clichés réducteurs : la violence intercommunautaire, « le fondamentalisme hindou », la politique laïque du parti du Congrès, le pilote occidentalisé Rajiv Gandhi, les rangs fanatisés de la renaissance religieuse hindouiste. Combien de dizaines de correspondants étrangers y a-t-il à Delhi, Mr. Diggs ? Et combien à s'être écartés de ce menu pour le moins réchauffé ? Combien à avoir écrit des articles à la gloire de la culture et de la civilisation indiennes, ou en hommage à notre histoire, à la grandeur de la philosophie hindoue ? Je n'en connais que fort peu, Mr. Diggs. Et je n'ai aucune raison de croire que vous faites exception à la règle.

Je sais que si vous m'interviewez à propos de cette émeute, c'est uniquement parce qu'une jeune Américaine y a trouvé la mort. De manière tragique, je vous l'accorde. Mais des dizaines de jeunes hindous ont été tués eux aussi, ou poignardés, ou blessés, et que je sache, leur sort ne vous préoccupe guère. Vous et vos semblables êtes toujours prêts à parler des attaques dirigées contre les minorités en Inde, surtout les chrétiens, mais vous vous gardez bien de signaler que ces mêmes minorités – juifs, parsis, chrétiens, et musulmans bien sûr – ont trouvé asile dans ce pays pendant deux mille ans et peuvent depuis toujours pratiquer leur culte en toute liberté. Quand donc vous et vos amis de la presse étrangère allez-vous fournir à vos lecteurs un article sur la richesse et la gloire de ce vieux pays, Mr. Diggs, sur la diversité et la beauté de sa civilisation ?

Ne vous donnez pas la peine de me répondre : je connais la vérité. Avant même de débarquer à Delhi, vous autres *presswallahs* étrangers vous avez vos préjugés, vos stéréotypes et vos prédilections concernant ce pays, et l'expérience ne vous aide en rien à les modifier. Certains de vos clichés sont romantiques : John Masters, Gunga Din, les Lanciers du Bengale, l'enfant de la jungle de Kipling, ce petit Blanc innocent entouré des sombres animaux du royaume hindou... vous les connaissez tous. Mais leurs histoires ne sont pas les miennes, Mr. Diggs. Vous écrivez des histoires occidentales pour un public d'Occidentaux en lui faisant croire que c'est l'Inde.

Parmi vos *a priori* figurent, sans surprise, le sous-développement, le système des castes, les intouchables, les affrontements religieux. Votre norme à vous est un monde qui ne connaît rien de tout cela, un monde prospère, propre et tranquille. Mais n'avez-vous pas Harlem, Mr. Diggs ? Ou la région des Appalaches ? Ne croyez pas que j'ignore qu'il y a des pauvres en Amérique. Que je n'ai pas entendu parler de la discrimination dont sont victimes vos Noirs. Ne pensez-vous pas que c'est au moins aussi terrible que notre système des castes ? Après tout, le plus souvent, l'appartenance à une caste ne se décèle pas à l'œil nu, mais un regard suffit pour distinguer le Noir du Blanc, que je sache ! N'avez-vous pas aussi une Coalition chrétienne ? En quoi est-elle tellement différente de notre Sangh Parivar ? À moins que la croyance religieuse ne soit recevable en politique que si elle est chrétienne, et pas hindoue ?

Combien de distorsions de la réalité et de mensonges occidentaux allons-nous devoir encore gober, Mr. Diggs ? Les Anglais divisent notre pays, et c'est sur nous que vous rejetez la responsabilité. Un chrétien est tué lors d'un différend concernant des droits de propriété, et vous, vous écrivez qu'il a été tué parce qu'il était chrétien. Un homme politique parle de reconstruire le temple le plus sacré de la tradition hindoue qui est la sienne, et vous le traitez de fanatique intolérant.

Il faut bien dire que vous ne semblez guère vous donner de mal pour comprendre les hindous. Vous faites de nous les victimes impuissantes de millénaires d'invasions qui ont commencé avec les Aryens, il y a trois mille cinq cents ans, ce vieux mythe fondateur de l'impérialisme britannique qui visait à faire d'un sous-continent faible et foncé un pays à la merci du pouvoir et de la force de la race blanche. Mais quand les historiens et les archéologues hindous disent que les choses ne se sont pas passées ainsi, que les Aryens étaient des Indiens, qu'ils vivaient ici le long du Saraswati, dont le cours s'est depuis asséché, on les traite de sectaires ou de fantaisistes. Vous n'êtes que trop enclins à vous extasier sur les réalisations des Moghols, sur leur art et leur architecture, alors qu'ils ont pratiquement tout emprunté aux artistes hindous. Saviez-vous, par exemple, que le Taj Mahal est en fait un palais hindou ? Vous vous en prenez au fondamentalisme du mouvement Hindutva, mais vous vous gardez bien de parler des treize siècles de fondamentalisme et d'oppression islamiques contre lesquels il réagit. L'Inde est en train de s'affirmer, Mr. Diggs ; et vos lecteurs ne savent rien de la fierté que recommencent à éprouver les Indiens pour leur pays, leur culture, leur histoire. Mais non, tout ce que vous voyez dans ce renouveau, c'est qu'il menace la « laïcité », ce vieux poncif qui ferait soi-disant partie de la précieuse tradition indienne. Qu'est-ce que c'est que ce dogme importé de l'Occident, devant lequel je serais censé me prosterner ? Le mot « laïcité » apparaît-il ne serait-ce qu'une fois dans les Védas ?

Vous ne comprenez pas, je me trompe ? Aucun d'entre vous ne comprend. Mais ça ne me surprend pas. L'Inde est un pays immense et complexe, Mr. Diggs, fait de paradoxes, de contradictions et d'incohérences qui nous sont propres. Comment s'attendre à ce que vous autres étrangers puissiez le comprendre ? Ou trouveriez-vous, ailleurs dans le monde, pareil mélange de minorités et de castes, pareille profusion de langues, pareille diversité de reliefs et de climats, de religions et de traditions

culturelles, pareille vigueur dans la vie politique, pareille en-
vergure dans le développement économique ? Comment
comprendre un pays dont la population est illettrée à plus de
cinquante pour cent et qui a pourtant le plus grand réservoir au
monde de scientifiques et d'ingénieurs qualifiés ? Que faites-
vous de la pauvreté et de la saleté d'un pays qui a pourtant
conduit un empereur moghol à s'exclamer : « S'il est un paradis
sur terre, c'est bien celui-ci » ? Chaque fois que vous écrivez
quelque chose en prétendant que c'est la vérité, je peux vous
démontrer que son contraire est aussi vrai. Vous venez d'un
pays, Mr. Diggs, où tout est noir et blanc, où il y a les bons d'un
côté, les méchants de l'autre, les cow-boys et les Peaux-Rouges.
Vous n'êtes capable de comprendre l'Inde qu'à partir de vos
propres critères, sans voir que précisément ces critères-là ne
s'appliquent pas ici.

Ne m'interrompez pas, je n'ai pas encore fini. Je sais que vous
n'écrivez pas simplement à partir de vos *a priori* – d'ailleurs, si
c'était le cas, vos patrons vous auraient déjà mis à la porte, non ?
Alors, vous les dissimulez, vos préjugés, en allant parler à des
Indiens. Pas des Indiens comme moi, en règle générale, c'est
pourquoi, d'une certaine manière, je vous suis reconnaissant,
Mr. Diggs, de vous être donné la peine de venir me trouver.
Non, vous parlez à des Indiens qui vous ressemblent – des
Indiens anglicisés, des gens qui seraient incapables de nouer un
dhoti et qui s'enorgueillissent de ne pas manger avec leurs
doigts. Des gens comme l'administrateur de district Lakshman,
que vous avez sans doute l'intention d'aller trouver, si ce n'est
déjà fait. Les gens qui tiennent à tout prix à vous expliquer leur
Inde à eux, Mr. Diggs, sont précisément ceux dont vous devez
vous méfier au premier chef. Ils vous ressemblent beaucoup trop
pour vous être d'une quelconque utilité. Ils se veulent modernes,
sophistiqués, cosmopolites, laïques. Ils n'ont que mépris pour les
« fanatiques hindous », se moquent de notre foi et de nos
croyances, raillent nos traditions. L'Inde telle qu'elle est réelle-
ment les embarrasse, parce qu'ils n'ont qu'une envie, faire partie
du monde. De *votre* monde. Et c'est auprès d'eux que vous
recherchez des informations fiables sur *mon* pays ?

Tout ce que vous tirerez des Indiens auxquels vous parlez, c'est la version New Delhi – même ici à Zalilgarh. Vous autres, correspondants étrangers, ne vous rendez pas compte que New Delhi, ce n'est pas l'Inde. Du moins le New Delhi que vous voyez et que vous entendez à vos réceptions diplomatiques ou à vos cocktails d'hommes d'affaires. L'Inde, c'est moi, Mr. Diggs. Moi je suis indien. C'est moi que vous devez écouter.

Lettre de Priscilla Hart à Cindy Valeriani

3 septembre 1989

Cin, ma chérie, je ne sais pas quoi faire. Je suis retournée le voir, alors même que rien n'est résolu, tout simplement parce que je ne pouvais faire autrement. Je suis retournée au Kotli. Et je l'ai tenu dans mes bras, et il m'a serrée dans les siens, et nous avons fait l'amour. Mais pas comme d'habitude. Il est arrivé quelque chose ce jour-là, dont je n'ai pas vraiment envie de parler, mais qui m'a fait comprendre à quel point je l'aime, à quel point j'ai envie de me donner à lui, à quel point je suis sûre qu'il est fait pour moi. C'est avec lui que je veux passer le reste de ma vie, Cin, et ça me rend folle. Je voulais lui parler de mes sentiments, après, mais je ne sais trop pourquoi, les mots ne sont pas venus, et lui ne voulait pas parler, n'avait pas envie que je parle non plus. Il me tenait tellement serrée contre sa poitrine que je n'aurais pas pu ouvrir la bouche même si j'en avais eu envie.

Si bien que je ne sais pas vraiment où j'en suis avec Lucky, si je dois faire des projets d'avenir avec lui ou me préparer à rentrer à NY début octobre, comme prévu. Ou les deux. Seigneur, Cin, j'ai besoin de tes conseils.

Et puis, il y a autre chose qui m'inquiète. Un nouveau rebondissement dans l'affaire Fatima Bi. À son retour, Ali a découvert ce qu'avait fait sa femme et l'a rouée de coups. Ce qui n'est pas autrement surprenant. Mais il a aussi fait une descente au Centre pour venir nous trouver Kadambari et moi. Kadambari n'était pas là – elle faisait ses visites –, et j'ai dû faire face seule. Il était dans une colère épouvantable, ses yeux injectés de sang lui sortaient pratiquement de la tête, et quand il s'est avancé vers moi en hurlant « je t'avais dit de la laisser tranquille ! », deux des hommes qui étaient dans le bureau ont dû le maîtriser par la force. « Je la tuerai, cette putain étrangère ! » a-t-il continué à crier, agitant les poings dans ma direction, pendant qu'on le traînait à l'extérieur. Le pauvre Mr. Shankar Das m'a dit de ne pas m'inquiéter et m'a demandé s'il devait appeler la police. Je lui ai dit de n'en rien faire. Je n'ai pas pu m'empêcher de penser à cette pauvre Fatima Bi et aux mauvais traitements qu'elle aurait à endurer si son mari se faisait interpeller par la police à cause de moi. Après tout, c'est moi qui l'ai poussée à se rendre à l'hôpital. Je sais que c'était la seule chose à faire. Et je ne crois pas vraiment que, une fois calmé, Ali mettra ses menaces à exécution.

Mais toute cette histoire me déprime terriblement. Le Centre m'apparaît parfois comme un endroit singulièrement inefficace, et même si je rédige pour Mr. Shankar Das des rapports qu'il semble beaucoup apprécier, je me demande sincèrement s'ils sont d'une quelconque utilité. Mon travail sur le terrain est terminé pour l'essentiel, mais il suppose que je fasse les visites avec Kadambari, et ça ne m'emballe pas du tout. Kadambari est quelqu'un de très particulier, et je n'apprécie guère d'avoir à mener mes recherches en sa compagnie. Depuis le début de cette histoire avec Fatima Bi, elle garde soigneusement ses distances vis-à-vis de moi, comme pour bien faire comprendre à tout le monde que tout ça, c'est ma faute, et qu'elle n'a rien à voir là-dedans. Et pourtant, faire connaître leurs droits aux femmes en matière de contrôle des naissances, c'est quand même son boulot, nom de Dieu !

Et puis Kadambari n'arrête pas de faire des allusions bizarres, de cette manière sournoise dont elle a le secret et qui m'horripile. Elle dit qu'on m'a vu me rendre au Kotli à bicyclette et que je devrais être prudente, parce que personne ne va jamais là-bas. Je lui demande pourquoi, et elle me répond que c'est parce que les gens croient que l'endroit est hanté. Je lui dis que je ne crois pas aux fantômes, et elle réplique : « Il est hanté, mais pas seulement par des fantômes. » Où veut-elle en venir ? Je lui ai dit que je m'y étais rendue plusieurs fois sans jamais rencontrer personne. Et elle de me répondre que tout le monde sait que l'AD — autrement dit Lucky — aime beaucoup le Kotli, et que quand sa voiture stationne devant la grille, personne n'ose entrer, mais que quand il n'y est pas, il y a toutes sortes de « *badmashes* », de malfrats, qui occupent les lieux. Je lui lance un œil noir et lui dit que je n'y ai jamais vu l'AD non plus. Kadambari me regarde d'un air condescendant, tu te rends compte, et s'en va, en marmonnant : « Ne viens pas dire après que je ne t'avais pas prévenue. »

Cindy, il y a une chose qu'il faut que tu me promettes. Ces lettres sont strictement entre toi et moi. Ne les montre à personne, tu m'entends, à personne, pas même à Matt. Et n'en dis surtout rien à mes parents si par hasard tu les rencontres – mais ça ne risque pas d'arriver, évidemment. Que tu leur dises quelque chose, je veux dire. Ça ne ferait que les inquiéter, et de toute façon personne là-bas ne peut rien pour moi. Ces lettres sont simplement une façon pour moi de partager ma vie avec la seule personne capable de me comprendre. Fais comme si c'étaient les coups de fil que je t'aurais passés si j'étais restée à NY, d'accord ? Déchire-les après les avoir lues, exactement comme si tu reposais le téléphone.

Pour en revenir à Kadambari, contre quoi est-ce qu'elle a voulu me mettre en garde ? Contre Lucky ? J'aurais bien dû me douter que, dans une petite ville comme celle-ci, les gens finiraient par jaser. C'est vrai qu'alimenter les commérages de gens comme Kadambari ne peut que faire du tort à Lucky. Mais je ne sais pas jusqu'à quel point je dois la prendre au sérieux quand elle me dit d'être prudente. Est-ce qu'elle veut dire que le Kotli n'est pas un endroit sûr ou bien que je risque d'être prise en flagrant délit ? Je ne veux pas en parler à Lucky, parce que j'ai peur de l'inquiéter. Et parce que je ne veux rien faire qui puisse compromettre nos rendez-vous là-bas. C'est le seul endroit que j'aime à Zalilgarh, et j'aimerais mieux mourir que d'y renoncer...

Transcription de l'interview de Randy Diggs avec l'administrateur de district V. Lakshman (3ᵉ partie)

13 octobre 1989

Ah, ils sont arrivés ? Ils tombent plutôt bien. Mr. Diggs, il se trouve que les parents de Priscilla, les Hart, sont ici pour me voir. Ah bon, vous les connaissez ? Verriez-vous un inconvénient à ce que je leur demande de nous rejoindre ? Leurs questions seront sans doute les mêmes que les vôtres, et ça me permettrait de faire d'une pierre deux coups, si je puis me permettre l'expression.

Pardon ? Oui, bien sûr, vous pouvez enregistrer l'entretien, à condition qu'ils soient d'accord, naturellement.

Entrez, je vous en prie. Mr. Hart, Mrs. Hart, je suis heureux de vous rencontrer. [Raclements de chaises sur le sol.] Je me présente, Lakshman, administrateur du district. Je crois savoir que vous connaissez déjà Mr. Diggs, correspondant du *New York Journal* ? Il était en train de me poser des questions sur les événements... les événements tragiques qui se sont déroulés il y a quinze jours. Verriez-vous un inconvénient à ce qu'il reste avec nous et à ce qu'il enregistre notre entretien ?

Vous avez entièrement raison, Mr. Hart, ce que vous cherchez l'un et l'autre, c'est la vérité. Oui. La vérité. Savez-vous que c'est là la devise officielle de mon gouvernement : « *Satyameva Jayate* ». « Seule la vérité finit par triompher » ? Ces mots figurent dans tous les en-têtes de notre papier à lettre – et sur cette carte de visite que je viens de vous donner. Seule la vérité triomphe. Mais je suis parfois tenté de demander, quelle vérité ? Et la réponse n'est pas toujours facile.

Je vous en prie, asseyez-vous, Mrs. Hart, Mr. Hart. Une tasse de thé ? Non ? Un jus de fruit ? Ah, vous savez, nous n'avons pas de Coca-Cola ici. Un Campa-Cola ferait-il l'affaire ? Non ?

J'espère que vous êtes confortablement installés à Zalilgarh. Oui, bien entendu, Mrs. Hart, je comprends bien que le confort n'est pas ce que vous êtes venus chercher ici. Excusez-moi.

Vous êtes allés au Centre où travaillait Priscilla ? Et vous avez parlé au responsable du projet, Mr. Das ? Bien. Vous êtes allés chez elle aussi ? Un logement très simple, à ce qu'on m'a dit. Non, je n'y suis jamais allé moi-même, Mrs. Hart.

Oui, je connaissais assez bien Priscilla. Je devrais plutôt dire que ma femme et moi la connaissions bien. Elle était souvent notre invitée le soir. Elle était d'une compagnie tellement agréable. Geetha et moi faisions notre possible pour l'aider à se sentir à l'aise dans notre petite ville. Sa solitude ne semblait pas trop lui peser.

Non, j'avoue ne pas avoir la moindre idée de la raison pour laquelle elle était là où elle était quand elle a été... tuée. Pardonnez-moi, mais je me sens un peu responsable, en fait, pas seulement parce que c'est moi qui suis chargé du maintien de l'ordre dans cette ville, mais parce que je suis poursuivi par l'idée que peut-être... voyez-vous, je crois que c'est moi qui ai fait allusion au Kotli pour la première fois. J'étais en train de lui parler de la ville, et je crois avoir mentionné le fait que c'était le seul endroit qui présentait un intérêt, dirons-nous, touristique. Il m'arrive d'y aller moi-même, le coucher du soleil sur le fleuve est vraiment spectaculaire. Je crains qu'elle ait suivi mon conseil.

Oui, bien entendu, je peux vous y faire conduire sans problème. Je m'en occupe immédiatement. Vous aussi, Mr. Diggs, si vous le souhaitez.

Je crains bien que nous... personne ici ne sait avec certitude ce qui s'est passé. Il semblerait qu'un groupe d'extrémistes musulmans ait choisi cette ruine abandonnée pour fabriquer des bombes artisanales la veille de l'émeute. C'est le lendemain qu'elle semble être tombée sur eux à l'improviste, à moins que ce ne soit l'inverse... personne n'en sait rien. Comme vous le savez, elle a été poignardée. Je suis vraiment désolé.

Non, non, il n'y a eu ni vol ni violence d'aucune sorte. Il semble que Priscilla ait simplement eu la malchance de se rendre à cet endroit au moment même où ses assaillants avaient choisi d'y être. Les tueurs ont sans doute pensé qu'elle allait les dénoncer à la police. Et qu'il leur fallait la tuer pour l'empêcher de parler.

Non, nous n'avons appris l'affaire que vingt-quatre heures plus tard. Le Kotli est un endroit tellement isolé qu'il n'est venu à l'idée de personne de s'y rendre. Toute notre énergie était concentrée sur le centre-ville, et plus spécialement sur le quartier musulman. C'est là que l'émeute a atteint son maximum de violence. J'ai raconté l'histoire en détail à Mr. Diggs.

Comme je le lui ai dit, des types ont transporté des bombes en ville et ont commencé à les lancer. Nous les avons maîtrisés assez rapidement et nous avons même réussi à arrêter un des coupables. Celui-ci n'a fait aucune allusion à Priscilla dans ses aveux, mais il nous a dit que lui et ses complices s'étaient effectivement servis du Kotli comme lieu de rendez-vous. C'est au cours d'un contrôle de routine au Kotli que la police a découvert... le corps.

Personne n'a avoué le meurtre à ce jour. À entendre ceux qui ont fabriqué les bombes, ils n'ont jamais vu votre fille. Les émeutes ont fait huit morts, Mr. Hart, y compris celle d'un gamin qui travaillait dans ce bureau. Pas une seule de ces morts ne peut être directement imputée à un agresseur identifiable. C'est malheureusement souvent le cas dans les émeutes, ces flambées confuses de haine, de violence, d'agression armée. Et au bout du compte, personne n'est responsable. Ou alors, c'est une communauté tout entière qui l'est. Des gens sortent inopinément des bombes ou des couteaux, puis disparaissent dans l'obscurité. Et nous, nous restons avec les cadavres, les maisons brûlées et détruites, la haine et la méfiance. C'est toujours le même scénario.

Je suis désolé de ne pas pouvoir vous en dire davantage. Peut-être devriez-vous rencontrer le chef de la police. Je vais lui demander de vous recevoir. Notre règlement ne lui permettra pas, je le crains, de vous montrer le rapport de police, mais je suis sûr qu'il vous en fera un compte rendu fidèle. Je vais l'appeler et insister auprès de lui pour qu'il vous apporte son entière collaboration. Nous savons que vous avez fait un long voyage pour accomplir ce triste devoir.

Dimanche vous conviendrait-il ? Bien. Dès que je vous ai obtenu un rendez-vous, je vous en communique l'heure. Non, non, je vous en prie, c'est tout à fait normal, nous travaillons sept jours sur sept ces temps-ci. Et, bien entendu, je m'occupe de la visite au Kotli.

Mrs. Hart, Mr. Hart, votre fille était quelqu'un de remarquable. Elle sera certainement beaucoup regrettée à Zalilgarh.

Lettre de Lakshman à Priscilla

18 septembre 1989

Ma très chère, très précieuse Priscilla,

Pour la première fois de ma vie, j'avoue ne pas savoir comment dire ce qu'il faut pourtant que je te dise. Je me sens incapable de te le dire en face, je le ferai donc par écrit. Nous devions nous retrouver demain, mardi. Mais je ne serai pas au rendez-vous.

Priscilla, pardonne-moi, mais je me vois contraint de mettre un terme à notre relation. Je t'aime, mais je ne peux pas abandonner ma femme, ma fille, mon travail, mon pays, tout ce qui fait ma vie. Je ne peux pas continuer à te donner l'espoir d'un avenir à deux et rentrer ensuite chez moi retrouver la réalité de mon présent. Je crois plus honnête de ma part de te dire que ce que tu souhaites ne peut pas être.

La seule idée qu'en écrivant ces mots, je fais du mal à quelqu'un qui n'a été pour moi qu'amour et bonté m'est insupportable. Je ne supporte pas non plus de savoir que je me prive moi-même de ton amour, qui m'a comblé comme rien dans ma vie ne pourra jamais le faire. Par cette lettre, je sais que je me condamne à perdre ce que j'avais eu une chance inouïe de trouver – une femme bonne, adorable et aimante, l'occasion d'une autre vie, différente, cette fameuse seconde chance qui se présente d'ordinaire si rarement.

Alors, pourquoi faire ce que je fais ? Ces dernières semaines, j'ai envisagé plus d'une dizaine de fois de renoncer à mon mariage. Hier encore, je me suis dit que ma décision était définitive, que je ne pouvais pas vivre sans toi. Et puis, hier soir, impossible de dormir. Je n'ai pas arrêté de me représenter ce que signifierait mon départ pour Rekha. Je savais comment Geetha réagirait – j'étais certain qu'elle s'abandonnerait à la douleur dans l'incompréhension la plus complète ; qu'elle serait tout bonnement incapable de surmonter le choc. Mais Rekha aurait à souffrir le plus horrible des traumatismes. Je n'arrêtais pas de me dire qu'elle aurait à supporter non seulement les affres d'un foyer brisé, mais aussi la perte de tous ces petits riens qui font le quotidien : l'absence de son père pour la border le soir dans son lit et lui raconter une histoire d'Enid Blyton, l'absence de ce même père le matin au petit déjeuner, ne plus pouvoir se tourner vers lui pour ses devoirs, ne plus pouvoir lui poser ses mille questions sur le monde, sur les mots, sur la vie ; les mille détails qui tissent et nouent la relation père-enfant. Et j'ai compris alors que je ne pouvais pas lui refuser tout cela et préserver en même temps ma dignité d'être humain. Qu'après l'avoir mise au monde, j'avais la responsabilité, l'obligation de lui faire traverser les années difficiles de l'enfance et de l'adolescence dans l'environnement protecteur d'une structure parentale normale. Et que si je ne remplissais pas cette obligation en recherchant mon seul bonheur, ce bonheur, je ne le trouverais jamais.

Un jour, elle sera grande et elle partira, et tout ceci n'aura plus guère d'importance. Mais aujourd'hui, je ne peux pas lui faire ça. C'est maintenant qu'elle a le plus besoin d'un père. Mais toi – et je le comprends –, tu voudrais que je franchisse le pas maintenant ou jamais. Je respecte tes sentiments, Priscilla, ma chérie, mais je suis dans l'incapacité de me résoudre à une telle démarche.

J'ai compris aussi, au cours de cette nuit de tourments, que je ne pourrais que te rendre malheureuse, parce que la culpabilité que je ressentirais à avoir abandonné ma famille (c'est ainsi que je verrais les choses) ne ferait qu'altérer mes sentiments à l'égard de celle pour qui je l'aurais abandonnée. Ce genre d'amour, il faut s'en montrer digne. Et je ne saurais renoncer à mes responsabilités envers ma fille et me croire encore digne de toi.

En d'autres termes, Priscilla, ma chérie, j'étais – je suis toujours – déchiré entre deux formes d'amour et deux formes de désespoir. J'ai privilégié mon amour pour ma fille aux dépens de mon amour pour toi, et j'ai choisi le désespoir de te perdre plutôt que celui de la voir détruite. C'est mon choix, et il me faudra vivre avec. Je n'ai jamais pensé qu'il serait facile, mais je ne pensais pas devoir souffrir le martyre que je souffre en ce moment.

Je sais, tu vas penser que c'est bien là la preuve que je ne t'ai jamais vraiment aimée. Que tu n'as jamais été, au pire, que l'occasion de plaisirs charnels, au mieux, qu'un moyen d'échapper à un mariage sans amour. Tu sais que ce n'est pas vrai, Priscilla ; tu as bien vu ce qui est arrivé la première fois que j'ai essayé de te quitter. J'aime encore tout de toi, autant que par le passé. Je ne supporte pas l'idée que tu ne sois plus mienne, mais je veux que tu sois heureuse. Je ferais n'importe quoi pour toi, sauf détruire ma famille.

Dans la douleur, mais avec tout mon amour,

Lucky

Lettre de Priscilla Hart à Cindy Valeriani

19 septembre 1989

Cin, ma chérie, que vais-je devenir ? C'est fini, il m'a écrit une lettre abominable, et j'ai passé toute la nuit à pleurer. Je suppose que maman avait raison quand elle disait que je vois des choses dans les gens qu'ils ne voient pas eux-mêmes. J'avais vu tant de choses en Lucky : un homme bon pris au piège d'un mauvais mariage, un homme capable d'amour qui n'avait jamais eu l'occasion d'aimer jusqu'à ce que j'arrive, qui n'avait jamais vraiment pris conscience de son malheur jusqu'à ce qu'il me rencontre. C'est avec moi, je crois, qu'il a compris pour la première fois qu'il n'avait jamais connu l'amour et qu'il pouvait trouver du bonheur à aimer et à être aimé. En payant le prix, bien sûr. Un prix qu'au bout du compte – entre son éducation, son sens des responsabilités, son incapacité à se détacher du modèle indien –, il n'était pas prêt à payer.

D'un côté, il n'éveille plus en moi que colère et amertume. J'ai l'impression d'avoir été utilisée. Et je n'arrive pas à croire qu'un homme de son intelligence puisse être à ce point aveugle et conventionnel. Lâche aussi. Au milieu de mes larmes, la nuit dernière, j'ai connu des moments de fureur extrême en pensant à la manière dont il m'a larguée. « Espèce de faux-cul ! » me suis-je écriée face à cette maudite lettre.

Et pourtant, je ne peux pas me résoudre à le détester, Cin. Une partie de moi-même ne demanderait pas mieux, mais je ne peux pas, je l'aime trop. Je souffre horriblement, mais je refuse de regretter une seule minute des sept mois que nous avons eus ensemble. « Que nous avons eus ensemble » – je ne sais même

pas si je peux employer cette expression pour décrire une relation qui ne nous faisait partager que deux soirs par semaine, si
l'on excepte les quelques dîners où j'ai été invitée chez lui et où
je me sentais de plus en plus mal à l'aise. Mais oui, « ensemble ». Parce que ce que j'aimais, c'était être avec lui, Cindy. Je
voyais en lui tout ce que je voulais trouver dans un homme –
pas seulement son physique ou sa voix, mais son sérieux face
au monde, son désir d'être utile, sa confiance en sa propre autorité, et, tout simplement, sa maîtrise de l'Inde. L'Inde que j'étais
venue redécouvrir en tant qu'adulte, l'Inde qui avait si profondément changé ma vie dix ans plus tôt. Mon amour pour Lakshman
a comblé tout mon être, m'a donné le sentiment d'un attache-
ment, non pas seulement à un homme, mais à un pays. Tu
trouves ça guimauve, Cin ? J'espère que non, parce que je ne
peux pas l'expliquer autrement.

Ce qui fait le plus mal, c'est de penser que, pour lui, les choses
n'avaient pas la même importance. Je suppose qu'au début, il
m'a simplement prise pour une fille facile qui couchait à droite
et à gauche et que, pendant les premières semaines, il ne pensait
qu'au sexe. Je sais que par la suite, il en est venu à m'aimer,
mais je me rends compte maintenant que je ne suis pas quelqu'un
dont il serait tombé amoureux d'emblée, si nous n'avions pas
fait l'amour. Il me trouvait attirante, sans doute, mais pour lui,
le premier soir au Kotli, il ne s'agissait que d'une banale liaison.
Il n'a découvert l'amour qu'à travers l'amour physique et n'y a
trouvé que confusion, incertitudes et craintes. Alors que moi, je
l'ai aimé pratiquement dès la première minute et je n'ai jamais
eu que des certitudes à son sujet. L'amour physique n'était pour
moi qu'un moyen d'exprimer mon amour, de me donner à
l'homme que j'aimais. Je ne suis pas sûr qu'il ait jamais saisi la
différence.

Il citait volontiers cette phrase où Wilde dit que l'hypocrisie
n'est qu'une façon de multiplier nos personnalités. C'était là en
grande partie le problème de Lucky : il avait plusieurs personnalités, et elles n'étaient pas toutes en accord les unes avec les
autres. L'administrateur de district, l'amant passionné, le mari et

le père conventionnels, l'écrivain dans sa tour d'ivoire rêvant du chef-d'œuvre qu'il écrirait un jour sur un campus américain – il était tout cela en même temps. Et moi, je ne suis pas arrivée à faire face à tous ces hommes à la fois. C'est pourquoi je l'ai perdu.

Mais il se trouve que je lui ai emprunté un jour son exemplaire du *Portrait de Dorian Gray*, et que je suis tombée sur la citation en question. Et devine un peu, Wilde ne parle pas du tout d'hypocrisie, mais d'absence de sincérité ! Lucky essayait-il de me dire que son amour n'était pas sincère ? Je n'arrête pas d'y penser, et ça me rend folle.

C'est étrange, tu ne trouves pas, Cin ? Depuis Darryl, c'est toujours moi qui ai quitté les hommes que j'ai connus, moi qui ai mis un terme à nos relations. Ce pauvre Winston n'a jamais compris pourquoi je ne voulais pas l'épouser. Ma mère non plus, d'ailleurs. Et voilà que je suis tombée amoureuse d'un homme qui, d'après les critères de maman, n'était absolument pas fait pour moi – marié, étranger, attaché à une autre vie –, et que c'est lui qui m'a larguée. Maman en rendrait sans doute l'Inde responsable. Je l'entends d'ici : tu as perdu la tête, ma chérie, dans cet environnement si nouveau, si étranger pour toi, ce pays si étouffant, si bizarre, et tu t'es attachée à cet homme comme à un port dans la tempête. Une fois rentrée, tu comprendras qu'il n'a jamais eu vraiment d'importance pour toi. Tu l'oublieras.

Voilà pourquoi je n'ai jamais pu me résoudre à lui parler de Lucky. Elle ne comprendrait pas.

Tu te souviens, Cin, quand nous étions petites et que tu me taquinais parce que je passais mon temps à m'occuper de ma poupée Barbie ? Que je n'arrêtais pas de coiffer délicatement sa crinière blonde avec ma petite brosse en nylon ? « Lâche-nous un peu, Prissy, disais-tu. C'est qu'une poupée. Elle serait bien incapable de dire si tu lui as brossé les cheveux deux fois, trois fois, ou plus. » Et j'étais choquée. « Mais je suis tout ce qu'elle a au monde, te répondais-je. Si je ne le fais pas, qui le fera ? » Ce qui, bien entendu, n'avait rien à voir avec ce que tu essayais de me dire. Mais j'étais comme ça ! Et je me demande aujourd'hui si je n'ai pas fait la même chose avec Lakshman – le caresser encore et encore, sans me préoccuper de sa réaction à lui. Me dire à moi-même que j'étais tout ce qu'il avait au monde – le seul amour qu'il ait jamais connu. Est-ce que, finalement, je ne projetais pas sur lui mes propres besoins ? Oh, Cindy, ai-je vraiment été aussi stupide ?

Il faut pourtant que je le voie une dernière fois. J'ai quelque chose à lui dire, absolument. Et il faudra que je le regarde dans les yeux en le lui disant. Ce n'est qu'alors que je saurai s'il m'a jamais vraiment aimée.

Kadambari à Shankar Das

20 septembre 1989

Monsieur, j'ai tellement peur, je suis toute retournée, je ne sais plus quoi faire, monsieur. Oui, monsieur, je vais me calmer, monsieur, je voulais juste vous dire que cet homme, Ali, le chauffeur, le mari de Fatima Bi, m'a rattrapée dans la rue, alors que j'allais rendre visite à une femme qui avait des problèmes avec son stérilet, et qu'il m'a menacée, monsieur. Il a dit qu'il me couperait... qu'il me couperait les seins, monsieur, parce que j'avais dit à sa femme de se faire avorter. Monsieur, j'ai eu tellement peur, je lui ai dit que ce n'était pas moi, que c'était l'Américaine, que c'était son idée à elle. Qu'elle allait bientôt quitter le pays pour rentrer chez elle, et que, moi, je n'y étais pour rien. Et il m'a dit, monsieur, de dire à cette putain américaine que s'il lui mettait la main dessus, elle ne prendrait jamais son avion pour l'Amérique. Monsieur, je ne sais pas quoi faire, si je raconte ça à Miss Hart, ça va l'effrayer, mais d'un autre côté, monsieur, il avait l'air sérieux. Qu'est-ce que je dois faire ?

Oui, monsieur, bien sûr. Vous avez raison, monsieur. C'est un chauffeur employé par la municipalité, il a un travail, une famille, jamais il ne ferait une chose pareille, ce sont des paroles en l'air. Oui, monsieur, vous avez raison. Je vais essayer d'oublier, monsieur. Mais je vous en supplie, ne me demandez pas d'aller dans les *bastis* musulmans pour l'instant. Je vous en prie, monsieur, donnez-moi d'autres dossiers jusqu'à ce que je sois sûre qu'il s'est calmé. Merci, monsieur. Vous êtes un père... et une mère pour moi, monsieur. Merci, merci infiniment, monsieur...

Extrait du journal de Katharine Hart

13 octobre 1989

Kadambari, que Mr. Das semble décidément nous avoir assignée comme guide, m'a emmenée aujourd'hui visiter le pavillon des femmes à l'hôpital de Zalilgarh. C'est aussi bien que Rudyard – dont la présence n'aurait pas été jugée convenable, semble-t-il – ne soit pas venu, parce que je ne pense pas qu'il aurait supporté le choc.

L'hôpital est une grande bâtisse délabrée datant sans doute du début du siècle ; encore que les bâtiments vieillissent tellement mal dans ce pays qu'il pourrait fort bien être beaucoup plus récent. On voit des signes de décrépitude partout : ciment qui s'effrite dès l'entrée, peinture jaune qui s'écaille sur les murs, chariots rouillés sur lesquels des aides-soignants en blouse toute tachée transportent des fournitures et un matériel antédiluviens, odeurs envahissantes d'excréments et d'ammoniaque. L'hôpital public d'une petite ville de province n'a pas grand-chose à voir avec cet hôpital de luxe de Delhi où Lance s'était fait opérer de l'appendicite ; la seule chose que les deux établissements semblent avoir en commun est la foule qu'on peut y voir : il y a des gens qui attendent une consultation, d'autres qui s'affairent dans les couloirs, d'autres encore qui attendent on ne sait trop quoi ou qui font la queue devant le dispensaire ou le laboratoire d'analyses. Mais ceux d'ici n'appartiennent manifestement pas à la même catégorie sociale. Avant de pénétrer dans les bâtiments, je savais que je n'y rencontrerais guère que les plus démunis ; ceux qui sont mieux lotis doivent fréquenter l'une des deux cliniques privées de la ville, tandis que les riches vont sans doute se faire soigner à Delhi. Malgré tout, je ne m'attendais pas aux horreurs que j'ai pu voir dans le pavillon des femmes.

L'accès se fait par un couloir humide, faiblement éclairé par la lumière vacillante d'un néon. Le pavillon, pour l'essentiel, n'est en fait qu'une longue pièce commune, et le spectacle, dès l'entrée, m'a clouée sur place. Les petits lits métalliques étaient tous occupés, et il y avait aussi des femmes par terre, certaines allongées sur de minces paillasses, d'autres à même le sol sur leur sari en coton. Des poubelles archipleines déversaient leur contenu sur le sol, où traînaient déjà pas mal de pansements tachés de sang, si bien qu'il m'a fallu avancer avec la plus grande prudence si je voulais éviter de marcher dans les saletés ou sur les corps. Il faisait chaud, et il n'y avait pas de ventilateur ; je sentais la transpiration me couler sous les bras, et l'odeur rance de la sueur de dizaines de malades se mêlait à celle des produits chimiques. J'en avais le cœur soulevé. Beaucoup de femmes gémissaient de douleur ; seules quelques-unes disposaient d'une perfusion, qui leur dispensait de la morphine. D'autres encore avaient le regard fixé au plafond, où lézards et geckos mettaient un peu d'animation.

Si j'y suis allée, c'est parce que Mr. Das a pensé que j'aimerais voir le genre de femmes que Priscilla essayait d'aider : femmes qui ont eu un accouchement difficile, ou dont le mauvais état de santé ne leur permet pas de porter ou d'élever d'autres enfants, ou qui se remettent plus ou moins bien d'avortements maison où elles ont failli laisser leur peau – une véritable chambre des horreurs dans ce pays surpeuplé et effroyablement pauvre. Mais au bout de quelques minutes de conversation de pure forme avec ces femmes épuisées, qui répondaient avec apathie à mes questions plus ou moins compréhensibles, j'ai continué mon chemin comme un automate, entraînée par Kadambari. Celle-ci voulait que je voie quelqu'un d'autre, quelqu'un avec qui ma fille n'avait jamais eu aucun contact.

C'était une femme couverte de bandelettes ; elle avait tout d'une momie ainsi allongée sur son lit dans un des recoins les plus sombres de la salle. Elle était incapable de réprimer les plaintes que lui arrachait chacune de ses respirations. « Sundari, a simplement dit Kadambari. Ma sœur. Elle a les trois quarts du corps brûlé. Elle n'a pas encore dix-neuf ans. »

Sundari a ouvert des yeux ravagés par la souffrance quand elle a entendu prononcer son nom, et a souri faiblement pour saluer ses visiteurs. « Sundari veut dire "belle", m'a dit Kadambari. Elle très belle, ma sœur. » Et il est vrai que ce que je pouvais voir de son visage était fort différent de celui de Kadambari, avec un nez et des lèvres au tracé délicat, mais sous les bandages qui l'enveloppaient, j'ai aperçu la peau brûlée du cou, toute desséchée et fripée.

« Raconte-lui ton histoire, Sundari, a dit Kadambari d'une voix dure, comme si elle donnait un ordre à un subalterne.

– Non, ce n'est pas la peine, ne l'ennuyez pas avec ça », ai-je protesté, mais Kadambari a insisté. Sans plus bouger qu'une statue, Sundari a plongé dans mes yeux un regard où se mêlait la résignation et l'espoir, comme si elle avait voulu que j'aille à elle et la tire des sables mouvants dans lesquels elle s'enfonçait.

« Je me suis mariée l'année dernière, a-t-elle dit d'une voix faible, remuant à peine ses lèvres bleuâtres. Kadambari a aidé à arranger mon mariage. Mon père a dû faire un emprunt pour tout payer. Il a donné au garçon, Rupesh, c'est son nom, un scooter Bajaj. Il est... il travaillait comme péon dans un bureau. Quelques mois après le mariage, il a perdu son emploi.

On habitait chez les parents de Rupesh. Son père est vieux et malade. C'est sa mère qui a la haute main sur la maison. Il fallait que j'obéisse à tous ses ordres. Que je l'aide à préparer les repas, à éplucher et accommoder les légumes, à nettoyer la cuisine, à vider les poubelles. Sans parler du reste. Masser les pieds du vieux. Lui faire sa toilette. Il ne peut même pas se lever pour aller aux WC. C'était dégoûtant.

Je n'avais jamais eu à faire ce genre de chose auparavant. Rupesh avait l'air de m'aimer. Il n'arrêtait pas de me dire le soir que j'étais belle. Alors je lui ai demandé pourquoi on ne s'en allait pas. Pour vivre ailleurs tous les deux. Ça l'a choqué. Il m'a dit qu'il avait des devoirs envers ses parents, et moi aussi, puisque j'étais sa femme. Sa mère nous a entendus, et elle m'a giflée. J'ai attendu que Rupesh prenne ma défense, mais il s'est contenté de me tourner le dos et l'a laissée me gifler tout son soûl. J'ai compris ce jour-là que je n'avais d'aide à attendre de personne dans cette maison.

Les coups se sont mis à pleuvoir de plus en plus souvent. Rien de ce que je faisais dans la maison n'était assez bien pour ma belle-mère. Elle n'arrêtait pas de me crier dessus. Si le sol n'était pas propre, elle me battait. Si elle trouvait quelque chose à redire à la nourriture, à la vaisselle, à la manière dont le lit était fait, c'était de ma faute. Si je n'accourais pas auprès de mon beau-père chaque fois qu'on l'entendait tousser ou cracher dans la pièce à côté, je me faisais traiter de paresseuse et d'ingrate et j'attrapais des coups. Rupesh n'a pas tardé à détourner systématiquement les yeux. Et m'a dit qu'il fallait que je reste constamment à la disposition de sa mère.

Quand Rupesh a perdu son travail, les mauvais traitements ont empiré. Ils m'ont accusée de leur avoir porté malheur, à mon mari et à eux. Ils ont prétendu que j'étais née sous une mauvaise étoile et ils ont accusé mes parents d'avoir payé le *jyotishi* pour falsifier mon horoscope et faire croire qu'il était en harmonie avec celui de Rupesh. Et puis ils ont commencé à se plaindre de ma dot. De son insuffisance, de ce qu'elle était inférieure à ce qu'avait promis mon père au moment de l'arrangement du mariage. Rien de tout ceci n'était vrai, mais si j'avais le malheur de le dire, ils me criaient dessus pour oser leur tenir tête et ils recommençaient à me frapper. »

J'ai regardé autour de moi pour donner un peu d'eau à la pauvre fille, dont les lèvres desséchées remuaient à peine quand elle parlait, mais je n'ai pas pu en trouver. Elle a fait de son mieux pour continuer. « J'étais malheureuse, je pleurais tout le temps, je ne dormais plus. Quand Rupesh venait me trouver la nuit, il ne me disait plus que j'étais belle. Il ne me caressait plus la joue comme avant. Il me prenait de force, brutalement, rapidement, et se tournait de l'autre côté.

Un matin, j'ai vomi, et j'ai été battue pour ça aussi. Mais quelques jours plus tard, il est apparu que je n'étais pas malade, mais enceinte. Les coups ont cessé pendant un temps. La mère de Rupesh s'est même mise à parler du fils que son fils allait avoir. C'est alors qu'un nouveau cauchemar a commencé.

La mère de Rupesh avait un parent qui travaillait dans une de ces nouvelles cliniques qui pratiquent l'amniocentèse. Il m'a fait passer entre deux rendez-vous, sans que mes beaux-parents aient à débourser un sou. Le docteur m'a introduit une longue seringue dans le corps. Ça m'a fait très mal. Quelques jours plus tard, Rupesh est rentré un après-midi à la maison, l'air anéanti. Le test était positif. J'allais avoir une fille.

Alors les coups se sont remis à pleuvoir. Ma grossesse n'était plus une excuse pour me dispenser des corvées qu'on voulait m'imposer. Rupesh avait l'air de plus en plus abattu. Et sa mère a commencé à dire "À quoi sert cette femme qui ne fait rien dans la maison et qui n'est même pas capable de nous donner un fils ?"

Un jour, la semaine dernière, j'étais dans la cuisine en train de rouler la pâte pour les chapatis que ma belle-mère faisait cuire sur le poêle. Je me souviens que Rupesh est entré avec un jerry-can de pétrole pour le poêle, et que ma belle-mère a pris une boîte d'allumettes. Je m'étais à peine retournée vers ma pâte que je me suis sentie aspergée. Avant que j'aie compris ce qui m'arrivait, mon sari était en feu. J'ai hurlé et je suis sortie de la cuisine et de la maison en courant. Des gens sont arrivés, eux aussi en courant. Si je m'étais précipitée dans l'autre direction, vers l'intérieur de la maison, je ne serais pas ici aujourd'hui. »

Ses lèvres se sont fendues en un rictus amer. « Ça aurait peut-être été mieux pour moi... mieux que ça, a-t-elle dit, tandis que ses yeux, le seul élément mobile de son visage, passaient de son lit à la salle, aux autres malades, pour revenir sur Kadambari et moi. Pourquoi mes voisins ont-ils tenu à me sauver la vie ? Pour quel genre d'avenir ? »

Je me suis tournée vers Kadambari. « Et Rupesh et sa mère ? Ont-ils été arrêtés ? Que fait la police dans ces cas-là ?

– Ils parlent d'accident de cuisine, a répliqué Kadambari. Il se produit quelques dizaines d'"accidents de cuisine" du même genre à Zalilgarh tous les ans. Que voulez-vous qu'elle prouve, la police ? C'est la parole de la fille contre celle des beaux-parents. »

J'ai regardé Sundari tristement, sachant qu'elle était défigurée à jamais, pire encore, qu'elle allait devoir soit retourner dans la famille qui avait tenté de la tuer et y mener une existence de paria, soit rentrer chez ses parents, qui auraient à faire face au déshonneur d'un mariage rompu et à une montagne de dettes suite au mariage et à l'hospitalisation de leur fille.

« Et le bébé ? » ai-je demandé. Sundari a fermé les yeux, seule manière pour elle d'éviter mon regard.

« Elle a fait une fausse couche, le lendemain de l'accident, a dit Kadambari. C'était une bonne élève au lycée, a-t-elle pour-suivi, voyant que je gardais le silence. Elle voulait aller à l'uni-versité. Mais mes parents ont pensé qu'il fallait qu'elle se marie, parce que si elle attendait trop, elle n'arriverait plus à trouver un bon mari.

– Un bon mari », a murmuré Sundari du fond de son lit.

Quand nous avons quitté l'hôpital, Kadambari s'est montrée nettement plus loquace qu'elle l'avait jamais été. « Vous comprenez, Mrs. Hart, m'a-t-elle fait remarquer, voilà notre vrai problème, à nous autres femmes, en Inde. Non pas le contrôle des naissances, mais la violence dont nous sommes victimes. Et dans nos propres maisons. À quoi bon tous nos efforts, si les hommes ont le pouvoir de nous infliger ça ? C'est ce que votre fille n'a pas compris. »

Je me suis brusquement tournée vers elle. « Vous avez tort, mademoiselle, lui ai-je dit de mon plus beau ton d'institutrice. Priscilla le comprenait fort bien. Toute sa démarche était fondée sur la conviction que les femmes doivent résister à leur asservis-sement. Que quand elles auraient conquis leurs droits, elles n'au-raient pas plus d'enfants qu'elles n'étaient en mesure d'en élever. Elle me l'a écrit très clairement. Je suis surprise que vous, qui avez travaillé en collaboration étroite avec elle, n'ayez pas compris ce à quoi elle croyait.

– Des tas de gens, a dit lentement Kadambari, nullement intimidée, et même plutôt agressive, ne comprenaient pas ce à quoi croyait votre fille. »

Elle a refusé d'en dire plus, et un silence tendu a pesé sur le reste du trajet. De retour au bungalow, je l'ai remerciée de m'avoir fait connaître sa sœur. Rudyard est sorti juste à ce moment-là et a insisté pour qu'elle reste, le temps de prendre une tasse de thé. Il n'a jamais été très fort pour interpréter mes signes. Vu les circonstances, je pouvais difficilement me retirer. Je me suis donc assise dans un des fauteuils en rotin de la véranda et, pendant que l'on préparait le thé, j'ai raconté à Rudyard ce que j'avais vu à l'hôpital.

« Bon sang, mais c'est affreux ! s'est-il exclamé, avant de se tourner vers Kadambari. Dites-moi, votre sœur, elle va se remettre ?

– Les brûlures mettront beaucoup de temps à guérir, a répondu Kadambari. Mais d'après les médecins, oui, elle devrait s'en tirer.

– Tu te rends compte, Rudyard, à quoi va ressembler sa vie, suis-je intervenue. Son...

– J'ai bien compris, m'a-t-il interrompu. La question que je veux vous poser, Miss Kadambari, est la suivante : pourrait-elle encore aller à l'université ?

– Mes parents n'ont pas les moyens de l'y envoyer. Ils vivent de ce que je gagne en travaillant pour Help.

– Ce n'était pas là le sens de ma question, a dit Rudyard, avec cette pointe d'impatience que nombre de cadres ont tendance à confondre avec l'efficacité. Si elle pouvait y aller, le voudrait-elle ? Serait-elle admise ? Serait-elle capable de faire face ?

– Elle était la première de sa classe au lycée.

– Parfait, a dit Rudyard. En ce cas, voici ce que nous allons faire. Demain, je vous signerai pour mille dollars de travellers chèques. Ce qui devrait être plus que suffisant pour couvrir les dépenses de votre famille pendant que votre sœur est à l'hôpital. Et pour chaque année qu'elle passera à l'université, je mettrai de côté une certaine somme destinée aux droits d'inscription, aux livres et à sa pension. »

Kadambari a eu l'air abasourdi, mais certainement pas autant que moi. Je n'aurais jamais cru Rudyard capable d'un tel geste. « Votre sœur aura un avenir, jeune fille », a-t-il dit. Contrairement à ma fille, telle est sans doute la pensée qu'il a laissée non formulée.

« Voilà un geste magnifique, Rudyard, ai-je dit, ma voix empreinte d'un respect nouveau à son égard.

– C'est ce qu'aurait voulu Priscilla, Kathy », a-t-il répondu.

C'était la première fois depuis des années qu'il m'appelait Kathy.

Note de Priscilla Hart à Lakshman

29 septembre 1989

Comme tu le sais, je quitte Zalilgarh mardi matin. Je prends l'avion à Delhi jeudi. Je suppose que je ne te reverrai pas.

J'ai terriblement souffert, Lucky. Il y a tant de choses que j'aurais voulu pouvoir te dire, te demander. Mais tu ne m'en as jamais donné l'occasion, et peut-être ne la retrouverons-nous jamais, cette occasion.

Je serai au Kotli demain, pour la toute dernière fois. Quand je pense à tous les samedis soirs que j'ai passés là-bas avec toi ! Te souviens-tu, le mois dernier, quand tu m'as écrit pour me dire que tu y serais, après notre rupture – et que je suis quand même venue, parce que je ne supportais pas l'idée de ne plus te voir ? Il me semble que ça fait des siècles, Lucky. À mon tour, aujourd'hui, de te demander la même chose. Viendras-tu demain, en souvenir du bon vieux temps ? Je ne veux rien d'autre que regarder le soleil se coucher une dernière fois avec toi et te faire mes adieux. Je ne veux pas partir avec l'idée que les derniers mots que j'aurai eus de toi sont ceux de cette horrible lettre.

Je suis sûr que tu peux te libérer si tu en as vraiment envie. Je sais que ta femme et ta fille sont en principe au temple le samedi soir. Ce n'est pas trop demander, dis, Lucky ?

Je ne cherche pas à t'imposer quoi que ce soit. Si tu penses que cette rencontre risque d'être trop douloureuse pour toi ou déloyale envers ta famille, ne viens pas. Réfléchis bien à la question, et prends ta décision en conséquence. Je t'attendrai.

Je sais que tu es fondamentalement honnête et digne de respect. Quoi que tu fasses, tu ne peux que bien faire, je le sais.

À toi, comme toujours, P.

Extrait du journal de Lakshman

3 octobre 1989

Trois nuits que je ne dors pas. L'émeute est terminée, les tensions s'apaisent, Dieu sait quand elles se rallumeront. J'ai abandonné mon lit de camp au commissariat pour retrouver ce que j'appelle mon foyer. Mais l'irrémédiable de la mort de Priscilla me maintient éveillé en permanence.

J'ai complètement oublié. C'est aussi bête que ça. J'ai lu sa lettre ; mentalement, je lui ai reproché de se sentir si peu concernée par la vie de Zalilgarh qu'elle en oubliait le grand défilé programmé par les hindous pour ce samedi ; mais j'avais bien l'intention d'aller la rejoindre plus tard. Il n'y avait pas le moindre doute dans mon esprit, j'irais la retrouver pour une dernière étreinte, un dernier adieu. Évidemment, je n'avais pas prévu l'émeute, et, une fois pris dans la tourmente, j'ai tout oublié, je l'ai oubliée, elle, qui m'attendait à la tombée de la nuit au Kotli.

Quand Guru est venu m'annoncer la nouvelle, je me suis plié en deux, comme si je venais de recevoir un coup. Si j'avais eu quelque chose dans l'estomac, j'aurais tout vomi. Au lieu de quoi, c'est mon âme qui a chaviré. Guru a posé une main sur mon épaule, et, de l'autre, m'a tendu une sorte de livre.

« On a trouvé ça à côté du corps, a-t-il dit d'un ton rude. Ce n'est pas consigné dans la main courante. Tu peux le garder. »

J'ai regardé d'un air hébété le grand cahier format ministre, éclaboussé de son sang. L'album de Priscilla.

C'était la seule chose qui me resterait d'elle. Je l'ai empoigné, comme un homme qui se noie s'accroche à une planche du navire qui sombre. « Merci, Guru. » J'ai été incapable d'en dire plus.

Et puis, pour la première fois depuis la mort de mon père, j'ai pleuré.

Katharine Hart et Lakshman

14 octobre 1989

KH : Je suis vraiment désolée de vous importuner à nouveau, mais il fallait absolument que je vous voie seule à seul. Sans... les autres.

VL : Oui, je comprends. En quoi puis-je vous être utile ?

KH : Il y a quelque chose dans la vie de Priscilla à Zalilgarh qui reste obscur pour moi. Et qui me gêne, pour tout dire.

VL : Oui ?

KH : Eh bien... inutile de tergiverser, j'imagine. Dans une de ses lettres, elle m'a dit avoir rencontré quelqu'un pour qui elle ressentait... une grande attirance. Quelqu'un qui jouissait d'une autorité et d'un statut particuliers dans cette ville.

VL : Et alors ?

KH : Je me demandais si par hasard ce n'était pas vous.

VL : Seigneur, Mrs. Hart ! Je suis flatté, en un sens. Mais je suis surchargé de travail, et marié, de surcroît. Il ne saurait s'agir de moi.

KH : J'espère que vous ne me trouvez pas impertinente, Mr. Lakshman. Rudyard – le père de Priscilla – ne sait rien de

311

tout ceci. Pas plus que le journaliste, Mr. Diggs. Je ne cherche pas du tout à vous mettre dans l'embarras. Je cherche simplement à connaître tous les détails sur la mort de ma fille.

VL : J'aimerais pouvoir vous aider, Mrs. Hart. Mais soyez rassurée, il n'y avait rien entre nous. Si je puis me permettre cette remarque, il est parfois préférable de ne pas vouloir tout savoir. Votre fille menait une vie admirable. Elle œuvrait pour le bien d'autrui ; elle était aimée et respectée. Elle a trouvé une mort tragique et stupide. Vous connaissez le vieil adage grec : ce sont les meilleurs qui partent les plus jeunes. Je ne crois pas qu'il faille chercher plus loin.

KH : Mais si, pourtant. Il doit bien y avoir autre chose, quelque chose qui pourrait expliquer sa présence là-bas, dans cet endroit isolé, à ce moment-là. Et qui avait peut-être à voir avec un aspect de sa vie que nous ignorons.

VL : Peut-être. Mais est-ce vraiment important ? Ce n'est pas l'attirance qu'elle a pu éprouver pour un homme qui l'a tuée. Non, elle est morte à cause d'antagonismes intercommunautaires qui ne la concernaient en rien.

KH : Vous avez sans doute raison.

VL : Mais oui, Mrs. Hart, croyez-moi. Et maintenant, si vous voulez bien m'excuser, j'ai beaucoup de travail. Je vous souhaite un excellent voyage de retour.

Gurinder à Lakshman

15 octobre 1989

Bordel, vieux, t'avais vraiment besoin de me coller cette bande d'énergumènes sur le dos ? Drôlement exigeants, ces foutus Américains. Et que je veux ceci, et que je réclame cela, et que je veux voir l'endroit exact où on l'a trouvée, et que je veux avoir les détails du rapport de police, et que je veux savoir pourquoi on a omis ceci ou cela dans le rapport d'autopsie... J'avais déjà consacré à ce Diggs, le journaliste, un sacré paquet de temps. Et voilà que les Hart me tombent dessus, ça fait beaucoup pour un seul homme.

Une vraie plaie, la mère ! Elle a pas arrêté de me bassiner avec ce foutu album qui reste introuvable. Elle sait qu'il existe, qu'elle dit. Eh bien, madame, c'est bien possible, que je lui réponds, mais ce n'est pas moi qui me suis torché le cul avec. Non, c'est pas vrai, je lui ai pas vraiment dit ça. J'ai fini par lui montrer cette putain de main courante, et l'inventaire de tout ce qu'on avait retrouvé sur les lieux du crime. Pas trace d'un album. Ça l'a calmée.

On a déjà passé plus de temps sur la visite de ces gens que sur toutes les autres victimes de l'émeute réunies, mortes ou vivantes. On a un putain de problème, je te le dis, moi, pour estimer normal de donner autant d'importance à une bande d'étrangers. Je ne suis pas fâché de les voir partir demain.

Cet enfoiré de Hart, et ses airs condescendants, comme si le seul fait d'avoir essayé de vendre son putain de Coca ici lui donnait tous les droits, y compris celui de connaître l'Inde mieux que personne. Qu'est-ce qu'il a jamais fait pour ce pays, ou pour

un seul Indien ? Bordel, on n'a pas besoin de votre jus de chaus-
sette, que j'ai failli lui dire. On avait déjà le *lassi* et le *nimbu
paani* depuis mille ans quand vous avez inventé votre saleté de
truc. C'est pas plus mal qu'on vous ait empêché de vous installer. Cette saloperie de Compagnie des Indes orientales était
venue pour faire du commerce et elle est restée pour gouverner
le pays ; on n'a pas envie que ça recommence avec Coca-Cola.
On n'a pas besoin de vous, monsieur. Merci bien, on est capables
de se pinter tout seuls.

Et Diggs, donc ! Qui fourre son nez partout. Une commission
d'enquête à lui tout seul, ce type ! Et tout ça, pour un article de
mille mots, dans lequel il restera à tout casser deux phrases des
deux heures que je lui ai consacrées. Au début, il m'a plu, le
type. Je l'ai même ramené chez moi hier soir pour boire un verre
et je lui ai raconté des trucs que je n'avais jamais dits à un
journaliste avant. À titre personnel, évidemment, pas officiel. Je
me sens un peu couillon maintenant de m'être laissé aller à
bavarder comme ça. Mais pourquoi est-ce qu'on éprouve à ce
point le besoin d'obliger ces putains d'étrangers, Lucky ? C'est
le tempérament national qui veut ça ? Je n'aurais pas donné à un
journaliste indien le quart de ce que j'ai fourni à ce mec, qui ne
va même pas s'en servir. Mais c'est peut-être bien pour ça que
je l'ai fait, d'ailleurs.

Bref, tu veux sans doute savoir ce que je leur ai dit. Eh bien,
je leur ai raconté les choses telles qu'on pensait qu'elles s'étaient
passées. Les lanceurs de bombe musulmans qui déguerpissent de
la maison où je leur avais tiré dessus et reviennent se mettre à
l'abri au Kotli, tous sauf l'enculé de sa mère qu'on a arrêté. Et
puis qui tombent sur Priscilla en arrivant... à moins que ce soit
elle qui leur tombe dessus plus tard, on n'en sait trop rien. Et
qui la tuent pour se protéger.

Bien entendu, aucun d'entre eux ne veut le reconnaître. Ils
jurent que le corps était déjà là quand ils sont arrivés. Et, bien
entendu, ce n'est pas sur les lieux qu'on les a arrêtés. Quand
l'interrogatoire du pauvre con sur lequel on avait mis la main
nous a révélé à quoi leur avait servi le Kotli, on s'est rendus sur

les lieux le lendemain, à la recherche d'indices, et c'est alors seulement qu'on a trouvé le corps de Priscilla. Ces salopards n'y étaient pas ; on les a cueillis chez eux sur les indications de l'autre connard. L'un d'entre eux, le chauffeur de la mairie, Ali, a l'air d'un type capable de n'importe quoi.

Et au cas où ça te tracasserait, je n'ai pas soufflé mot des raisons que Priscilla aurait pu avoir de se trouver là-bas.

Je vois que tu n'es pas d'humeur à causer. Alors, juste une dernière chose, je suis content que tu m'aies écouté et que tu n'aies pas levé la langue sur ta Priscilla adorée. S'il y a une chose dont tu n'as pas besoin, pas plus pour ta carrière que pour ton mariage, c'est d'un article dans ce putain de *New York Journal* sur une jeune Américaine assassinée et sa liaison avec un glandeur d'administrateur de district. T'imagines le bordel, Lucky ? Tu pouvais dire adieu à ton avenir. Autant donner ta démission tout de suite et te tirer avec ta blonde, comme tu as failli le faire.

D'accord, d'accord, désolé. Je comprends toujours pas. Je sais toute l'importance qu'elle avait pour toi, mais ce pays compte aussi beaucoup, Lucky. Tu as une mission à remplir ici. L'émeute est terminée. Priscilla n'est plus là et, de toute façon, elle était sur le point de partir. Il est temps de tourner la page, vieux.

Ram Charan Gupta à Kadambari

Le 25 septembre 1989

Dis-moi, c'est diablement intéressant ce que tu me racontes là, ma fille.

Alors comme ça, notre sainte nitouche d'administrateur s'envoie en l'air ? Avec cette Blanche, dis-tu ? Voilà un renseignement qui pourrait se révéler fort utile à son heure, ma chère petite. Le mardi et le samedi ? Dis donc, tu es bien renseignée. Quel zèle !

C'est très bien, Kadambari. Tu es une bonne hindoue. Voilà un petit quelque chose pour ta peine. Non, je t'en prie, chère petite. J'insiste.

Mohammed Sarwar à Lakshman

14 octobre 1989

Eh bien, si je m'attendais à cela en venant à Zalilgarh ! Une émeute en règle. Deux personnes tuées dans ma rue. Et des preuves patentes de débordements policiers au cours de perquisitions effectuées dans les *bastis* musulmans. Mon oncle, Rauf-bhai, est le *sadr* de la communauté. Il vous a aidés à maîtriser l'émeute et à rétablir le calme. Or, même lui n'a pas été épargné, Lakshman. La brigade chargée des perquisitions a forcé sa porte et mis sa maison sens dessus dessous. Ils ont emporté la télé et la radio, éventré les matelas, cassé le mobilier. Je séjourne dans cette maison, et toutes mes notes ont été jetées par terre, déchirées, piétinées. Randy Diggs, l'homme du *New York Journal*, dont j'ai fait la connaissance à Delhi, voulait me rencontrer, et je n'ai même pas pu l'inviter chez mon oncle. J'ai honte. Vraiment. De tout. De tout ce que nous sommes.

Bien sûr que vous allez agir, Lakshman, je n'en doute pas. Mais comment avez-vous pu, au départ, laisser faire des choses pareilles ? Quel genre de pays sommes-nous donc en train de construire quand la réponse policière à une émeute fait déjà le lit de la suivante ?

C'est vers Iqbal, une fois de plus, qu'il faut se tourner : « *Na samjhogey to mit jaogey aye Hindostan walon / Tumhari dastaan tak bhi na raheygi dastanon mein.* » « Si vous ne faites pas l'effort de comprendre, ô vous, mes frères indiens, vous serez anéantis. L'histoire que vous raconterez ne restera pas dans la mémoire du monde. »

Ram Charan Gupta à Makhan Singh

30 septembre 1989

Le salaud. Alors, voilà comment Lakshman nous traite, après ce que les musulmans nous ont fait la nuit dernière ? Makhan, je suis révolté de voir ce qui est arrivé à ton fils Arup. Un si beau garçon, en plus, et à la veille de son mariage. Mais rassure-toi, Makhan, nous nous vengerons. Et des musulmans, et de cette espèce de salaud qui leur laisse faire tout ce qu'ils veulent.

Oui, nous nous vengerons aussi de Lakshman. Je comprends ta colère. Ce sont les alliés des musulmans comme lui qui rendent possibles les agressions dont sont victimes nos jeunes hindous.

Mais n'agis pas inconsidérément. Après tout, c'est l'administrateur de district. Tu ne voudrais pas t'attirer la colère du gouvernement tout entier, dis-moi ? Il y a une solution beaucoup plus simple. Tu peux le prendre la main dans le sac. Et quand je dis le sac...

Apparemment, il a des rendez-vous galants tous les mardis et samedis. Au Kotli. Où il rejoint une femme. Cette Américaine qu'on voit parcourir la ville à bicyclette. Et il se retrouve là-bas complètement isolé, dans un endroit désert. Sans personne pour assurer sa protection. Voilà l'occasion idéale de lui donner une bonne leçon, Makhan. En même temps qu'à cette femme.

Et sais-tu quel jour nous sommes aujourd'hui ? Samedi, justement ! Participe au défilé, va rendre visite à Arup à l'hôpital, prends ton bain, fais tes prières, et rends-toi donc au Kotli au coucher du soleil. La vengeance est plus douce à qui prend le temps de la savourer.

Extrait du journal de Katharine Hart

16 octobre 1989

Me voici à nouveau assise à côté de Rudyard, dans un avion, et pour la dernière fois. Il sort de ce voyage tout à la fois diminué et grandi, manifestement amoindri par sa découverte d'une Inde beaucoup plus complexe qu'il ne le pensait, humilié par le souvenir de son échec dans ce pays, et pourtant racheté par la compassion dont il a su faire preuve vis-à-vis de Sundari. J'ai eu pitié de lui en le voyant essayer de surmonter sa douleur et de pallier ses insuffisances, et je me suis rendu compte que je n'avais jamais auparavant éprouvé un tel sentiment à son égard. C'est étrange, mais j'en ressens un réel soulagement.

Il fallait que je voie Lakshman. C'est lui, bien sûr. Il s'est trahi lui-même pendant notre entrevue. Cette formule que j'avais lue dans une lettre de Priscilla – « selon ses propres mots, il est surchargé de travail, et marié, de surcroît ». Il n'a pas résisté au plaisir de l'utiliser à nouveau. Mais j'ai bien vu ce que Priscilla avait pu lui trouver.

On peut comprendre qu'il ne puisse se permettre de l'admettre. Je me demande ce qu'elle représentait pour lui. Ou inversement, lui pour elle, étant donné qu'après tout, elle s'apprêtait à quitter l'Inde. Cet homme aura été le dernier amour de sa vie... Cette seule idée m'est insupportable.

Je ne saurai jamais ce qui est véritablement arrivé à ma toute petite. Peut-être rien de plus que ce qu'en disent les autorités : elle a été surprise par des criminels, à moins que ce soit elle qui les ait surpris en flagrant délit. Ils ont dû penser que c'était sa vie ou la leur. Mais que faisait-elle donc dans cet endroit ? Ça n'a pas de sens.

319

Sauf peut-être si, comme les Indiens, on croit au destin, à la fatalité, au Karma.

Peut-être était-ce là la volonté de Dieu, et n'y a-t-il rien d'autre à faire que d'accepter. Elle est morte dans le pays où elle aurait aimé vivre.

Gurinder à Ali, au commissariat central de Zalilgarh

5 octobre 1989

Allez, espèce d'enfoiré d'enfant de salaud, dis-moi la vérité. Qu'est-ce qui s'est passé au Kotli ?

Ne me raconte pas de conneries, tu veux ? Tu y étais, et tu le sais. Toi et tes enculés de copains, avec vos bombes artisanales à la con. Allez, fumier, crache le morceau. Vous avez fabriqué ces bombes, vous les avez apportées en ville, avec l'intention de les faire exploser. Et puis quand je me suis amené et que j'ai commencé à tirer, vous avez fait dans vos frocs et vous avez pris la tangente. On a arrêté un petit con, mais vous vous étiez déjà barrés, toi et tes potes. Vous ne saviez pas où vous cacher, avec tout ce bordel, alors vous êtes repartis en vitesse au Kotli, pensant passer la nuit avec ce qui restait des ingrédients de vos saloperies de bombes. Et vous êtes tombés sur qui en arrivant là-bas ? Sur une putain d'Américaine, voilà !

Mais pas n'importe quelle putain d'Américaine, Ali, pas vrai ? Quelqu'un que t'avais de foutues bonnes raisons de détester. Quelqu'un que t'avais déjà menacé à plusieurs reprises. T'as une trouille bleue quand tu la vois, une poussée d'adrénaline pas possible quand tu vois qu'elle te reconnaît. Tu comprends que t'es foutu, alors tu lui tombes dessus, c'est bien ça, Ali ? C'est bien ça, dis ? Avoue, enfant de salaud ! Si tu parles pas, ça va être ta fête ! Qu'est-ce que t'as fait du putain de couteau, fils de pute ?

Laisse tomber, Havildar. Ce salaud ne parlera pas.

Peut-être qu'il dit la vérité, après tout. Peut-être qu'il n'a pas trucidé la fille. Mais il en a fait assez, bordel, pour qu'on le mette à l'ombre pour un bout de temps. C'est pas de sitôt qu'il pourra recommencer à battre sa femme.

Ram Charan Gupta à Makhan Singh

3 octobre 1989

Je ne veux pas savoir. Ne me dis rien, Makhan. Peut-être que tu t'es rendu là-bas après ton bain, tes prières encore toutes fraîches à l'esprit, à la recherche de l'AD, avec l'intention de lui donner une bonne leçon. Mais il était en ville, occupé à réprimer l'émeute. En revanche, tu as peut-être trouvé sa maîtresse, assise là à l'attendre. Peut-être qu'en te voyant, elle a cherché à s'enfuir et que tu l'as rattrapée, et peut-être qu'elle s'est tellement débattue que tu as été obligé de te servir de ton couteau. Peut-être qu'alors tu as pensé à Arup, couturé de cicatrices, défiguré à vie, tout ça parce que le petit ami de cette femme ne nous laisse pas nous occuper de ces musulmans une bonne fois pour toutes. Peu importe. Je ne veux pas le savoir.

Après tout, peut-être que tu n'es pas allé au Kotli. Peut-être qu'après avoir terminé tes prières, tu t'es rendu compte que le couvre-feu interdisait tout déplacement, et tu es tout bêtement resté chez toi. Ne dis rien, surtout, ne dis rien ! Ou peut-être que tu es bel et bien allé au Kotli mais qu'en voyant les criminels musulmans déjà sur place, tu t'es dit que prudence est mère de sûreté, et tu es reparti comme tu étais venu. Il y a tant de possibilités... Mais je ne veux rien savoir, Makhan.

Il y a des moments, quand on occupe la position qui est la mienne, où ne pas savoir, Makhan, est une véritable bénédiction. Et ce soir, je suis un homme béni.

Rudyard Hart à Katharine Hart, bungalow du
département des Travaux publics, Zalilgarh

15 octobre 1989

Katharine, Kathy, bonne nuit. Non, attends. Je ne sais pas très bien comment le dire, mais il faut que je te dise quelque chose. Quand nous sommes allés à cet endroit, le Kotli, et que j'ai vu la pièce dans laquelle elle s'est fait tuer, j'ai cru que la douleur allait me terrasser. Mais c'est alors qu'un miracle s'est produit : je t'ai vue. J'ai vu ton courage, la paix intérieure qui a toujours fait ta force. Et quand tu t'es agenouillée pour toucher cette tache de sang sur le sol de l'alcôve, le tumulte qui régnait dans mon cœur s'est apaisé. Et une sorte de paix est descendue sur moi.

Attends, je n'ai pas fini. Je ne sais pas au juste ce que je cherchais, ce que j'attendais quand j'ai décidé de venir ici et que je t'ai persuadée de m'accompagner. Une sorte de mise au point définitive, je suppose. Une façon de faire face au caractère irrémédiable de la m... de la certitude que Priscilla était partie pour toujours. Je ne sais pas si j'ai trouvé ce que je cherchais. Mais je suis sûr d'avoir trouvé autre chose : une façon de regarder en moi.

Ces quelques jours en Inde m'ont appris beaucoup de choses sur mon premier séjour dans le pays. À l'époque, Kathy, je n'ai vu ici qu'un marché potentiel, pas des gens. Dans mon travail, je n'ai vu qu'un objectif commercial, pas un besoin de la population. En Nandini, je n'ai vu qu'une bonne occasion, pas une amante. J'ai pris ce que j'ai pu et je suis parti. Et voilà que ce même pays m'a pris l'être qui comptait le plus au monde pour moi. Sauf qu'elle l'ignorait. Et que moi-même je n'en ai pris pleinement conscience que bien trop tard...

323

Il est trop tard pour presque tout. Mais il y a quelque chose que j'aurais dû te dire il y a longtemps. Et qui tient en peu de mots : je suis désolé.

Il n'est jamais trop tard pour dire qu'on est désolé, n'est-ce pas, Kathy ?

Geetha au temple de Shiva

7 octobre 1989

Tous les samedis, je suis venue prier avec ma fille, et j'ai imploré votre bénédiction et vos conseils, Purohit-ji, ainsi que ceux du Swamiji.

Je suis venue vous dire ce soir que mes prières ont été exaucées.

Voici mon offrande pour une cérémonie spéciale. C'est cela, oui. Pour assurer santé, bonheur et longue vie à mon mari.

Extrait du journal de Lakshman

4 octobre 1989

Je feuillette son album, et le chagrin brouille les lettres sur les pages. J'essaie de ne pas imaginer ce qu'a été sa mort, sans pouvoir m'en empêcher.

Le Kotli au crépuscule, à l'heure où les arbres tamisent la lumière qui décline, à l'heure où l'air est immobile. Elle se rend à notre lieu de rendez-vous habituel, pour la dernière fois. Derrière elle, Zalilgarh est en flammes, sans qu'elle y prête attention. Dans son désir de me revoir, elle a oublié le reste du monde. Elle déborde de mots à dire, de moments encore à vivre. Elle est douce, alourdie, comme au sortir d'un sommeil peuplé de rêves qui ne veulent pas mourir. Elle attend, tandis que l'ombre se resserre autour d'elle comme un filet invisible.

Un bruit de pas rapides dans l'escalier. La peur lui étreint le cœur. Et la nuit s'abat sur elle, tranchante comme une lame.

Elle se sera défendue avec l'énergie du désespoir. Elle avait une raison de plus de vouloir vivre.

Je sais maintenant pourquoi il fallait à tout prix qu'elle me voie une dernière fois. Elle avait une révélation à me faire, dont elle pensait qu'elle pourrait encore me faire changer d'avis.

Un détail de plus que Gurinder a dû supprimer dans le rapport d'autopsie.

Elle portait mon enfant.

The New York Journal

Édition du soir

LUNDI 16 OCTOBRE 1989

MORT D'UNE AMÉRICAINE EN INDE

(suite de la page 18)
... dangereusement les esprits.

«Nous n'avons rien pu faire pour endiguer ce flot de haine intercommunautaire», a reconnu V. Lakshman, 33 ans, l'administrateur de district, premier magistrat de la ville.

Tandis que l'interminable cortège se fraye lentement un chemin à travers les petites rues, Lakshman et le chef de la police, un Sikh bon vivant du nom de Gurinder Singh, sillonnent le défilé en compagnie de leurs hommes, dans l'espoir de prévenir toute explosion de violence. Les deux responsables parlent d'une foule hurlante, vociférant des slogans hostiles et brandissant des poignards dans le soleil. Par deux fois, les manifestants sont sur le point d'attaquer la mosquée principale de la ville, et par deux fois, ils sont repoussés. Et puis, au moment où le défilé semble devoir se poursuivre sans incident majeur, des bombes sont jetées sur le cortège. Des coups de feu éclatent, c'est la panique dans la foule, et Zalilgarh est bientôt le théâtre d'une véritable émeute.

Bilan des troubles : huit morts, quarante-sept blessés, des centaines de milliers de dollars de dégâts. Comparée à certaines des émeutes qui ont récemment mis l'Inde du Nord à feu et à sang suite à l'affaire du Ram Janmabhoomi, celle de Zalilgarh est bien modeste. Ce qui lui donne son caractère particulièrement tragique, c'est qu'elle a entraîné la mort d'une jeune Américaine, qui, elle, n'était ni hindoue ni musulmane.

Priscilla Hart avait des amis dans les deux communautés, lesquelles sont également choquées et peinées par sa disparition. «C'était quelqu'un de vraiment à part, a déclaré Miss Kadambari (qui semble n'avoir qu'un nom), une auxiliaire qui travaillait en étroite collaboration avec Ms. Hart au sein du même programme. Personne n'aurait pu lui vouloir de mal.» Mr. Shankar Das, le directeur du programme, parle d'elle comme d'une « personne charmante » qui « se liait facilement d'amitié ». Personne à Zalilgarh ne s'explique que quiconque ait pu vouloir tuer Priscilla Hart.

« Au cours d'une émeute, n'importe quoi peut arriver, dit Gurinder Singh, le chef de la police. Les gens frappent d'abord et posent des questions ensuite. »

Pour les parents de Priscilla, Rudyard et Katharine Hart, qui sont venus tout exprès à Zalilgarh pour tenter de comprendre les raisons de la mort de leur fille, le temps des questions n'est pas près d'être révolu. La police de la ville a arrêté des émeutiers musulmans, dont certains sont soupçonnés d'avoir trempé dans la mort de Ms. Hart, mais elle ne dispose à cette heure d'aucun indice ni d'aucun aveu. Comme c'est souvent le cas dans les meurtres perpétrés au cours d'une émeute, les véritables meurtriers resteront sans doute impunis.

« Il est difficile de ne pas conclure, a déclaré un porte-parole de l'ambassade des États-Unis, qu'elle s'est tout bonnement trouvée au mauvais endroit au mauvais moment. » Mr. Lakshman, cependant, réfute cette idée de l'existence d'un mauvais endroit, ou d'un mauvais moment. « Nous sommes là où nous sommes au seul moment dont nous disposons, dit-il. Peut-être est-ce là, et pas ailleurs, que nous devons être. »

Randy Diggs

Épilogue

Le 6 décembre 1992, une foule déchaînée d'hindous fanatisés, armée de marteaux et de pics à glace, a démoli la Babri Masjid d'Ayodhya, jurant de reconstruire à la place le temple du Ram Janmabhoomi. Au cours des émeutes qui ont suivi et qui ont ensanglanté le pays, on a compté les morts, autant hindous que musulmans, par milliers. C'était là l'explosion de violence inter-communautaire la plus meurtrière depuis la Partition.

Les briques consacrées, rassemblées lors du Ram Sila Poojan de 1989, attendent toujours d'être utilisées. Bien que, au moment de la rédaction de ces lignes, le Bharatiya Janata Party (BJP), d'inspiration *hindutva*, soit au pouvoir, à la tête d'un gouvernement de coalition à New Delhi, et qu'il gouverne aussi l'Uttar Pradesh, la construction du temple n'a toujours pas commencé.

Diverses organisations hindoues affiliées au mouvement Sangh Parivar ont annoncé leur intention de procéder à la construction d'un temple dédié à Ram sur ce site, au mépris des décisions rendues par les tribunaux. En janvier 2001, lors du grand pèlerinage Maha Kumbha Mela sur les rives du Gange, à Varanasi, elles ont exposé une maquette impressionnante du temple qu'elles projettent de construire et ont déclaré que les travaux démarreraient le 12 mars 2002, avec ou sans l'aval du gouvernement [1]. De son côté, le Premier ministre, Aral Behari

---

1. À ce jour (mai 2002), la construction n'a toujours pas débuté, mais la question, apparemment à l'origine d'un imbroglio judiciaire inextricable, continue à détériorer les relations entre les deux communautés. (N.d.T.)

Vajpayee, a fait savoir qu'il n'y avait que deux façons de régler le problème : la procédure judiciaire, ou un accord négocié entre hindous et musulmans. On sait le succès qu'elles ont rencontré, l'une comme l'autre, ces cinquante dernières années !

Nous vivons, a écrit le défunt Octavio Paz, entre l'oubli et le souvenir. Le souvenir et l'oubli : comment l'un mène à l'autre, et inversement, c'est là la préoccupation majeure de la plupart de mes romans. Comme dit le vieil adage, les mains qui tissent la toile de l'histoire ne sont pas innocentes.

Mai 2001

Glossaire

Almirah : armoire.

Appa : papa.

Asana : position de yoga.

Boxwallah : commerçant ou industriel (le plus souvent d'origine britannique), homme d'affaires prospère sous le Raj.

Burqa : long voile noir et opaque porté par les musulmanes.

Charpoy : lit fait de sangles tendues sur un cadre de bois.

Chaprassi : planton.

Diwali : fête hindoue des lumières, célébrée en octobre/novembre, en l'honneur de Lakshmi, parèdre de Vishnu, déesse de la prospérité.

Durbar (transcription anglaise de *darbar*) : audience publique tenue autrefois par les souverains indiens ou par le Raj britannique.

Dwapara : au jeu de dés, coup qui laisse un reste de deux ; dans la séquence des *yuga*, ère qui succède au *tretayuga*.

Granth Sahib (ou *Adigranth*) : livre sacré vénéré par les Sikhs.

Gurudwara (« porte du maître ») : temple sikh.

Hindutva : mouvement nationaliste hindou.

Janmabhoomi : mère-patrie.

Jataka (« naissance ») : récit des vies antérieures du Bouddha.

Jyotishi : expert en science de la divination dans l'astrologie védique (*jyotish*).

Kurta : tunique.

Lakh : unité de mesure correspondant à 100 000.

331

Lassi : yaourt liquide battu, salé ou sucré, boisson très populaire en Inde.

Lathi : bâton utilisé par les policiers indiens.

Lunghi : pièce de tissu nouée à la taille et descendant jusqu'à mi-mollets.

Maidan : terrain de jeux.

Mandir : bâtiment, le plus souvent, un temple.

Masala dosa : légumes au curry enveloppés dans une crêpe.

Maulana : titre donné aux lettrés musulmans.

Mohalla : quartier d'une ville indienne habité en majorité par les représentants d'une caste ou d'un groupe religieux spécifiques.

Murdabad : à bas..., à mort... !

Nawab : souverain, prince (nabab).

Nimbu pani : citronnade.

Paan : noix de bétel écrasée enveloppée dans une feuille.

Patwari : petit chef de village.

Pir : sage (subst.).

Puja (« culte ») : adoration de l'image sacrée, cérémonie rituelle, publique ou privée, du brahmanisme.

Pujari : prêtre chargé de célébrer le *puja*.

Purana (« antiquités ») : anciens recueils de légendes qui racontent les histoires des dieux et traitent de divers sujets cosmiques et humains.

Purdah : pratique en vigueur en Inde consistant à isoler les femmes et à les soustraire à la vue des étrangers.

Purohit : brahmane chargé des cérémonies religieuses dans une famille ou un palais.

Qawwal : genre musical traditionnel encore très prisé aujourd'hui ; sorte de chant d'amour en ourdou.

Raga durbari (ou *Darvari Kanada*) : une des 200 formes de *raga*, chantée tard dans la nuit.

Sadr : chef d'une communauté musulmane.

Salwar kameez : sorte d'ensemble tunique-pantalon.

Sambar : purée de lentilles parfumée de tamarinier (mets du sud de l'Inde).

Shastra : livres sacrés hindous.

Sloka : vers, verset.

Soothli : bombe de fabrication artisanale.

Supari : ingrédient du *paan.*

Swami : maître, titre accordé à un guide spirituel.

Tandava : danse cosmique de Shiva.

Tantra (« trame d'un tissu ») : manuel de caractère ésotérique proposant une cosmogonie et des rituels magiques permettant le dépassement de soi.

Treta : au jeu de dés, coup qui laisse un reste de trois ; une des *yuga* de la tradition hindoue.

Trishul : trident.

Wallah : suffixe désignant une personne (cf. *boxwallah, paanwallah*).

Waqf : expert, personne informée.

Yuga : âge, ère, permettant de dater les événements plus ou moins mythologiques dans la tradition hindoue.

Zindabad : vive... !

COMPOSITION : NORD COMPO À VILLENEUVE-D'ASCQ

GROUPE CPI

Achevé d'imprimer en août 2002 par
BUSSIÈRE CAMEDAN IMPRIMERIES
à Saint-Amand-Montrond (Cher)
N° d'édition : 51047. - N° d'impression : 023620/4.
Dépôt légal : septembre 2002.
Imprimé en France